21世纪中国纪实文学大系

2004卷

顾问：钱谷融
主编：桂国强

中国动脉

文匯出版社

编委会名单

总序

21 世纪是一个非同寻常的世纪。尽管这个世纪至今仅仅走过了十多年的历程，但在与人类朝夕相处的地球上，却已经发生了诸多惊天地、泣鬼神的重大事件，令世界格局发生了错综复杂的变化，给全世界留下了难以泯灭的记忆。

对于正在不断崛起的中国而言，21 世纪无疑是一个机遇与挑战并存、成就和困难共现的世纪——这已在中国社会的各个层面展现出来。

在刚刚过去的十多年里，中国正式加入 WTO，成功举办 2008 年北京奥运会和 2010 年上海世博会，国际地位显著提高；中国全面实施西部大开发战略，青藏铁路顺利开通，“西气东输”工程全线推进，高速铁路亦成功运行，国家建设硕果累累；中国高度重视科学发展，包括航天科技、农业科技、石油勘探等在内的科学技术取得了举世瞩目的辉煌成就；中国的新农村建设卓有成效，农业税费制度改革进一步推进，农村义务教育经费保障机制有力推行，农民的生活不断改善；中国的两岸关系有所突破，厦门金门实现直航，两岸春节包机适时通航，大陆居民赴台旅游更加便捷，两岸“大三通”已然实现……勤劳而智慧的中国人准确把握机遇，用自己的行动赢得了世界的尊重。

当然，在新世纪已经过去的十数年里，中国也面临着诸多挑战，遭遇了不少困难。譬如：2003 年的“非典”，2004 年的“禽流感”，2008 年的四川汶川大地震及这一年全球金融危机给中国带来的负面影响，2010 年的青海玉树地震，2011 年湖北、湖南、江西等地出现的大面积干旱……此外，还有环境污染、食品造假、海峡那边陈水扁的“台独”闹剧等等，凡此种种，都给中国的前进之路带来了挑战。

成就也好，挑战也罢，时至今日，都已在新世纪所发生的重要事件中显现出来。这些事件，有些已经成为历史，有些却还在延续。历史是一面镜子，对于后人，可以起到“以史为鉴”的作用；现实是当下的存在，研究它可以积累经验，帮助我们寻找到人类发展的正确路径——基于此，我们有必要将这些已经过去的或仍在延续的事件以及与这些事件有着密切关联的人物——用一种最为世人接受的文字形式记录下来，为今天和明天留下一份可供借鉴与启迪的珍贵资料。

我们之所以选择纪实文学作为承担“记录”重任的文字形式，是因为这种文体乃涉猎文学和新闻两大领域的一种独特的艺术样式，是兼具新闻真实和历史真实品格的艺术真实，它在很多方面弥补了现实新闻报道无法反映的空白，达到了相当的深度和广度——正是由于它能比一般的新闻报道更深地切入现实、切入人心、全景式地反映变革过程中某些本质的东西，因而，随着时间的推移，也就更能凸显其无可争辩的文献史料价值和文学欣赏价值。

新世纪以来，中国的纪实文学蓬勃发展。国家综合实力的提升，国际多边交往的频繁，国民生活水平的提高……都为纪实文学提供了丰富的创作素材，激发了纪实文学作家和各类媒体记者的创作热情，从而创作出一批又一批展示波澜壮阔历史画面、描绘跌宕起伏现实场景的精品力作，为反映中国的现实、记录中国的历史、繁荣中国的文学立下了不朽的功勋。

现在，呈现在读者面前的就是新世纪以来（自2000年开始）中国优秀纪实文学的精选、精编本。入选的文章中，有的获得中国报告文学奖，有的获得鲁迅文学奖，有的则荣获了各种类别的年度新闻奖……由于诸多事件的发生、发展都会经历一定的时间，有些还会延续几年甚至更长；从创作规律来说，一篇成功纪实文学作品的采访、创作和发表也需要相当的时间，很难保证当年的文章能与当年的事件完全同步。因此，在对文章的选择中，我们首先考虑的是能够反映该年度的重要事件及其相关人物，至于其具体的发表时间，则应当服从于事件和人物。

我们计划一年精编一本，每本都能比较客观、全面、及时地反映该年度中国所发生的重要事件及与之相关的重要人物，从而能凸显其独特的史料价值；我们同时又希望，书中所精选的纪实文学作品能给予读者朋友有益的启迪和思考，充分享受阅读的愉悦，从而真正领略纪实文学的艺术魅力。

迈着稳健而充满活力的步伐，向着明确而富有挑战的目标，中国依然在前进，中国的大地上依然在发生着历史性的深刻变化。因此，用文字记录中国、展示中国，依然是我们今后相当一段时期内义不容辞的重要任务。我们将不辱使命，勤奋工作，努力选编好一年一度的《21世纪中国纪实文学大系》，为广大读者奉献上兼具史料和文学双重价值的精神产品。

（主　编）

2004年纪实文学概述

如果要了解中国发生的重大事件，纪实文学是一个很好的窗口。在所有文学作品中，没有哪一种文体像纪实文学那样直接介入现实。想想当年徐迟的《哥德巴赫猜想》所引发的震动，就知道纪实文学的影响有多大了。而今天，纪实文学的影响依然存在。

一

公元2004年是中国农历甲申猴年，金猴跃起，云雷奋发。新年伊始，中共中央“1号文件”发布了《关于促进农民增加收入若干政策的意见》，之后又出台了一系列包括降低农业税税率等支持农业发展的政策法规。纪实文学作家紧跟时代脉搏，创造出多篇有关“三农”问题的作品。这些作品报道、分析了“1号文件”的各个政策细节，更重要的是记录了文件发布后对“三农”问题的实质性影响。冯小军的《“1号文件”宣讲手记》便是一篇优秀的代表作。

因为有过“非典”侵袭的遭遇，中国人对诸如此类的疫情格外敏感。2004年最敏感的疫情代名词是“禽流感”。这场突如其来的疫情在席卷韩日越三国后，迅速波及整个东亚，也蔓延至我国，全国上下打响了“阻击禽流感”战役。杨桃源等的《阻击禽流感》记录了“禽流感”肆虐时中国政府所遭受的严峻考验和采取的应对策略。

2004年是西部大开发战略进入实质阶段后的第四年，在中央政府的引导下，西部各省市自治区都进入了经济建设的快车道，一大批标志性工程与项目相继竣工或展开。《甘肃经济日报》记者郑新赴甘肃定西调查、考察，历经三年创作完成了长篇纪实文学《国家任务》。作品以定西为代表，深刻叙写了中国扶贫开发从酝酿、实施到展开的全过程，重点报告了甘肃中部人民摆脱贫困的故事。《国家任务》以点代面，从细节入手，全面准确地展现了定西的发展变化。整部作品情感真挚，可读性强。由孙晶岩创作的长篇纪实文学《中国动脉》，同样是一部大气恢弘地反映西部大开发的作品。《中国动脉》以“西气东输”工程为题材，全景式地再现了工程艰苦卓绝的建设画面，通过精心筛选的事例，鲜活地展现了奋战在建设第一线的劳动者形象，刻画了他们无私奉献、不畏艰险的高贵品质。“大型工程项目”对中国而言，是一个短时间内难以消失的词汇。2004年3月22日，忠武输气管道盾构穿越长江成功，这一工程是由高建国带领他的团队实现的奇迹。黄海民、杨德勇和解文超撰写的《当代“土行孙”——中国石油第一盾纪实》对此进行了详细报道。2004年是中国能源领域捷报频传的一年，5月27日，新华社以通讯稿的形式向全世界报道了中国西部陇东高原上新诞生的西峰油田，该油田储量规模超过4亿吨。为此，陈德宏与王新军撰写了长篇纪实文学《跨越梦想——中国石油长庆西峰油田勘探开发大纪实》。

二

国际题材是2004年度纪实文学中的一个亮点。2004年，我国政府向伊拉克派出了复馆小组，为了保证我方人员的安全，又派出了由6名武警官兵组成的警卫组，这是我国第一次向国外派驻武警。孙国撰写的纪实文学作品《中国武警兵派伊拉克警卫纪实》详细报道了这一事件。与伊战有关的优秀纪实文学作品还有聂晓阳的《为历史流泪——亲历战后伊拉克》。这是第一部深入解读战后伊拉克局势的纪实文学作品，作者为我们描绘了一幅政权更迭、硝烟四起的战后伊拉克社会的全景图。谈及战争以及维和，很容易让人们联想到1999年的南联盟科索沃战争，《维和，科索沃的记忆》便是由王伟创作的一部描写首批赴科索沃执行联合国维和任务的中国警察的纪实作品。

海峡对岸的台湾事务，是中国人最为关切的事务之一。历次台湾选举都牵动着各方面的神经，而2004年台湾地区选举中，“公投”、“枪击”等一连串事件的发生，使得台湾上空阴云密布，风云难测。面对如此重大的历史事件，纪实文学作者自然会作出及时的反应。吴能远在《“公投”：陈水扁的“台独”冒险》一文中，简要梳理了台湾“3·20公投”的来龙去脉。

三

纪实文学如同细致而又视线宽广的广角镜，将社会的方方面面展现在我们面前。

周勍的《民以何食为天——中国食品安全现状调查》将视线聚焦到公众关注的食品安全问题上，从“瘦肉精”到“毒奶粉”，从“吊白块”到“苏丹红”，作者仰天长问：民以何食为天？

2004年12月8日，联想与IBM正式签约，联想将以总计12.5亿美元收购IBM全球的台式、笔记本电脑及其研发、采购业务。凌志军的《联想风云》以独特的视角、感性的笔触记录了这一举世瞩目的“联姻”。

2004年夏天，是令无数体育迷热血沸腾的季节。百年奥运重返故乡，希腊雅典，奥林匹斯山的圣火熠熠生光，爱琴海碧波荡漾。中国代表团在本届奥运会上实现了历史性的突破，以32枚金牌的成绩超过体育大国俄罗斯，位居金牌榜第二，与体坛霸主美国的金牌数量也仅差2枚。一个个夺金时刻，一次次国旗飘扬，让国人振奋不已。特别是在田径场上，久已沉默的红色跑道袭来一阵红色狂飙。中国运动员刘翔力压群雄，夺得男子110米栏的冠军。王春鸣的《中国翔》用纪实文学的手法记录下了这激动人心的一刻。北京时间8月29日，中国女排为中国代表团赢得第31枚金牌，这也是中国女排继1984年洛杉矶奥运会夺冠以来第二次在奥运会女排比赛中夺得冠军。马寅为此写下了《我爱女排》。2004年的雅典，拥有着太多让中国人铭记的时刻。

（撰稿人：杨扬、王旭松）

目录

中国动脉

2004 年 10 月 1 日上午 9 点，西气东输工程全线建成投产。西气东输工程耗时 4 年、总投资额 1 400 多亿元，是我们祖国母体内第四条东西走向的血脉。建设一条横贯中国东西的能源大动脉，把西部地区丰富的天然气输送到资源匮乏的东部地区，是几代中国石油人的梦想。

西气东输

西气东输工程是西部大开发的序幕性工程。西气东输是指将新疆塔里木盆地的天然气输送到长江三角洲等东部地区的工程。这项工程由上游气田开发、中游输气管道建设和下游市场开发利用三部曲组成。

西气东输管道干线西起新疆塔里木轮南首站，向东经库尔勒、博斯腾湖南岸、吐鲁番、柳园、武威、靖边、临汾、郑州、南京、常州、无锡、苏州，到达末站上海白鹤镇，途经新疆、甘肃、宁夏、陕西、山西、河南、安徽、江苏、浙江、上海 10 个省、市、自治区，全长约 4 000 公里。这条潜龙所经过的地区地形复杂多样，既有戈壁沙漠，也有黄土高原；既有荒凉山区，也有宽阔平原；既有长江黄河两条母亲河，也有枝杈纵横的江南水网。工程难点是三山五越一塬一网。三山就是吕梁山、太岳山、太行山；五越就是顶管、隧道及跨越三次穿越黄河，盾构隧道一次穿越长江，定向钻一次穿越淮河；一塬一网就是黄土塬和江南水网。除此之外，还要经过新疆阿尔金山野骆驼保护区、罗布泊死亡之海、安西极旱荒漠保护区、宁夏沙坡头自然保护区……地形地貌的复杂程度堪称世界之最。

西气东输工程是中国目前距离最长、管径最大、压力最高、施工条件最复杂、投资最多的天然气管道，气势恢宏的建设场面为世人瞩目。

我国“十五”规划中有4项大的工程：西气东输、南水北调、青藏铁路、西电东送。过去我们总是说中国有960万平方公里的土地，地大物博，资源丰富，当我沿着西气东输的管线自西向东横穿中国走了两万多里路后，当我在罗布泊宿营半夜被寒风冻醒时，当我在克拉2气田坎坷的山路上深一脚浅一脚地跋涉时，当我乘坐的汽车在无人区抛锚时，我真切地发现我的祖国既是一个贫穷的国家，也是一个能源紧缺的国家。戈壁、沙漠、沼泽、湿地、荒原、丘陵、黄土高原……西部的地质是如此复杂，西部的地貌是如此荒凉。

在地球村里，石油和天然气主要分布在中东和中亚，沙特阿拉伯的石油储量世界第一，俄罗斯的天然气储量世界第一。俄罗斯一年就生产天然气5 000亿立方米，天然气占本国一次能源的50%。世界平均使用天然气占本国一次能源的23%，而中国的天然气只占本国一次能源的2.7%。中国的长江三角洲每年应当消耗天然气1 800亿立方米，可我国年产天然气仅有300亿立方米，只能供给长江三角洲80亿立方米天然气，差距之大，由此可见一斑。

中国是世界上最早在生活上开发利用天然气的国家，史书上记载的笕就是中国古代的管道，我们的老祖宗早在秦汉时期就晓得用打通的竹节连接起来做管子，用于输送天然气和卤水。将空心竹子引出来的天然气通向锅底点火做饭煮盐是中国人发明创造的。而北美和欧洲则是最早在工业上开发利用天然气的地区。50年代，中国出了个大庆，甩掉了中国贫油的帽子，这是石油人的骄傲，也是整个中国工人阶级的骄傲。70年代和80年代，是整个天然气跨国大发展的时期。70年代，中国也搞过川气出川，但没有搞成。这项工程之所以流产，除了天然气的地质储量因素外，更重要的是中国当时的经济实力很不发达，整个国力的综合水平很低，下游市场根本没有用气的承受能力。

80年代中期，中国曾经在南海三亚开发过气田建设琼深线，打算把天然气输送到深圳。33亿立方米的天然气储量，终因下游市场不落实而泡汤。现在我国的综合国力增强了，可南海的天然气储量却降低了，我们只好又花外汇购买澳大利亚的天然气，把液化后的天然气运到珠江三角洲。

从1998年起，中国就变成了一个石油天然气净进口国。美国是世界第一大石油消费国，美国人一年要消耗9亿吨石油，平均每人年消耗3吨，所以要从中东、加拿大、特立尼达和多巴哥、墨西哥和委内瑞拉等国大量进口石油。中国是世界第二大石油消费国，一辆汽车每年至少需要2吨油，北京市有280万辆汽车，一年就需要560万吨油。中国人一年要消耗2亿多吨石油，每年需要进口1亿多吨石油。

石油如果全部依赖进口，国家的负担就会加重，提高天然气的产量，以气代油就成为一条金光大道。西气东输工程建成后，每年可向东部输送120亿立方米天然气。120亿立方米天然气相当于1 000万吨石油，7.3桶石油等于1吨，现在一桶石油最高卖到55美元，2004年的国际石油最高价格是1吨401美元，按照这个价格，西气东输工程每年向东部输送的天然气相当于48.2亿美元。西气东输这条东方潜龙一年为国家节约多少财富啊！

我国的天然气有资源基础：陕参1井敲开了鄂尔多斯气田的大门，克拉2井揭开了塔里木气田的序幕。靖边气田的探明储量是7 900多亿立方米，塔里木气田的探明储量是5 600多亿立方米，四川气田的探明储量是6 300多亿立方米。西气东输的气源就来自塔里木，塔里木气田虽然面积小，但气层厚，单井产量高。克拉2气田只有四五十平方公里，就有2 800亿立方米的储量。我国年产1 500亿立方米天然气才能满足需求。西气东输工程建成后，我国年产天然气只有320亿立方米，远远满足不了需求。因此，加强对天然气气田的勘探开发，加强天然气管网的建设，就成为大势所趋。

以往的40年中，我国开发出了200多亿立方米的天然气，而西气东输一个项目仅用了4年时间就年产120亿立方米的天然气，比过去40年上升了50%。21世纪的西气东输工程，不亚于20世纪的大庆石油会战。大庆精神影响了一代石油人，西气东输精神正是大庆精神的延续，其影响不可估量。

富有戏剧性的是：资源和市场往往不在一个地方，而管道成为连接资源和目标市场的桥梁。没有市场，资源就变不成资金，没有管道，资源和市场就连不起来。管道对天然气工业的发展至关重要。当西气东输天然气年产量达到120亿立方米时，中石油的销售收入每年将增加140亿元以上。在中国企业五百强中，中石油排名第一。

西气东输是一项拉动国内内需增长的工程。上游气田开发需要274亿元人民币，中油管道建设需要435亿元人民币，这700多亿元人民币全部是由中石油独立投资的。下游的天然气城市管网建设、改造燃气具、发电厂工业燃料的改进由地方政府、企业投资，这项工程大约需要700多亿元人民币。西气东输工程共需要1 400多亿元人民币，在三年内必须投资完毕。现在，原油和天然气的需求都在增长，大大拉动了内需。

西气东输工程拉动了西部经济发展，最大的受益者就是新疆。工程竣工后，新疆将成为全国能源和优质化工原料生产基地，工业增加值增长25%左右，财政收入增加数亿元，为新疆人提供了大量的就业机会。

天下黄河富宁夏，虽然潜龙在宁夏过境路线最短，但西气东输工程却给宁夏带来了经济的腾飞。宁夏濒临长庆大气田，气量丰富，品质优良，气源可靠，勘探开发利用命中率较高。银川是距离长庆大气田最近的城市，长庆大气田采气厂净化厂的职工家都在银川，长庆至银川的天然气输气管线给贺兰山下的人民带来了福音。宁夏利用发展天然气化工的有利条件，建成了以天然气为原料、年产30万吨合成氨和52万吨尿素的中油宁夏石化分公司第二套大化肥生产装置。宁夏凭着地利之便发展天然气化工，天然气综合利用工程全面展开。

目前中国的能源结构不合理，一次能源中大量地使用煤炭，对天然气的开发和利用很滞后。过量燃烧煤炭会使二氧化碳、二氧化硫和烟尘大量增加，二氧化硫、硫化氢容易形成酸雨。西气东输这条巨龙的崛起，四省一市每年将减少燃烧2 700万吨的标准煤，使烟尘和有害气体大为减少，大大改善了东部的大气质量和生态环境。

西气东输工程供应沿线60多家用户，供气调峰难度世界罕见。为了最大限度地满足用户的需求，在设计过程中成立了专门的管道系统分析工作组，对整个管道系统进行模拟分析，在此基础上规划了多种调峰措施。

西气东输带动了相关产业的发展，推进了我国的冶金、机械、电力、化工、建材、运输业，使制钢和制管水平上了一个台阶，为冶金行业创造了巨大的市场需求。

此外，西气东输工程还促进了东部工艺制造业的发展。过去宜兴做紫砂陶壶，到处都是小煤窑烧煤，现在改为烧天然气后可以减少次品，因为天然气的热质是恒定的。河南的钧瓷难得窑变，钧瓷无双，改为烧天然气后，能促进钧瓷的质量提高。

用天然气做化工原料对天然气化工产业的促进更是有目共睹。

西气东输工程在河南省的管道有311公里长，途经5座城市和13个县。以郑州市、焦作市、新乡市、济源市为主的中原城市群区人口密度很大，长期以来，这里的能源消费以煤炭为主。河南省是人口大省，西气东输送来的天然气在河南省上了64个项目，其中包括地方支线项目、城市管网项目、工业燃料项目、燃气电站项目

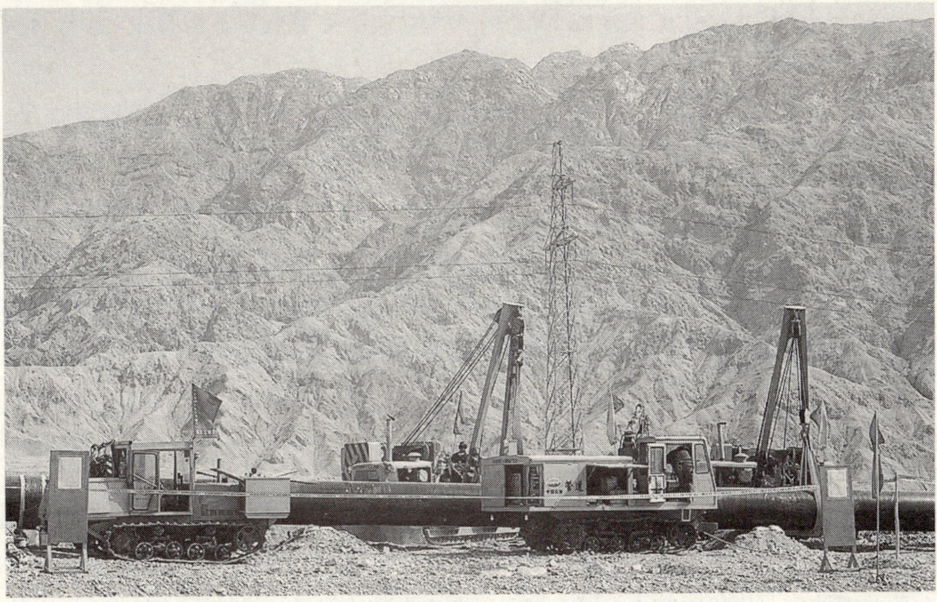

2004年7月4日，西部开发的标志性项目——西气东输管道工程正式开工兴建。这是新疆库尔勒段的施工现场。（吴宇、罗晓光/摄，图片来源：新华社）

和化工项目等，使这里的生态环境有很大改善。

安徽省除黄山市外的 16 个市开展了城市天然气利用工程建设，用气总规模为 29 亿立方米。安徽省安排了 1.5 亿美元的贷款用于合肥等 8 座城市的天然气利用工程。

为了改善能源结构和人类生活环境，世界上很多国家都经历了从煤炭到石油再到天然气的优质能源转换过程。西气东输工程将有助于我国加速实现这一转换。目前，天然气在我国一次能源构成中比重很低，只有 2% 多一点，而世界平均水平已达 23%。机不可失时不再来，抓住这一机遇就能推动我国能源工业结构优化，争取用 10 年的时间，使天然气在我国能源消费结构中的比例达到 8%。

美国的油气管网加起来有 100 多万公里，俄罗斯的天然气干线管网有 15 万公里，意大利只有 2 000 多万人口，干线油气管网加起来有 2.5 万多公里，而中国这个泱泱大国，油气管网只有 3.87 万多公里。差距太大了，中国的地形地貌太复杂了，我们建成了陕京线、涩宁兰线、兰成渝线、西气东输等长输管线，现在又在建忠武线、陕京复线、冀宁线，从广义上说都是在做管道联网。

如果说三峡工程是把一盘菜做好了漂漂亮亮地端给人们看的话，那么西气东输工程就是一条潜龙，干的全是地下的活，默默无闻，自我隐没，像石油人那样朴实无华不擅言辞。

西气东输检验了中国石油和西气东输管道公司领导管理特大型工程的能力水平。这条巨龙是横贯祖国东西的能源大动脉，是一条地下钢铁长城，更是一条绿色通道。它标志着中国的管道工业水平和天然气工业水平跃上了一个新台阶。人类的生存需要蓝莹莹的天、绿茵茵的地、清凌凌的水、红彤彤的太阳，英雄的石油人用自己的巧手在祖国的大地上浓浓地描上了一笔。

穿越明代长城

长城是中华民族的象征，绵延 4 000 公里的潜龙走到陕北靖边东部的镇靖乡五台村时，将与万里长城交汇。靖边历史悠久，既有三墩湾秦代长城遗址、残存的烽火台，也有明代万历年间的古长城。这座长城由于常年的风沙侵蚀已经老矣，远看仿佛是一道土墙。

西气东输管道在靖边刚巧要穿越明代长城，这是一个举世瞩目的行动。穿越长城之所以会引起世人关注，不在于穿越长城的施工技术有多么难，而是要让世人睁大眼睛看一看，中国的施工队伍究竟如何对待历史文化遗产，要让国内外对西气东输施工队伍的文化素质有所了解。穿越长城既有历史背景、文化背景，还有政治背景。

近年来，当地施工多采用大开挖方式，既破坏了周围的植被，又对古长城造成了严重的破坏。老乡家的自留地就在长城旁，很多地方被当地人挖了个豁口来回穿梭。如果把豁口再开大一点，挖沟埋管道是再容易不过的事情。按照原来的设计，是搞大开挖，就是在长城的上口挖 15 米宽，在下口挖 10 米宽，将管道铺设在管沟里。

可长庆人觉得这不是一道普通的土墙，而是中华民族的宝贵文物啊！农民不懂规矩在长城上乱开口子，我们石油人可不能干破坏文物的事情。长庆建工项目部郝世英总经理斩钉截铁地说："长城是我们中华民族的遗产，保护长城是每个炎黄子孙义不容辞的责任，决不能搞大开挖！"

西气东输陕晋管理处和英荷壳牌集团的专家对保护文化遗产、安全穿越长城非常重视，亲临现场指导。他们询问长庆建工项目部打算怎么穿越长城，请他们尽快拿出施工方案。郝世英说有三种方式：第一种是粗暴地撕开长城，这是野蛮施工，无法恢复长城的原貌，在国际上将造成不良影响；第二种是将管道像爬墙虎那样从长城上爬上去再爬下来，这种穿越方式虽然不破坏长城，但是缺乏美感；第三种是采用顶管穿越技术让管道从长城脚下穿过，这是最理想的穿越方式。

穿越长城非同小可，长庆建工项目部先把穿越方案报到靖边县文物管理委员会，靖边县文物管理委员会再报到榆林市文物管理办公室，榆林市文物管理办公室继续报到陕西省考古研究所，陕西省考古研究所认为可行后上报陕西省文物局，陕西省文物局审核同意后最后报到国家文物局。2002 年 7 月，国家文物局原则上同意他们穿越长城。

由于年久失修，镇靖乡五台村的长城被风沙掩埋了一部分，还像比萨斜塔那样变得倾斜了。为了获得准确的数据，长庆人把陕西省考古研究所的考古人员从西安请到靖边县镇靖乡五台村和马圈渠村进行考古勘探。首先要做墙体剥离试验。考古人员用小铲子和小毛刷等特制的工具小心翼翼地剥离着长城的墙体，把墙外的沙子和浮土刮掉，露出了明代长城的庐山真面目。原来，这段长城是东西走向的，东边高6.5米，西边高7.8米，南边高8米，北面高6.7米，底座宽15米，上端宽3.5米。考古工作队掌握了浮土掩埋的原墙体的大量数据，拿出一个勘探报告交给长庆人，请他们根据数据进一步细化施工方案。

为了确保长城的安全，项目部组织技术人员经过反复考察论证，决定先拿靖榆高速公路当试验品。他们做了六次穿越国道的试验，确定了顶管穿越施工的最佳方案。仅这一个决定，就给长庆人增加了穿越的造价和繁重的工作量。

2002年8月16日，他们开始动工。当我来到五台村时，长庆人正在挥汗如雨地进行顶管穿越。虽然长城的底座只有15米宽，可风沙黏土却附着在长城周围，使底座变成30米宽。他们先在长城两侧的长城底座下面挖一条3米深4米宽5米长的大坑，用人工将土铲走，再用顶管机将混凝土涵管穿进土里。每根涵管外径1.8米，内径1.5米，长2米，重3吨多。他们用顶管法穿一截顶一截，一直顶了8根混凝土涵管。顶管里有很多土，工人们就掏出来用筐子抬走。

涵管是楔形结构，衔接处有缝隙，人弯着腰钻进1.5米高的水泥涵管里，用麻毛沥青填堵缝隙。涵管布好后，再将钢管焊接好顶进涵管里，用水泥砖封堵钢管与涵管之间的缝隙，然后用剥离出来的长城浮土回填。经过40多天的艰苦奋战，终于完成了30米的长城穿越。

有人开玩笑说陕西的土地一铁锹下去就是一座古墓，这话还真有点道理。为了不损坏文物，陕西省考古研究所的科研人员经常在现场指导。他们还在长城穿越点附近探明了26座墓葬，发掘出了170多件文物。其中，西汉年代的墓有23座，东汉年代的墓有3座。我和长庆人一道走进古墓，发现西汉年代的陵墓没有耳室，东汉年代的陵墓有耳室。这些墓大都没有被盗，墓室里有很多陶仓、陶罐、陶豆、陶灶、陶钫等文物和尸骨。我看到有一具尸体的骨骼大约有1.9米高，惊诧古人居然如此高大，考古人员说这大概是匈奴人的尸骨。

在靖边县乔沟湾乡，考古队员发现了一个陶范出土点。陶范是古代制作钱币的工具。在薛家畔遗址、平定山遗址，考古人员发现了新石器时代的文物和仰韶文化晚期的文物。我问考古人员以前是否晓得这里有文物和汉墓，他们说过去只晓得那一片有墓葬群，如果没有西气东输，是不会去动它的。正因为有了西气东输工程，才使得沉睡了2 000多年的文物重见天日。西气东输促进了考古，考古配合了西气东输。这些墓葬群离管线只有20米，长庆人正是根据考古队的发掘才决定了管道的走向。

2004年10月1日，陕西靖边压气站工作人员在悬挂庆贺横幅。靖边压气站为连接西气东输工程东西两段的“枢纽”。当天，来自新疆塔里木的天然气与陕北长庆天然气混合在一起，离开陕西靖边向上海“进发”，这标志着西气东输工程全线投产。

2004年10月1日，陕西靖边压气站的工作人员在维护设备。（丁海涛/摄，图片来源：新华社）

长庆人像爱护自己眼睛一样地爱护文物。恢复地貌后，看到有的农民在城墙上取土，许多秦砖汉瓦成了猪圈的围墙，大伙儿心里很不是滋味儿。他们觉得要想保护好历史文化遗产，必须唤醒全民族的文物保护意识。管道顺利穿越明代长城后，长庆人在长城上回填了细土，用砖头砌了一个方框，方框里用砖头砌了几个大字。他们在砖头上浇上水泥，涂上白色颜料，还在方框周围种上绿草坪，远远望去，“爱我中华，护我长城”八个白色的大字在绿色草坪的映衬下显得格外醒目。

我来到长城脚下，看到农民在长城边的自留地里种荞麦。我问他们明代长城是否受到损害，一位农民用浓重的陕北话告诉我：“黑麻咕咚的黑管管从明代长城穿越，我们的长城纹丝不动。”

在西气东输全线海拔最高点

告别四川油建的山地王，我捋着管线往山丹县赶去。汽车向一个高坡驶去，到达山顶，只见周围飘洒着雪花，一个蓝色的牌子上写着“绣花庙”三个白色的大字。我看了一眼驾驶室里的温度计，气温只有零度，这意味着野外的气温在零度以下。汽车像一叶扁舟在雪浪中疾驰，下山时非常颠簸。这里被称为“公路百慕大三角”，经常出车祸。老百姓说，这里之所以事故频繁是因为地名叫绣花庙却没有庙的缘故。

《金昌市志》记载：北宋杨家将杨文广之女杨满唐在杨门无将的情况下，率领十二寡妇西征，在焉支山麓绣花庙一带与敌人拼杀时丢失了一双绣花鞋。民间为了纪念杨门女将，特地建立了一座绣花庙。

不知这传说是真是假，绣花庙如今无庙却是不争的事实。西气东输管道工程九标段 A 段，位于甘肃省张掖市山丹县境内。线路起始于张掖山丹界，终止于山丹永昌界，总长 89.4 公里。管线经过戈壁荒滩、低山丘陵和农田草场。山丹县海拔 1 800 米，绣花庙有 2 595 米高，是西气东输全线海拔最高点。线路在这里两次穿越古长城，一次穿越兰新铁路，一次穿越 312 国道，十多次穿越大小冲沟，18 次穿越光缆。

2003 年 1 月 8 日，胜利油建的建设者从山西浮山县的十八标段直接开拔到甘肃山丹县的九标段 A 段。胜利人仿佛与霍去病有缘分，去年干活的浮山县是霍去病的老家，而今年干活的山丹县又是霍去病大战河西走廊屡建战功之地。项目部经理高永觉得男子汉大丈夫应该像霍去病那样醉卧沙场。春节前后是货流空当，他带领人从山西往甘肃调设备。大货车需要开十天才能从浮山到达山丹，他们倒一趟货就将近半个月的时间。冬天天寒地冻，驾驶室里没有取暖设备，坐在里面像坐在冰窖里。车上的设备需要有人看管，工人们索性在货车驾驶室里过大年。

刚来山丹县时特别冷，建设者们穿着军大衣和踏线棉袄，清点附着物。石油人不能回家过年，胜利石油管理局、胜利油田股份公司党委书记董丕玖亲自到线上看望工人，给大伙儿带来温暖。

在施工战略上，高永觉得绣花庙是个风口，风大雨多，应该先干高寒地区。一机组 3 月份上了线，4 月 1 日就点火开焊。高永让大伙儿杀猪宰羊祭奠了一下才开工。他曾经在胜利油田海上平台干过活儿，下水前放鞭炮似乎成了胜利人的一种惯例。他觉得这不是迷信，中国的神秘文化学有很多值得探讨的东西。山丹县的嘹高山上有座大佛寺，寺庙里供奉着中国最大的室内坐佛。庙里的山泉终年不断，胜利人进去求了签，千不求万不求只求平平安安无事故。也许是他们的诚心感动了大佛，胜利人在山丹县穿长城穿国道穿铁路穿公路穿河流干了一年多的活儿还真是毫发无损。

绣花庙 6 月份还下雪，冬季比其他地方来得要早，农田冬灌必须在 10 月中旬完成，10 月中下旬就封冻了。为了抢时间，胜利人 4 月 12 日就在绣花庙摆开了战场。由于海拔高，连喘气都费劲，干起活儿来就更憋得慌了。一机组是一支有着光荣传统能征善战的油建铁军，2001 年曾经被团中央授予“全国杰出青年文明号”，在甘宁管理处组织的劳动竞赛中，他们以连续 613 道口一次合格，夺取了甘宁管理处 5 月份一次合格数最高的桂冠。胜利人从低海拔的东营平原走来，虽然不适应高海拔地区施工，可这些山东大汉硬是在西气东输全线的最高点连创了几个第一：甘宁段第一个主体焊接完工的机组，第一个连续 838 道焊口百分之百一次合格的领先机组，第一个搞出成型的地貌恢复被甘宁管理处当样板推广的单位，第一个进行全线试压的单位。他们以辛勤的汗水树立了诚信油建的丰碑。

戈壁红柳别样红

管道三公司羊年是个工程大年，承揽了 1 100 公里长的管线，光利比亚就有 600

2004 年 8 月 3 日，技术工人正在焊接西气东输管道上的最后一个焊口。当日，西气东输工程在甘肃省境内完成最后一道焊口焊接，标志着此项工程管道全线贯通。（图片来源：新华社）

公里。技术工人少忙不过来，公司领导决定启用娘子军。

“三八”女子焊工班的领头人叫做刘玉英，是管道三公司焊接培训中心的主任。羊年元月，管道三公司的全国劳模陈兵剑打算成立女子焊工班，请刘玉英来挂帅。当时，很多女工都买断工龄在家休息了，听到陈兵剑的雄心壮志，刘玉英急忙张罗着挑选焊工，很快就找来了 29 个女工。经过认真的培训，两中挑一筛选了焊工中的佼佼者。2003 年 2 月，“三八”女子焊工班正式组建。一共有 20 个姐妹，最大的 36 岁，最小的 20 岁，平均年龄 28 岁。

六标段于 2003 年清明节开工，两个月之后，一支英姿飒爽的女焊工队伍由河南省中牟县向甘肃省安西县桥湾镇进发。当时正值“非典”肆虐，坐火车既要测量体温又要登记姓名，管道三公司就派了辆大客车将女工们一锅端运往安西。客车一刻不停地向陇西驶去，连晚上都在路上奔波，女工们整整坐了两天两夜的车才晃悠到站，晕车的姑娘把胆汁都吐出来了。

夏季的安西酷热难耐，女工们撂下行李冒着炎热就地培训。虽然她们在中牟基地已经经过100多天的强化培训，可管道三公司还要求她们临阵磨枪，线上再实地考核一次。姑娘们特别要强，中午和晚上都在工地加班，焊不好就哭，哭完了照样干。十几天过去了，管道局焊接培训中心委托甘宁管理处的监理来桥湾镇对女工们进行焊接技术考试。那些天，女工们的心揪得紧紧的，刘玉英宽慰大家："不要担心考不上，你们的实力我心里有数。只要你认真焊了每一道口，别管结果怎么样。”老天爷还真长眼，15名女焊工一次考试通过，取得了西气东输工程上岗资格。在培训中心培训和在线上实际焊接有很大不同，培训中心的电流电压都是稳定的，而线上什么情况都能遇到。刘玉英决定先焊三道口拿到库尔勒做焊口物理拉力试验。

焊口机械性能试验，是考核焊工焊接质量的前提。刘玉英的话给了姐妹们极大的压力：这三道试验口就是敲门砖，如果成功了你就可以在线上厮杀；如果失败了你就卷铺盖回家，一点没商量。姑娘们格外认真地侍弄着焊口，提心吊胆地等待着检测的结果。万万没有想到，女工们焊接的三道试验口完全达标。消息传来，姑娘们欢呼雀跃欣喜若狂。

试验口合格只是万里长征走完了第一步，下面还要进行百道口磨合，看质量能不能达到85%以上。安西是地地道道的风的故乡，10级以上的大风是家常便饭。焊接的天敌就是风，第一天焊接，风就给姑娘们来了个下马威，刮起风来什么也看不见了，人站都站不稳，只好互相搀扶着，抱着电线杆子等车来救援。气候干燥，姑娘们的鼻子出血，每个人的嘴唇都裂开了口子。姑娘们竭尽全力只焊了七道口。第二天风沙更加狂暴，把姑娘们的眼睛都眯住了，成绩还不如昨天。严酷的自然环境像拦路虎一样挡在了姑娘们面前，可姑娘们却迎难而上开起了诸葛亮会，大伙儿七嘴八舌讨论如何防范风沙。姑娘们绞尽脑汁想出的绝招儿还真管用，第三天和第四天，她们每天都焊接了十四道口，第五天焊接了十六道口，第六天第七天都焊接了二十一道口……质量检测显示，她们焊接的一百道口居然百分之百合格。焊接讲的是巧劲儿，女人细心认真，焊接质量自然不让须眉。

安西的夏天好热啊，管子上面有50多度，女子焊工班有一些姐妹是第一次上线，开始觉得挺新奇，可时间一长愁事就来了。戈壁滩上火辣辣的太阳无遮无拦，把姑娘们白皙的脸蛋儿晒得像非洲人。焊花飞溅到脖子里和手背上，细嫩的皮肤发出嗞啦嗞啦的响声，真想撂下焊把抖落抖落衣领和手啊，可只要一撂焊把，管子上就会多一道焊缝，姑娘们只好咬牙忍着。

晚上回到驻地，握了一天焊把的手，连端饭碗都直打哆嗦。吃完晚饭，姑娘们最喜欢照镜子。这一照，谁也不敢相信自己的模样，脸上晒出了黑斑，耳朵晒得直流黄水，姐妹们对刘玉英说："班长，我们不怕苦，但我们怕晒黑。"

爱美是女人的天性，刘玉英就很爱美，即使在那样艰苦的条件下，她也留着一头瀑布似的黑发，头发上扎一条黑色的镶金边的发带，戴一副金丝眼镜。作为一个女人，她太清楚强烈的紫外线对女人细嫩的皮肤是何等的摧残。可艰苦从来都和管道人相伴而行，面对恶劣的施工环境，她又能向姐妹们说什么呢？

当时，西气东输全线开展了轰轰烈烈的决战百日竞赛高潮。姐妹们不甘示弱，当她们接过西气东输管道公司党委授予的"攻坚克难，大干百天，决战决胜五六标段"的战旗后，性别的意识就在她们的脑海中淡薄了。她们觉得自己是花木兰，是穆桂英，是戈壁滩的勇士。西线工地热火朝天，看到其他机组不断刷新纪录，姐妹们的心提到了嗓子眼儿。女人天生手劲儿小，男焊工一手拿焊把一手拿焊帽易如反掌，可女人如法炮制不一会儿就吃不住劲了。为了提高工作效率，姐妹们集思广益，终于想出了一个绝妙的办法：在焊帽里安一个铁环，用嘴叼着焊帽，两手握着焊把，这样既焊得平稳，又焊得时间长。为了这个一举两得的创举，姑娘们天天咬着焊帽坚持焊接。嘴里叼一个钟头的黄瓜都会很不舒服，更何况是一顶沉重的焊帽子。一天下来，姑娘们嘴唇发胀，牙齿酸痛，碰上刮风天，满嘴是沙尘和砂砾，姑娘们毫无怨言，硬是咬牙挺了过来。

我站在工地远远望去，桥湾营地夹在两个高塔中，一边是移动通讯，一边是中国联通，这两座塔矗立在风中，当地的手机信号特别好。姑娘们往家打电话，声音清晰极了。女人是感情动物，走到哪儿都惦记家，只要与亲人能保持正常联络，精气神儿就特别高，心情愉快活儿干得也漂亮。

后来营地搬到了安北火车站附近。安西县安北风口地盘很大，每年7级以上的大风要刮40天，5级以上的大风要刮135天。这里气候干燥，年降雨量只有30毫米，而年蒸发水分量却有3 000毫米，蒸发水分量是降雨量的100倍。那里的地势高低不平，起伏较大，焊接非常困难。施工中每天都要爬上爬下，高的地方要放凳子，凳子上面再架梯子，人踩在梯子上焊；低的地方要挖操作坑，人躺在地上焊。体力消耗太大，每天都有哭天抹泪的。

搬到安北以后，手机就没有信号了。姑娘们无法和亲人通话，心里烦躁极了。安北的水质不好，碱性大，加上天气炎热，大部分姑娘水土不服上吐下泻折腾了半个月。身体有病思想就有包袱，思想有包袱就想家。有的姑娘魂不守舍，焊接中连续出现了三道不合格的焊口。刘玉英的心像放在了炭火里，被火苗燎得生疼生疼。她严厉地批评了出纰漏的姑娘，让她们迎头赶上。

在那段日子里，管线每前进一步都特别艰难。刘玉英和项目部经理一道绞尽脑汁，给姑娘们联系医生看病，四处买药和矿泉水，还定做了焊接用的高凳子，调整了施工时间，早出工晚收工，中午炎热时节休息一会儿。这一招儿还真灵，在与亲人失去联系的日子里，姑娘们强忍思念玩命干活，顽强拼搏，终于啃下了安北这块硬骨头。后来，营地又搬回到桥湾镇，姑娘们连饭都顾不上吃就给家里打电话，电话一通，她们烦乱的心绪就变得舒展了，焊接质量也芝麻开花节节高。

标志性工程

宁夏中卫黄河跨越是西气东输工程首次也是全线唯一一次以跨越的方式跨过黄河，施工点位于宁夏回族自治区中卫县沙坡头国家自然保护区境内的黄河刚出峡谷地段。跨越全长540米，首次采用多跨桁架结构，在滔滔的黄河水中连续四跨。单榀桁架长85米，高6米，宽4.5米，重54吨，采用倒三角形钢结构。基础采用大直径钻孔灌注桩，共12个桥墩，基础桩最深，桩基18米，桥面离正常水位25米高。工程的难点在于水下灌注桩施工作业难度大，桁架的整体和垂直吊装就位，精度要求高。中卫黄河跨越工程是目前中国跨度最大的天然气管道桁架结构工程，桁架结构及桥面结构系统是工程的难点和重点。即使中卫黄河达到最高水位，桁架底部仍然距离水面8米左右。

中卫黄河跨越不仅是西气东输的咽喉工程，也是西气东输的标志性工程。工程的难点有三个方面：一是水下灌注桩施工作业，极易被河水冲击；二是 85 米长 54 吨重的桁架整体和垂直吊装很难就位；三是这是目前国内石油、天然气管道跨越同类结构形式中最长的跨越工程。

工程设计通过了黄河水利委员会《黄河治理纲要》有关要求，按照五级通航标准设计建造。中卫黄河跨越工程受到西气东输管道公司的高度重视，工程由拥有专业石油天然气管道跨越技术的四川油建二公司承建。四川油建二公司这些年在大型河流的跨越上叫得很响。1984 年，他们在湖北汉江建过特大型斜拉索跨越，那是一条 1.1 公里长的输油管道；1990 年，他们在四川涪陵用斜拉索跨越的形式跨越 720 米宽的长江，净空达百米高；2000 年干涩宁兰输气管道时，他们在兰州进行了 300 米宽的黄河悬索跨越；2001 年干兰成渝输油管道时，他们在四川广元进行了 270 米宽的白龙江悬索跨越。无论走到哪里，都是铸精品工程，扬川建雄风。

2003 年建西气东输中卫黄河跨越，公司选派了有着丰富跨越施工经验的工程技术人员参加施工。杨胜金经理是四川石油管理局小有名气的跨越专家，2003 年 4 月，他带领队伍来到中卫。经过精心选择，他把项目部放在沙坡头管理处的旧址。这里独门独院，既安静又安全。他们努力做好施工前的技术准备和 HSE 准备。2003 年 4 月 11 日，宁夏回族自治区副主席项宗西亲自来黄河跨越点视察，对川建人寄予厚望。

杨胜金，顾名思义是胜过千金，他的确很有经济头脑，比女人还会当家。他挂帅的项目部精兵简政，除了他这个司令，手下有一个总工程师、一个办公室主任兼经营部部长……十几个人十几条枪，把个黄河跨越项目部搞得生龙活虎。杨胜金站在跨越施工技术前沿，针对国内管道跨越采用悬索结构的主流形式，开展大型管道悬索跨越施工技术研究，对传统的跨越施工技术方法进行了仔细研究，吸取了兄弟单位在陕京线黄河悬索跨越施工失败的教训，大胆地提出了“大型悬索管道跨越施工工艺——荷载逐步转移法”，成立了课题小组进行技术攻关。这项工艺方法通过先架设少量的施工绳节约四分之三的钢丝绳，利用施工绳首先吊装跨越主索，再分段吊装桥面结构和跨越管，充分利用跨越主索的承载能力，将桥面结构和跨越管的荷载逐步加载在跨越主索上。

杨胜金的研究成果在涩宁兰兰州黄河跨越中小试牛刀，吊装就位一次成功，提前 23 天完成任务，创造了国内跨越工程有效施工时间最短、施工人数最少、施工质量最高、安全生产无事故的新纪录，被业主称为中国石油天然气管道跨越的样板工程。

中卫黄河特大型跨越作为西气东输独一份儿的跨越工程受到世人瞩目，身为项目经理，杨胜金深感责任重大。他成立了桁架吊装攻关小组，带领工程技术人员结合工程实际开展技术攻关。桁架吊装方案三易其稿，最后确定了桁架过河采用悬吊法，桁架起吊和就位采用在桥墩上设“门”型抱杆抬吊的桁架吊装工艺。这种方法比传统的架设方法节约130吨钢材、3 600米钢丝绳和160万元人工费，避免了用渡船牵引桁架过河的不安全隐患。

河流跨越大致分八个步骤：第一，施工测量；第二，钻孔灌注桩；第三，在桥墩处下钢筋笼；第四，水下灌注混凝土；第五，桩基础低应变测检；第六，桥墩墩柱施工；第七，桥墩墩帽施工；第八，工艺安装。

杨胜金首先率领人马踏勘现场，调查交通和水文情况。刚来时，黄河水是清的，水流量很小。5月10日，川建人在黄河东西两岸分别筑两个人工岛。中卫县长年干旱缺水，为了保护植被，当地禁止放牧，牛羊只能圈养。2003年，中卫气象部门预测：黄河今年不发水，降雨量比往年少30%。看到这个预报，杨胜金很高兴，搞河流跨越最害怕发水，降雨量少是河流跨越的福音。

河流跨越需要在两岸与河道里有桥墩支撑。建桥墩就要先筑人工岛，有一个作业平台，工人们兵分两路各个击破。建桥墩需要在河道里浇铸钢筋混凝土，人算不如天算，老天爷仿佛有意要考验一下川建人，正当他们憧憬着走出夔门天地宽时，中卫赶上了30年不遇的特大洪水。加上天津大旱，水利部门用了整整170天从刘家峡水库往天津调了12亿立方米的水。调水要途经中卫，施工期间没有枯水期，中卫黄河始终处于高水位，增加了施工的难度。

中卫黄河上没有航标，洪水没有规律性，水像毒蛇猛兽令人猝不及防。西岸的水很大，工人们从驻地用了两个钟头的时间靠着山梁走了6.8公里才到达现场。筑人工岛的点刚巧在8级地震断裂带上，汛期施工举步维艰，没有船吊，钢桩无法形成。过水面减少，水流冲击量加大，工人们费尽九牛二虎之力才筑起了两个人工岛。东岸的岛长85米、宽12米、高7米，西岸的岛长35米、宽12米、高7米。岛上有栈桥和浮箱，总算可以施展拳脚了，谁知6月末突发洪水把作业平台全部淹没，进入现场的道路被冲毁13里，浮桥和东岸的人工岛全部冲毁，大型工字钢被洪水折弯，只好组织抢险。为了加强泄洪，川建人含着眼泪把人工岛全都拆除了。

中卫黄河跨越桥有13个桥墩，四、五、六、七、八号桥墩是双墩柱支撑，一、二、三、九、十、十一、十二、十三号桥墩是单墩柱支撑。六号桥墩和七号桥墩相距85米，桥下的黄河水每秒流速13米，川建人在黄河中的两个桥墩进行基础水下灌注桩施工，高山融水、自然降雨和人工调水给建设者出了一道又一道的难题。七号桥墩和八号桥墩之间要桁架立体垂直整体吊装，这是中卫黄河跨越工程在东岸人工岛上最后一榀组装。紧张的工期逼迫川建人必须在黄河主汛期的河道施工。为了如期完成任务，他们和时间赛跑，工人们早晨6点半起床，一头扎到工地，一干就是十几个小时。午饭在工地吃，晚上7点以后才收兵。工地上人声鼎沸热火朝天，可8月29日夜里的一场突如其来的洪水使跨越点断面河水猛涨，将东岸88米长的人工岛和西岸15米长的人工岛再次摧毁，西岸的一个平台进了水，七号基础脚手架被洪水冲倾斜了。

川建人毫不气馁，与洪水展开殊死搏斗，重新搭建了组装平台。大跨度桁架制作，来不得半点敷衍和虚假。桁架是重要的受力系统，铆焊机组在焊缝检测上除了使用常规的超声波检测外，还增加了渗透探伤和磁粉探伤等检测手段，为桁架的焊接质量上了三保险锁。下料是确保桁架起拱高度和安装就位准确的关键工序，铆焊机组严把下料关，使400多件不同规格的材料和构件几何尺寸准确无误。

电焊工杨兵、刘明胜春节刚过就到西气东输十六标段干活，8月中旬完成了任务刚想回四川和家人团聚，突然接到公司要求他们转战中卫的通知。他们二话没说就赶赴黄河跨越工地，用那双磨出厚厚老茧的手，在宁夏的中卫操起了焊枪。铆焊工程师郭文光已经退休，本来打算结束30年野外施工生涯好好享享清福，可跨越现场需要经验丰富的“老姜”。他重新出山战斗在黄河跨越第一线，在下料和桁架组装上严格把关，把自己“吃”到心里的活计无私地传授给青年人。徐建明既是机组长又是生产现场负责人，还是项目经理杨胜金的助手。他白天在现场指挥施工，晚上与项目部的智囊团们商量安排第二天的生产。铆焊机组在项目部的指挥下，在抗洪抢险中冲锋陷阵，为工程安全度过汛期立下了汗马功劳。

2003年9月25日上午，随着宁夏中卫黄河跨越工程项目部现场总指挥的一声令下，跨度85米、桁架高6米、架宽4.5米、重达54吨的单跨桁架在4台卷扬机的牵引下，离开地面徐徐上升，稳稳地放在了墩帽上，一次性准确吊装就位。

2004年7月3日，随着工人们开始撤除临时设施，西气东输节点工程之一的中卫黄河特大型跨越主体工程顺利完工。一桥飞架东西，天堑变通途。英雄的川建人在中卫黄河上搭彩虹托铁龙西气东输，严管理精施工争创国优。一箭之遥的沙坡头正在建设新的水利枢纽，将来沙坡头水利工程建成回水后，这座西气东输第一跨桥下净高为8米，桥墩冲击荷载30吨，将成为沙坡头旅游景区一道亮丽的风景。中卫黄河特大型跨越工程的顺利完工，为西气东输西段工程的投产奠定了良好的基础。

绿色走廊

39岁的姜昌亮是大连人，高中毕业后，从美丽的海滨城市大连考入古城西安的西北大学，本科毕业又考入中国科学院环境工程专业，从硕士一直念到博士。东北人很依恋自己的故土，戴上博士帽的姜昌亮回到了家乡辽宁，在辽河油田质量安全环保处扎下了营盘。西气东输工程上马后，他调到西气东输管道公司担任总经理助理兼质量安全环保处处长。到企业来虽然工作不一定很专，但天地非常宽广。质安处，顾名思义就是质量、安全，西气东输工程的质量、健康、安全、环保意识是以往任何工程项目不可企及的，英荷皇家壳牌公司对中国石油制定的HSE措施非常赞赏和认同。

我国之所以每年有那么多的矿难和工程灾难，就是因为施工不讲究质量，豆腐渣工程满天飞。当年葛洲坝的电机就是因为螺丝钉松动出的事故，中国人难道连几个螺丝钉都拧不紧吗？不！拧不紧不是因为没有手劲儿，而是因为缺乏责任心。

2002年，第17届世界石油大会在巴西的里约热内卢召开，会议首次将石油工业的社会责任作为主要议题，可见石油人责任的重大。

中国石油是国家石油公司，在国家重点工程建设中显示出特有的实力和水平。西气东输工程为世人所瞩目，中国石油把建设好西气东输工程作为一项光荣而艰巨的政治任务。工程刚启动，就提出了“按期优质安全高效地建设世界一流工程”的宏伟目标，采用新的管理模式严格管理，对不合格的单位坚决淘汰。某家监理公司监理不合格，西气东输管道公司不徇私情，坚决将其淘汰出局，从制度上为建设世界一流工程提供了保证。姜昌亮是一个铁面无私的人，谁要想在工程上糊弄他，他就毫不留情地让你下课。因为工程质量、安全、环保问题，西气东输的罚款扣款达300多万元。有人骂他心太狠，他觉得我对你狠点是为了工程质量的提高，工程质量的提高是为了天下的老百姓。

HSE是英荷壳牌公司在20世纪70年代开始施行的，我国幸好在1996年及时引进了HSE管理体系，可以和国外大石油公司在一个平台对话。西气东输促进了我国的HSE管理与国际接轨，使中国人受益匪浅。在开工前，西气东输管道公司和所有的承包商签订了一个HSE合同，开展了开工前HSE审计，实行合同管理。

健康是西气东输工程的保障。生产是为了什么？为了人能够更好地生活。根据西气东输管道公司HSE管理要求，所有的西气东输员工必须体检合格才能上岗。就连在当地聘用的炊事员也必须经过认真体检。每个标段都确定了定点就医的医院，每个机组都有医生背着药箱巡诊，工人们有病可以得到及时的治疗。

以人为本是HSE的管理理念。天然气管道职工长期在野外作业，生活远离大都市，远离亲人。过去是天当被，地当炕，野菜窝头当干粮，现在，西气东输管道公司对职工的驻地规定了具体的技术指标。公司要求承包商选择地势平坦、干燥、背向的开阔地作为营地，附近要有丰富的水源，噪声控制在65分贝以下；厨房、水源和宿舍设置在营地的上风向，厕所建在营地下风向30米处；营房内设置垃圾储存容器，夏季垃圾必须当天运出营地；房间里尽可能配空调，没有空调就配电扇，住宿条件有了很大改观。

工人一天吃多少肉、补充多少蛋白质都是有讲究的。奉献要讲结果，现在，我们对奉献的理解发生了变化，有了好的身体才有好的精力，不能杀鸡取卵，提高健康水平正是为了可持续发展。工人们在罗布泊无人区都能享受到良好的医疗条件，都能吃到香喷喷的鸡鸭鱼肉。我走遍了西气东输全线所有的标段，经常突然袭击地杀到机组，发现机组的饭菜都能够保证四菜一汤、荤素搭配。

西气东输管道公司还委托集团公司中心医院建立了完善的四级医疗保障体系：一级医疗机构设在公司质安处，配备两名医务人员和医疗器械；二级医疗机构设在管理处，配备两名医务人员；一二级医疗机构负责疾病预防、职工体检和人身伤害应急预案；三级医疗机构设在施工项目部，配备队医，确定对口医院，工人生病可在半小时内得到医治；四级医疗机构设在机组，现场设置急救箱，工人有病可以及时处理。

安全是西气东输工程的要素。在国外大的石油公司中，每个工人都有基本人权，工人在工作中出了人身伤亡事故，可以向在不安全条件下下达指令的公司索赔。因此，国外大的石油公司的业主最重视的是人的安全性，如果这方面出现问题，将被处以相当大数额的罚款，业主将遭受严重损失，如果HSE管理不好，造成的损失可能远远大于工程利润。

过去不穿工鞋、不戴安全帽上工地是司空见惯的，而西气东输工程中不穿工鞋、不戴安全帽，HSE监督员就把你挡在门外。施工现场到处都是醒目的安全警示牌；每个工人的胸卡上都标有血型，以防万一；土质松软的管沟要安防护板。2003年国庆节东部平稳供气后，建设者加强了日常巡查保护工作，及时排查各类事故隐患，提高应急处理突发事件的能力。一方面，加大宣传保护西气东输管道的力度，防止打孔盗气等人为的破坏；另一方面，5公里派一个人巡线，汛期和投产期加大巡线，与公安民警联防联治。

过去修铁路、打隧道，死人是家常便饭，有人说干工程不死人是不可能的，而姜昌亮却认为安全事故是可以避免的。西气东输工程线路长，地形复杂多变，管道穿越沙漠、戈壁、三山一塬、盐沼地、冲沟崾岘、江南水网，高峰期有2.6万名参建者，所有参加建设的石油人无一死亡。由于措施到位，百万工时死亡率小于0.018%，达到了世界先进水平。尽管2003年“非典”肆虐，可我们九省一市的2万多名西气东输职工无一感染。

环保是西气东输工程的特色。西气东输全线有62个生态单元，有3个国家级保护区：新疆阿尔金山野骆驼自然保护区、甘肃安西极旱荒漠自然保护区、宁夏沙坡头国家级保护区；五个特殊敏感区：安徽滁州大柳林木保护区、山西阳城县崦山自然保护区、山西大尖山自然林保护区、泽州自然保护区、河南太行山猕猴保护区。

在西气东输工程的建设中，各参建单位都有很强的环境保护意识，把保护自然生态、保护耕地、保护文物放在了突出位置，提出了“零事故，零污染，零伤害”的施工目标。西气东输是环境监理试点单位。在新疆，项目经理一再告诫工人：“这里的一棵树可能比你们的生命都长，要爱护植物。”

在管线的设计上，尽可能少占耕地，绕开人口密集区和古代文物，在施工中全面推行QHSE管理体系，尽最大可能使管线施工不受污染。另外，制定了恢复自然生态的规划和时间表，管线回填之后立刻植树种草。

到西气东输工作以来，姜昌亮晚上12点之前就没有睡过觉，对建设绿色管道立下了汗马功劳。光一个阿尔金山野骆驼保护区，西气东输管道公司先是多掏了2亿元改线，接着又花了4 000多万元种草、找水源。他率领质安处的人沿线检查，投资3亿元对管道沿线进行环境建设，加大生态恢复和水土保持治理。他们还请来中国科学院水土保持专家到管道沿线指导工作，导水疏水，不给沿线人留下隐患。对国家一级保护植物裸果木的保护、在沙坡头建设沙漠生态林等措施，都受到当地环保部门的称赞。陕西段的湿陷性黄土一遇雨就坍塌，石油人对黄土高坡西气东输管道沿线造成的损失采取生物措施补救，种了大量的绿草等浅根灌木，改善环境，维护管道安全。南疆有180公里作业带，有各种树木3 000多棵，草地上百亩。为了保护这里的珍贵树木和草皮，工人们将作业带缩小到16米宽，挖沟时把土和草皮分开堆放，以利于回填后小草复活。

建设一条绿色管道已经成为西气东输建设者的共识，西气东输管道公司计划用三年的时间把生态环境恢复到施工前的水平，有的地方还要超过施工前的水平。人与自然和谐共处是一种科学发展观。我顺着管道沿线走了8 000里，欣喜地看到管道沿线地面已经种上了树和草，有的已经长出了庄稼，要不是有里程桩的标志，很难想象这里曾经铺设过管道。

国外大的工程项目非常重视社会问题管理，石油公司与社会社区建立一条通道，帮助管道沿线的人建敬老院，赢得了人心。我们原本为改善环境而来，决不能以破坏环境为代价。中国石油人像爱护自己的孩子那样爱护着西部脆弱的生态环境，为了工程建设与环境的和谐，西段取消了扫线作业，变扫线作业为场地平整，建设人文管道，建立希望小学，爱护国家文物。西气东输像播种机，既铺设了一条黑色的管道，也把西气东输工程沿线建成了一条绿色走廊。

精心培育市场

目前，我国基本上没有关于石油天然气的专门法律，为实现石油天然气工业的有序竞争、规范运作和健康发展，加快建立、健全石油天然气法制体系迫在眉睫。

目前实行的天然气定价机制难以灵活反映市场供求关系的变化，使天然气与其他替代能源相比缺乏竞争力，部分气田生产仍处于亏损状态。价格不合理将会导致资源利用的不合理。我国需要尽快研究适应天然气工业快速发展、符合市场经济规律的天然气定价机制。由于下游用气市场配套设施滞后，需要进一步改革城市燃气管网的建设和运行机制；天然气安全生产和输气形势也不容乐观，需要继续大力整顿天然气生产、运输市场秩序。中国的天然气工业正处于蹒跚学步的阶段，天然气在能源结构中只占很小的比例，在市场开发初期，几乎所有的下游用户都没有利用天然气的经验。天然气市场是要精心培育的，河南用过天然气，销售中很容易解释，江苏以前没用过天然气，打开市场较难。

天然气的压力高，燃烧时火苗是蓝色的；而人工煤气压力低，热水器燃烧时忽冷忽热，做饭时烧不起来，时间较长。南京是著名的火炉，夏天空调用电量占整个用电量的30%，用电高峰期需要阶段性断电来调节。南京规定办公室32度以上才允许开空调，可见电力之紧张。西气东输送来了天然气，南京正在考虑用天然气来发展空调和采暖市场，冬天通过天然气燃烧来供暖，夏天通过燃气空调唱主角，缓解南京用电的紧张。

在南京中央路港华燃气有限公司，郑成材总经理向我讲述了南京燃气市场的情况。西气东输工程上马之前，南京的气源主要有两处：一处是梅山冶金气源，上海宝钢集团公司在南京的西南郊有一座梅山钢铁厂，这座钢铁厂的工业副产品焦炉气供应南京市民用气；另一处是清油厂，利用石硇油原料生产人工煤气。现在国际市场的油价昂贵，石硇油的价格也很贵，用天然气可以降低成本。

2003年6月，南京市煤气总公司与香港中华煤气有限公司合并，注册资金6亿元，双方各占50%的股份，计划5年内投资15亿元建设燃气管网，每年更换几十公里的管网。从南京门站建设一条75公里的高压管线需要2.5亿元，地下管网增加了管线和调压器。

郑成材曾经在英荷壳牌公司及美孚公司做过能源发展，在加拿大做过天然气核能发电，还在香港中华煤气公司工作过6年。公司合并后，香港派4个人到南京管理，他担任总经理。天然气做汽车燃料是最佳选择，既便宜又成熟。欧美用天然气做汽车能源有30多年的历史，而我国才刚刚起步。

南京地区处在西气东输工程主干线地段，是西气东输工程的主要目标市场之一。

南京有40万民用人工煤气用户，虽然西气东输的天然气已经到达南京，但必须等管网置换好了才能使用。由于天然气与人工煤气的特性不同，人工煤气的灶具和热水器直接用天然气会引起意外事故，所以必须置换灶具和热水器。为此，南京港华燃气有限公司组织了32个厂家的800个技术人员利用双休日到用户家中，免费为用户置换灶具的喷嘴、火盖及热水器的燃烧器、喷嘴和控制阀的阀芯，现在已经置换完2万户。

有的用户算不过账来，质问他们，过去用人工煤气1立方米1元1角，用天然气1立方米2元2角，价钱贵了一倍，为什么要用？他们就在社区搞咨询，反复宣传人工煤气与天然气的热值不同，南京人工煤气的热值是4 100大卡，天然气的热值是8 600至9 000大卡，天然气的热值是人工煤气的2.3倍。比如烧一壶水，人工煤气的使用量大大高于天然气的使用量，烧两三立方米人工煤气等于烧1立方米天然气，虽然南京人工煤气1立方米1元1角，天然气1立方米2元2角，但由于天然气用量小，所以还是比用人工煤气便宜。

国产10升以上的人工煤气热水器需要整体更换，他们就组织热水器厂家到社区卖热水器，价格必须比商店里卖的要便宜，用户购买后由热水器厂按照燃气有限公司的要求来安装。除了灶具，燃气的阀门和立管都要更换，平均一个用户身上要花300元，40万用户就是1.2亿元。做燃气行业需要投入大量资金，他们建好的高中压管线天天有人拿着仪器去检测，低压管线每周都有人去巡线，发现问题及时抢修。现在，南京港华燃气有限公司基本上是赔本赚吆喝。从长远的观点看，燃气行业是个赚钱的行业，长期投资长期回报。他们希望在三五年内能够扭亏为盈。

西气东输天然气销售协议的签署，标志着西气东输项目“照付不议”合同谈判取得了重大的突破性的进展，标志着西气东输“照付不议”合同在中石油与下游用户的长期努力下共同取得了阶段性成果，标志着西气东输“照付不议”合同条款得到了下游用户的广泛认同。

西气东输管道遵循市场经济的法则，在满足社会对天然气的需求以买方为中心的经营理念下，通过供气和用气双方共同遵守“照付不议”合同这一前提，负责城市管网用户的季节调峰和直供电厂用户的小时及季节调峰。

西气东输气源单一而用户众多，用户主要是由城市燃气、工业、化工和电厂等多种用气类型组成，其中城市燃气和调峰电厂用气量比例大。随着西气东输管道的全线投产，西气东输的市场开发工作将重点转向天然气销售。

管道运输费是国家监管价格，塔里木气田的天然气是 1 立方米 4 角 8 分，根据管线的长短、输送的远近，不同的省份天然气价格也不尽相同。河南省的天然气平均门站价是 1 立方米 1 元 1 角 4 分，工业用气是 1 立方米 1 元 1 角 2 分，民用天然气是 1 立方米 1 元 1 角 6 分；安徽省的天然气门站价是 1 立方米 1 元 2 角 3 分，民用天然气市场价是 1 立方米 2 元 1 角 5 分；江苏省的天然气平均价是 1 立方米 1 元 2 角 7 分，调峰电厂直供用气是 1 立方米 1 元 1 角，门站天然气是 1 立方米 1 元 4 角 2 分，民用天然气市场价是 1 立方米 2 元 2 角；浙江省的天然气门站价是 1 立方米 1 元 3 角

2004 年 10 月 9 日，西气东输终点站上海白鹤站的工作人员在检查管线。
（钮一新 / 摄，图片来源：新华社）

1 分，民用天然气市场价是 1 立方米 1 元 5 角 7 分；上海市的天然气平均门站价是 1 立方米 1 元 3 角 1 分，门站价是 1 立方米 1 元 4 角 6 分，民用天然气市场价是 1 立方米 1 元 8 角至 2 元 6 角；西气东输全线天然气平均价格是 1 立方米 1 元 2 角 7 分。

天然气销售是一门学问，既要让中石油有利可图，又要让用户承受得起。在中石油精心组织统筹安排部署下，在管道沿线四省一市计委的帮助协调下，中石油上海市场开发部向国际石油公司学习，深入现场走访调查，逐个落实用户，创造性地完成了市场开发阶段的任务，起草完成了既有中国特色，又符合国际惯例，在体现中石油利益最大化的前提下，既得到国际石油公司的基本认可，又能被广大用户普遍接受的“照付不议”天然气销售合同文本。

经过半年多的努力、千百次的沟通协调、反反复复的文本修改、数十回的艰苦谈判，终于和部分用户签署了西气东输天然气销售协议。

西气东输工程发挥的作用是综合性的、长远性的、基础性的。上游资源的开发能够大幅度地带动城市下游管网以及天然气利用项目的建设，产业链从机械、电力、化工、冶金到建材，都会从中受益。

石油是工业化国家的血液，历来被称为“黑色的金子”。发展石油工业，在中国的大地上浓浓地描上一笔，这一笔不是画家挥毫在画布上随意挥洒的，而是西气东输 2.6 万名参建者用热血一寸寸去描绘、用汗水一滴滴去抒写的！

（选自人民文学出版社《中国动脉》，2005 年 1 月出版，作者：孙晶岩）

“1号文件”宣讲手记

2004年2月8日,《中共中央国务院关于促进农民增加收入若干政策的意见》以中共中央“1号文件”的形式正式发布。之后，又出台了一系列支持农业、发展粮食生产的政策措施，包括降低农业税税率、对种粮农民实行直接补贴等。它标志着，开始于1978年的我国农村改革在新世纪的第四个年头又有了新的动作。作为河北省“推进农村小康社会建设宣讲团”的一员，作者欣喜地感受到了“1号文件”带来的春风，也在实际工作中意识到：立党为公，执政为民，基层尤为重要。

又见“1号文件”

从1982年到1986年，中共中央曾经连续出台过五个关于农村工作的“1号文件”。在这五个“1号文件”的指引下，家庭联产承包责任制以排山倒海之势在中国农村形成了一场改革风暴。它们的发布实施，迅速地把中国农民从人民公社体制下解放出来，确立了农民相对独立的商品生产者地位，激发了他们长期被压抑的积极性，开创了中国农村发展的新局面。

那个时候，我曾供职于一个地级市农村工作部的政策研究室，亲身参加了那场波澜壮阔的社会变革。当时，我经常回到冀东老家去探视父母，每次回去，村里总有好些人围着我打听“集体解散”——搞联产承包的事情。他们不理解、不认识，以为来了洪水猛兽。有一次，我的一个叔叔对我说，他弄不明白，为什么搞了30年的集体经济要解散搞单干呢。当我向他解释的时候，他竟红着脸和我嚷道:“不是走回头路了吗?”每每遇到这种情况，我总是耐心地向他们解释，可是仍然有些人心存疑虑。村里一些人那茫然的眼神，至今我还记忆犹新。

上世纪50年代，冀东曾经出现过被毛泽东赞誉为“整个国家的形象”、靠“三条驴腿”起家的“穷棒子社”。80年代中期，我曾经几次到过产生“穷棒子社”的遵化县西铺村，了解那里家庭联产承包责任制的落实情况，自然也要看望那个时候因为犯错误被安排到县水利局当顾问的王国藩。当时，王国藩一副老农模样，穿着只有老农民才穿的那种没有外罩的棉裤、棉袄，耕地、放驴，做各种农活。尽管如此，他毕竟是从政多年的干部，对形势、政策讳莫如深。尽管如此，从他投给我的那一个个眼神和简单得没法再简单的话语里面，我还是能够体会到他对当时政策的疑虑。当时，人们坚信，人民公社那样的体制才是真正的社会主义。因此，有相当一部分人对搞“大包干”不认识甚至反对。有一句顺口溜为证：“辛辛苦苦三十年，一夜退到解放前。”但是，先于农村改革的“解放思想”大讨论，确立了“实践是检验真理的唯一标准”的主导思想，为农村改革向更大的广度和深度发展提供了强大的思想武器，使农村改革由点到面、由局部到全局不断推进，并最终取得了令人注目的辉煌成就。到上世纪90年代中期，我国粮食生产能力达到了5 000亿公斤的水平，开创了农村经济发展的历史纪录，也极大地促进了整个中国改革开放事业的蓬勃发展。“盖新房，娶新娘，‘1号文件’喜洋洋。”在上世纪80年代初期，这五个“1号文件”简直就是推动整个农村生产力发展的强大武器。随着生产力的迅猛发展和长期困扰我国社会经济发展的粮食问题得以解决，农产品市场由卖方市场转变为买方市场以后，这五个“1号文件”所释放出来的巨大能量便开始削减。

以党的十六大为标志，中国特色社会主义事业进入到了一个新的发展阶段，根据变化了的农村形势，党中央提出了建设小康社会、调整农村产业结构等一系列的指导意见。伴随着农村改革的逐步深入，农产品市场在保证粮油等基本供给的同时，肉、蛋、奶、菜等生活资料的供给空前充裕。但与此同时，农村经济的发展也出现了不少新问题。“少了喊，多了砍，不多不少没人管”的倾向在一些地方不断出现。农民们甚至在还没有充分体会到种地带给他们多大好处的情况下，就尝到了“种粮越来越不挣钱”的苦涩。似乎全中国人都明白一个不是道理的道理：农民只要不当农民了，农民只有干上工人、商人的营生了，才能富裕和过上好日子！这难道不可悲么？！在比较效益面前，农民“八仙过海，各显神通”，以一种无组织化的形式大量流向城市。于是，社会上“民工”、“打工”等词语开始流行，一年一度春节前后因民工返乡而泛起的"民工潮"更是甚嚣尘上。如今，农村的常住人口只有在册人口的一半左右。而且，出现这种现象的已经不是个别村庄，已经非常普遍了。生产季节，村庄里面剩下的都是所谓的"三八"、"六一"、"残疾人"。至此，"三农"问题开始提出并引起党中央、国务院的高度重视。

我长期工作在农业系统，对农村、农业和农民有着特殊的感情，始终观察着农村改革的走向和农业的发展，关注着农民的生计，尤其对于中央五个"1号文件"威力削减之后中国农村的发展，对于农民增收出现困难和农业生产徘徊的现状深感忧虑。据有关部门统计，1997年以来，农民收入每年的增长率还不到4%，仅为城镇居民收入增长幅度的一半。这样的形势不容乐观。有识之士认为，"三农"问题的产生，表面上看是农民、农业和农村出现的问题，实际上却是整个中国经济社会存在的深层次矛盾的反映。它的根源有农村固有的矛盾和问题，而更为关键的却是源于宏观经济社会的价值取向。长期的"城乡二元经济结构"，在五个"1号文件"的冲击下稍稍有所松动，在遭遇城市改革压力面前又出现了恢复性增强，"剪刀差"扩大，城乡差别增大，农民总是处于一种被动、可怜的地位。可以毫不夸张地说，时至今天，农民也没有取得严格意义上的"国民待遇"。一个在农村的亲戚曾经央求我说："给我找个事儿吧，即使到城市里拾破烂，我也不愿意在家里种地啦！"可见他的心里有多苦。

面对农民收入连年增长缓慢的严峻形势，党中央、国务院高度重视，重又出台了针对"三农"问题，特别是农民增收问题的"1号文件"。中国的事情很多，我并不以为非要把农业、农民、农村工作总作为中央的"1号文件"来指导就能够解决问题，但是至少在当前，中央就农民增收问题专门出台文件，而且是中央"1号文件"，我认为是英明的，它抓住了中国目前最重要和紧迫的问题，牵住了经济社会发展的"牛鼻子"。我认为，2004年中央出台的"1号文件"以及与之相配套的一系列诸如给种粮农民发放种粮补贴、减免农业税等政策，都具有里程碑式的现实和历史意义。在2004年中央"1号文件"出台以后，广大农民奔走相告，欢欣鼓舞。据报载，中央"1号文件"出台，尤其是国家出台种粮补贴政策和取消部分农业税的具体政策公布以后，农民播种粮食的积极性空前高涨，外出打工的势头开始回落。

张北：胡总书记视察过的地方

2004 年的中央“1 号文件”如一缕春风吹遍了祖国大地，在农村产生了巨大反响，举国上下形成了一个学习、贯彻、落实中央“1 号文件”的热潮。各级党委和政府都立足实际提出了本地贯彻落实的政策意见，作出了具体工作部署。中央“1 号文件”出台仅仅半个月，河北省委就召开了省委六届五次全会，专题研究“推进农村小康社会建设”问题。省委书记白克明指出，河北是一个农业大省，近 80%的人口在农村，“当前，我省农业和农村工作面临的突出矛盾和问题是农民增收困难，贫困人口脱贫没有得到根本解决，农业、农村经济结构调整的任务很重，农业竞争力和抵御自然灾害的能力不强，农村劳动力就业压力加大，各项社会事业发展滞后，城乡差距进一步拉大。”这次会议审议通过了《中共河北省委关于推进农村小康社会建设若干重要问题的意见》，对全省的农村小康社会建设进行了全面安排。时隔不久，中共河北省委又决定从三月份开始，从省直机关选派 1 000 名干部组成“推进农村小康社会建设宣讲团”，用三个月的时间到农村宣讲中央“1 号文件”，落实胡锦涛总书记在河北视察工作时的重要讲话精神和省委六届五次全会精神，帮助基层开展工作。

我有幸参加了“推进农村小康社会建设宣讲团”，并且来到了胡锦涛总书记视察过的坝上农村——张北县。

张北县位于河北省西北部、内蒙古高原南缘，号称“坝上首县”。它地处内地与蒙古高原的交通要冲，历史上，北方游牧民族大都在这里留下过足迹，农耕、游牧两大集团长期往复争夺，战事频繁。民国年间，更是兵燹匪患迭起，导致住户迁移，民不安生。这是一片多灾多难、人民长期颠沛流离的土地。新中国成立后，生产力发展，人民生活大有提高，加之近年扶贫开发，经济社会长足进步，但是农民依然贫困，部分人温饱问题仍未解决。今年 1 月 21 日是农历大年三十。在这个本该阖家团圆的日子里，胡锦涛总书记专程来到张北县油篓沟乡喜顺沟村看望了这里的干部群众。日前，我专程去了一趟油篓沟乡喜顺沟，来到胡锦涛总书记曾经包过饺子的村民吕占林家。那天，吕家正在建沼气池，人们都笑逐颜开，庭院里弥漫着喜庆的气氛。说起总书记到家里来，吕占林老人高兴得合不拢嘴：“总书记可好了。

他先是去了王瑞祥和温林家，都快11点了才到我们家的。”“我们正在包饺子。胡总书记说：‘我们一起包吧。’说着，他脱了羽绒服，洗洗手，盘腿坐到这里。”吕占林指着土炕中央靠近窗户的地方对我说：“他擀饺子皮，也包了饺子。一边包一边笑着说：‘我的包法与你们有点不一样，我这是南方包法。’”“总书记就坐在这儿和我唠嗑的么！他问我除了种粮食，还有没有别的收入，村里还有没有困难户。包饺子的时候，总书记还用胳膊肘子捅我，说：‘你要靠自己，要自力更生。’哎！胡书记可和蔼了。”

可能是听说村里来了人，村支书阎林也闻讯赶来了。他向我介绍了总书记到他们村视察时的情况。当时，总书记对在场的人们说：“一定要想办法帮助困难户解决困难。我们讲要代表最广大人民的根本利益，要关心群众生产生活，首先要关心困难群众的生产生活。全面建设小康社会，一个重要内容就是要帮助贫困地区和欠发达地区加快发展，使群众尽早脱贫致富。”从吕占林家出来，胡锦涛看见村头上聚满了闻讯赶来的群众，便不住地同大伙握手，给乡亲们拜年，还询问了过年的情况。之后，他说：“目前，乡亲们的日子还不宽裕，对乡亲们的困难，我们时刻记挂在心上。党和政府一定会把扶贫开发摆到更加重要的位置上来，加大对贫困地区和欠发达地区的支持力度。大家也要发扬自力更生、艰苦奋斗的精神，依靠自己的辛勤劳动逐步改变面貌。只要大家坚持不懈地努力，日子一定会越过越好。”

我从事宣讲工作所驻的郝家营乡与胡总书记到过的油篓沟乡相毗邻。同围子村的乡亲们谈起胡锦涛总书记到张北来视察，大伙都非常激动。他们说：“总书记与我们心连心，关怀我们穷苦人。我们一定要记住总书记的嘱托，认真贯彻中央‘1号文件’和省委六届五次全会精神，把粮食生产搞上去，尽快脱贫致富奔小康。”

“围子”和它的阴影

每个村庄都是一部历史。我们入驻的围子村比其他村的历史更为沧桑。书写围子村历史第一笔的，是一个叫程龙的人。那是一百多年前，在坝上的荒原上，在前人养马的马囫囵的基础上，他出资在现今围子自然村的村址上掘土筑城，并招募乡人养马垦殖，形成了最初的定居点，人称“程龙围子”。

我来到坝上这个小村庄不久，便对它产生了浓厚兴趣。我走访了好些村人，并两次专访了该村年龄最大的老人高万英。高万英说:“最早，是一个叫兴隆魁的山西人在这里养马。他在草原上建了八个马囫囵，养了好多马。后来，不知道什么原因，兴隆魁把这些马囫囵卖给了程龙。这个程龙本是口内人，他的家族势力很大，在张家口都称得上大户，经营着多家买卖。程龙作为一支，先来到张北县城附近的龙王庙，不久又迁到这里。据长辈说，那时候程龙十八九岁，身上经常挎着枪，很是威风。”高万英老人今年86岁，一米八上下的个头儿，消瘦，满脸皱纹，双眼的眼角上都挂着黄色的眼屎。不过，他神志还算清醒，也很健谈:“那程龙是大地主么，他在这里围起一座土城来，城墙有五六米高。为了防范土匪，还修建了两个炮楼，常年雇人把守，整个围城只在西面开了一个城门。围城里面开着油坊、面铺，还有酱油、醋的加工厂。”据高万英老人介绍，当时坝上土匪特别多，他们经常到各地打家劫舍，杀男奸女，无恶不作，他们管这叫“男人遛马，女人巴叉”。程龙建造这座围城就是为了防备土匪抢劫的。土城之内，除他一家居住外还有买卖上的账房先生、车倌儿、佣人等，最多的还是租种他土地的长工，有十来户。高万英的父亲和他自己都做过程龙的长工或短工。当时坝上的土地租佃形式有“出租土地”、“伙种地”、“伴种地”等，其中“伙种地”比较普遍。程龙就是采取“伙种地”形式把土地常年租给长工的，到收获的时候双方四六分成。即使是这样严苛的剥削，也不是谁都能租到他土地的。因为兵荒马乱，人们都没有安全感，能够进到程龙的“围子”里毕竟相对稳定，因此都想租种程龙的地。“那时候有多少人家遭抢呀！有多少良家妇女被轮奸呀！前村有一个新媳妇被20多个土匪轮奸后，得了肚子鼓胀的病，时间不长就死了么！”说起这些事情来，老人显得异常激动，本来就颤抖的手这会儿抖动得越发厉害了。他说:“土匪们都骑着高头大马，那马蹄子有碗口般大小，一阵风似的就来了，吓死人啊。”

当地人称土匪头子是“拉竿的”，有山西的、内蒙的，也有本地的。他们来无影去无踪，但有时候也在附近驻扎下来。程龙为自己的利益也曾经拉拢过一伙土匪，有一百多号人，条件是定期给他们些钱物。因为土匪猖獗，当时人们都不敢穿好衣服，把自己伪装起来。尤其是女人，外出的时候不但要换破旧衣服穿，还要把自己打扮得邋邋遢遢的，临出门要故意往自己脸上抹上几把锅黑。即使是这样也时常出事，不知道有多少姑娘媳妇被人蹂躏过。

从高万英那低矮又残破的土屋里出来，他又引领我来到村西头，指点给我围城的旧址。经过上百年的风吹雨打，今天依然能够看到当初的围墙，只是已经很矮了。那是用坝上随处可见的胶泥土夯筑而成的，灰白的颜色，让人一看就感觉到它的苍老和悲凉。虽然已经初春，但那一蓬一蓬的芨芨草还呈现着枯黄颜色，北风依然很硬，打在草尖上，发出嗷嗷的声响。这是一个有一百年历史的围城，这是一个已经繁衍几代人的村庄，这又是一片被蹂躏的土地。它处在内蒙古高原南缘与中原接头的过渡地带，历朝历代均为兵戈铁马之地。从草原南下的游牧民族，进犯中原必先踏平坝上，带给了这里的人民无尽的苦难。这里积淀的是过多的流离和动荡，因此，隐蔽、封锁、不事张扬这些性格在人们的身上也就自然而然地形成了。在这里住了一段时间后我发现，如今的围子村的人群也在分化。在老年人身上依旧保留着明显的旧传统，他们依然以不事张扬为美，对隐蔽和保守所带来的负面效应有更大的承受力。他们对说自己穷已经习以为常。在他们的眼里，富裕和显摆可能意味着不安全，以至于可能无事生非，遭灾惹祸。可是年轻人却明显地变了。现在，全村接近一半的人已经走出"围子"，走向更广阔的天地"打工"去了。仅 1998 年农村第二轮土地承包时就有 32 名村民主动放弃了承包土地。他们的户口虽然还在围子村，可是他们的根却扎向了外乡的土地。如今，"程龙围子"的村名已经改成"围子"了，表面上少的只有两个字，但它却表明了当地人心态的变化，甚至是一种全新理念的产生。该去掉的必须去掉，这样才好轻装上阵，才能创造新的历史，创造属于我们这个时代精神的历史。

的确，围子不应该总生活在历史的阴影里，它应该创造新的辉煌。然而，他们竟没人在意自己种着几亩土地。

阳春三月，这只不过是人们谈论春天的固定说法罢了，甚至连坝上的人也跟着这样说。其实，坝上的三月距离春天还远着呢。我在坝上进行宣讲的时候，即使是三月底，天地间依然是满眼的冰天雪地，哪里有一点春的气息？ 24 日一大早，当我们宣讲组一行三人站在围子村王油坊自然村村头的时候，发现一个老汉正在推开柴门。他和他身后那头黄牛几乎是一块儿抬起头的，刚好同我们打了个照面，之后，他们便无声地张望着我们。我们下了道，拐向他身旁的那条依然积存着雪的白色的小道儿。看过去，土路两旁零落地平卧着三四处土房，还有几棵高低不等的杨树，都光秃着枝杈，在寒风的打压下阵阵抖动，却几乎没有声响。"我们刚起床，吃两顿饭么。走，到屋里坐。”听我们说明来意，老汉客气地招呼我们。走进家里一看，土墙土院土房屋，土打的锅台连着炕。一个老式板柜靠在北墙，上面放着一些锅碗瓢盆。他老伴明显是刚刚起床，一边收拾屋子一边招呼我们，一口一个“咱们是一家”，说得我们心里热乎乎的。老汉叫王宪，今年72岁。一顶蓝颜色的布帽，搭拉着帽檐，黑色的棉袄棉裤，脚上穿着一双自家做的布鞋。一张山药蛋一般扁平的脸，络腮胡子，满脸皱纹，两只眼睛虽小，却总是眯眯地笑着，笑容可掬地张罗为我们倒水，现出一副幽默的神态。

“日子过得怎样？满意不满意啊？”

“有饭吃，有烟抽，有酒喝，满意！”他一脸堆笑，“比过去好多了。”

“种着多少亩地呀？”

“十多亩吧。”

当我们问他究竟种着多少亩地的时候，他却无论如何也说不清了。尽管我们与他一笔一笔地计算，最终我们也只是明白个大概。转天，我同村主任王军聊天，想到了王宪，便询问他的情况，想不到他所提供给我们的信息竟与王宪自己告诉我们的大不一样：“他没地么。头几年收‘三提五统’的时候，农民负担重，他为了不掏钱，申请不要承包地了，还迁出了户口。”王军停顿了一下，“究竟迁了没迁咱也说不准，反正是不交钱了，因此村上也就不分给他地了。现在他种着的地是他儿子的么。”

过了几天，我们到围子自然村的韩进林家了解情况，询问他种着多少耕地。一开始他说是十几亩，后来又说是18亩，经我们与他一块地、一块地地计算，结果是33.85亩，竟然有这么大的悬殊！

树根营自然村的张世进是个贫困户，八年前出义务工的时候因车祸轧断了八根肋骨，生活很困难。我们在他家里慰问时顺便问他的收入情况，当问到他种着几亩地的时候，他也是含糊其辞。同村的张成，也说不上自己种着几亩地，经我再三询问并要求他找找土地证的时候，他才翻箱倒柜，结果在一个纸箱里找出了经张家口市农业委员会监制、盖着张北县人民政府大红印章的“土地承包经营权证书”，上面明明白白地登记着土地亩数、土地级别以及“四至”。上面还记载着承包期限“由1998年1月1日起到2027年止，30年不变”的内容。拿着证书，我指点给张成老两口看，他们好像才感觉着它的存在似的，张成老汉一边用手揉眼睛一边说：“喔，是它呀!”

在围子村农户中走访，给我的一个突出感觉是，围子人对交纳农业税和出义务工的数量斤斤计较，而对自己种着几亩土地却不大在意。可以毫不夸张地说，任你随便走到哪个家庭，随意地去问他们种着几亩地，说出来你可能不信，他们竟没有一个人能准确地说出自己究竟种着几亩土地。他们告诉我的，只是一个大概，全不像城市郊区或是平原上的农民那样把土地面积精确到几分几厘。作为以土地为生的农民，围子村的人们竟没有人在乎自己究竟种着多少地，这不能不让人感觉新奇。特别是王宪老汉(不仅是他自己)，到老的时候却自愿放弃土地，而且是挖空心思，还要耍些手段，我想，一定有他的难言之隐吧！奇怪的是，我们找他座谈的时候他却说如何如何地满足，这该是一种怎样的心态呢?

在坝上，所有的村庄几乎都有一座庙，一人高低，极其简陋，里面供奉着“土地爷爷”。“土地爷爷”是当地农民的守护神，人们家里有大事小事啊，祈求降雨啊，都到那里去“告庙”。我向围子的村民打听过“告庙”的情形。“告庙”的时候，须围绕着庙左向、右向各转三圈，之后是跪拜、祈祷。说实话，我叹服坝上人的虔诚和执著，但我弄不明白的是，他们如此敬奉“土地爷爷”，可他们为什么对土地竟那样不在心呢?

“笨庄户”

“笨庄户”是围子村的人们对贫困户梁志云一家的贬称。进村不久，我向村干部了解村里贫困人口的生活状况，村干部们说，最困难的要算梁志云了。他虽然不傻，可就是命运不济，不会过日子。头几年身体好的时候种啥啥不收，养啥啥赔钱，去年出义务工又扎坏了眼睛，生活更加困难了。梁志云一家三口人，住着两间土房，一间做饭，一间住人。我走进他屋里的时候，梁志云正在摆弄他看病买药的发票，所以我们的话题便先从他去年眼睛被扎伤一事说了起来。按着张北县政府“禁牧”的要求，围子村委会组织部分村民出义务工在草场周围建设铁丝护栏。2003年6月24日，在村委会和县畜牧局技术员的安排下，梁志云同其他几个村民在村西草滩上建设草场围栏。在检查网栏接头时发生了意外，一根钢丝弹了他的眼睛。当时，他的眼睛和鼻子都出了血。村干部发现后急忙请来医生，医生当即给他进行了包扎治疗。大家以为没有大的问题了，可是到了晚上，他却疼得一宿没有合眼。到第二天，他的脸整个肿了。为此，他托村里人带他到张北县医院眼科进行检查。医生诊断为眼神经管断裂，眼底存有死血。但是，因为医疗条件有限，县医院建议他到张家口的医院医治。经过一段时间的治疗，有所好转，但他的左眼眼底依然有炎症，并伴有头痛。后来，因为自己无钱医治，梁志云先后找到村委会和乡党委，要求解决医药费。乡党委安排他到乡卫生院治疗，因为效果不明显，他又找人配药吃了一个冬天。2004年4月，他的眼睛又出现了新的症状，眼睑红肿、头痛。于是，梁志云又找到乡领导，乡里安排他再到张家口市四院治疗。经专家检查，确诊左眼已经失明，头痛是因为眼睛炎症引起，要消除疼痛只有挖掉左眼。因为治病，梁志云已经把家里的牛、猪以及“退耕还林”发给他的粮食全都卖掉了，生活陷入了极度的贫困之中。他一家2003年的自营收入4 584.7元，出卖退耕还林领到的小麦、玉米收入1 057.6元，总计5 462.30元，可是仅医药费就花去了5 100元。如果计算生产资料和日常生活费用，他是入不敷出的。现在他有外债2 760.13元，还不包括历年来欠村民的各种零星款物。梁志云家里，一个五尺板柜是他外出打工的弟弟寄放的，他自己只有一个三尺小柜。盛粮食的缸，也只有一口，其余也是别人暂时存放在这里的。炕上有几床被褥，柜子上有一台12英寸黑白电视机，此外再没有一件像样的东西了。梁志云夫妻没有生养，只好抱养了一个女儿，今年读小学三年级。两口子种着25亩土地，整天在土地上忙活，却没有过上好日子，因此，村里人管他叫“笨庄户”。看见他如此困难，又听他说女儿面临失学，我从兜里掏出200元钱给了他的女儿梁春花，嘱咐她要继续读书，努力学习，将来报效祖国。

可我万万没有想到，人们听说了我的举动后竟是连连叹息。他们说:“他那根烂井绳，再扶也变不成旗杆哪!”

有一次，我同村干部和来围子村打井的老赵闲聊，扯着扯着竟说起梁志云来。大家你一言我一语，说得我脑门子冒汗，感觉着我给梁志云捐款简直就是犯错误了似的。

“你给他钱那简直就是—— 打水漂儿!”梁志云的邻居高登山愤愤不平地说，“他自己缺心眼儿，他媳妇没脑筋！还是在生产队劳动的时候，他与别人干同样的活计，别人都麻利地干，他却总是磨磨蹭蹭的不出活计。就拿割莜麦来说吧，别人割四捆，他一捆也割不了。我亲眼见过他干活，扭扭捏捏，简直就不是庄稼人！他的眼睛怎么扎坏的？本来围栏的活计做完了，大伙都要撤了，就那一会儿工夫，他磨磨蹭蹭的也不知道怎么搞的就把眼睛扎了。前年，他种了一亩多白菜，也不好好经管，长得那叫差劲呀，来买菜的人看了扭头就走，没一个买的。白菜没有卖出去，要真是过日子的人家，卖不了也得收回家里喂猪哇，你们说他怎么整的？他竟不管了，全烂在了地里，真是败家子啊。这样的人不受穷才怪呢。真的就是人们常说的那样：‘自己命苦，别怨政府！’”听高登山这样说，村支部书记张志也插进话来。张志接近哑嗓子，说起话来脖筋直绷：“他啊！夏天你给他200元他割肉吃了。冬天你给他200元他赌博输个龟的啦！你看着他穷，可是到来牌的时候你再看他，一坐就是半天！出手大方得简直就不是他了！一会儿从这个兜里抽出一张(100元大钞)来，一会儿又从那个兜里抽出一张来。你都不知道他怎么有那么多的钱！”

到围子村来打井的人叫赵秋来，沧州献县人。因为是外乡人，对围子村人的一些特点或许看得更清楚。他高声大嗓，描述起坝上的人来简直就是绘声绘色。“我告诉你，老冯，”他使劲儿地将身子挪向我，指手画脚地说，“这地界人懒得都没法说，说他们屁股眼儿挑蛆，一点都不过分。”似乎感觉到这话说得有些重了，他微笑着瞧瞧旁边的围子人，接着说：“小钱儿他们不挣，大钱儿他们又挣不来。你要是说他，他还跟你分辩：‘给那俩钱儿，还不如呆着呢。呆着还闹个舒坦！’他们这边儿人就是这样不负苦。老冯你不信到各村走走，哪村都有一拨人在街上晒太阳！我到这边打井都八年了，体会深着呢！你们村的梁志云就是这样的主儿！”这使我记起了我同郝家营乡的党委书记安海军的一次谈话。我同他说，需要集体出义务工养活的人，比如梁志云这样的人，政府应该制定政策管一管。哪想，我话刚开头，老安便激动起来了：“他眼睛扎了，我们帮助他到张北、张家口医院治疗，还从民政资金中挤出一部分来给他看病。可是他却赖起来了，连得了感冒输液的条子也来找我报销。这人咋就这样呢？好像政府就是救世主了。我们带着感情做群众工作，可是他们就是不争气。”

“哀其不幸，怒其不争。”这是鲁迅先生说过的话，现在重温，我依然感觉有极强的现实意义。过了几天，我又一次来到梁志云家，同他讲致富还得靠自己的想法。想不到的是，他除了说自己有病就是说自己穷，全然一副无精打采的样子。

治穷不治愚，一万年也填不满梁志云们的“穷坑”啊！

“人算”不如“天算”

像梁志云这样的人毕竟是少数，围子村大多数的人日子过得都十分精细。会计高登山还被人们称为“人尖子”，他善于算计，是个聪明人。在村里，人们一提起他来都会竖起大拇哥，夸他有本事，日子过得好。

高登山一米六左右的个头儿，扁脑袋，头发稀疏，说起话来抬头纹一纵一纵，小眼睛老是眯缝着。他说话极快，以致交谈的时候我总是打断他，让他停顿一会儿，好让我理解他讲的意思。他家就在围子村村部的旁边，因此我不时到他的家里坐坐。谈起当村干部来，他竟一口气把任过的职务说了一大串：民兵连长、团支部书记、会计、村主任，从1981年当村干部开始，20多年来，他一直在“仕途”上行走。高登山今年45岁，妻子王佃梅44岁。两个女儿，大女儿去年考上了华东船舶学院，二女儿在郝家营乡中学读初中。我们向他了解家里的经济收支状况，他说：“当庄稼人算是倒了血霉了，辛辛苦苦挣一年的钱，不够给孩子交学费的。”说着，他打开板柜，从里面拿出计算器和笔记本，一笔一笔地唠叨开了他一家去年的收支情况。高登山的确是个仔细人，大项如自己当村干部得到的补贴，小项如卖了100斤豆角的钱，全都记在本本上了。而且按着种植业、养殖业、其他分开项目统计收支，笔笔清楚。在16 840元总收入中，种植业收入7 550元，养殖业收入3 630元，其他收入5 660元。只是一提到支出就简单了：“吃，自己种；烧，自己捡牛粪；穿，几年也不添一件新衣服；亲戚朋友间的红白喜事是一项大开支，去年正赶上没有。我最大的花销就是供孩子上学了。大丫头上大学一次带走11 000元，二丫头在乡中学读书一年最少也得1 000元，别的啥也不算了，光孩子念书就12 000元。”算完账以后，我们进行了分析。高登山一家的收入的确不少，在围子村算得上是收入最多的人家了，可是，就这样一个据说是“到草滩里放牛都背着粪筐把牛粪拾回家生怕损失”的人，一个处处精打细算的会计，也没有手段算明白，就是他苦巴苦业赚得的上万元钱，女儿上大学的学杂费一笔就花去了71%！

高登山与旁人最大的不同是平时总爱把一个小型的计算器带在身上，举手投足都要算账。尽管如此，他日子还是过得紧紧巴巴，这或许就是人们说的“人算”不如“天算”吧。从高登山一家的收支状况不难看出，农民的经济状况不仅与他们自身的收支相关，而且与城市、与整个社会的宏观形势关系紧密。

打老虎，也要打苍蝇

李廷楠老汉很爱看电视。尽管他家里那台旧电视机只能收看中央电视台一套和河北电视二套两个频道，而且信号模糊，可是这也丰富了李老汉和他老伴的生活。据李廷楠说，他最爱看反腐败的节目，尤其是河北电视台二套节目里的《反腐警示录》，几乎每集必看。我到他家里宣讲，他说:“中央反腐败力度不小，揪出了成克杰、程维高、李真等一大批高官，可以说是打了大老虎。可是，你们跟上级反映反映吧，苍蝇也要打呀！”他说的苍蝇，指的是基层的小腐败分子。

李廷楠是张北县一中1951年的初中毕业生，在围子村应该算是文化人。据他自己说，从1952年开始他就当村干部，亲历了互助组、初级社、高级社到人民公社的全过程，又看到了改革开放以来农村的发展，可以说是一个有思想的“过来人”。

“现在的村干部与过去比差远了。一个小小的村干部贪污个三万两万的很平常么！我们村里搞电网改造，花了好几万。村干部挨户敛钱，一百的、二百的，款项不明么。去年他们竟将账本给烧了！”“村里过去有不少的零星树木，大榆树、杨树，砍了以后想卖谁就卖谁呀，根本不同大伙儿商量，亲朋好友都沾光了，有的还送了乡干部了。他们以为我们不知道，哼，老人心里有账么！连树墩子还留着呢，有人数了呀！”“我们王油坊在‘大包干’分土地时，集体留了100多亩机动地。这些地的使用完全是村干部说了算，全都包出去给人种了。种这样的地不出义务工，不交农业税，一亩地交3元的也有，交七八元的也有，可是钱却不知道都到什么地方去了。”“退耕还林应该给我们的粮食和钱，我只得到了一些粮食，每亩10元钱的补贴到现在我们一分钱也没有看见啊！”“既然你们能够打老虎，也得抓抓苍蝇呀，总不能让它们泛滥成灾吧！”说这话的时候，老人激动得直搓手！

“粮补资金”起风波

国家重视农业和粮食问题的消息也传到了围子村，人们互相传递着消息，“两委”班子成员和不少村民们还向我们询问具体政策。他们说：“历朝历代种地交纳皇粮国税都是天经地义呀！虽然李自成造反的时候说过‘迎闯王，迎闯王，闯王来了不纳粮’，可到头儿也没有实现哪！只有我们共产党办到了。现在我们国家决定取消农业税，还给我们庄稼人发种粮补贴，这可是天大的好事呀！”可就是这样一件“天大的好事”，在贯彻落实的过程中却遭遇了“梗阻”，甚至阻挠。

今年5月11日晚上，我把围子村的村干部召集到我的住处，商量一下种粮补贴发放问题。参加的人有支部书记张志、村委会主任王军、村会计高登山，还有乡包村干部庞彪。首先，我向大家讲了中央关于对种粮农民实行直接补贴的政策精神，讲了省里《对种粮农民直接补贴暂行办法》的内容，提出按要求尽快完成这项政策性很强的工作。会计高登山最先发言。他说：“我到乡里领了补贴款，乡政府按315亩粮食面积给我们村发放了补贴。每亩2元，总共才给了630块钱，这么一点钱怎么发呢！所以我不打算往户里发了。等到秋后向农民收缴农业税、义务工等款项的时候再一并计算吧。”我说：“那不行！现在政策已经很明确了，方法已经确定了，落实到户的时间也定了，怎能往后拖呢？”支书张志听懂了我的意思，但他说：“今年的粮食还没有种么！所以乡里是按去年种粮食的面积发下来的。可是去年的种粮面积怎样确定？到各户统计去，群众肯定瞎报么！他本来只种了三亩，给你报五亩，怎么办？所以如果一定要分到户的话，我的意见是按种地人口平均分下去算了。”

“瞎报就行啊！我们难道没有账么？实事求是么！”村委会主任王军站起来，“是多少就应该按多少补，否则准闹意见！”

听王军与他的意见不一致，张志“嗖”一下站了起来：“你说得倒轻巧，你说说你自己，你去年种了几亩莜麦？”

“我种几亩莜麦就没有数了咋的，那乡里给我们村315亩补贴面积是怎么来的？总得有个根据么！”

“啥根据？反正就给你这么多。”看着王军，高登山插进来。

“那你为什么不问明白了？”王军这样回敬了一句。

张志用眼睛使劲儿地盯着王军："你喝了点酒就瞎说，你甭说别人，咱就以你为例，你说说你自己去年种了多少亩粮食吧？"

"我喝酒咋了，不喝酒我还不愿意说，你不用什么事情都指手画脚！干啥呀，真是！"王军显然已经怒不可遏了。

张志坐在凳子上，铁青着脸，好一会儿没说话，只伸长了脖子盯着王军，盯着，盯着，便"呼"站起身，赌气地拿起放在桌子上的那把系了狗尾巴毛的摩托车钥匙，还没容大家回过神，他竟甩了门，开起庭院里的摩托车一溜烟地跑了。

虽然说是找大家碰碰头，谈不上是多么重要的会议，但到了这份上，我也感到很尴尬。见此情景，我不说话。可是剩下来的几个人还在继续吵，我试图说点什么，却根本插不进嘴。也不知道王军说了句什么，高登山竟又站起来，对着王军大声吼道："你能，好，我把这钱都给你！"一边说，竟一边解扣子，撕撕捋捋地从上衣口袋里往外掏钱。

看见粮食补贴的事情还没有商量出个眉目他们倒先干起仗来，我非常恼火。庞彪和我分别推开他们两个，停了一会儿，都气嘟嘟地不说话了，我才说了几句安慰的话。我劝他们回去，可是他们却一个个地窝着火气，喊谁谁也不走，继续伸着脖子、瞪着眼。

"说我喝多了，那是借口压我。我明白着呢！我是村民选出来的村主任，我有权力说我自己的意见！"王军依然不依不饶，"'周转羊'只安排在围子和树根营，跟谁商量了？！"

听王军又说别的事情了，高登山的小眼睛不住地眨巴，还不时地咬他的后槽牙。看得出，他们中间的事情还没有完。

一直折腾了大半夜，我说你们不走我就睡觉了，这样，他们才一个个地散了。最后，我叫住了乡里包村干部小庞，告诉他因为明天我要到县上去开会，让他第二天召集村干部开会，化解矛盾，统一思想。小庞答应并召集他们开了会。

从县里开会回来，我以为他们拿出了发放粮食补贴的方案。可是小庞说，班子会上，村干部找来了几个人，征求他们对发粮食补贴的意见，问他们秋后再发行不行，结果这几个人都没有意见。这时候，我意识到了问题的严重性。我明白了，村"两委"的多数人根本就不想把粮食补贴这件事向全体村民公布，想的就是糊弄一下，走走过场完事。于是，我再次问了高登山。高登山说："办了！报表都报到乡里去了。我们找了七八个人签了字，交卷了。”他微笑着，一副轻松的模样。这次我真的急了，和他吼了起来：“你们这不是弄虚作假么？张榜公布了没有？”

“147户啊，都整过来？”高登山挤挤他的小眼睛，伸长脖子，红着脸问我。

“147户忒多呀？你们还干不干事情了？”

“那你还是找找张志吧。”显然，他极不高兴，一转身子，走了。

又过了一天，我在树根营自然村宣讲时询问村民村里是否公布了发放种粮补贴的事情，结果村民们个个唉声叹气：“我们哪里知道，要不是你说，我们根本不知道么！”

“政策是好政策，下来马上就变！”在李满家里聊天，说起现在的一些事情来，老汉满腹牢骚。他坐在土屋的炕沿上，一个劲儿地拍着他那得了严重关节炎的大腿，不住地摇头叹息：“越穷越没人管，现在这社会！你们下来走访千万不要找村干部领着，你们看哪家的房子破就到哪家走走吧！”李老汉满脸的皱纹，胡子拉碴，一脸的病态。看得出，他除了悲苦，就是无奈！

在树根营村的当街，村民们聚在一起，你一言我一语，他们不是在说，而是在喊。在那一刻，我突然意识到：立党为公，执政为民，基层尤为重要啊！

转天，我又一次召集干部开会，又一次安排部署，甚至可以说是我又一次只对村“两委”班子成员进行了补课。

最终，问题是解决了，种粮补贴发放到农民的手里了。但是，想想农民们那一声声的叹息，我却没有一点轻松。

（选自2004年第9期《报告文学》，作者：冯小军）

国家任务

2004年5月26日，全球扶贫大会在上海举行。定西市代表中国政府展示了“八七”扶贫攻坚计划实施以来干旱地区在扶贫开发方面取得的成果和经验。由于生态经济型反贫困模式的注入，定西参与式整村推进扶贫开发得到了与会官员与专家学者的一致认可，并作为全球70个、中国8个成功案例之一进行了广泛交流。

行走在苦瘠与富庶的边缘

今天，当大多数贫苦农民已经解决温饱，转而迈向小康的时候，中国依然还有2 300多万赤贫人口挣扎在饥饿线上，近5 000万农民生活在贫困线下。对他们命运的关注，不应该是时代所遗忘的；即使已经走出或者正在走出贫困的农民，他们的奋斗历程也是值得记忆的。忘记就意味着背叛，记住却是为了更好地忘却。二者其实并不矛盾，我们时时都不能忘了穷人；我们记住苦难，是想让他们更好地生活。

于是，我把目光投向了定西，投向了陇中广袤深沉的大地。行走，记录，追忆，我奔波在历史与现实的夹缝中，进行着一次又一次艰苦卓绝的采访；我沿着布满荆棘的道路前行，期望从源头开始，探寻中国扶贫开发20多年走过的历程。我发现，年复一年的自然灾害，将这片土地蹂躏摧残得遍体鳞伤：旱魃狰狞、洪魔恐怖，水火不容，却交替到来；地震山摇、冰雹袭击，灭顶之灾，常常不期而至。生活在这里的人们与大自然的顽强抗争，是中国历史上撼天动地的伟大壮举。

以定西为代表的陇中干旱地区，在全国18片贫困地区中，无疑最具代表性；就扶贫开发而言，定西就更具典型意义。清光绪年间，陕甘总督左宗棠，这位生在芙蓉国里的文人将军，乍见陇中濯濯童山、迷目黄尘，不禁发出了“苦瘠甲于天下”的喟叹，此后百年定论，难有“僭越”；到了 20 世纪 70 年代初，陇中人民衣食无着，周恩来总理几番下拨救灾物资，几次潸然泪下；而首开中国区域性扶贫开发先河的“三西”建设，最早就是在定西燃起的。因此，走进定西，其实就是走进中国最贫困的地区，走进中国扶贫开发的主战场。

我没有想到，岷县秦许乡学南村既不通公路也不通电话。2004 年夏天，我乘坐的吉普车沿河沟、田边、砂石地踉跄行驶了近一个小时才到达，而村民与外界联系，主要靠步行。他们住的还是用石头垒起的房子，有的甚至住着阴暗、潮湿、狭小、破旧的茅草房。村小学只有一、二年级，唯一的教师徐振华拿着每月 180 元的代课费，含辛茹苦地教育着山里的孩子，他们一、二年级结业后，要想继续上学，就只能去十里外的鹿峰小学，有的因此辍学回家。

我不知道，在中国，像学南一样的村子还有多少；比学南更穷的村子，肯定也不少。因为交通不便，扶贫艰难；因为人口素质低下，走出贫困路途遥遥。

我更没有想到，到了 1990 年，“三西”建设实施的第八年、中国提出“七五”期间解决大多数贫困地区农民温饱问题四年后，甘肃粮食连续七年稳定增产、连年用于农业的投入全国第一，农民人均纯收入却会连续九年位居全国最后一位。定西地区更低于全省水平，陇中最低的东乡族自治县，农民收入仅为 213 元。这年的人口普查，甘肃省 15 周岁以上文盲、半文盲占总人口的 27.93%，比例之高，居全国之首。也就是这一年前后，陇中的人口密度达到每平方公里 128 人，大大超出国际上干旱地区每平方公里生活 7 人的负荷极限。

还是这年秋天，国务院贫困地区经济开发领导小组成员、财政部副部长项怀诚，从贵阳给田纪云副总理和陈俊生国务委员写了一封信。他说在贵州跑了一圈，再也坐不住了，“深山区、石山区和少数民族聚居区扶贫开发的难度比预想的大得多，气可鼓不可泄，我们要有足够的思想准备”。

尽管有着太多的巧合，但它至少说明，在十多年前，即便从认识上甚至感情上来讲，中国已经看到，今后扶贫开发的道路不可能是平坦和顺畅的。

因为拉开了扶贫开发序幕的缘故，从上个世纪 80 年代开始，先后有近 40 位党和国家领导人来定西视察，无数专家学者踏访定西。他们将最深切的关怀留在了这里，将第一手的扶贫经验带出了定西，定西成了中国扶贫开发的桥头堡和试验田。一生中七次访问定西的著名社会学家费孝通，第四次来到定西时就说："我是研究农民、研究农村的。研究了几十年，我一辈子关心的就是穷朋友。定西是块穷地方，所以我多次地来。这一次来和我第一次来，感到定西的变化太大了。要是定西以后的变化还是这样大，我也就可以不来了。"江泽民第一次视察定西，留下"群策群力，定西大有希望"的题词，更是激荡过多少人的心。1999年9月9日，当时还是中共中央政治局常委、国家副主席的胡锦涛，站在定西县青岚山乡大坪村，环视"山河一新，面貌大改"的土地，充满深情地说："我在北京等着听你们的好消息！"

陇中在历史上本来就是富庶之地。春秋时期，森林广被；秦汉时代，"大山乔木，连跨数郡，万里鳞集，茂林荫翳"，"风调雨顺，五谷丰登"；到了宋朝，山上"皆林木森茂，峰峦耸秀"，因而"山涧泉流数派，灌溉便利"。定西县"森林极盛"，"浓荫蔽日"，"犹多大树"，北部的山区牧草发达，曾被皇上赐为"牧地"，"唐则为渭州(今陇西)西市贸马之所"。据唐天宝元年的统计，渭州属地有24 520人，平均每县只有6 000余人；甘肃境内也不过57 332人。《史记》中就有"陇右畜牧为天下饶"的记载。成书于1084年的《资治通鉴》更是写道："自安远门西尽唐境万二千里，闾阎相望，桑麻翳野，天下称富庶者无如陇右。"那时，自秦始皇设置郡县以来，陇西作为中央政权在陇右最高行政机构的所在地，已经独霸一方，雄踞天下了。其重要的战略地位和巨大的威慑作用，古诗早有赞之："韩公安抚来春风，威远楼筑在渭滨。凭眺自看西土月，旌旗已靖朔方尘。"它辖地最大时曾领27州，现在的陇中各县，历史上大都为其辖境。

从"天下富庶"到"苦甲天下"，陇中的沉浮变迁已难以用天翻地覆来概括。中国大地上发生的那些惊心动魄的故事已经远去，陇中却要承受人间浩劫带来的苦难，这苦难留下一个伤痕累累形容枯槁的定西。千年兴衰，千年一叹，历史的注脚也无法诠释困惑。解放后，尽管定西地区的行政区划历经八次变动，最大时曾辖12个县，最后形成今天的格局不过20年时间，2003年9月6日又撤地设市，定西县改为安定区，原定西、通渭、陇西、临洮、渭源、漳县、岷县7县变成1区6县，但它处于甘肃中部——中国脊梁的位置始终没有动摇过。共和国的脊梁在流血，定西实际上成了中国干旱地区的代称，贫穷苦难的象征。

我知道，我已经不是在定西的土地上行走。我在残阳废墟、西风古道之上，与一页页尚未风干的历史对话；我抚摸着古老民族胴体上没有痊愈的伤疤，感悟着夜色中升腾起的星星灯火。我同时也承载着一个巨大的心灵命题：我在穿越贫困。那是另一种生命不能承受之重。

背负着历经沧桑洗尽铅华的厚重前行，谁都不会觉得轻松。定西就是这样走来的，她走得更苦更累，现在仍然在坚持。

但她毕竟走过来了。她留下了血印、泪痕、苦水、咸汗，也甩掉了饥饿、贫穷、愚昧、无知；她经历过屈辱、折磨、抗争，也承受了打击、心酸、无奈；她宽广博大，也深沉凝练；她编织了美好的梦想，也憧憬着富庶的明天。

重任在肩

2000 年 5 月，石晶由甘肃省团委书记调到定西出任地委副书记，一年后接任地委书记，后来撤地设市，他顺任第一届定西市委书记。这是一个承前启后、继往开来的非常时期，在脚步迈向定西的那一刻起，生命的苍劲与负重便已注定。

当过县委秘书，带过插队知青，从革命老区甘肃庆阳走出来的石晶，是恢复高考后第一批进入大学的高材生。在百年名校西北师范大学，他如饥似渴地啃读书本，消化知识，徜徉在人文科学的海洋里。四年“象牙塔”生活，冲破思想禁锢的自由翱翔至今让他难忘。在校期间，他担任过班长、党支部书记、政治系学生会主席等职务。由于天资聪颖、学习刻苦、表现突出，石晶深得老师赏识和同学信赖。毕业后，他留校任教，不久进入行政部门，当团委书记，做学生处长，和莘莘学子朝夕相处八载春秋。

从跨进大学门槛到迈出大学校园，继而走上甘肃省团委副书记、书记的领导岗位，青春始终在实践中闪光。他的知、情、意、性，他的激情热血，他的人生标杆，都如同火一般燃烧着。下派定西后，他的内心又激起过怎样的波澜起伏？

在写作过程中，我曾三次专访过石晶。睿智、深邃、冷静，个头不高，站在面前，你无法探究他的内心。可一旦打开话匣子，他思维敏捷，纵横捭阖，却是另一种印象。或许，这才是真正的思考复思考的精神世界，一个磅礴大气的学者型官员，一个具有文化气质的地方领导。

我感兴趣的是，起着桥梁和纽带作用的他，是怎样将定西引向现在这条航船的。从贫困地区走出已是跳跃“农门”，在事业和生活最为得意和舒心的时候，他又缘何放弃繁华，扎进定西？莫非真应了那首古诗：“若将苦比贵，其味贵如卿。”

石晶认为：“由于贫困的遮盖，过去人们把主要精力放在解决农民的吃饭穿衣上，抓农业是第一件事，致使产业结构严重失调。即使农业内部也重粮轻经，重夏轻秋，形成了种植结构与天时地理的对抗性矛盾。这使得定西解决基本温饱的时间不仅被拉长，而且延缓了农业产业化进程。同时，由于多年来习惯于国家的扶贫，致使‘等靠要’思想严重，从而错过了许多加快发展的机会。比如，上个世纪70年代，如果不去堵截外出务工人员，而是大胆鼓励让这些人异地创业，说不定定西就是中国的第二个‘温州’。”

他说：“如果把20世纪定西的发展比作一辆机动车的话，那就是‘起步缓慢，动力不足，活力不强，刹车特灵’。‘起步缓慢’，是由于基础条件差，思想观念落后造成的；‘动力不足’，因为市场化程度低，资源配置能力弱；‘活力不强’，体现在非公有制经济所占比重太小；‘刹车特灵’，指按政策文件规定要求办事有余，而结合实际、大胆探索、勇于创新的开拓精神不足。”

错过了有可能成为第二个“温州”的机会，定西还要像一辆破旧的机动车缓慢前行吗？

时不我待。

石晶没有给自己留下退路。

他也不想给自己留下退路。

他像一个上紧发条的闹钟，时时提醒和鞭策着自己，哪怕破釜沉舟、背水一战，也要让新世纪的定西迎来发展的春天。

为国药加码

“南药（材）北洋（芋）”，从此，定西便沿着这条主线调整种植结构，并向农业产业化方向迈进。洋芋暂且不论，就说中药材种植，2001年已成燎原之势，面积突破100万亩，几占全国的十分之一。“忽如一夜春风来，千树万树梨花开。”这一年

6 月，岷县、渭源、陇西三县分别被中国特产之乡推荐暨宣传活动组织委员会审定命名为“中国当归之乡”、“中国党参之乡”、“中国黄芪之乡”，一时名声大噪，身价倍增。

会川镇是渭源县第一大镇，原名官堡镇，1944 年至 1958 年设立过县，撤销后又曾属临洮辖境。由大西北进入大西南的公路主干线国道 212 线和 316 线奇迹般在此交会，形成一个大大的倒“Y”形，蜿蜒向北而去。这样一个交通发达的商埠重镇，上个世纪 90 年代初就建立了会川三角路中药材市场。当地所产党参皮白、肉嫩、条长、质优，广受客商追捧。鼎盛时期，年交易量 10 万吨，成交额都在亿元以上。

之前，“甘肃四大集镇”之一的陇西县文峰镇已跻身全国十大中药材市场行列，柴胡、大黄占到全国交易额的一半以上。接着，陇西县首阳镇又建起西部中药材种苗市场，实行错位经营，主打党参、黄芪、红芪等品种。它们一东一西，遥相呼应，共同把持着这些地道药材的全国市场价格，成为西北最大的中药材集散地。

在文峰、首阳、会川以及后来的岷县城郊等中药材市场的强势影响和有效推动下，定西遍地药香，到处盛开着绚烂的药材之花。尽管如此，定西人心里清楚：遵循自然规律，在高寒阴湿山区种植中药材没有违背天时，且当归、党参、黄芪的推广普及，也是“顺应市场，遵循经济规律”的直接产物；但从长远考虑，将工厂化育苗、微喷、生物防治等先进技术应用于中药材生产，生产符合 GAP(中药材生产质量管理规范)标准要求的产品，已显得十分紧迫和重要。

石晶就多次说道：“中医药是中华民族优良传统文化的重要组成部分，随着社会对其需求量的日益增加，它在世界医学界的地位正在逐步上升。定西作为全国重要的中药材主产区之一，今后应按照品种多元化、种植规范化、产品优质化、加工精细化的思路，从加强优势中药材新品种的选育，加强当归、党参、黄芪、红芪 GAP 基地建设，加强中药材高新科技园区开发，加强中成药系列产品现代化生产四个方面入手，推动中医药不断走向世界。”

看看，多么内敛务实的姿态，多么宏大长远的构想，多么令人敬畏的气魄。在现代文明信息不断弥漫和大一统法则不断趋同的今天，我们没有理由不对定西刮目相看。而它与正大青春宝和庆余堂的握手相拥，更被业界传为佳话。

杭州正大青春宝药业有限公司是全国规模最大的以天然药物为主的现代化综

合性制药企业，生产的“青春宝”抗衰老剂被海外誉为“中国四大国宝”之一，备受世界各地消费者青睐。总裁冯根生出身医药世家，先后荣获首届全国“五一”劳动奖章、全国经济改革人才金杯奖，并被评为首届全国优秀企业家、全国劳动模范，当选为党的十三大代表。庆余堂则是江南久负盛名的百年老店，素有“北有同仁堂，南有庆余堂”之说。1874年，庆余堂创办之时，正是太平天国起义刚刚失败的年代，尸体遍野，瘟疫流行，“红顶商人”胡雪岩广邀江浙名医，筛选历代药方，以一副药效神奇的胡氏秘制避瘟丹广施天下三年，从此创下庆余堂江南药府的声名。

就是这两家谱写了中医药传奇神话的著名企业，与定西互抛绣球，结为连理。正大青春宝和定西四次互访，增进了解，最终签订了中药材科研生产基地建设开发、原料销售备忘录及中药材购销协议。后来，正大青春宝和庆余堂的负责人又亲自率团赴定西，三方再建丝绸之路绿色药材基地。

由于有着广泛的合作基础，定西中药材GAP基地建设便大刀阔斧地迅速推开。渭源按照“南归、北参、川芪”的布局，大力建设南部高寒阴湿区当归，川沿河谷区红、黄芪和北部干旱山区优质白条党参三个生产基地，使全县中药材种植面积稳定在20万亩以上；临洮仅窑店就在北部山区六个村发展党参标准化种植基地3 800亩；岷县种植中药材25万亩，其中标准化种植基地10万亩；陇西已建成双泉至昌谷5万亩黄芪标准化种植基地、高楞至种和8万亩党参标准化种植基地、昌谷至碧岩1万亩甘草标准化种植基地、通安驿至种和1万亩柴胡标准化种植基地四大生产基地。

尤为称奇的是首阳的董家堡基地，引进中药材新品种90多个，推广应用先进规范的人工栽培新技术，将传统栽培品种提纯变壮，由规模效益转变为技术效益。一个活生生的“药用植物园”！

岷县文斗乡车路村，2003年农民人均纯收入1 920元，95%来自中药材。临洮县窑店镇黑石湾村农民韩玉江，2003年种植党参9亩，产量1 350公斤，收入13 500元；黄芪11亩，产量5 500公斤，收入33 000元。除去生产资料投入，两项净收入30 000元。年幼失爱、沦为乞儿、四处流浪长大、靠开小旅社起家的渭源永安药材有限责任公司总经理李刚，出资租赁会川三角路中药材市场，带动附近5万多名农民长年从事中药材种植生产和交易。

就在定西中药材产业蓬勃兴起之时，2002年10月20日，占地560亩的“中国当归城”在岷县迭藏河口至龙望台段的洮河岸边奠基了。这一投资2.4亿元、工期长达5年的大手笔项目，建成后将成为西北地区最大的集药交中心、加工中心、仓储中心、会展中心、信息中心、货运中心、度假中心、餐饮中心、住宅小区为一体的多功能、综合性中药材经济开发区。

岷县处于甘肃4区8县的中心位置，当地及周边1 000余种220万亩中药材，俨然就是一座绿色宝库；论证了10年的兰渝铁路“十一五”期间开工建设，岷县为陇南中转中心，中药材输出十分方便；“中国当归城”所在位置，恰是国道212线和省道206线的交会处。这些无疑已为“中国当归城”的未来勾勒出一幅动人画卷。当然，还有岷归占全国当归出口量的95%的先天优势。

“中国当归城”奠基不久，岷归成功注册国家原产地标记。原产地标记是一个国家或地区按照原产地规则对相关产品的“经济国籍”进行界定的一种重要形式，是中国实施名牌战略的保障措施，意义非同一般。2003年3月25日，甘肃出入境检验检疫局，岷县县委、县政府在兰州西北宾馆联合举行新闻发布会，甘肃省副省长孙小系庄重而又兴奋地宣布：“这是西北第一个获此殊荣的产品。”随后不久，陇西腊肉、黄芪、白条党参和渭源白条党参再次获得国家原产地标记注册。

奏响扶贫第三部曲

2000年，退耕还林试点工作在四川、陕西、甘肃三省率先实施。“退耕还林，封山绿化，个体承包，以粮代赈”十六字方针，是中国农民在千禧之年听到的最大福音。这一总投资3 400亿元、工期10年、比三峡大坝和青藏铁路规模还甚的世界上最大的生态建设工程，是痛定思痛、“用粮食换林草”、促使生态环境步入良性循环的一场土地变革。“封山绿化”，实际上是对草的考虑。后来，退耕还林和退耕还草就相提并论了。

定西退耕还林，无论是在北部耕地较多的干旱山区实施的以林为主、草灌乔结合的水保薪炭林模式，还是在降雨量相对较多的南部山区实施的以林为主、针阔乔灌混交的水源涵养林模式，或是个体经营大户返租倒包、承包荒山荒坡的开发经营模式，退耕还林同城镇荒山绿化、绿色通道建设、小流域治理相结合的综合治理模式，以及在整地栽植等方面总结出的一套行之有效的做法经验，都为“再造一个山川秀美的大西北”作出了独特而重要的贡献。

2002年10月17日，中国生态经济学会、中国科学院的一批专家齐聚定西，中国区域生态经济可持续发展论坛在这里隆重举行。中国生态经济学会区域生态经济专业委员会理事长刘玉凯一语蔽之，“定西经验”成为生态建设新亮点。会后，他们向国务院西部开发办呈送了《关于定西“生态经济型反贫困模式”的报告》，提出国家应把定西确定为干旱地区实施西部开发、扶贫开发、生态建设的典型试验示范区，探索生态、经济、社会互为良性循环的路子。

“这次我准备的最重要的建议就是，扶贫必须要奏响第三部曲，探索生态经济型反贫困模式。”2003年年初，石晶当选为十届全国人大代表。即将赴京参加“两会”时，望着前来送行的人们热切盼望的目光，他深感责任重大。

石晶说：“第三部扶贫曲要打破就温饱解决温饱、就脱贫解决脱贫的旧模式，着眼于可持续发展。它应该是一首节奏协调、曲调优美的交响乐。”

进入新世纪，中国将以人为本的发展理念注入扶贫开发，开始强调项目的带动作用，参与式整村推进扶贫开发应运而生。顾名思义，它在基础设施建设、社会公益事业、发展项目支持等方面，以村为单位进行综合开发，如何实施、怎样开展都由贫困户说了算，变他们的被动接受为主动参与。与开发式扶贫相比，它更注重“造血”功能的完善和扶贫效率的提升。现在，依托参与式整村推进扶贫开发项目，定西能不能走上一条生态经济型反贫困道路是人们最为关注的。

所有的话题都将围绕此展开。十年之后，国家不“以粮代赈”了，甚至用不上十年，人口压力极大、土地负荷沉重的定西再复耕？再抡起镢头开荒垦种？再来一次“小流域破坏”？在“人类只有一个地球”的善意提醒下，在“和平崛起”的大国战略下，在“科学发展观”的现实主题下，生态贫困的定西当然不能，不能再复耕，不能断子孙路！

问题只有一个：拿什么来支撑定西实施生态经济型反贫困模式？

如果说“三个顺应，三个遵循”是科学发展观在定西的具体体现，“南药（材）北洋（芋）”是它的细化实践，退耕还林又是一次重要的历史机缘，那么以此为契机，定西就应延伸产业链条，改弦易辙，另觅他途了？

矛盾的存在往往有它合理的地方。事实上，从上个世纪六七十年代到 21 世纪初，定西用近半个世纪的漫长时间一直在验证一个十年以后复耕不复耕的问题。看似荒谬荒唐，实则蕴意深远，内涵丰富无比。因为这一切都是建立在以退耕还林为基础，其他相关产业配套发展的基础之上的。

景家泉乡，你一定不会陌生。退耕还林三年来，全乡将三分之一的耕地面积计 1.6 万亩土地弃耕后种树种草。由于采取的是以林为主、草灌乔结合的水保薪炭林模式，即苜蓿带状种植，中间每隔 5 米栽植山毛桃或山杏，地埂用红柳锁边，林草茂盛，畜禽养殖很快发展了起来。畜禽多，肥料就多，他们又改建标准化圈舍，实行沼、圈、厕联建，做到粪便、饲草下脚料及时入池，既产生能源，又净化环境，还能利用沼气做饭。沼气池中的废渣是最好的有机肥，又回报给黄土地……退耕还林（草)—圈舍养殖—生态能源—生物肥料—绿色产品—市场农业，一条生态经济链开始形成。

景家泉乡党委书记胡全良给我算了一笔明细账:“每只小尾寒羊年产 3.8 只羔羊，每只羔羊 200 元计，一只基础母羊可增收 760 元。按 2 亩退耕还林（草）面积饲养 1 只羊计算，可饲养 8 000 只基础母羊，仅此一项增收 608 万元。全乡 2 038 户，8 303 人。每户饲养 2 头牛，每头牛可增收 500 元；按全乡 70%的农户饲养计算，可增收 140 万元左右。若每户平均再饲养一头半猪，每头猪可获纯利 200 元，又是 60 万元的收入。”

“还有能源建设和劳务输出。”他扳着指头又说，“每户建设一个沼气池、一个太阳能，年可节约煤炭一吨计 300 元；节约柴薪 900 公斤，每公斤按 3 角钱计算，就是 270 元。两项合计节约 570 元，若 80%的农户使用该技术，全乡可节约 90 万元。退耕还林（草）后，若按每 10 亩耕地需要一个劳动力计算，可节省 1 600 个劳动力。他们外出打工，每人每年按 3 000 元计，就又拿回来 480 万元，这还不算节约的口粮。”

胡全良说:“景家泉乡以前玉米基本不种，现在达到 4 000 亩，每亩比小麦增收 120 元，计 48 万元。加上洋芋种植面积比以前净增 16 000 亩，每亩比小麦增收 200 元，计 320 万元，两项合计增收 368 万元。以上几项加起来总共可增收 1 746 万元，户均 8 567 元，人均 2 103 元。生态经济型反贫困模式，就要形成‘退耕还林保生态，草畜转化强产业，洋芋种植调结构，能源建设净环境，劳务输出增收入’的生态、经济和社会效益同步发展的模式。”

2004年5月26日，全球扶贫大会在上海举行。定西市代表中国政府展示了“八七”扶贫攻坚计划实施以来干旱地区在扶贫开发方面取得的成果和经验。由于生态经济型反贫困模式的注入，定西参与式整村推进扶贫开发得到了与会官员与专家学者的一致认可，并作为全球70个、中国8个成功案例之一，进行了广泛交流。九华沟流域综合治理、景家泉乡官新村、定西市旱农中心脱毒马铃薯种薯快繁基地、安定区扶贫机构建设还被确定为参观考察点。

会后，世界银行副行长古宾得·南卡尼、兰·哥尔丁，国务院扶贫办副主任王国良一行32人来到定西，他们深为景家泉乡官新村农民建立的畜圈、沼气、厕所三位一体的生态家园，“121”雨水集流工程和其他富民项目而惊叹。此时，他们更能深刻地理解温家宝总理在上海“全球扶贫大会”开幕式上向世界发出的庄严宣告:“中国努力使经济发展的成果为人民大众所分享，达到共同富裕，实现社会公平与正义。”

一个曾被联合国粮农组织官员断定为“不具备人类生存的基本条件”的地方，终于迎来了梦中笑醒的日子!

探路者

马铃薯，对于中国农民来说，实在太熟悉了。500年前，为寻找“黄金之国”横渡大西洋的哥伦布偶然发现了新大陆，他同样不经意间把一种结着马铃铛一样果球的块茎植物带回了欧罗巴。自从这种不起眼的东西17世纪初期传入明朝，便和我们的日常生活联系在了一起。因为越洋而来，形如块茎，人们就叫它“洋芋”；它不值钱，总是和贫困联系在一起，所以又管它叫“土豆”。

19世纪末期，荷兰著名画家文森特·凡·高创作了一幅《吃土豆的人》的油画，将一家人围着一张铺着肮脏的亚麻台布的桌子在昏暗的灯光下吃土豆的情景描绘得活灵活现。这位世界天才画匠旨在表现荷兰失去大国地位之后民众陷入生活重负的真实心境。有趣的是，文森特·凡·高还画过一幅反映土豆丰收的作品，男的在挖，女的在捡，两人面露喜悦之情。那时，马铃薯已在甘肃、内蒙古、东北一带广为种植。虽然是坡地上、沟洼间的随意点缀，但受灾之年，它就是农民的保命

2004年5月24日，技术人员在高效节能温室里种植马铃薯脱毒种薯苗。甘肃省定西市是著名的“马铃薯之乡”，在马铃薯脱毒种薯生产和研究开发的十余年中，他们先后从美国、加拿大、荷兰等国家引进十余个专用型品种，投入资金97万美元。该产业已发展成为带动当地经济发展、促进农民增收和脱贫致富的主导产业。（图片来源：新华社）

粮。所谓：“脸朝黄土背朝天，汗珠子摔成了八瓣。打下的粮食吃不到头，煮一锅洋芋过年。”谁也没有想到，穷旮旯里的定西有朝一日会扛着“中国马铃薯之乡”的大旗，在真正的“黄金之国”的腹地创造出它金子般的辉煌。

1995年的那个令人哭笑不能、记忆犹新的夏天，定西种植的小麦因为干旱颗粒无收。本来就没有成熟，此刻一碰全哗啦啦掉在地里，蔫了焚了死了一般，了无声息。农民骂啊哭啊闹啊，全无济于事。可是，种马铃薯的地方却摇曳着白花，长势旺盛，秋后每公斤卖到8角钱，一亩马铃薯能换回500公斤小麦。新到任的地委书记张继武察看灾情时受到启发：定西能否依靠马铃薯走向温饱之路呢？

从鲁家沟回来，张继武一夜无眠，翻来覆去地想：一亩地种3 000株，就算一株收3颗洋芋，称半斤，至少也有1 500公斤；每公斤卖4角钱，一亩地就是600

元，相当于正常年景3亩小麦的收益。以一抵三！问题是，定西真的适宜大面积种植洋芋吗？农民不接受怎么办？卖不掉又怎么办？看似天经地义、无由责诟的数学推理，实则取舍难分、前途未卜的命运赌注。

张继武请来国际马铃薯研究中心主任宋伯福，把行署招待所四楼腾出来做实验室，让宋伯福的学生李景福在这里搞研究，并让各县县委书记和县长轮流参观。结论出来了：马铃薯耐旱，降雨量只需300毫米，温度为18至20摄氏度，海拔2 000米左右，黄绵土最佳。对照看，雨期、气候、土质，与定西十分吻合。定西就是马铃薯的"温床"！

宋伯福还告诉张继武：法语中，马铃薯一词的含义是"地下苹果"，但它的营养成分却大大高于苹果，维生素C是苹果的10倍，蛋白质是它的5倍，B族维生素又高出苹果4倍。国外专家因此将马铃薯列为全营养食品，认为人只靠食用马铃薯和全脂牛奶足以维持生命健康。欧美人的饮食中几乎餐餐离不开马铃薯，每年人均食用马铃薯81.3公斤；北美国家73.8公斤；而我国除去种用及加工外，人均食用马铃薯每年仅为20公斤左右。从长远看，马铃薯在我国未来农业产业结构调整、构建农产品精深加工、发展农村特色经济等方面均将发挥重要作用，并将成为我国国民经济的重要支柱。

检测的结果和专家的预测，真正诠释了人们心头的困惑。实际上，有着"避灾农业"性质的马铃薯，已完全显示出了它在定西顽强成长的茁壮生命力。守着"金饭碗"还要讨饭吃，却并非源于定西人的无知与守旧。在那样一个管不饱肚子的年代，每一步决策和布棋，都应当是思之又思、慎之又慎的。当1996年定西地委、行署决定实行"洋芋工程"的时候，其着眼点主要还是解决吃粮的问题。

20世纪60年代，甘肃省农业科学院的唐修文研究员下放到渭源，在会川农场办起了洋芋育种试验点。渭水源头开始孕育马铃薯的曙光。唐修文走后，接替他的是王一航副研究员。后来，甘肃农业大学的戴朝曦教授也来了。这些农业方面的高级专家帮助当地培养技术人员，会川农技站的年得成、五竹农技站的李兵逐脱颖而出。"洋芋之父"和真正的洋芋哺育者，甘于寂寞，潜心钻研，先后培育出"渭会8号"、"渭薯1号"、"陇薯1号"、"渭薯8号"、"陇薯3号"等洋芋品种，源源不断地送往全国各地。但会育种不等于多种植。"洋芋工程"启动当年，包括渭源在内，定西全区将马铃薯扩大到160万亩，种植面积比1995年增长了60%。也许旱魔太恐怖狰狞，也许急欲通往温饱之路，也许是一窝蜂而上的心理，总之，160 万亩的结果多少又有点“汉革其风，矫枉过正”之嫌，秋收后，洋芋堆积如山，成批腐烂，农民仰天长叹，苦水难收，每公斤降到 3 角钱，也难觅买主。

种植面积扩大后，销售价格必然下跌，这符合市场规律。要避免农民遭受损失，似乎只有两条路可走：一是打通销售渠道，二是扩大加工能力。只有需求增加，才能消化供给，两者应时常保持相对均衡状态。在产业链条没有形成之前，任何一方首当其冲都将使其前功尽弃，功亏一篑。

作为一项产业来抓，洋芋仅供食用当然是不现实的，而当地家庭作坊式的粗加工，制粉条、粉丝、粗淀粉都难成气候。马铃薯的价值，体现在对其用途的挖掘利用上。如：生产生物胶可增值 60 倍以上；加工成环糊精后增值约 20 倍；用作薯条原料也能增值 15 倍以上。

随着粗淀粉、精淀粉、变性淀粉、全粉等加工深度增加，马铃薯的价值不断提高：

粗淀粉。农民简单加工，是粉条、粉丝、精淀粉的原料，每吨不到 2 000 元。

精淀粉。用于食品、调料，也可以做变性淀粉的原料，每吨 3 800 元。

变性淀粉。用精淀粉制成，用于食品、医药工业黏合剂、鳗鱼饲料，每吨 5 600 元。

全粉。保持马铃薯的全部成分，欧洲的面包和其他食品都要添加，每吨 14 000 元。

这是 2000 年前后的市场行情，仅供参考。定西洋芋滞销的背后，一些精明的商家窥伺到了其中暗藏的玄机。价格，永远是衡量商品贵贱轻重涨幅起落的一把利器。

“倒蛋部队”急行军

人们把贩运马铃薯的农民称为“倒蛋部队”，既形象又亲切，一方面说明这支队伍很专业，另一方面又反映出他们人数之众。定西马铃薯种植面积不减反增的变化，伴随着痛苦分娩的，正是一支土生土长的营销力量。说是政府行为也好，说是利益驱使也罢，说是市场诱导也行，你都不得不承认，定西马铃薯营销确确实实上演了一场活生生的现代“人民战争”。

同是土豆，广州8角钱一斤，定西只能卖5分钱，这在上个世纪90年代初，谁能相信？临洮县辛店镇康家崖村农民康克归在广东转悠了几天，一连游说了十几个老板，谁也没把他的话当真。一气之下，康克归把自己给人打工跑运输赚来的7 000元钱“啪”放到东莞一位叫刘炳泽的老板手上：“你实地去查看，如果我骗你，这钱就归你了！”还给他写了抵押字据。就这样，康克归管吃管住，将广东客商请到定西。刘炳泽一看，眉飞色舞。仅两天时间，他便坐飞机返回拿了30万元，从定西拉走了18节车皮土豆。用同样的方法，康克归还请来了深圳的黄木明。之后，全国许多城市的客商抢滩定西。定西的洋芋价格也由每斤5分钱，上涨到1角6分、2角、3角、3角5分……

赚了大钱的刘炳泽视康克归为金兰契友，在他的支持下，已有积蓄的康克归在家乡办起了第一个个体土特产购销站。这是1994年年初在辛店镇历史上的一件大事。辛店镇以发现原始社会晚期的“辛店文化”遗址而闻名，康家崖地处兰郎公路和国道212线的交叉路口，是兰州通往临夏、甘南这两个甘肃少数民族自治州的必经之地，素有“旱码头”之称，因此，康克归的购销站一成立，便人声鼎沸，商贾云集。1996年，他以收购销售洋芋为主的经营网点已遍布全国，大批精品土豆通过深圳口岸，走俏美国、日本、新加坡、俄罗斯、马来西亚、香港、台湾等十多个国家和地区。如果那时有招商引资一说的话，康克归应该算做一大功臣。

他第一个吃下“螃蟹”，许多人还不知道“螃蟹”的滋味。对于这种近乎神话的奇迹创造，康克归不事张扬，却心知肚明。在他看来，马铃薯的收购销售并非买进卖出这么简单，以量示人还应以质取胜，先声夺人更应后步跟进。生意逐渐做大的康克归，将企业组建为甘肃腾胜农产品集团有限公司，并亲任董事长兼总经理。“腾胜”，只有腾飞后才敢言胜利。

孤步独行的康克归此时不乏知己，眼尖手快的小商贩一个个挺进市场，与他搭台“演出”。他们视康克归为“洋芋大王”，总是揣摸着他的心思与去向，“腾胜”麾下的康家崖洋芋蔬菜市场晋升为国家农业部定点市场后，一片雀跃之声。这个全国唯一的马铃薯专业批发市场，占地5.3万平方米，配有恒温气调保鲜库，年交易量2亿元以上。康克归又投巨资建成货运配载信息中心，中国第一家将土豆生意做上互联网；在中央电视台农业频道，你还能看到“甘肃康家崖市场”专栏每天向全国发布的行业信息。

就在“腾胜”的事业如日中天渐入佳境的关口，由何清吉注册成立的陇西清吉洋芋开发有限责任公司在文峰国家级经济开发区悄然挂牌了。那是康家崖洋芋蔬菜市场“升迁”的1999年，定西马铃薯种植面积已推广到230万亩，商品化生产有了一定基础。但令人费解的是，文峰洋芋批发交易市场却闲置长达6年之久，自建成之后一直未能启动。何清吉和他的两个弟弟向陇西县委、县政府说明情况，遂将“家”安在这里。

之前，何清吉是兰州铁路局公安处保安公司办公室主任，工作生活条件优越。一次偶然的机会，他和同事去康家崖吃饭，被路旁收购莲花菜的热闹场面所吸引。上前一打听，一斤才8分钱。临洮洮河沿岸万亩蔬菜连成一片，青翠吐绿，鲜嫩欲滴，这一年菜贱伤农，无奈的农民只好喊出“跳楼价”挥泪甩卖。何清吉赶紧与广州的朋友联系。朋友告诉他，广州市场莲花菜每斤批发价9角钱。整整相差10倍还不止！他顾不上吃饭，返回兰州筹集了一笔现金，第二天来到康家崖敞开收购，300吨莲花菜发了足足8个火车皮。用了不到10天时间，何清吉就赚了40万元。

一顿饭换来40万元，何清吉轻轻松松地淘到了人生“第一桶金”。有了周转资金，他开始利用闲暇时间去南方考察，看来比去，还是洋芋利润空间最大。“摸着石头过河”的结果，最终让何清吉下定决心辞去工作，返乡创业。

有人说，何清吉从康克归手中分得一杯羹，瓜分了他的“领土”和“地盘”。何清吉一笑置之，不予反驳。市场之手在游走，它永远向人们敞开双臂，投怀送抱，期待着你的垂青与眷恋。它是情人，却与你不离不弃；它是盛情绽放的罂粟花，却为你走向成就梦想的舞台而喝彩；它是导师，也是魔术师。

市场的魔法和魅力正在于此，它吸引着越来越多的人为马铃薯而“献身”。仅临洮一县，“倒蛋部队”就有12万人。继康家崖、文峰之后，鲁家沟、梅川也一跃成为马铃薯的集散地，群贤毕至，抢占商机。

在实现区域化布局的同时，定西从未放弃过对马铃薯品种的改良，引进国内外加工型、高淀粉型和优质菜用型品种渐成共识。这一颇具技术含量的工作，促使定西的马铃薯由自给自足、自产自销的传统农业向商品生产、高效农业转变。

一种强烈的使命感在康克归和何清吉的心中油然而生。

2001年，两人同时“发力”。

何清吉看到“渭薯8号”异常走俏，购买了446万公斤洋芋良种分送到农户手中，率先与陇西县17个乡镇签订了3万亩的洋芋种植合同，以每公斤4角钱的最低保护价收购。这一年8月26日，他以“清吉”为名提出申请，成功注册国内首家洋芋商标。“清吉”牌洋芋获得保护，知名度大增，不仅价格每公斤高出1角钱，而且成为广州大朗等全国十多个蔬菜批发市场的免检产品。

当年，“腾胜”通过海、陆、空三条线向全国及海外市场发送新、优、奇、特无公害洋芋3.6亿公斤，蔬菜2.1亿公斤，实现销售收入4.17亿元，甘肃马铃薯购销龙头企业的地位无人能撼动。

康克归早些时候在渭源县承包了120亩耕地，成立了马铃薯培育中心，专司良种研究。这一年，一位香港客商看上了他们的一个马铃薯品种，愿出80万美元一次性买断该品种的生产经营权，被康克归婉言谢绝了。康克归不是不缺这80万美元，但他更看重企业提高国际竞争力的关键因素，即优势品牌的核心作用。孰轻孰重，他自识之。在掌握企业火候和拿捏市场分寸方面，康克归有着“火眼金睛”般的能力。

还是这一年，陇西县首阳、柯寨、渭河、南安四乡镇的辣椒喜获丰收，但销路却成了问题，菜贱伤农再度上演。面对农民的焦虑和惆怅，何清吉派人前去联系，最后以每公斤8角钱的价格把辣椒拉走。经过一个月时间的紧张调运，224吨辣椒全部销往长沙、贵阳、武汉等地，他为此赔了17万元。何清吉却说:“做生意有赚也有赔，赔的是钱，赢的可是人心。”他的目标是做洋芋上市公司第一人。

康克归和何清吉，一个是全国农民报报协百佳改革模范新闻人物，一个是全国农业产业化带头人；一个是甘肃省优秀党员，一个是甘肃省优秀青年；一个是甘肃省劳动模范，一个是甘肃省乡镇企业家。在带领“倒蛋部队”急行军的征程中，两人不遗余力，不约而同。

转型之后

在定西马铃薯深加工没有跟进之前，康克归和何清吉最早架起两座大桥，将很不起眼的“土豆豆”玩转于股掌之间，但也只是购进输出这么简单。只输出不消化，时间一长，肠胃难免不舒服。玩“倒买倒卖”的游戏，不是“腾胜”和“清吉”的终极目的。尽管早在1995年周来喜就注册成立了定西第一家民营性质的马铃薯加工企业——宏煊淀粉制品有限责任公司，且效益良好，但康克归和何清吉依然伺机而动，随时准备进军加工领域。他们有理由相信，自己依然会笑傲马铃薯市场。

康克归常出国，他说：“走出国门，我的眼界开阔了，观念转变了，创新意识也提高了，学到了不少好的知识和经验。但更重要的是，通过了解比较，增强了我作为一个中国人的自信心。外国人的东西并非样样都比中国好，我们无需妄自菲薄，国外有的，我们一定也会有。”回到国内，康克归的大家风范和王者霸气开始显露。他聘请专家教授反复论证，下定决心要建一座与国际接轨的淀粉厂。

2003年9月24日，“腾胜”淀粉厂在康家崖破土动工了，个头不高、体瘦精明的康克归喜笑颜开。这一定西首次利用外国（法国）政府贷款建设的重大工程，引进世界一流生产线，总投资折合人民币4 532万元；建成投产后，每年可消化当地洋芋20万吨，加工各种淀粉3.7万吨。从贩运大户到精深加工，“腾胜”实现了成功转型。

洮河逶迤，水阔天长。康克归的独到之处在于，他将水处理设备引入淀粉生产，这在国内同行业中还是第一家。而“腾胜”与兰州理工大学联合研发的“马铃薯发酵生产乳酸及聚乳酸改性应用”项目，又将进一步延伸马铃薯的产业链条。

“倒蛋部队”没有闲着，何清吉更是异常忙碌。定西马铃薯“块状经济”初现端倪的2003年，全市种植面积已逾300万亩，产量达到435万吨，农民人均从马铃薯中获得纯收入339元。“腾胜”淀粉厂开工的鞭炮声在洮河岸边轰然响起，“清吉”也从北京拿回了自营进出口经营权的证书。

2004年3月26日，经国务院批准，由国家农业部和云南省人民政府共同主办的第五届马铃薯大会在昆明国际贸易中心拉开了帷幕。世界上39个国家和地区、国内15个省市区的1 000多名代表光临盛会，甘肃省农牧厅和定西市委、市政府组成强大阵容参与角逐，推介品牌。

开幕当天，何清吉便与天津顶峰集团淀粉公司签订了每年8 600吨洋芋的供货合同，合同金额高达3 200万元。春城涌动，众人皆惊：这个看起来其貌不扬的北方汉子，何以如此出手不凡？

“清吉”每年仅通过广西凭祥口岸向越南出口的马铃薯鲜薯，就超过立志把“小土豆打造成大产业”的云南全省一年出口越南的数量，这让“彩云之南”大惑不解。“何清吉认为，云南本地企业在鲜薯出口上，首先是要加大市场开拓力度，再就是种植基地有待完善。”3月27日，《昆明日报》以“甘肃‘洋芋大王’坐论卖洋芋”为题报道说：“定西的经验或许可为借鉴。”

3月30日，第五届世界马铃薯大会落幕之时，共计签约23个合作项目，定西就占了13个。这13个合作项目，既有马铃薯种薯及商品薯销售合同，又有精淀粉及全粉销售订单，还有引进外资协议、马铃薯加工生产线，涉及金额2亿多元。

声名鹊起的何清吉回到大本营，一方面继续加大马铃薯种植基地建设力度，另一方面着手完善与荷兰尼沃巴淀粉（机械）有限公司的合作事宜。前者是“清吉”的立身之本，后者则是他寻求对外扩张的重要战略组成部分。根据前期友好协商，双方将共同投资，组建甘肃（定西）凯龙淀粉有限公司。“凯龙”成立那天，一条年产3.6万吨马铃薯精淀粉的生产线同时落地。试想一下，又有多少吨的“土豆豆”经过“吞吐消化”，变成了雪花粉流向国外？

我无意拿康克归和何清吉作比较，事实就是这般巧合，偶然中含着必然，必然中又有偶然。即使到了2004年年底，定西各类淀粉加工企业已逾500户，产值达到6亿多元，群雄割据、逐鹿中原的鼎立局面已经形成，他们还是当之无愧的领军人物。此时不要说在定西，就是参与国内国际市场竞争时，也没人小看“腾胜”和“清吉”一眼，它们稳稳当当地占据着属于自己的一席之地，并试图继续扩张。

要说变化最大的还是在2004年，这一年，定西马铃薯脱毒种薯及其制品获得国家原产地标记注册。同时，定西市爱兰马铃薯种业有限公司、甘肃金大地食品有限公司、甘肃超兴淀粉制品有限公司和定西敦煌种业马铃薯科技有限公司被获准使用该地理标志。定西马铃薯迎来花开满园的春天，正是无数个“宏煊”、“腾胜”、“清吉”纳红吐绿、盛情绽放的结果。

10月15日，省委省政府指导全省经济工作的权威媒体《甘肃经济日报》，在一版头条刊发长篇通讯《定西崛起“马铃薯块状经济”》，并配发评论员文章，“为‘块状经济’热烈鼓掌”。“块状经济”是一定区域内某一产业在经济总量中占主导地位，产业内部形成较为完备的产、加、销经济链条，并能相互转化的经济形态。

它是特色经济品牌经济社会经济，当然也是市场经济才有的产物。

贫困地区与市场经济一旦接轨，那它离小康社会的目标将不再遥远。全国三大马铃薯主产区之一的定西，脱毒种薯生产能力位居第一，而建成全国最大的马铃薯加工基地才是最终目标。“块状经济”追求的是集约化、规模化生产，它就必然要以社会化大生产为基础，走出一家一户分散的自然经济模式，一个村子、一个乡镇、一个县，都要在最广大的范围内整合各种生产要素，形成规模效益。定西马铃薯“块状经济”的形成，照亮了中国农村贫困地区走向现代化的征程。

国务院扶贫办主任刘坚曾撰文指出，在基本解决农村贫困人口温饱问题之后，扶贫工作的任务更重要的是增加农户的收入，促进贫困地区的全面发展。他认为，产业化扶贫是长远之策。中国目前农产品产值与农产品加工业产值的比例是1∶0.6，而世界各国的一般水平是1∶3，工业化国家为1∶5至1∶6。如果我们把这个比例提高0.1个百分点，全国可增加230万农民就业，农民人均纯收入则提高193元。

0.1∶193？这显然不是一道简单的数学题。如果换个角度看，临洮三江马铃薯制品有限责任公司总经理李克俭6吨洋芋加工1吨变性淀粉的演绎似乎更能说明问题。如果每斤洋芋按3角钱计，6吨就是3 600元，而1吨变性淀粉却能卖到7 400元，且供不应求，特别畅销。二者相差3 900元。

正是：

山洼里长出个“金蛋蛋”，值钱得让人富哩！“金蛋蛋”磨出了银粉粉，奔小康全靠它哩！

价格博弈

定西马铃薯迎来丰收的2004年，甘肃省委副书记王宪魁一周之内三下定西，指导洋芋销售。他在火车站翻阅铁路运单时发现，仅安定区一天就向河南的商贩发送洋芋17个车皮，超过1 000吨。这么大的运量，主动权却掌握在他人手中，岂不痛惜？

“减少流通的中间环节是服务农民增产增收的重要举措。”王宪魁鼓励本地运销户用发专列的形式直接占领终端市场。

顺便说一下，从平衡各方利益和消化马铃薯的目的出发，安定区已派出几十名工作人员深入全国各大终端市场蹲点，每天发回各地最新的洋芋价格以及发运、销售信息，依此来制定并发布政府指导价进行调控。这里运用的是“成本倒推法”，即以终端市场的马铃薯销售价格为参照，刨除运输费用，再来考虑农民和运销户的利益，推算每个环节的平均利润，最后得出一个合理的价格区段。

我们不妨以安定区农村经济信息中心马铃薯指导价格（第三期）为例，加以说明。

全国马铃薯市场价格信息 9 月 13 日显示：马铃薯主要市场，广州每公斤 1 元 5 角，上海每公斤 1 元 3 角，浙江每公斤 1 元 2 角，西安每公斤 7 角，四川每公斤 8 角，郑州每公斤 9 角 6 分，深圳布吉每公斤 1 元 6 角，北京每公斤 1 元 1 角，青岛每公斤 1 元至 1 元 3 角，河南每公斤 9 角。依据以上主要经销市场及主产区价格，安定区 9 月 14 日至 18 日马铃薯出售指导价每公斤为 5 角至 6 角。

显然，政府指导价远低于全国水平，还有很大上升空间。如果发专列，哪怕每公斤提高五六分钱，也是一笔不菲的收入。五六分钱是个什么概念？按平均亩产 1 500 公斤计算，一亩洋芋可增收 90 元；安定区人均一亩半洋芋，仅此一项就多收入 135 元。

问题是，怎么发？往哪发？发多少？在货运线路一向吃紧的西部，用专列运送农产品常要提前联系，马铃薯专列在中国运输史上尚未有过，谁开这个先例？市场行情一天一个价，你就能保证这么多的“土豆豆”在终端市场上有销路？疑雾弥漫，困难重重。

王宪魁以省委、省政府的名义向国家铁道部打报告，申请解决车皮指标；石晶协调定西市与兰州铁路局成立马铃薯联合运输办公室；李旺泽则带领着安定区马铃薯经销协会的人马，在各乡镇日夜巡回，布点收购，同时密切监控全国各大终端市场的马铃薯价格；而货源的组织，最后“压”在了何清吉身上……

2004 年 9 月 24 日 19 时 36 分，随着兰州铁路局局长成学勤一声令下，汽笛长鸣，一辆由 46 节车皮组成、满载 2 750 吨马铃薯的 85002 次货车从陇西启程，开往广州市白云区石井镇大朗车站。

这是中国铁路运输史上第一列同一品种农产品直通运输专列，所以格外受“优待”。它呼啸南下，一路绿灯，三天后便已平安到达。斯时正值中秋，大朗货场沸腾了！这个东南亚最大的农副产品集散中心，还是中国最大的马铃薯集散地，日成交 80 个节皮。定西土豆撞进广州，猛地占据了当天 60％的市场份额，每公斤卖到 1 元以上，客商连连惊呼“狼来了”！

同为全国马铃薯主产区的内蒙古得到消息，不得不避其锋芒，暂缓上市。几天过后，第一次冲击波消退，内蒙古洋芋开始进军广州，几个车皮陆续来到大朗货场。没想到定西又发来一趟专列，内蒙古洋芋被其攻势逼向角落，市场份额大降。一周时间，两次大洗牌，广州市场彻底被定西马铃薯占领。

尝到甜头的定西焉能罢休？在掌握了以广州为中心的华南市场的“话语权”后，定西用同样的方法，又攻下了上海、南京、武汉、郑州等华东、华中、中原市场。后来，它还将淀粉专列开进了天津……

在终端市场建立直销点的经销商高兴地说：“定西马铃薯的‘品牌＋专列＋直销’吓跑了外地客商，现在是我们主导这里的价格了！”

一趟马铃薯专列，每吨价格至少高出 30 至 50 元，等于让农民多收入 10 万元。如果运输环节畅通，何愁农民不能丰产又丰收？

马铃薯的销售周期一般是 8 月下旬至次年 5 月，随着供求变化，其价格呈现先高后低再高的凹形走势。定西人将这一规律称为马铃薯的“价格微笑曲线”。这是他们希望马铃薯永远笑对市场的心迹流露吗？

（选自中国青年出版社《国家任务》，2008 年 3 月出版，作者：郑新）

阻击禽流感

2003年年底，自周边国家和地区出现禽流感后，中国政府对此给予了高度关注，在2004年1月初就部署了内外兼顾的防范措施。广西隆安县、湖北武穴市、湖南武冈市发现禽流感疫情和疑似致病性禽流感疫情后，一场阻击禽流感的战争全面打响。

2003年年底以来，我国周边国家和地区出现了高致病性禽流感疫情，引起了党中央、国务院的高度关注。广西隆安等地出现疫情后，胡锦涛、温家宝多次作出重要指示，要高度重视和切实做好高致病性禽流感防治工作，一旦发现疫禽，坚决扑杀，务必把疫情消灭在疫点上，阻断疫情向人的传播。

广西隆安县、湖北武穴市、湖南武冈市发现禽流感疫情和疑似致病性禽流感疫情后，当地各级政府本着“绝不让疫情存留疫区，绝不让疫情流出疫区”的原则，立即采取断然措施，周密部署，划定隔离圈，对疫区的家禽实行了扑杀和强制性免疫。

封锁疫区扑杀家禽确保疫情不扩散

2004年1月23日，广西隆安县丁当镇一个体养鸭场发生禽只死亡，经当地兽医部门初步诊断，为疑似高致病性禽流感。疫情发现后，广西各级政府立即按规定将病料送国家禽流感参考实验室进行病原分离和鉴定，同时依照《动物防疫法》对疫区进行了封锁，扑杀了疫点周围3公里范围内所有1.4万只家禽，对5公里范围内的家禽进行了强制免疫。

湖北省武穴市发生疑似高致病性禽流感疫情后，当地群众积极配合政府部门做好禽流感防治工作，快速切断疫源。据武穴市委书记陈楚珍介绍："老百姓对禽流感防治工作很支持，虽然现在是疑似禽流感，但我们一开始就把这次行动当作确诊后的方案来实施。为了尽量减少群众的损失，市里决定给予群众补偿。"

针对湖南省武冈市出现的疑似禽流感，湖南省已启动防治应急预案，严格监控疫情苗头，采取坚决果断措施加以防治，对疫点周围 3 公里以内的所有家禽彻底扑杀完毕，并对农民给予一定的经济补偿，尽量减轻农民损失。

据中国疾病预防控制中心流行病学首席科学家曾光介绍，从 1997 年开始，我国即高度重视禽流感。1997 年香港爆发的禽流感可以说是禽流感防治历史上的一个里程碑，因为以前一直认为禽流感大多数情况下只在鸡群中传播，偶尔可以影响到猪，1997 年香港禽流感证实人也能感染禽流感。

这次禽流感是有史以来最严重的一次禽流感。一方面，禽类感染的规模大、速度快、威胁大；另一方面，人类发病的情况也超过 1997 年，是最严重的年份。曾光表示："我们作为学者，感觉到了压力。如果一个人同时感染普通流感和禽流感，这两种病毒基因重组，形成一种新型的可以很快从一个人身上传染到另一个人身上的病毒，那么后果将十分可怕。目前，关于这一点，学术界的认识不太一样，大多数专家认为可能性很小，但也有人担心有意外情况发生。即使可能性不大，我个人的意见是，对这样一个事关公共卫生安全的问题，宁可谨慎，往最坏处想更加稳妥。"

相信政府能够控制疫情

广西隆安县丁当镇的养殖户黄生德的养鸭场发生禽只死亡，被中国国家禽流感参考实验室确诊为 H5N1 亚型高致病性禽流感。中国病毒学专家葛宪民说，这是世界范围内首次报告在鸭子身上发现高致病性禽流感。

广西隆安县禽流感疫情引起党中央、国务院及广西壮族自治区的高度重视，各级政府紧急部署严防疫情蔓延。广西壮族自治区主席陆兵连夜赶往事发地，立即带领相关部门负责人赶赴现场，紧急部署严防禽流感疫情扩散蔓延。应对突发公共卫生事件的“三网”和“计生网”两大网络系统发挥了重要作用。农业部也及时派出专家，赶到广西就疫情展开调查。

家住丁当镇街上的卢朝前告诉记者：“这两天，政府干部一直挨家挨户收鸡、鸭、鹅、鸽子等家禽，大家都交了。”

丁当镇发生禽流感疫情时，正值大年初二，大部分镇干部都已回家过年，有的还住在山区农村。丁当镇干部廖少强说：“当天晚上，35 名镇干部全部到位，按照统一部署各司其职，有的甚至几天几夜没合眼。”

湖南省武冈市市民曾春叶告诉记者，对禽流感感到有点害怕，但政府已经给她家发放了防治禽流感的宣传资料，她相信政府有能力控制住疫情。

武冈市已经散发了 10 万份宣传资料。在疑似疫区，绝大部分养殖户都对禽流感有一定的认识。由于政府对扑杀家禽进行张榜公示，登记造册，一些群众已主动联系动物检疫部门，将所饲养的家禽进行及时扑杀。

我国周边的一些国家和地区发生的禽流感疫情在不断发展变化。截至 2004 年 1 月 29 日，禽流感疫情在日本等一些国家已经得到控制，在越南、泰国等地却有愈演愈烈的势头。

禽流感正以每天两到三个省市的速度在越南全境迅速扩散。根据最新数据，截至 2004 年 1 月 28 日，越南全国 64 个省市中已有 31 个省市出现禽流感疫情，16 个省市报告发现了禽流感患者或疑似患者，人数已增至 55 人，有 18 人死亡。

泰国总理府发言人差克拉波 29 日宣布，根据最新实验结果，政府将 2 个疫情控制区降为疫情监视区，但新增了 6 个疫情控制区。泰国有 29 个府为疫情控制区，7 个府为疫情监视区，2 个府为疫情警戒区，全国已宰杀销毁了 1 000 多万只家禽。

中国政府对这一感染病给予了高度关注，早在 2004 年 1 月初就部署了内外兼顾的防范措施。2004 年元月初，为防止越南、日本、韩国等几个国家爆发的禽流感传入国内，中国各出入境口岸禁止直接或间接从越南、日本、韩国等国家输入禽鸟及其产品；中国各出入境口岸禁止邮寄或旅客携带来自这些国家的禽鸟及其产品进境。中国卫生部要求各地开展在职卫生人员禽流感防治知识全员培训。

1 月 20 日，国家质检总局、公安部、农业部、商务部、海关总署、国家工商总局六部门联合发出通知，要求各地规范边贸活动，加强边境管理，防止禽流感等严

2004 年 1 月 29 日，湖南武冈市养鸭专业户张诗华的邻居家前坪被撒满了石灰粉消毒。1 月 25 日开始，武冈市政府对发现禽流感疑似病例的养鸭专业户张诗华家以及原城东粮站内居住的另外三户人家进行隔离监控。

（李尕 / 摄，图片来源：新华社）

2004 年 2 月 19 日，广西隆安县防疫人员在丁当镇禽流感疫情封锁区内消毒。

（陈瑞华 / 摄，图片来源：新华社）

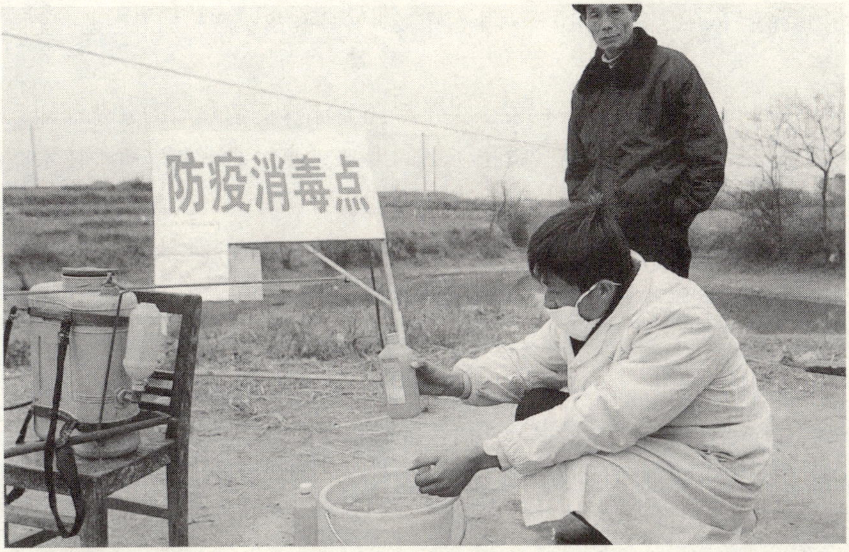

2004年1月28日，湖北省武穴市石佛寺镇疫情防治人员在通往张岭上村路上设置的消毒点配制消毒药水。（郝同前/摄，图片来源：新华社）

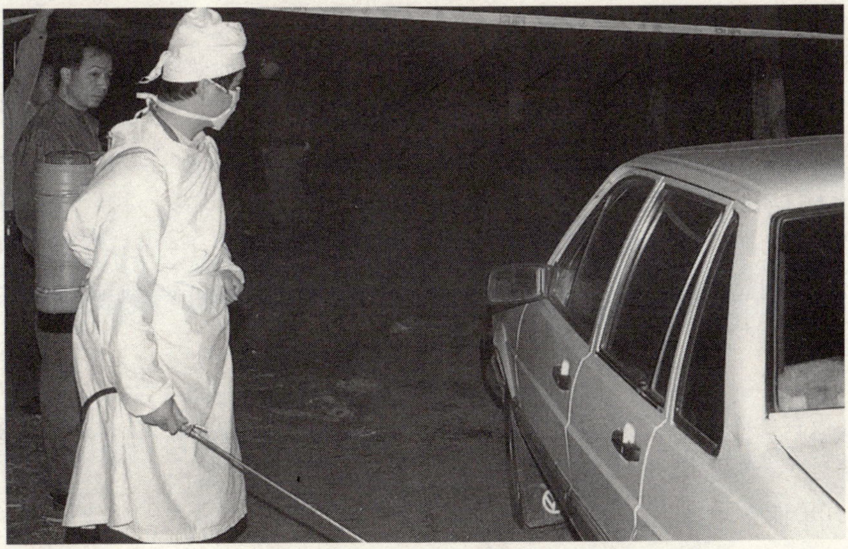

2004年1月30日晚，一名防疫人员在广西隆安县丁当镇永安里路口为过往车辆消毒。（周华/摄，图片来源：新华社）

重动物疫情传入中国，并且立即对集贸市场、冷库和禽类产品加工点进行全面清理检查等。

1月28日，国家质检总局发出关于严防禽流感疫情扩散的紧急通知，对国内禽鸟屠宰、加工、出口监管提出了新的要求。通知要求各地质量技术监督机构加强对禽鸟屠宰加工及禽产品加工企业的监督管理，严防禽流感疫区的禽鸟及其产品进入加工、销售环节。在疫情解除之前，农业部门划定的疫区范围之内的有关加工企业必须立即停止生产，已经生产的有关产品就地封存，不得投放市场。

同一天，农业部、国家质检总局联合发出紧急通知，防止爆发于印度尼西亚、巴基斯坦、老挝三国的禽流感疫情传入我国，保护我国畜牧业安全。

曾光认为："这次政府对禽流感的反应是相当不错的。特别是卫生、农业、国境卫生检疫三大部门真正联合起来防治疫情了。卫生部门非常需要农业部门提供关于禽类的情报，没有农业部门和检疫部门的情报，仗没法打。我认为，在针对禽流感的防治当中，农业部门作为前哨，作用更大。一旦禽类防治好了，人类也可以逃过一劫。"

政府在传染病的预防过程中是一个重要的环节，卫生部门则是政府的专业机构。传染病防治法等相关法律不是靠法院来执行的，而是由政府执法的。政府本身就是执法单位。曾光指出："今年我们同时面临SARS和禽流感两种疾病。但是，我认为，是否安全并不仅仅取决于疾病的出现，更取决于我们应对疾病的能力。从后者来看，我认为我们是更加安全了。因为经历了抗击'非典'的锻炼之后，我们的政府应对问题的能力提高了，经验增强了，SARS防治中的许多经验对于禽流感都是很有价值的，像疫情通报制度等都直接用在禽流感防治上了。另外，加强与国际社会的联系、坚持以人为本等等，这些原则都非常关键。"

我们这一次从一开始，就将中国纳入了世界防治禽流感的一个环节中，在禽流感还没有蔓延到中国的时候，各部门的防治预案已经出来了，有关部门也已经找专家研讨过，这些都是实实在在的进步。

中国政府对禽流感的防范措施，得到了世界卫生组织的肯定。世界卫生组织驻中国新闻发言人罗尔·瓦蒂亚28日表示，中国政府对广西禽流感事件的报告及时，世卫组织期待着与中国合作抗击禽流感。他说，广西禽流感病例确诊后，媒体和世卫组织“几乎是同时得到消息的”，“我们确实感到中国政府对此事予以高度关注，我们期待着以任何可能的方式与中国合作”。

杀几只鸡算什么，人的性命更重要

在湖北武穴疑似疫情现场，农业部畜牧兽医总站副站长徐百万认为，当地老百姓的觉悟很高，对扑杀家禽这件事非常支持，不仅没有把鸡藏起来，而且还相互监督，帮助政府把鸡送到指定地点焚烧掩埋，这对控制疫情有很大的帮助。

村民胡荷花对记者说:“这几天电视里经常播放有关禽流感的新闻，我知道这不同于一般的鸡瘟，只要能保证大家的安全，个人受点损失也没啥，况且政府还相应有补偿，我们肯定要支持这件事。”大金镇朱河村70多岁的刘太婆说:“我们家养了20多只鸡，我们一家老小也有20多口人，杀几只鸡算什么，20多人的性命更重要!”

广西隆安县禽流感疫区，丁当村的韦李合说:“我家30只鸡，喂得又肥又大，政府干部开始来收时真的有点舍不得，但是他们再三做工作，我也想通了，这些鸡总比不了人的命值钱。”

养殖户的主动报告，使政府部门赢得了宝贵的时间。

在武穴市石佛镇张岭上村疑似疫情发生地陈连富养鸡场，陈连富夫妇告诉记者，发现自家的鸡成百上千只死亡后，他们便立即打电话向畜牧部门报告，对死鸡全部封存，自己也没有离开养鸡场一步。当地卫生部门对他们的身体进行了严格检查，他们身体状况良好，鸡场也被全面消毒，死亡的3 000多只鸡全部焚烧深埋了。

广西隆安县丁当镇养殖场承包人黄生德说:“1月20日，我发现鸭子不正常，接二连三死了200多只。我立即到镇兽医站报告，县政府、镇政府一边及时扑杀鸭子，一边对我和家人的身体进行检查和保护。”“27日，疫情被确诊为高致病性禽流感后，我被隔离了。现在我和家人分开住，爱人和两个孩子住在一起。我一个人被政府安排住在专门设置的隔离点。镇卫生院派人每天量体温、检查身体，还给我预防流感的药物吃。”“我非常拥护对我采取的隔离措施，我万一感染了这种病，要是不隔离而传染给别人的话，到那时麻烦就大了。我和我家人非常感谢政府给了我们很好的照顾。现在想起来还是有点后怕，要是政府不及时采取措施，真不知道后果会怎么样。这件事情过后，我还要养鸭，但我一定要搞好防疫，这既是对自己负责，也是对社会负责。”

（选自2004年第5期《瞭望新闻周刊》，作者：杨桃源等）

中国武警兵派伊拉克警卫纪实

2004年7月9日，中国驻伊拉克大使馆正式复馆。2004年2月6日，6名赴伊拉克的中国军人在送行官兵“一定为中国武警争光”的告别声中，踏上了征程。在伊拉克的400多个日夜，他们几乎每天都处于生和死的边缘。当五星红旗重展巴格达，全世界也领略了中国武警的风采。

临危受命

在基督教的教义中，有这么一个预言：世界将出现千年福。

千年福，一个多么让人憧憬和沉醉的未来！在经历了数不清的战争、瘟疫、暴政和自然灾害之后，人们期盼出现一个新的世界，一个人人都能享受和平、欢乐和繁荣的新世界。然而离新世纪只有一步之遥时，谁也没有想到，一个叫伊拉克的国家像一粒石子投进平静的湖水打乱了世界的平静，使人们向往世界和平的希望破灭。

2002年下半年，美国以伊拉克支持恐怖主义并研发大规模杀伤性武器、对美在中东的利益构成了“潜在威胁”，并以美国掌握了伊拉克拥有大规模杀伤性武器的确凿证据为由，公开表示将以武力推翻萨达姆政权。接着，美国开始陈兵海湾，并单方面对伊拉克开出了条件和战争期限。

对此，在联合国5个成员国中，包括中国在内，法国和俄罗斯等国家都明确表示反对美国对伊拉克发动战争。世界上多数爱好和平的国家也都反对这场战争。然而，“机器”已经开动，美国不可能停止这场蓄谋已久的战争。随着规定的战争最后期限的到来，驻住在伊拉克的外国人嗅到了战争的气息。眼看美国不断增兵，战争已不可避免，大兵压境，人们开始疯狂地逃离伊拉克。那些天，巴格达通往国外的航班班班爆满，铁路也都严重超载，通往邻国的公路上更是人满为患，一幅洪荒时代山崩地裂灾难来临大逃亡的场景。

面对越来越近的战争，为了中国公民的安全，中国政府决定让在伊拉克的中国公民撤离回国。外交部立即将这一决定传达到中国驻伊拉克大使馆。在这之前，中国驻伊拉克大使馆也根据时局变化制定了应对计划。他们先安排在伊拉克的妇女小孩回国，又安排在伊拉克工作的中国公民通过约旦等第三国转道回国。随着最后战争期限的到来，和平力量已经无法阻止战争的发生，中国决定，驻伊拉克的外交人员全部撤离回国。人员撤离后，中国大使馆处于闭馆状态。而在这之前，世界上其他国家在伊拉克的大使馆早已是人去楼空。

2003 年 3 月 19 日晚 10 点 15 分，美国总统布什在白宫椭圆形办公室向全世界发表电视讲话，正式对伊拉克宣战。这场战争就像一个超重量级拳手同一个最轻量级的拳手进行比赛一样，比赛还没开始，输赢就已见分晓。在强大的“战争机器”的进攻下，伊拉克苦心经营的防线很快便土崩瓦解，萨达姆没能逃脱被捕并最终被送上绞刑架的命运。

2003 年 5 月 1 日，布什在电视上向全世界宣布在伊拉克的主要军事行动结束。其后，伊拉克战后的重建正式开始。为了本国的利益，各国大使纷纷回到伊拉克，争夺伊拉克这块重建“大蛋糕”。

伊拉克战争爆发后，中国政府时刻关注着伊拉克局势的变化和发展。美国总统布什宣布战争结束后，中国政府经过审时度势，决定派出外交人员到伊拉克进行复馆工作。中国与伊拉克一直关系很好，保持这种关系对于两国人民来说都有利。中国希望把这种关系平稳过渡到新政府，因此外交工作非常重要。然而，根据各方反馈回来的情况，此时伊拉克的局势依然动荡不安，虽然大的军事行动结束了，但各种形式的抵抗、暴力、恐怖活动始终没断，枪战、绑架、斩首行动层出不穷。另外，伊拉克局势由于有了美英的插手，许多事情变得非常复杂——美国为了报复战前反对攻打伊拉克的国家，对伊拉克重建实行双重标准。在这种情况下，派出的复馆人员不但外交能力要强，而且要熟悉伊拉克各方面的情况，必须具有挽大厦于将倾的能力，这就需要派出一个能力很强的人来争取国家利益。

非常时期需要非常人才。外交部经过慎重考虑，最后决定重新任用孙必干承担这项艰巨的任务。

孙必干 1965 年从外国语大学毕业后，在叙利亚留学两年，此后一直担任外交大使，1994 年至 1998 年任中国驻伊拉克大使，1999 年至 2002 年任中国驻伊朗大使。在几十年的外交经历中，孙必干举重若轻，以高超的智慧和高尚的人格，创造了一个又一个外交奇迹，为祖国争得了利益，赢得了荣誉。长期的外交生涯使孙必干具有相当丰富的外交经验，更重要的是，孙必干在中东工作过多年，特别是在伊拉克大使职位上工作过四年，对伊拉克国内情况非常了解，同时，对伊拉克人民也有一种特殊的感情，没有人比他更合适去伊拉克了。

这一决定，外交部许多同志想不到，孙必干自己也没有想到。现在我国的外交，已经不是建国初期因缺少经验而让外交人员在幕后看各国使者递国书学习的时候了，经过 50 多年的发展，随着国家的强大，中国外交部可以说人才济济，许多外交人员在国际上有很高的威望和声誉。而孙必干 2002 年结束驻伊朗大使的任期后，按规定已退休。这些年长年累月奔波在外，他的心脏一直不好，退休终于使得他有时间休息一下养养病了。孙必干还有一个 80 多岁的老母亲，老母亲一直很支持他的事业。由于他多年在外根本没有时间尽孝，退休后终于有时间可以陪着老母亲聊聊天，和家人团聚在一起享受天伦之乐，过过舒心悠闲的生活了。他做梦也没有想到，伊拉克战争打乱了他平静的生活。

2003 年 6 月，外交部干部司的同志找到孙必干，将外交部准备派他到伊拉克复馆一事告诉他并征求他的意见。国家的事情再小也是大事，自己的事再大也是小事，孙必干当即表态:“听从组织安排，接受这个任务。”

这在中国外交部历史上还没有先例。

2003 年 7 月，经外交部批准，孙必干带着两名外交人员和一名司机，从北京直飞约旦，然后从约旦首都安曼出发前去伊拉克首都巴格达。

根据国内指示，8 月 12 日，孙必干带着复馆小组人员离开伊拉克返回约旦。在约旦，孙必干将对伊拉克的考察情况和中国大使馆遭破坏的情况写了份报告。他在报告中提出，准备在 9 月份让全体复馆人员重回巴格达。

报告刚发出不久，意外的情况打乱了他的计划——

伊拉克临时最高行政委员会主席哈齐姆被杀。哈齐姆是伊拉克反对派领袖之一、伊拉克最高革命委员会主席。他曾多次警告说：伊拉克人反对外国占领，伊拉克战争结束后，如果美国仍继续在伊驻兵，整个国家都会反抗；一旦推翻伊拉克现政府，美英联军就应该尽快离开……

就在哈齐姆被杀不久，8 月 19 日，联合国负责伊拉克问题的特别代表德梅洛在巴格达爆炸中丧生。这次爆炸是由自杀性卡车炸弹造成的，爆炸地点就在德梅洛办公室的窗下。这位 55 岁的巴西官员受重伤后被埋在废墟下面，救援后不治而亡。威力巨大的爆炸在联合国驻伊拉克办事处所在的运河饭店前炸出了一个十多米深的大坑，至少造成 17 人死亡，数十人受伤。

一波未平，一波又起。就在人们惊魂未定之际，联合国驻伊拉克总部大楼、国际红十字会驻伊总部、约旦等国驻伊使馆相继遭到袭击，安全形势异常严峻。

在这种情况下，中国外交部从外交人员的安全角度考虑，决定让孙必干等复馆人员在约旦待命，等待形势好转后再重返伊拉克。

就在孙必干苦苦等待着上级关于复馆的决定的时间里，一支精心挑选的武警小分队正在北京郊区进行着封闭训练——他们挥汗如雨，挑战着生命极限，假设着各种突发事件的发生，研究战法、战术……

无孔不入的各国记者猜测着这支精英队伍担负的使命，纷纷向本国发回消息——中国成立了一支尖刀反恐小分队，中国将打造“京都利剑”。可他们做梦也想不到，这把正在锻造的“利剑”将填写中国武警的一项空白，他们的真正使命将是跨出国门兵发伊拉克，去执行一项特殊而神圣的任务。

特种部队

孙必干从约旦发回来的报告，中央非常重视，责成有关部门针对他提出的问题进行研究并提出具体意见。关于使馆人员的安全问题，只有两种办法可选：一是从本国派武装警卫，另一种是从当地雇人保护。

派武装人员保护驻外大使馆外交人员的安全，在我国建国以来尚属首次，这种情况在国际上也鲜见。不过此前，美国及一些强国确曾有过向国外派驻海军陆战队保护外交官的先例。

按照国际惯例，驻外使（领）馆一般不派武装，外交使节的安全保卫工作应由驻在国提供保护，比如在北京的使馆区，我们看到在各使馆门前站岗的都是我国的武警。另外，驻外使馆虽然可以设武官，但由于排他性，武官是不可以配枪的。

要从本国带武装人员就得有依据。

外交人员很快找到了依据——根据《维也纳外交关系公约》的相关规定，使馆馆舍以及一切财产、设备、交通工具等都应受到驻在国的保护，但是由于伊拉克的局势很不平稳，曾多次出现外交人员遇袭身亡的重大事件，所以驻伊拉克大多数国家的外交使团都加强了本国使领馆和外交人员的安全警卫，而且，已经有一些西方国家向驻伊拉克使馆派出了武装人员保护本国使馆的安全。

为了在动荡的局势中使更多的使（领）馆早日复馆，伊拉克政府与包括中国在内的多个国家政府签署了特别协议，允许这些国家的武装人员进入伊拉克保护自己的使馆及人员的安全，因为伊拉克当时的情况比较特殊，伊拉克领导人连自身的安全都难以保障，不可能为外国使节提供安全保障。

经过权衡，外交部决定选用第一种方案，从本国带武装人员保护驻伊拉克大使馆和使馆外交人员。

这是中国外交史上第一次派出武装人员赴境外担负我国驻外使馆和外交官的安全，开创了中国武装人员首次走出国门、保卫我驻外使馆安全的先例，这也是一个大国和强国国际地位的体现。如果中国不强大，国际地位不高，得不到有关国家的支持，这是办不到的。

中央很快同意了外交部的意见，并正式将这一任务下达给中国武警。

中国人民武装警察部队（前身为中国人民公安部队）诞生50年来，在党中央、国务院、中央军委，特别是党的三代领导人的关怀领导下，走过了一条艰难的创业之路、曲折的发展之路、辉煌的胜利之路。武警部队的基本任务是：维护国家安全和社会稳定，保卫国家重要目标，保卫人民生命财产安全，战时协助人民解放军进行防卫作战。在和平时期，武警部队主要担负固定目标执勤、处置突发事件、反恐怖任务，并支援国家经济建设。这次，身着橄榄绿的武装警察部队将出国担负起神圣的使命。

从严格意义上讲，我国这次向驻伊拉克的复馆小组派遣警卫人员的行动，只能算是一次“内部安全警卫”，只不过地点是在伊拉克而已。按照国际惯例，这些派驻国外的武装人员一般不会随便“出手”，只有当外交人员或使馆馆舍受到“严重威胁”时，才会进行必要的反击。

在武警总部会议室里，将军们围坐在椭圆形的办公桌边，武警部队一些大的方针政策的出台及命令的下达基本上都是在这里研究决定的。今天，他们将在这里决定一件将载入武装部队史册的大事。会上，司令员吴双战和政委隋明太传达了中央决定派武警出国警卫使馆的命令。近年来，武警部队虽然也派出了部分人员到其他国家，但那都是友好的执教和交流，同这次派兵出国警卫完全是两回事。吴双战司令员说:“党中央国务院将这一重大任务交给武警，本身就说明党和国家对武警部队的信任。我和政委跟中央领导表过态，坚决完成任务。”出国执勤对他们来说也是一个新任务，没有什么经验可借鉴。在议论派哪支部队到国外去完成这项任务时，大家众说纷纭定不下来。这也难怪，近年来，武警部队涌现出了一大批英雄群体，这些群体都有很辉煌的经历，都曾参与上一线打头阵，都非常圆满地完成了上级交给的各项任务，派哪支部队去都会不辱使命。吴双战司令员见大家的意见很难统一起来，就说:“大家提的这几支部队我也很赞同，这几支部队的素质都比较过硬，是武警部队的代表。伊拉克现在的局势比较复杂，我和政委商量了一下，决定从北京总队五支队特勤中队抽调部分武警，完成这次出国警卫任务。”

一锤定音。将军们都表示赞同。

武警北京总队五支队是一支素质全面过硬的队伍。如果把武警北京总队五支队比作一把钢刀，那么担负首都全天候战备执勤任务的特勤中队是锋利的刀刃，而特种作战分队便是那明光闪闪的刀尖!

特战分队组建于 1997 年，从严格意义上讲，这是中国武警历史上第一支真正意义的反恐作战小分队。

要加入小分队，那可不是件容易的事儿。

首先，志愿加入特种作战小分队的士兵，必须在其他战斗中队经过一年左右的锻炼，必须能够驾驶摩托车和汽车。有了上面的基础条件，才有可能进入第一阶段的训练。第一阶段的训练包括射击、潜伏、攀登等特种作战的基础科目，但要求极高。以射击为例。在射击中，从掏枪到射出第一发子弹的第一反应时间，事关生死成败，因此，要求特战队员在对目标进行准确识别的基础上，在 1 至 2 秒甚至更短的时间内，完成对目标的瞄准，并射出第一发子弹。过了第一轮淘汰赛的战士，才有机会进入第二阶段训练。在这个阶段里，特战队员们往往被要求向“一专多能”的方向发展。他们能够通过在基础训练中得到的体会，寻找到自己的兴奋点，在兼顾其他科目的同时，培养出自己的一手绝活。经过第二阶段的训练，特战队员具备了独立完成作战任务的较强能力，但仍不能算合格。在第三阶段的训练中，特战队员被要求能够多人协同，相互之间默契配合。在这个阶段，特战队员要经常在一起进行反恐实战演练。为了配合默契，形成高度的团队精神，他们还必须进行竞技比赛、野外生存等多项训练。同时，每个特战队员每天都要完成规定数量的俯卧撑、仰卧起坐等体能训练。即使是节假日，他们也必须保持战备状态，不能随便外出，更不能饮酒。特战分队有一个不成文的规定：即便只剩一个人，也要战斗到底。

过硬的素质练就过硬的特战队员。几年来，他们圆满完成了上级赋予的一千多次急难险重任务，展示了武警特战分队的风采。因成绩突出，中队被国务院、中央军委授予荣誉称号一次，荣立集体二等功 4 次，荣立集体三等功 4 次，1 人被武警部队评为“十大忠诚卫士”，17 人荣立一等功，24 人荣立二等功，229 人荣立三等功，党支部还曾被中央组织部授予“全国先进基层组织”称号。

接到出国警卫的任务后，五支队支队长刘会成和其他几个常委态度很明确：精中选精，强中选强，一定要把最优秀最精干的人员选出来。刘会成说:“我们支队共有 2 000 多人，确定在特勤中队 100 多名官兵中选拔。特勤中队有一个特勤排，一共 37 名官兵，这又是尖刀中的尖刀。从特勤排里选拔出来的官兵，应该说是千里挑一了。进特警中队的队员不能说十八般武艺样样精通，但也个个身怀绝技。他们当初进这个中队，就是从众多武警部队中过五关斩六将、凭着真本事打进来的。要从中选出 6 名官兵确实难。”

首次代表中国武警出国担负使馆警卫任务的机会难得，作为一名武警，谁都想得到这次机会，为国尽忠，为部队争光。消息一传出，全中队一下子就热闹开了。干部、骨干、老兵、新兵，大家都跃跃欲试。养兵千日用兵一时，现在报效祖国的机会来了，谁也不愿意放弃这次难得的机会。

比赛从体能开始，所涉及的项目很多，大浪淘沙，人数在逐渐减少。经过几天的淘汰比赛，李亚光、苏军、丁秀国、武好和王志刚脱颖而出。

有 10 年军龄的副中队长李亚光，从战士到干部，一直都战斗在特种作战分队，是一位军政素质全面的警官，尤以擒敌技术和手枪射击见长。他的擒敌技术之狠、出枪速度之快、射击之准令其他特勤队员望尘莫及。他的入选当之无愧。二期士官苏军当兵8年，在特战分队待了8年，在全中队特等射手中是大腕级人物。比武那天，只见他手托狙击步枪，沉着冷静地向目标射击，发发命中！他无可争议地入选。一期士官丁秀国，是全中队公认的攀登高手，飞檐走壁是他的绝活。比武时，他面对16米高的四层楼房，如猿猴一般，仅用8秒就轻松完成，全中队没人敢和他叫板。王志刚是全中队有名的“机灵鬼”，不但擒拿格斗、武器操作样样精通，而且头脑灵活、身手敏捷，无人可比。排暴专家武好从事防化专业已经多年，是本专业的业务尖子，他的地位无人可替。

兵有了，还需一个好帅。经过武警北京总队党委反复考虑研究，最后决定派五支队副支队长席栓柱担任这次重任。翻开席栓柱的档案履历，他有着一般人没有的骄人成绩：1983年入伍，曾于1984年和1999年两次代表武警部队参加国庆大阅兵，接受党和国家领导人的检阅。席栓柱入伍后，有着多个岗位任职的经历，先后任中队长、训练股长、副参谋长和副支队长等职，能力非常强。

兵派伊拉克，这是一项事关武警部队形象、国家尊严、民族利益，牵动着中央首长、军委首长、武警总部首长的心，并引起全国人民关注的重大任务，工作中不能出现任何差错和闪失，席栓柱他们几个人兴奋之余都感到了前所未有的压力。

天将降大任，必劳其筋骨，苦其心志。席栓柱和他的战友们开始了艰苦的训练生活，挑战各种极限。他们深知，他们也是在为武警为国家荣誉而训练。席栓柱通过各种途径，把能找到的各国警卫资料找来，成功的也好，失败的也好，他们从中举一反三，针对警卫特点，设计了多种复杂情况下的处置预习。为了避免一些因礼仪引起的误解，席栓柱专门请来外交部的同志，给大家讲解到伊拉克要注意的事情，让大家掌握当地的风土人情和驻外警卫工作常识。

为了让这些千挑万选的精英尽快挑起大梁，在执行任务中能够独当一面，不辱使命，在警卫组长席栓柱的带领下，大家从2003年9月开始就进入了“战备状态”。那些天，他们关闭了手机，拔掉了同外界联系的电话，断绝了与外界的一切接触，全身心地投入到各项准备工作中。从专题教育到专项训练，从武器装备到生活物资，他们都进行了周密细致的准备。

一切准备就绪，只等上级一声令下，他们就将走出国门担当起上级赋予的使命，向世界展示中国武警的风采。

就在中国武警准备开赴伊拉克担任使馆警卫时，由于伊拉克情况继续恶化，枪击、爆炸、绑架层出不穷，为了保证使馆人员的安全，中国政府决定推迟到伊拉克的复馆工作。席栓柱和他的队员接到推迟赴伊拉克的命令后，并没有停止训练和演练，而是在训练中等待。

在外交部一次例行的新闻发布会上，外交部发言人宣布的一件事震惊了世界——中国将派出中国武警到伊拉克保卫中国使馆和使馆人员。

世界媒体一下子聚焦到中国武警身上。

根据外交部的通知，席栓柱他们离出发的日子越来越近。

在走之前，席栓柱把家里所有的水龙头都检查了一遍。席栓柱是从农村出来的，他知道生活的艰难和不易，平时生活非常朴素，但临走前，他给女儿买了电脑、电子琴和写字台。席栓柱和战友们做好了长期在伊拉克执勤和生活的准备。

2004年2月5日，执行这次特殊任务的武警官兵接到了次日出发的命令。当晚，五支队的领导和特勤中队的战友为他们举行会餐，给他们送行。官兵们既为他们出征感到自豪，又为他们的安全担心。战友们多年来朝夕相处，现在就要天南地北，他们都流泪了。

6日清晨，起床号吹响后，席栓柱他们和平常一样，按时与其他战友一起出完早操，便开始做出发的准备。上午9时30分，武警部队参谋长霍毅中将、副参谋长兼北京总队总队长杨德安少将，代表武警总部首长和全武警部队官兵，专程为6位即将远行的勇士送行。

霍毅参谋长是武警部队土生土长的一名将军，他一一接见了即将出征的武警官兵，对他们说:“你们代表的是国家的国际地位和民族尊严，希望你们牢记使命，不辱使命，心怀祖国，报效祖国。相信你们一定会完成任务。我们等待你们凯旋!”席栓柱代表出征的武警官兵向首长们表态说:“我们一定要牢记忠诚卫士职责，忠于祖国，忠于党，牢记使命，不怕牺牲，坚决完成任务!”

在机场，陪同他们一起前往约旦的外交人员，将一个又扁又薄的木箱郑重地交给官兵们携带。原来，这里面装的是将要悬挂在中国驻伊拉克大使馆门口的中国国旗。在外交人员的通道口，6名赴伊拉克的中国军人，在送行官兵“一定为中国武警争光”的告别声中，踏上了征程。

跨出国门

莫斯科是俄罗斯的首都，这里有世人敬仰的克里姆林宫、红场，还有列宁墓，席栓柱他们却无心参观这些，他们在这里等待中国驻俄罗斯大使馆协调他们前往约旦的手续办妥。从北京出发后，他们坐飞机来到莫斯科。按照计划，他们在俄罗斯稍作停留，然后转机到约旦，在那里同复馆人员会合，然后警卫复馆人员一起从约旦进入巴格达。不料，他们来到俄罗斯后，随身所带的武器遇到了麻烦。按照俄罗斯国家规定，任何国家和个人不准在俄罗斯带武器过境。

近年来，因为恐怖分子的猖狂和世界恐怖事件的发生，俄罗斯也发生了多起恐怖事件，造成了很多人员伤亡。为了防止恐怖事件的再次发生，俄罗斯法律明文规定，没有相当级别的领导特批，任何人不准携带武器在俄罗斯空域内乘坐飞机。此前，中国驻俄罗斯大使已经跟俄罗斯外交部通报并要求协调。中国跟俄罗斯之间，近年来随着战略伙伴关系的建立和两国元首的不断互访，关系非常好，但协调需要时间。

中国驻俄罗斯大使馆的同志见席栓柱他们着急，就建议他们到莫斯科看一看风景和名胜古迹。要是在平时，席栓柱肯定会同意。军人出国的机会很少，有机会看一看异国风情，领略一下俄罗斯的风景和文化，也是一件令人向往的事。但现在不是时候，席栓柱谢绝了。想到马上就要同我们的复馆人员见面并一起到伊拉克，席栓柱感到了压力。电视里报道，伊拉克局势依然紧张，要保证复馆人员的绝对安全，必须把困难想得再多一点再细一些，只有这样，才能防患于未然。所以，在大使馆协调他们赴约旦的事宜时，席栓柱就带着大家研判可能遇到的情况和处置的最佳方案。

终于，俄罗斯同意了中国武警带着武器乘飞机飞约旦。这是特例。

飞机到达安曼已是晚上了。

席栓柱和战友们一走出飞机，就看到了已等候在那里的孙必干等复馆人员。

孙必干握着席栓柱的手，说：“我们早就盼你们来，这下可把你们盼来了。你们辛苦了！从今以后，我们将共同战斗生活在一起。”

席栓柱和孙必干是第一次见面，但他对孙必干太了解了。自从上级决定他们将担任保卫驻伊拉克使馆的任务，席栓柱就开始关注孙必干在伊拉克和约旦的一举一动。席栓柱非常佩服孙必干大使的为人和对祖国的忠诚，对他为了祖国再次出山感到十分敬佩。席栓柱举手向孙必干敬礼说："能出国担任这项任务是我们的荣幸。我们奉命前来保卫你们的安全，我们将不辱使命，坚决完成任务，随时听从您的召唤。”

因为职业的原因，孙必干以前跟武警打交道不多，但他非常欣赏武警部队的作风，他对席栓柱说："以后我们就是一家人了，要在一起工作、学习和战斗。我们的目的是一样的，那就是克服一切困难，不辱使命，圆满完成国家交给的任务。”

伊拉克战争后，为保证使馆人员的安全，驻伊拉克大使馆的人员都撤到了驻约旦的中国使馆。由于伊拉克局势恶化，孙必干和复馆人员根据上级指示，在这里等待外交部复馆的命令。

席栓柱等人在约旦同样遇到了麻烦。约旦跟我们国家建立外交关系比较早，两国关系一直不错，但约旦对携带武器过境也是非常敏感的。经过再三交涉，约旦终于同意了中国驻约旦使馆的要求，但提出了两个条件：一是在约旦期间人和武器要分离，二是武装人员在约旦停留的时间不能超过一个星期。这就意味着，在一周时间内，警卫人员和使馆人员必须要互相认识，彼此了解磨合。好在大家都是为了一个目的，很快就配合默契了。

伊拉克局势非常复杂，战前，伊拉克曾长期遭到联合国的禁运，各种物资相当缺乏，这一次到伊拉克复馆，从吃穿居用到办公等等，要做大量的准备工作，非常紧张。孙必干和席栓柱两个人都感到了自己肩上的重担，他们都深知，这一次复馆将会面临许多意想不到的困难，一切都要从头开始。为了使席栓柱他们尽快进入状态，孙必干凭着自己丰富的外交经验将他到伊拉克亲历的情况以及下一步要注意的事项向大家作了详细的介绍。席栓柱听得仔细记得也认真，他非常佩服孙必干大使洞察事物的能力，他现在明白孙必干退休后被国家召回的原因了。

各种准备工作紧张而有序地进行着。

2月9日晚，约旦首都安曼下起了一场大雪。大雪给人带来了难得的欢乐心情。经过这么多天的忙碌，一切都准备就绪，大家紧绷的神经这才稍微放松了下来，尽情地享受着这大自然带来的欢喜。

10日上午，在中国驻约旦大使馆内，孙必干召集所有将赴伊拉克的人员开会，听取大家的准备情况。外交人员把有关外交的情况进行了汇报，席栓柱将武警每个人的情况作了详细的说明，并将警卫情况进行了汇报。

就在这时，驻约旦使馆人员告知北京来了电话。孙必干本以为是外交部想知道他们这里的准备情况如何，没想到这个电话是外交部长李肇星打来的。

电话里，李肇星询问了孙必干的身体情况，叮嘱他要注意休息，按时吃药，不要太劳累。孙必干则将准备情况和下一步进伊拉克的工作安排向部长作了汇报。李肇星说，伊拉克的情况非常复杂，具体情况可视情而定，外交部相信他们能把这项工作圆满完成好，大家等着听他们的好消息。

李肇星跟孙必干讲完话，请他把电话交给席栓柱。席栓柱是副支队长，李肇星早就知道，但他喜欢叫席栓柱为“领队”，因为席栓柱是这5位武警的领队。席栓柱见过李肇星几面，这一次武警能成行，与李肇星的协调有很大关系。人员挑选出来后，李部长曾去看望过他们。在见李肇星前，席栓柱就已听说了许多李肇星部长的传奇故事——李肇星是一位活跃在国际舞台并受到国内外公众广泛关注的外交家，他曾任外交部发言人、常驻联合国代表、副外长、驻美大使、外交部长，同时还是位文学造诣很深的诗人。

听到李肇星部长要他听电话，席栓柱非常激动，他从孙必干手里接过电话说：“李部长，您好！我代表其他几个武警的同志向您问好！”李肇星说：“席团长，你们辛苦了！我代表外交部的全体同志向你们问好！席团长，我也当过兵，但我最高当过炊事班长。”李肇星风趣的开场白一下子拉近了他们之间的距离。李肇星对席栓柱说：“你是河南人吧，你的话里有河南味儿！”席栓柱说是。李肇星说：“你们这次的任务光荣而艰巨，会遇到许多意想不到的困难。希望你们发扬武警部队的光荣传统，上一线打头阵，圆满完成这次任务。”席栓柱向李肇星保证：“我们一定会在工作中确保小组成员的安全，坚决服从指挥，坚决完成任务，严守纪律！”

接着，李肇星部长又一口气说出了其他5位武警官兵的名字，并对席栓柱说：“你代表我向他们问好，让他们放心，家里有困难，武警部队一定会帮助解决，外交部也会想办法帮助解决。”最后，李肇星语重心长地说：“伊拉克虽然已经停止了战斗，但那里不太平。在保证使馆人员安全的同时，你们一定也要保护自己的安全，要做到双赢。我们外交人员要向你们武警部队学习。我们会一直惦念你们。最后祝大家身体健康，顺利完成任务。”

通过耳机，大家将李肇星的话听得清清楚楚。部长那温暖的话语感动了大家。李肇星部长的电话对大家是一个很大的鼓舞，也增加了大家完成任务的信心。

马上就要出发到战火硝烟中的巴格达，驻约旦大使馆为他们送别饯行。送战友的气氛很浓，大家一同唱起了苏联歌曲《小路》。歌曲感染了大家，许多人流下了眼泪，这虽然不是什么生死离别，但征程的困难和危险谁都无法预料。孙必干的妻子也流下了眼泪。这一次孙必干奉命出征，为了照顾他，她毅然决定跟随孙必干到危险四伏的伊拉克。孙必干曾对妻子说过：“有一首歌里唱‘军功章里有我的一半也有你的一半’，那么我有什么贡献就应该有你的一半。”武好也喝了点酒。按规定是不准喝酒的，但这是在和平的中国驻约旦大使馆，孙必干让席栓柱批准他们喝一点啤酒。见孙必干妻子难过，武好就跑过去劝她：“阿姨，您放心，就是我倒下了，也决不让孙大使倒下。”孙必干妻子很感动，这些天和武警官兵在一起，她是真的喜欢上了这些纯朴的战士，她拍了拍武好的肩对他说：“不要瞎说！你们谁也不能倒下。”

宴会进入到高潮时，驻约旦大使馆的全体人员送给孙必干他们两句诗：风萧萧兮易水寒，壮士一去兮要回还！孙必干很激动，说：“请等待我们的好消息吧。我们一定要回来！”

2 月 15 日，席栓柱和其他几个武警在驻约旦大使馆人员的陪同下，来到了专门存放他们武器的一个军事仓库，把他们的武器提了出来。清点了武器后，席栓柱跟孙必干等人一起乘车向伊拉克边境进发。

他们是傍晚从安曼出发的，午夜 12 点半，车队到达伊拉克边境。办好出入边境的手续后，大家给车加了油，停车休息。这时，席栓柱和其他几个人把便衣脱下。从北京出发后，根据规定，他们一路上都穿着便衣。此时，他们将便衣换成军装，穿上了从国内带来的防弹衣。这次席栓柱他们从国内来巴格达时，也给复馆小组的同志每人带来一件防弹衣和一个防弹头盔。其实大家都知道，在伊拉克这样恶劣的环境中，防弹衣也只是一个精神安慰。孙必干穿好防弹衣，问席栓柱：“防弹衣究竟能防什么？”席栓柱说：“至少能防刺刀、手枪。”但在伊拉克，武装分子使用的都是步枪、机关枪之类的长武器，还有威力巨大的汽车炸弹，一旦遇到上述情况，防弹衣根本起不了什么作用。

从安曼到伊拉克首都巴格达，战前有一个航班，飞机每周飞三次，战后，由于美军实行航空管制，不允许任何飞机飞行，到伊拉克首都巴格达也就只有坐车这一条路了。

现在马上就要进入伊拉克边境，就要真正履行职责，孙必干对外交人员和武警官兵说："这次出使伊拉克，任务光荣，责任重大，我们的一举一动代表着国家，我们要不辱使命，坚决完成任务。"孙必干说完，席栓柱也作了简短的动员，他对警卫人员说："我们这次代表武警部队出使伊拉克保卫使馆人员，是我们的荣幸。我们一定不要辜负党和人民对我们的信任，克服一切困难，完成警卫任务。"随后，席团长向警卫小组成员发布命令："大家要保持高度警惕，随时做好战斗准备，全力以赴保证复馆小组全体人员安全。"

席栓柱向孙必干请示是否可以出发。孙必干看一切准备就绪，说道："出发！"

5辆车随着席栓柱的出发命令，从和平的约旦进入了生死未卜危险四伏的伊拉克。

和平与战乱就这样清楚地在国界线上划开。

死亡之路

复馆小组组长孙必干大使，小组成员卞志强一秘、杜顺义一秘、王双信一秘、蒋旭二秘、于海琳三秘，司机全锡钢，警卫队队长席栓柱中校，副队长李亚光中尉，战士苏军、武好、丁秀国、王志刚——复馆小组和武警共13人乘5辆车驶上了约伊高速公路。

从安曼到伊拉克首都巴格达，有一条高速公路，名称叫约伊高速公路。因为伊拉克已无民航可以连接其他国家，因此约伊高速公路就成为伊拉克最主要的进出通道。这条路，战前是伊拉克和约旦的经济大动脉，联合国实行对伊拉克禁运和实行石油换食品后，这条公路也就显得更为重要和繁忙，伊拉克所需的民用物品，每天通过约旦经这条公路运往伊拉克各地。

然而，这条路却被称作"死亡之路"。战前，这条路的主要危险来自自然环境。公路四周全是沙漠，气候异常干燥，在伊拉克五六十摄氏度的高温环境下，高速行驶在缺少维护的约伊高速公路上是非常危险的，爆胎、撞车、车毁人亡随时都可能发生，前两天还有两位外国大使和好几位外交官在这条路上死于车祸。战后，危险更多地来自抢劫、枪击等事件。据初步统计，战后已有多达几百人在这条公路上遭到抢劫和枪击。这一切更使这条“死亡之路”名副其实。

席栓柱等武警警惕地护卫着孙必干等外交人员上路，随时准备应付可能出现的意外情况。对于这条路的危险情况，他们当时还一无所知——就在上个星期，这条路上有两辆车被地雷所炸；在他们走的时候，一个台湾的记者经过这条路时身上的钱物被抢劫一空，差点没了性命。

在他们13人中，孙必干和其他几个复馆人员是第二次走这条路。去年7月16日，孙必干他们也是从这条路去巴格达的。当时，为了安全起见，中国驻约旦大使馆特意组织他们和中建公司以及到伊拉克做生意的几个人一起结伴而行。他们的车队一共4辆车，当天晚上12点从约旦首都安曼出发。出发前，孙必干他们就开始设想路上可能发生的种种意外，最担心的是路上遇到抢劫，中建公司和到伊拉克做生意的人特别害怕路上被人把本钱抢走。当时伊拉克气温很高，他们都短衣短袖，全身根本没有藏钱的地方，藏在箱子里又怕连锅端。一个从深圳来的生意人最后在脚上打主意，把运动鞋割开，将30张面值100美元的钞票，分几块塞进鞋面、鞋帮，然后缝好，这样，外面看不出来，脚穿在里面却能感受到。他不敢全部藏完，身上留下几百美元，以防遇到最坏情况，总要给劫匪一些“辛苦费”。经过几个小时的提心吊胆，他们终于到达了目的地巴格达。一路上有惊无险，孙必干他们终于将悬着的心放了下来。不过，那位精明的生意人运气并不太好，由于天气太热，他脚上出的汗浸透了鞋底的钞票，加上走路时的不断摩擦，坚挺的美钞很快变软变薄，等他发现时，已经有不少美元不能再使用了。

这一次，为了保证安全，中国复馆小组的5辆车也与当地人的车搭伴行驶，人多可以增加安全系数。一路上，十几辆车沿着高速路浩浩荡荡组成了一个很壮观的车队。在危险地段，为了保证使馆人员的安全，席栓柱通过呼叫命令车队组成一个菱形编队，将孙必干所坐的车围在中间，加速行驶，以防劫匪的汽车冲进车队，拦路抢劫。

其实，在战争还没有结束时，就有许多国家为了在伊拉克早一点抢到一杯羹而纷纷赶到伊拉克。约伊高速公路是到达伊拉克首都的必经之路，前来伊拉克的人又大都带有大量的现金，因此这里也就成了被抢劫的重要地带。抢劫的人通常几个人结成团伙，在约伊边境海关处开始物色目标。一旦选好目标，就用卫星电话通知同伙，说清车里的人数、车辆数等，同伙则会根据其信息，选择一个合适的地段进行伏击。很少能有人逃脱这一劫。

他们在路上还发生了一个有趣的小插曲。由于连续发生抢劫，很少有人敢在这条公路上单独驾车行驶，进入伊拉克境内后，公路上可见的车辆更是稀少。长时间坐车人很疲惫，席栓柱见孙必干他们有点累，就决定休息一下。车停下后，大家纷纷下车方便、活动身体。这时，一辆美国执行任务的军车也刚好路过这里停下来休息，复馆小组和美国军队不期而遇。看到身着橄榄绿军装的军人，美国军人感到很好奇，便主动跟中国武警交谈起来。席栓柱他们不懂英语，复馆小组二秘张旭就用英语告诉美国人，身边的军人是中国武警，他们到伊拉克是来警卫中国大使馆的。美军一向很是佩服中国军队，上甘岭战役至今仍然被美军作为经典之战在学习。美国军人听说是中国武警，跷起大拇指连声夸道："OK！ OK！"一名美国陆战队员还提出要跟中国武警合影留念的请求。张旭将美国士兵的愿望告诉了席栓柱，席栓柱同意了。中国武警以后在巴格达还会经常同美国军队接触，免不了打交道，这也是外交的一部分。美国兵同中国武警照完相连连表示感谢。席栓柱看着美军离去，心中产生了一丝感慨：弱国无外交，同样，弱国的军队也得不到别人的尊重。

伊拉克虽是一个产油大国，但一路上，他们感受到的是油荒，无论哪一个加油站，都排满了加油的长队，而且，加油站还限制了加油量。也因此，路边处处是卖油的小贩们，那些急着赶路不愿意等的人只能到路边同小贩们讨价还价。

在路上加油是最危险的时刻，这个时候一旦停车加油，人员极易遭到袭击。为了确保孙必干大使的安全，每次加油时，席栓柱和其他人员都把孙必干围在中间。

命悬伊拉克

2月16日晚，经过一天一夜的长途跋涉，在6名全副武装的中国武警护卫下，中国复馆小组的车队终于走过"死亡之路"，安全抵达巴格达。

眼前的巴格达到处都是战争留下的残垣断壁、硝烟和血腥，席栓柱他们以前只在电视里看到的景象，现在一下子出现在眼前：被炸毁的汽车和倒塌的房屋到处都是，空中有直升机，地面有装甲车，每幢大楼前都有一群人拿着枪在晃动。

复馆小组抵达巴格达后，首先就是要寻找一个安全落脚的地方。复馆小组第一次进入伊拉克时入住的喜来登饭店，由于住有不少美国人而成为伊拉克武装分子的主要袭击目标，前些日子曾与其对面的巴勒斯坦饭店一起多次被袭。经过周密的考虑，复馆小组通过伊境内中资公司的职员选定了刚刚恢复营业的曼苏尔饭店。曼苏尔饭店坐落于巴格达市中心，四面空旷，相对稍稍安全些。另外，这家饭店目前还没有住进西方人以及美国和联军的军事人员，因而暂时还不会成为大的被袭目标。再者，饭店的周围有围墙，楼下有活动场所，可以散散步。

伊拉克中资企业的中国人早就来到曼苏尔饭店等待复馆人员到来。对于中资企业的中国人来说，没有比复馆小组的到来更令他们兴奋和激动的了。在国外做生意，大使馆代表的是祖国，是他们在国外的坚强后盾。这么长的时间才见到祖国来的亲人，他们一个个激动万分。

为了保证孙必干等人的安全，席栓柱和其他几个武警把孙必干等人拥在中间，护送到他休息的房间内。孙必干一行刚进入房间，丁秀国便持枪站在房间门口警戒，王志国把守楼道入口处的第一道门，禁止除复馆小组成员以外的任何人员出入。

复馆小组和武警共13个人租用了曼苏尔饭店的半层楼面，共13个房间。来之前，席栓柱就请中资企业的中国人同曼苏尔饭店商量将楼道打上了隔断，在入口处加了两道铝合金门，增加安全系数。给孙必干租用的是一个套间，里间是卧室，外间供工作和复馆小组召集会议之用。席栓柱把孙必干送到房间后，在他的房间里仔细作了检查，没有发现可疑的窃听设备和不安全因素后，嘱咐孙必干大使早早休息。安排好其他外交人员后，席栓柱就带着武警们一起熟悉曼苏尔饭店。来之前，他们就针对使馆人员进行过多次模拟演练，设想可能遇到的情况和突发事件，但设想的地点和楼层毕竟不是曼苏尔饭店。知己知彼，熟悉环境，才能有的放矢。他们一层一层地仔细察看，对各楼层的房间、电梯等逐一进行详细检查，不放过任何一个可能带来危险的细节。察看内部的环境后，他们又来到饭店外面，对周边的环境进行了仔细的检查。每执行一项任务，每到一个新的地方，席栓柱都要完全掌握情况，做到心中有数，他才会放心，这是他多年养成的习惯。所有的一切观察完毕后，席栓柱召开了来巴格达后的第一次会议，他说：“千万次的流汗流血就是为了这一次的

这是2004年5月12日拍摄的照片，中国驻伊拉克大使馆复馆小组警卫苏军（右一）和李亚光（右二）在伊拉克外交部护卫复馆小组临时代办孙必干。（黄敬文/摄，图片来源：新华社）

辉煌，好钢用在刀刃上，现在用我们的时候到了。警卫工作要做到事无巨细，必须慎之又慎。警卫工作永远没有第二，必须做到万无一失，不能出丝毫差错。”

武好至今还清楚地记得复馆小组到达曼苏尔饭店第一个晚上他执勤时的情况——第一次在一个陌生的国度执勤，紧张、担心、害怕，各种复杂的心情都有。这一晚上，他一直处于高压状态。外面不断传来急促的枪声和剧烈的爆炸声，好像就在饭店的附近。每一次爆炸声过后，武好都感觉到脚下的地面在剧烈地颤动。每次枪响后，按照规定，武好都会把灯熄灭，然后趴在窗口向外观察，用电台和其他哨位的战友互相沟通。听到哨位一切正常，他才放下心。那一夜，枪声和爆炸声一直没停，武好一夜没合眼。后来才知道，和他一起来的战友也是一夜没睡。

中国武警部队从组建到现在，到国外执行警卫任务尚属首次，因此这次的警卫任务无章可循，无经验可参考。在刚进入曼苏尔饭店时，警卫人员不了解情况，只能靠孙必干等外交人员介绍和临时熟悉来开展工作。

外交工作无小事。对来往的每一个人，警卫人员既要相信人家，又要保持足够的警惕，甚至还要记住每一个出入饭店人员的面孔，一旦发现可疑人员，还要采取相应措施。这不是一件简单的事。在这个处处充满着危机的国度，和周围的人相处好，对国家利益、对外交和使馆人员的生命安全都大有益处；对来访人员太过生硬的盘问，则容易引起不满甚至外交事件。

在混乱的局面中，各种矛盾纷繁复杂，各种利益交织在一起，没有永远的朋友，只有永远的利益。国与国更是如此。正如西方一部著名的小说所说的那样，谁也不会预料到下一分钟将要发生的事情。这就要求警卫人员凭感觉凭经验处理一些突发的事件，既按照复馆小组的要求多种花少栽刺，又要当机立断处理各种危及使馆人员和自身生命安全的突发事件。席栓柱常告诉他们，在绝对保证使馆人员和自身安全的同时要把握好度。真理和谬误只一步之遥。

事实证明，武警在这方面做得非常出色。孙必干在曼苏尔饭店进行的40多次会见外国使者和伊拉克临时政府人员的外交活动中，警卫人员都十分恰当地掌握尺度，受到了外国使者和伊拉克临时政府的称赞。

担负外交人员外出随身警卫任务十分危险，在家里担负使馆临时驻地的守卫任务也不轻松。

武警只有6个人，每天既要外出随卫，又要昼夜执勤，超负荷的工作使他们的睡眠很难得到保证。为了确保不发生问题，席栓柱他们研究后规定，每半个小时就要用对讲机呼叫一次，检查一遍勤务。有时他们实在累得不行，就在脸上涂满从国内带来的风油精，来刺激自己的神经，强迫自己不打瞌睡。谁也说不清他们到底经历了多少个这样的不眠夜。时间长了，生物钟都搞混了，不管执不执勤，到了半个小时他们准醒。席栓柱告诉笔者，在巴格达那些日子里，他们每天睡觉都是零散的，每天睡觉不会超过4个小时，即便是睡觉也是睁着眼在睡。

一次，曼苏尔饭店以南500米突然发生一起爆炸事件。惊恐中，人群四处逃窜，一片混乱。席栓柱意识到这是最容易发生问题的时候，他立即抄起一架12倍望远镜，跑到阳台上观察外面的情况。很快，他发现几个鬼头鬼脑的家伙进了饭店大门。职业的敏感告诉他，这几个家伙形迹可疑。他一面要求正在门口执勤的官兵加强戒备，一面打通了饭店保安部门的电话，通报了他观察到的情况。饭店保安人员在人群中迅速将这几个家伙控制起来，并从他们身上搜出了锋利的凶器。原来，这几个家伙真的是准备借爆炸之机跑到饭店里行窃抢劫的。类似这样的情况，警卫小组的官兵已不知经历过多少次。每一次，他们都会保持着高度戒备，全力保护外交人员的安全，从未出过任何差错。

复馆小组的安全任务全落到了6名武警头上，这对第一次走出国门在战乱地区执行任务的武警战士来说，是一次空前的考验。在这种危机四伏的环境下，复馆小组的一些成员甚至做了最坏的打算。附近的黎巴嫩山饭店遭遇袭击、“绿区”挨炸，他们都能够清楚地看到浓烈的黑烟。

3月中旬的一个凌晨，一伙持枪歹徒突然袭击了曼苏尔饭店。饭店的保安人员与歹徒发生了枪战，枪声越来越急。席栓柱知道，如果歹徒冲进饭店，复馆小组驻地肯定首当其冲，后果将不堪设想。这时，外面的楼道里已经出现了一阵混乱和骚动，由于情况不明，有的人甚至要跳窗逃走。就在这千钧一发的时刻，席栓柱果断命令所有官兵进入各自的战斗位置。接到席栓柱发出的指令，警卫官兵迅速按照预案紧张有序地展开工作：有的疏散外交人员，有的保护好机要文件，有的在门口执勤，有的隐蔽在阳台上观察外面的情况，一切都在有条不紊地迅速进行着。歹徒见中国武警已经做好准备，加之饭店保卫人员也全部出动，知道再进饭店也不会有什么好的结果，最终还是逃走了。东方初晓，望着窗外饭店门口密密麻麻的弹壳和尚未散尽的硝烟，孙必干由衷地对官兵感慨道：“有你们的精心守卫，枪炮声中，我们依然能睡个踏实觉。”

曼苏尔饭店的北边，就是海法大街。就在复馆小组回国前，这里还发生过多次枪战，美军曾率领伊拉克的国民部队去那里攻打萨达姆的追随者。随着美国审讯萨达姆的深入，萨达姆的追随者经常在这里报复美军，这里也就成为巴格达地区经常发生枪击的地段之一。每次枪击和爆炸虽然不是针对曼苏尔饭店，但城门失火殃及池鱼，流弹和爆炸碎片经常会飞到他们驻地，一个外国商人就是在房间里被飞来的爆炸碎片击中头部受重伤而不治身亡的。3月10日下午，距曼苏尔饭店200米的横跨底格里斯河的锡尼克桥上，骑摩托车的武装分子向警察开火。每次枪响，警卫队员在饭店房间内都听得十分清楚。虽然在巴格达枪声是家常便饭，但是仍然令值勤警卫人员的神经经常处于紧绷状态。每次发生枪击，席栓柱他们总是第一时间赶到复馆人员所在的位置，用身体保护着他们的安全。为了确保复馆人员的绝对安全，席栓柱跟饭店协商，饭店经营者将围墙加高，安装了铁丝网，并雇用当地的伊拉克人进行24小时警卫。饭店还将车辆出入口分开，设置警卫把守，甚至在入口的西门安放了隔离墩。席栓柱特意在中国复馆小组所在的楼层又增加了一道防护门，以保障小组成员安全。

进入复馆小组临时驻地所在的酒店就像进入兵营。席栓柱根据形势在复馆小组临时驻地制定了一套安全细则，包括工作人员邀请客人提前通报、登记、签字、备案等，即使熟人也不能随意出入。新华社巴格达分社临时负责人聂晓阳跟孙必干和复馆的外交人员都很熟悉，有一次他被王志刚拦在了门外。聂晓阳解释说，他跟孙必干等人都很熟，是老朋友，他要进去见一见孙必干。王志刚坚定地说:“我在执行任务。没有警卫组长的通知，除了复馆人员，谁也不能进去。这是我的职责，请你理解。”聂晓阳听后不但没有生气反而高兴，在这个战乱频繁的国度，警卫就需要这样铁面无私才能确保警卫对象的安全。

在巴格达，很多事难以预料，防不胜防，就连武装到牙齿、全信息化的美军都不断有伤亡，所以，尽管警卫小组提出“两个确保”的目标，但是这只是一种主观努力，客观是冷酷无情的。在警卫小组各种突发情况的应急方案里，都有“来不及时，警卫人员以身相挡”的字样。这种舍卒保车的方案，他们悄悄演练了好多次。有一次，大使在曼苏尔饭店的院子里散步，两名战士护在左右。突然，从很远处传来了子弹撕裂的声音，两名战士当即就敏捷地用身体把大使护在身底下。之后，为了避免发生类似危险，大使改在楼道上散步了。

孙必干已是64岁的人了，夜晚不容易入睡，但由于身边有了这群“橄榄绿”，他能够睡个踏实觉。大使幽默地说:“在巴格达能睡个好觉，比什么礼物都珍贵!”

曼苏尔饭店距离联军总部直线距离只有500米，可算是与爆炸相伴，与袭击相邻，爆炸声和枪炮声成天不绝于耳，用孙必干的话说，就是“在枪声中睡，在炮声中醒”，很多人因此患了失眠症。

同时，曼苏尔饭店离“绿区”美军驻伊司令部相距只有1公里，虽然这里相对安全些，但问题是，“绿区”更是伊武装组织攻击的重点目标。为了安全，所有警卫队员一天24小时都必须“枪不离身”。警卫小组副组长李亚光说:“枪就是军人的第二条生命。”据统计，在伊拉克，平均每三个人就有一支枪，伊拉克安全局势由此可

2004年7月27日，中国驻伊拉克大使馆警卫小组警卫人员在队长席栓柱（左一）的带领下，在巴格达中国使馆临时驻地举行庆“八一”宣誓仪式。他们将在巴格达迎来离开祖国后的第一个建军节。

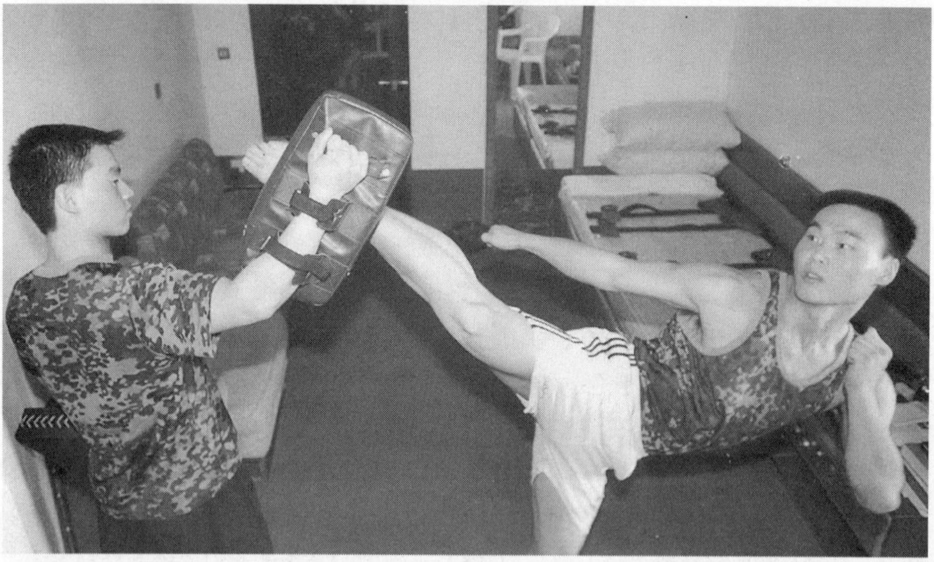

2004年7月19日，中国驻伊拉克大使馆警卫王志刚（左）和苏军在伊拉克首都巴格达驻地利用脚靶锻炼。（黄敬文/摄，图片来源：新华社）

见一斑。用席栓柱的话讲："枪声和爆炸声对我们来说，已经是家常便饭，就连在电话里也经常听到枪声。"

孙必干回国后，笔者在他家里采访他。谈起在巴格达的那段岁月，孙必干说："尽管巴格达局势那么紧张，席团的压力那么大，但他从来不和我谈这方面的危险和不测，总是找些轻松的话题和我们说。但是，从他们一丝不苟、不断改进的工作中，我感到，中国武警可以给你快乐，但绝不让你分忧！这就是中国武警！"

逃脱死神之手

由于安全形势异常严峻，包括伊拉克当地人在内，没有特殊的事情一般都不出门。复馆小组到伊拉克是有任务的，美国军队攻打伊拉克时将伊拉克的通讯大楼终端炸毁，造成了通讯瘫痪，打不了电话，只能靠外出找人。而外出就意味着巨大的风险。汽车炸弹、路边炸弹、枪击事件防不胜防，绑架和斩首不断发生，危险无处不在，先前到来的几个西方国家使馆人员就是在外出时被路边炸弹炸死的。但是，为了国家的利益，为了减少伊拉克战争给中国驻伊拉克公司的损失，外交人员不得不每天出去跟各方人员进行协调。

席栓柱此时感到了真正的压力。每次复馆人员外出，席栓柱都要仔细地研究线路，准备警卫方案。随着出行的增加和对伊拉克局势的了解，哪条道路安全，哪个地方比较危险，车行驶在什么地方可避免路边炸弹，他们心里慢慢有了底。席栓柱说："每次出门的时候，一换上军装，枪拿到手里，心理压力就特别大，可以说，他们的生命都在我们的肩头。"

复馆小组到达巴格达后不久，通过做工作，伊拉克临时政府决定会见中国复馆小组组长孙必干，就中国和伊拉克两国间有关问题进行协商。这是一次重大的外事活动。为了保证绝对安全，席栓柱决定带苏军亲自护卫。他俩穿戴整齐，全副武装，护卫孙必干前往拜会伊拉克临时政府外交部长。一路上，席栓柱和苏军紧张地观察周围的情况，手指紧扣在打开保险的枪支上，这样，一旦发现情况，他们可以在极短的时间内出枪射击。路上很混乱，好在没有发生意外情况，他们顺利护送孙必干到达目的地。在如此险恶的环境中，孙必干准时到达，令伊拉克官员很感动，这次会谈很圆满。

武好第一次外出执行任务是到巴格达后的第三天，席栓柱安排他护卫一名外交官到伊拉克临管会送照会。他把手枪保险打开，坐在副驾驶位置上，通过后视镜观察左右两边。在执行任务的两个多小时里，他的枪一直在手里紧紧地握着。外交人员见他精神时刻高度集中，就劝他放松一下，对他说:“这周围没有什么情况，不用这样一直紧张。”武好说:“你们谁都可以放松，我们警卫一刻也不行，这是我的职责。”

有一次，席栓柱和战友护送孙必干外出，汽车刚行驶到巴格达大学附近，突然一阵清脆的枪声从前方传来。席栓柱脑中闪过一个念头：最不愿碰到的意外情况发生了。他立刻用身体将孙必干挡起来，同时机警地向四周观看，判断危险来源，准备采取应对措施。他发现在车前方30米的地方，有几个蒙面持枪人在晃来晃去。在电影中多次看到的枪战场面，没想到这次身临其境了。蒙面人停下来端起冲锋枪，向四周胡乱地扫射起来，子弹打在地上溅起一股股尘土，弹片在席栓柱他们身边飞过。席栓柱不愧是经验丰富的老兵，他从子弹的声音判断出子弹飞来的距离和危险程度。行人在枪声中惊恐地四处逃窜。枪声越来越近，越来越急，司机下意识地紧急踩了刹车。车上的人由于没有准备，猛地向前颠了一下，让他们本来就紧张的心提到了嗓子眼里。

袭击？枪战？美军还是土匪？是不是针对我们？该怎么处置？车上所有的人都被这突然的情况吓蒙了。席栓柱此时的头脑非常清醒，他知道自己必须做出正确的决定。一旦决策失误，全车人的性命都不保，万一外交人员有生命危险，这将给国家带来巨大的损失。

席栓柱巡视了一下四周情况，果断地说:“全速通过！”

他的命令一下，车上的人都惊呆了。前方正是枪战中心，避都避不及，怎么能往前行驶？如果车冲不过去，后果不堪设想。司机以为他下达错了指示，疑惑地转头看席栓柱。席栓柱再次果断地下达命令:“全速通过！”这一次，司机听清楚了，但向前开确实危险，他又掉头用眼睛征询孙必干。此时，孙必干坐在车上冷静地观察着，几十年的外交生涯，他经历了无数次生死危机，早已处事不惊。他知道席栓柱叫车向前行，肯定有他的道理。这些天相处下来，孙必干对席栓柱的冷静果断及其指挥判断能力已是十分了解和欣赏，于是他沉着地点了点头，说:“听席团的。”

司机见孙必干也同意席栓柱的想法，就一踏油门飞驰向前。只一会儿工夫，汽车就带着一股尘烟驶过蒙面人枪击的地方。枪声越来越远，所有的人都惊出一身冷汗，庆幸躲过一场灾难。

其实，席栓柱刚才的决定并不随意，而是经过了周密判断。枪战虽然发生在前方，但可供他们选择的只有三条路：一是掉转车头向后转，二是就地停车躲避，三是向前冲。第一条看似安全其实不然。大家都在向后跑，道路肯定会被混乱的人群堵住，使得车无法行驶。而车的目标大，自然就成了最好的枪击靶子。况且，这个地方一发生枪战，美军肯定会赶过来封锁这条道路。一封锁，他们的车要想再从这条道路经过几乎是不可能的，而从其他的路再绕路到要去的地方也存在很大的危险。第二条也不行。枪声一响，这个地方的人都跑光了，只剩他们这辆车孤零零地停在这里，目标太大反而更加危险。第三种方案看似危险其实是最安全的。首先，枪击不是针对他们的，其次，枪战刚开始，枪声一响，街上比较混乱，四处逃散的人群分散了对他们的注意力，这个时候，车冲过去没有人会注意。

后来的事实验证了席栓柱的判断——枪击事件后，美军很快出动了装甲车和直升机对整条道路进行封锁，任何车辆都不准通过，因此整条道路中所有的车都被困在里面，进退不得，而后退的人群由于混乱、道路被堵，被恐怖分子追杀，造成了部分伤亡。

席栓柱他们入住巴格达曼苏尔饭店后，巴格达已经发生了多起自杀式爆炸。自杀式爆炸是恐怖活动中最难防的一种，老人、妇女甚至孩子都可能是自杀袭击者。对此，席栓柱一刻也没有停止过思考，他和战友们一起观看相关的资料片，尽可能从中寻找发现这种苗头的蛛丝马迹，以提高他们的发现能力和处理能力。

6 月 17 日，席栓柱随孙必干去参加外事活动，意外的事件又发生了。前方不远处，巴格达一个新兵征募站发生了自杀式爆炸，巨大的爆炸波令他们所乘的车辆发生了巨大的晃动。现场一片混乱，哭喊声、警报声混在一起，令人胆战心惊。当时，伊拉克警察和美军还没有完全控制现场，车在这个时候从这里过是比较危险的，而混乱的场面又使他们无法观察到所面临的危险。为了安全，席栓柱对司机说：“我们从旁边的那座立交桥上走，绕过这一地段。”司机掉转车头驶向立交桥。车到了桥上，往下看去，爆炸现场血肉模糊，席栓柱感到心里一阵颤抖。这么多年，席栓柱参加了许多次的处突执勤和大活动，可谓见多识广，但从来没有见过这么残酷血腥的场景。这就是战争，这就是战争后的巴格达。席栓柱这次判断非常准确，他们从桥上绕过去后，所有的路面都被封锁住了。凭着席栓柱的智慧和勇气，他们又一次从死神那里逃脱出来。

战后，经过各方利益平衡，伊拉克临时政府终于成立了。

6 月 1 日，临时政府宣布组成人员名单，中国作为大国应邀出席临时政府成立仪式。

孙必干决定出席这次会议。参加这样的会议，一是突现我国的大国地位，二是有利于跟临时政府搞好关系，三是有利于同其他国家开展外交活动。

但出席这样的活动危险性也非常大，因为临时政府的成立牵动了伊拉克各方利益，牵一发而动全身，恐怖分子肯定不会放过这一制造恐怖活动的机会。在重大活动中制造恐怖活动，这在世界上已有很多先例。1987 年 10 月 6 日，为纪念中东战争胜利，埃及政府按惯例在开罗近郊纳斯尔城的胜利广场举行一年一度的阅兵，以纪念十月胜利 8 周年。上午 11 点 25 分，阅兵大典开始了，埃及的部队在万众瞩目下如钢铁洪流般通过广场。当阅兵进行到尾声时，埃及空军 10 架幻影战斗机喷着彩色的烟雾飞越阅兵广场上空。正当人们抬头观看时，一辆炮车突然偏离了方向，在检阅台前停下，从车上跳下一名带枪的军官，一边往检阅台跑，一边投出一枚手榴弹，炮车上的一名机枪手同时举枪向萨达特总统射击。警卫人员被这突如其来的情况惊呆了，半分钟后才开始射击。这次事件造成萨达特以及埃及参谋长和总统秘书等 7 人遇难。1991 年 5 月 21 日，印度举行第十届人民院选举前夕，国民党主席拉吉夫·甘地在斯里佩隆普杜尔参加集会时，不幸被斯里兰卡泰米尔猛虎组织刺杀身亡。1995 年 11 月 4 日晚，以色列总理拉宾出席和平进程大会，当他演讲完准备坐车离开时，一名犹太极端分子向他后背连开数枪，致使拉宾身亡。

因此，孙必干临行前，席栓柱和李亚光等几人认真仔细地分析了形势，并做好了防范的预案。为了增加保险系数，席栓柱安排副组长李亚光、苏军和武好等四人一起护卫孙必干参加伊拉克临时政府成立大会。在此之前，美军曾通过各种方式通知中国复馆外交人员，表示愿意出兵对中国复馆小组的外交人员进行安全保护。孙必干则多次婉拒，并告诉他们，中国复馆人员有中国武警保护就足够了。

按照规定的时间，李亚光等人把孙必干大使安全护送到了开会的地方。

去时，席栓柱本想让孙必干穿上防弹服，但孙必干坚持不穿，他说："有你们护卫，比穿什么服都安全。”后来，席栓柱明白了孙必干的意思——作为一个大国的外交官，他的一举一动都代表本国的形象，在那样的场合穿防弹衣虽然无可非议，但穿着笨重的护身服同身穿西装相比，似乎有损中国的形象。

李亚光他们警卫着孙必干来到活动场地。按规定停好车后，李亚光和苏军两人荷枪实弹一左一右护卫着孙必干走进大会现场，武好和丁秀国在外边的汽车旁留守。在停车场上，还有英国、法国等许多国家大使的警卫人员。

中午12点20分，在他们汽车右侧大约100米的地方，突然发生了爆炸。汽车和外交部大楼摇晃起来，爆炸的气浪险些把汽车掀翻。整个会场的秩序一下子乱了起来，人们纷纷四处逃窜，其他国家的警卫和保安人员也都惊呆了，他们不知道该如何应对这种局面。听到爆炸声，李亚光和苏军立即跑进会场，在惊慌失措的人流中找到了镇定自若的孙必干大使，两人一前一后紧紧护卫着孙必干离开了这危机四伏的会场。在外面警戒等待的武好和丁秀国，听到爆炸声后也立即跑到会场大门口，准备冲进去接应，很快便找到了护卫着孙必干走出来的李亚光和苏军。他们四个人紧紧地把孙必干护卫在中间。突然，又一爆炸声划过他们的头顶，武好一个前扑将他们扑倒。在他们倒地的一刹那间，炸弹在他们前方炸响，爆炸后的弹片在他们头顶嗖嗖飞过。接着，在其他国家使馆人员还处在惊慌失措中时，武警们护卫着孙必干坐到了自己的车上，并迅速离开了爆炸现场。

事件发生后，两架美军直升机在低空盘旋，交通几近瘫痪，本来几分钟的路，他们开了半个多小时才回到临时驻地。回去后才发现，武好左臂的衣袖被炸弹的弹片炸了一个洞。

这次爆炸是反对派针对伊拉克临时政府成立而制造的事件，当场炸死15人。

法国大使目睹了中国武警护卫孙必干的全过程，在一个活动中，他对孙必干跷起了大拇指，连声说:“中国武警了不起，中国武警很棒。”

伊拉克战争以后，绑架作为一种威吓手段，被各种反抗组织空前频繁地运用，旨在阻止外国人替以美国为首的联军和伊临时政府工作。有统计显示，已经有美国、英国、日本、土耳其、黎巴嫩等10个国家160多人在伊拉克遭到绑架，虽然经过多方努力，有部分人质获释，但其中至少有30名人质被斩首。

中国公民被绑架，一时间震动世界。

孙必干和复馆小组人员在第一时间得知了这一消息，感到非常震惊。此前几天已发生了3名日本人、1名加拿大人、4名意大利人和2名美国人被绑架的事件，有的人质已被撕票。这些外国人被绑架没有人吃惊，因为这些人质的所在国都参与了美军攻打伊拉克，他们绑架的目的就是要求这些国家从伊拉克撤军。而中国是一个爱好和平的国家，多年以来一直致力于世界和平，中国人和伊拉克人民关系一直非常好。中国政府反对以美国为首的多国部队攻打伊拉克，并作了种种努力。战后，在对伊拉克战争深表同情的同时，中国还减免了大额的伊拉克债务。

孙必干立即召开紧急会议，席栓柱也参加了会议。孙必干将这一意外情况及时传达给与会人员。会上有人提出，会不会绑架的是日本人，而被绑架者却称自己是中国人？因为日本出兵伊拉克这一做法，打破了日本战后宪法不能出兵国外的规定，这在国际国内都引起了很大的反响。伊拉克有关组织多次通过阿拉比亚电视台发表声明，如果日本不尽快从伊拉克撤军，他们将要对日本人进行绑架斩首。这种可能不是没有，中国在伊拉克有很好的声誉，难免被绑架者会打出中国的招牌。最后，复馆小组决定先摸清这一事件的真实情况，核实消息的准确性。孙必干命令大家分头行动，让外交人员先通过中国驻阿联酋使馆，向阿拉比亚电视台总部进行核实，让席栓柱和其他复馆人员向当地中资公司核查有无中国人员失踪，并通过中国驻叙利亚、约旦使馆询问从两国边境进入伊拉克的中国公民情况。

从中资企业反馈的情况看，中国战后在伊拉克的中资公司共有40多人，没有一个被绑架。然而，从驻约旦大使馆却传来不幸的消息：4月11日早晨，确有7名中国公民从约伊边境进入伊拉克。

消息得到证实，中国人被绑架了。这是一个重大的事件。复馆小组立即将这一消息向中国外交部进行了汇报，同时，复馆小组也展开了营救工作。

中国外交部在第一时间召开了新闻发布会，向全世界介绍这7名中国公民是到伊拉克寻找工作的，并重申中国是一个爱好和平的国家，希望伊拉克问题通过国际社会尽早解决，并希望尽快释放被绑架的中国公民。

国家主席胡锦涛对于人质事件非常重视，他指示：要千方百计地保证人质的生命安全，同时要全方位、多渠道地开展营救工作。

大部分伊拉克人对中国人都很友善，因此，他们非常困惑为什么会有中国人被绑架。鉴于近日被绑架后又获释的外国人中既有英国人也有美国人，因此，复馆小组当时对中国人质的生命安全表示了谨慎乐观的态度。而正在约旦的中国前驻中东地区外交官叶水林也表示，中国人质被释放的可能性很大，关键是如何找到合适的途径和适当的方式去解救，这需要对伊拉克人当前的心态进行分析，才能有针对性地采取措施。叶水林指出，如果这次中国人质事件解决得当，将有利于中国公司今后在伊拉克开展业务。

中国外交部李肇星部长就人质事件和伊拉克外长通了电话，要求伊拉克政府尽一切努力保证中国人质的生命安全。

人质事件发生后，席栓柱立即意识到，这一次人质营救对使馆全体人员是一次严峻的考验，对警卫人员来说更是一次严峻的考验。营救工作将打破以前外出的常规，要实行多渠道营救，这就意味着警卫工作要多线作战，既要保证复馆人员所在地的安全，也要保证外出外交人员不出现闪失。

时间就是生命。孙必干和复馆小组人员投入到了紧张的营救工作中。孙必干利用个人关系与伊斯兰党和伊拉克当地有影响的宗教组织长老会取得了联系。这是一个由高级神职人员和宗教方面的学者组成的组织，具有一定的影响。中国政府在伊拉克问题上一贯主张和平的表态以及不往伊拉克派驻军队的做法，能够让中国人在此次事件中始终处于一个比较积极主动的位置，也能够使长老会从中介入并且顺利解决这场危机。复馆小组考虑到人质是从约旦入境、在通往巴格达的路上被不明身份的武装分子劫持的，估计这些劫匪跟伊斯兰党、穆斯林长老会可能有联系，所以试着通过他们向绑架者传话。

为了尽快使人质得到释放，孙必干决定到半岛电视台发表讲话。席栓柱派出3名武警保卫孙必干大使前往电视台。席栓柱本来决定亲自去警卫，孙必干没有同意。作为掌握全局的警卫小组组长，这个非常时期说不上什么时候就需要派人外出进行沟通，他必须留在家里整体调动指挥才行。李亚光等人一路上将孙必干围在中心，机警地注视着周围的情况。孙必干到了半岛电视台下车后，他们持枪将孙必干护送到电视台内，然后机警地站在大门口。半岛电视台是中东地区一个具有特殊影响的媒体，为了多找到一条寻找人质的渠道，孙必干亲自到半岛电视台。他在半岛电视台用阿拉伯语发表了讲话，呼吁绑架人员立即释放被绑架的7位中国公民。他说:“这些中国人是到这里经商务工的，他们是冲着伊拉克人民的友好而来的，他们来这里只会为我们两国的友谊做事，而不会伤害任何人，所以请你们尽快把他们放回来。不仅仅我国政府很关注这个事，被绑架者的家人也非常担心他们的安危。”孙必干在半岛电视台的讲话在电视上播出后，影响很大。中国公民在伊拉克被绑架的事件牵动着伊拉克人民的心，许多人在焦虑中为中国公民的安全祈祷。

美国宣布对伊拉克战争结束后，战争环境、战争气氛并没有随之结束——巴格达上空，武装直升机来回盘旋，地面上，荷枪实弹的美军昼夜巡逻，到处硝烟弥漫，恐怖爆炸及抢劫、暗杀事件频繁发生，处处充盈着敌视、杀机和血腥。在孙必干大使到半岛电视台向全世界宣布中国对于人质的态度、呼吁绑架者尽快释放中国人质时，席栓柱的心一直悬着，外面不时传来枪弹的爆炸声，但他相信，一旦遇到危险，武警们一定会不惜牺牲自己的生命来保卫孙必干大使。这一点，他深信不疑。然而他更担心他们遇到路边炸弹和汽车炸弹，那样，他们的生命就……自去年 5 月 1 日美国宣布在伊主要军事行动结束以来，伊境内的爆炸袭击事件一直没断：2003 年 8 月 7 日，约旦驻伊大使馆门前发生汽车炸弹爆炸，造成 17 人死亡，60 多人受伤；8 月 19 日，联合国驻伊办事处发生汽车炸弹爆炸，造成 24 人死亡，100 多人受伤，联合国伊拉克问题特别代表德梅洛在爆炸中殉职；8 月 29 日，南部城市纳杰夫阿里清真寺发生汽车炸弹爆炸，造成 100 多人死亡，200 多人受伤，伊斯兰教什叶派宗教领袖哈基姆在爆炸中遇难；10 月 12 日，美中央情报局驻巴格达总部所在的巴格达饭店附近发生汽车炸弹爆炸，造成 7 人死亡，10 多人受伤；10 月 27 日，巴格达发生 5 起连环爆炸事件，红十字国际委员会驻伊总部办公楼以及城郊 4 所警察局几乎同时遭到自杀式汽车炸弹袭击，造成至少 35 人死亡，200 多人受伤；11 月 12 日，南部城市纳西里耶的意大利驻伊宪兵部队总部遭汽车炸弹袭击，导致 19 名意大利人和 8 名伊拉克人死亡，数十人受伤；12 月 27 日，伊武装人员在卡尔巴拉市对驻伊多国部队和伊警察发动一连串袭击，造成 4 名保加利亚士兵、2 名泰国士兵在内的 19 人死亡和至少 129 人受伤；2004 年 1 月 18 日，巴格达市中心联军总部遭到汽车炸弹袭击，共造成 24 人死亡，120 人受伤，伤者中有 3 名美国平民和 3 名美军士兵；1 月 24 日，伊境内发生 6 起针对美军和伊警察的爆炸和枪击事件，导致 70 余人死伤，其中美军士兵有 5 人死亡，13 人受伤；2 月 1 日，北部城市埃尔比勒的两个库尔德人政党办公楼相继发生自杀式爆炸，至少造成 109 人死亡，133 人受伤；2 月 10 日，巴格达以南约 40 公里处的伊斯坎德耶镇警察局发生汽车炸弹袭击，至少造成 55 人死亡，60 多人受伤，死伤者都是平民和警察；2 月 11 日，巴格达市中心一个征兵站遭汽车炸弹袭击，至少有 46 人死亡，54 人受伤；2 月 14 日，中部城市费卢杰的一个警察局和附近的政府大楼遭袭，造成至少 23 人死亡，30 多人受伤；2 月 18 日，南部希拉镇附近驻伊联军波兰军营遭自杀式汽车炸弹袭击，造成至少 11 名伊平民死亡，50 多人受伤，其中包括 17 名联军士兵；2 月 23 日，石油重镇基尔库克一警察局遭自杀式汽车炸弹袭击，至少已造成 10 人死亡，42 人受伤；3 月 2 日，两所什叶派穆斯林清真寺发生系列爆炸袭击事件，造成 271 人死亡，约 500 人受伤，这是伊战后伤亡最惨重的爆炸袭击事件之一……

孙必干在半岛电视台讲完话后，并没有直接回到复馆小组所在的旅馆，他又马不停蹄地在巴格达找人进行沟通。直到孙必干回来，席栓柱一颗悬着的心才放了下来。孙必干和席栓柱等复馆小组人员经过分析，从种种反馈回来的信息看，中国人质获救的希望很大。

经过全方位的努力，长老会终于通知复馆小组，武装分子同意释放 7 名中国人质，并告诉中国复馆小组第二天夜里到巴格达郊区的一座清真寺接人。

巴格达郊区的那座清真寺，席栓柱他们以前都没有去过。清真寺离曼苏尔饭店有一个多小时的车程，环境完全陌生，路上得经过好几个危险地段。这些地段爆炸、枪杀不断，电视上几乎每天都有在这几个地方发生案件的报道。白天在那些地段经过都要小心翼翼，晚上行车更加危险。前几天，一个外国使馆的人员要到那个地区，上面有联军直升机掩护，路面上有装甲车开路，即使这样，仍然有一辆车被炸。武装分子之所以选择这个时间和这个地点，显然也是为了他们的安全考虑。这个时间一般不好采取行动，即使采取行动，他们也可以凭借夜色和有利地形迅速逃跑。

孙必干和复馆小组接到接人的通知后，立即召开会议，决定按照武装分子的要求接人。武装分子要求他们只能带少量武装人员。为了不节外生枝，席栓柱决定派李亚光和武好两人陪复馆小组成员卞志强一起去接获释的中国人质。席栓柱对李亚光和武好说:“现在全世界都在注视着这件事。这次人质能否顺利安全地回来，关系到我们国家的形象。这件事情不能有任何闪失，必须保证人员安全顺利地回来。”席栓柱不说，李亚光他们也深知这件事的分量。人质事件发生后，他们和使馆的人员一起经历了 24 小时的生死大营救，为这件事，国家主席胡锦涛都对他们下了指示。席栓柱把他们送出驻地，临走时，又检查了他们的武器，然后拍了拍李亚光和武好的肩。在一起这么长的时间，一个眼神一个动作包含的无声话语彼此都明白。

伊拉克战争后，以美国为首的联军为了加强对巴格达的管理，对巴格达实行了宵禁，对违反规定的单位和个人进行强制执行。巴格达曾经是一座美丽的城市，曾吸引过多少慕名而来的参观者，而现在，璀璨的不夜城巴格达变成了一片漆黑，只有远处不时传来的枪声、爆炸声，闷响之后就是死一般的沉寂。

汽车驶出城区，外面的道路更难走了。在车上，李亚光和武好一言不发，彼此只用眼神交流，但他们都知道对方的心，那就是：为了祖国，为了同胞，一定要完成任务。这两个人入伍以来，虽然执行过许多重大的任务，但从来没有执行过这种任务，以前只是在电视中看到的蒙面劫匪，没想到今天就要面对面了。

经过一个多小时的行驶，清真寺终于出现在眼前。这座清真寺虽然规模不算很大，但在阿拉伯地区还是比较有名的。由于这座建筑远离巴格达，所以在伊拉克战争中并没有受到损坏。

到了规定地点，李亚光和武好下车警卫着外交人员来到绑架人质的武装分子所在地。他们来到一座大殿前，被几个蒙面的武装分子挡住了路，示意只让外交人员进去。在确定没有危险后，李亚光同意了他们的要求。在门外，李亚光和武好集中注意力听着屋内的动静，双手紧扣着已打开保险的扳机，随时准备应对可能出现的意外情况。

好在没费什么周折。伊拉克伊斯兰教长老会卜杜・库贝斯在大厅中迎接外交人员卞志强和王双信。交谈后不久，就把7名中国人质交给了卞志强和王双信。随着乌姆古拉清真寺木门的轻轻开启，7位同胞出现在中国外交官的面前。他们见到祖国的亲人，一个个悲喜交加，心情格外激动，有人流下了眼泪。库贝斯长老代表穆斯林长老会说："自从费卢杰开始打仗以来，我从没有笑过，但是现在，我笑了。"

李亚光和武好也很高兴，经过全体人员的共同努力，他们终于不辱使命完成了祖国交给的任务。但现在他们仍不敢有丝毫大意，世界警卫史上发生过多起被警卫对象看似没有危险却出现意外的事情。回来的路上，李亚光和武好两人没有丝毫放松警惕，严密注视着周围的情况，随时准备应对可能发生的意外。经过三个多小时的周折，他们终于把被劫持的同胞全部接回曼苏尔饭店。

后来，被绑架的人员讲述了他们遭到扣押的大概经过：

他们一行人10日夜里从约旦首都安曼出发，在约旦伊拉克边境过夜，11日凌晨5点，过关进入伊拉克。大约早晨9点半左右，在经过费卢杰外围地区时，发现公路被美军军车封锁，遂绕行小路，在一个下坡转弯的地方翻了车，两人受伤。随后，在路边孤立无援的他们被当地武装分子发现并带走。

人质之一薛由贵介绍说，由于语言不通，他们根本不知道带走他们的是谁，就根据自己的想象，为这些“拿枪的人”起了个名字，叫“飞虎队”。“飞虎队”在带走他们的时候，并没有给他们戴手铐，也没有虐待他们。他们一行人被带到了一个秘密的民居。

在那里，武装分子还劫持了4名为英国一家医疗救助机构工作的阿拉伯人。通过这些懂英文的医疗救助人员的帮忙，他们中国人的身份才被确认。随后，这4名阿拉伯人因为是“来帮助伊拉克人的”而得到释放，而中国人仍然被扣押。后来，也是这4名阿拉伯人最早向阿拉伯电视台记者报告中国人遭到扣押的消息的。

席栓柱陪同孙必干在曼苏尔饭店会见了刚刚获释的这7名中国人。孙必干向他们转达了国家主席胡锦涛、国家副主席曾庆红、国务委员唐家璇和外交部长李肇星对他们被扣押事件的关心及要求全力营救的指示，他说:“你们在伊拉克被扣押事件牵动了国内亿万人的心。复馆小组根据国内指示，全力以赴，全方位、多渠道展开了积极的营救工作。所有中国人都为你们的获释感到高兴，你们的成功获释体现了中国政府对每一个公民生命安危的高度重视。”

人质在中国大使馆临时驻地经过暂时休整后，按照国内的指示，将他们安全送回国内。席栓柱安排李亚光等人将他们警卫护送到约伊边境，然后由中国驻约旦大使馆接到约旦，再从约旦坐飞机回国。

中国在这么短的时间内解救了被劫持人质，震动了世界，从这件事可以看出中国的影响力和中国外交人员的办事效率。世界各大媒体都在显著的位置报道了这一新闻。美国一家影响很大的报纸在报道这件事后赞誉道，中国武警在整个事件中的出色表现和警卫，可以说无可挑剔，他们可以说是真正的幕后英雄，他们是世界上最棒的警卫之一。

幕后较量

2004年7月9日，是一个平常的日子，但对于中国复馆小组的全体人员来说，却是一个令人终生难忘的日子。

这天下午，中国驻伊拉克大使馆复馆小组接到中国外交部的指示——根据伊拉克战后的实际情况，党中央决定中国驻伊拉克大使馆 9 日起正式复馆。

孙必干接到通知后，立即召开全体复馆人员会议，作为复馆小组成员之一的席栓柱也参加了会议。当孙必干传达了党中央的复馆指示后，参加会议的所有人员都非常激动，他们等待这一时刻已经太久太久了。

由于使馆原址遭到破坏，损坏程度很严重，已经无法修复，本着安全和生活方便等考虑，孙必干之前曾带着武警到巴格达寻找新的馆舍，但因为战乱，一直没有最后确定新馆舍的地址，使馆临时的办公地点仍然设在巴格达的曼苏尔饭店，因此复馆也不可能搞什么特别的仪式。

那天，根据决定，大家早早来到孙必干所住的房间，等待着那个激动人心的时刻的到来。在中央指定的复馆时间到来的那一刻，7 名中国外交人员和 6 名武警官兵展开了一面崭新的五星红旗，庆祝中国驻伊拉克大使馆正式复馆。

虽然这只是一个简单的仪式，但对孙必干领导的中国复馆小组来说，却是来之不易的。在伊拉克的 40 多名中国人也无不激动万分，因为这一天他们已经等了一年多了。去年，伊拉克战争爆发前几日，包括中国使馆人员在内的中国人全都撤离了巴格达。后来，新华社记者回来了，一些中国商人回来了，这些先期重返巴格达的中国人都有一个强烈的愿望：希望大使馆能够早日恢复，大家能拥有一个共同的"家"，一个坚强的依靠！现在，终于梦想成真。

孙必干愉快地接受了记者采访，他说："复馆小组按照中央和外交部的指示，在过去一年里与伊拉克各方面进行了广泛接触，增进了相互了解和友谊，为今天正式复馆奠定了基础。小组全体同志在条件非常艰苦和风险相当大的情况下，团结奋斗，克服重重困难，保证了复馆任务的圆满完成。6 名武警同志发扬一不怕苦、二不怕死的革命精神，为复馆小组和外交人员提供了安全可靠的保障，功不可没。"

复馆仪式结束后，大家都沉浸在欢庆和喜悦之中。席栓柱独自走了出来，他长长地呼出一口气，用这种方法来释放内心的压力。现在，随着中国驻伊拉克大使馆的复馆，中国武警已经圆满地完成了前一阶段的警卫任务。

在世界上，军队出国保卫驻外使馆，只有美国等几个强国有过先例。中国派武警出国警卫，在世界上引起了很大反响——实际上，出国警卫使馆，并不是简单地派几个兵的事，而是代表着一个国家的地位和实力。

从各国驻伊拉克使馆的情况看，派兵保卫使馆人员的，都是发动伊拉克战争的国家，他们动用的是侵占伊拉克后留下的部队精锐。这些部队大都武装到牙齿，英国使馆警卫甚至都动用了国内最先进的装甲车。像中国这样没有派兵参加伊拉克战争、在战后又派兵到伊拉克担任本国使馆警卫的很少。

在战后的伊拉克，各国使馆为了本国的利益展开了外交工作，这些也同样考验着幕后的各国警卫部队。中国武警第一次出国警卫之初，对中国武警能不能胜任警卫任务，许多国家都持怀疑的态度——席栓柱他们到达伊拉克不久，美国联军总部的一个将军就把电话打到孙必干处，说："现在伊拉克局势很不稳定，如果需要安全保卫，联军可以派人警卫。"其他国家也有将电话打到孙必干的手机上的，提出所在国的军队愿意为他们在伊拉克提供保护。这些电话，既有善意的，也有蔑视和挑战的。每次接到这样的电话，孙必干都说："谢谢，我们中国武警完全有能力保卫我们的安全。"

在一次参加伊拉克临时政府举办的外事活动期间，当中国武警护卫着孙必干来到活动地点时，美军将孙必干的车辆挡住了。警卫下来一问才知道，美军规定，所有参加会议的各国外交人员必须由美军护卫才允许进场。其他一些国家虽然对美军这种做法极为不满，但也没有别的办法，只好将自己的警卫留在外面，按照美军的规定换上美军警卫。美军这一做法明显违背了国际上有关的法律规定，仗势欺人。孙必干知道这种情况后，就跟美军据理力争："我们有自己的警卫，根本用不着你们警卫。"美军的一个将军说："我们这种做法也是被逼无奈，但我们可以保证你们的人身安全。"孙必干说："我所带的武警是世界上最优秀的警卫，完全有能力保护我们的安全。"

当时所有国家的外交官们都听从了美军的安排，美军没有料到，中国的外交官竟这样强烈地要求由他们自己的警卫护卫。美军知道，如果允许中国武警警卫外交官进入会场，会令他们十分难堪和狼狈，所以他们坚持由美国的军队警卫，否则就不允许进场。

孙必干决定以不参加会议来抗议他们的这种做法。在武警的警卫下，孙必干愤然上车，离开了美军把持的会场。

随着时间的推移，中国武警在伊拉克的出色表现，令美军十分惊讶——在各国使者不断被枪击和爆炸所伤害的情况下，中国外交人员没发生任何伤亡，做到了在伊拉克零伤亡，这在危机四伏的亚战争状态下，不能不说是一个奇迹。后来，联军的一名将军在一次活动中和席栓柱相遇，他说："作为一名军人，不戴任何有色眼镜说句真心话，中国武警的确是世界一流的。"

俗话说，台上十分钟，台下十年功。中国武警在伊拉克受到如此高的评价是他们以自身的过硬素质和良好形象赢得的。

在战后的伊拉克，外交是另一个看不见硝烟的战场。在这个为了本国利益而战的战场中，世界各国都把本国最优秀的外交人员派到这里，与此同时，也把本国最优秀的警卫人员派到这里。因此，这里不仅是各国外交较量的舞台，同时也是各国军队较量的舞台。全世界所有关注的目光都聚焦在这里——一方面，警卫人员为本国的外交官提供人身安全保障，另一方面，也要展示本国军队的良好形象。

在伊拉克，法国、英国、美国、俄罗斯等有实力有影响的国家都派来了自己的军队。这里就是世界军队的另一个竞技场。

为了树立中国武警的良好形象，中国警卫人员来到伊拉克后，每次警卫外交人员外出办事，席栓柱都要求武警们做到精神饱满，军容严整，在穿上防弹衣后，依然要始终保持一种良好的姿态。

武好有一次陪孙必干外出去参加一个活动。穿着厚重防弹衣的他负责留在场外看车，当时的气温高达50多度。在危机四伏的伊拉克，车辆爆炸是袭击被害人的重要手段之一，每隔几天，就会发生一起汽车爆炸事故。这些爆炸，有些是路边炸弹所为，但也有相当一部分是被人悄悄放到车上的，所以警卫好车辆，是一件十分重要的事情，来不得半点马虎。其他几个国家的警卫一开始也都站在自己开来的汽车旁边，但炽热的气浪很快就使每一个人大汗淋漓。起初，谁也没有离开，大家都知道，此时各自代表的是自己的国家、自己的军队，各自都为荣誉而战。半个小时过去了，有的警卫终于忍受不了热浪，跑到了阴凉处。武好却注意力集中地关注着车周围的情况，汗水早就湿透了全身。还有几个外国警卫不甘心这样离去，也一个个强忍着跟武好较劲。一个小时后，终于，他们也受不了了，纷纷跑去凉快了，只剩下武好始终坚守在自己的岗位上，直到孙必干参加完活动回到车里。那些国家的警卫人员不得不从心底里佩服中国的武警。

在伊拉克，那些强国的警卫人员大都是高大剽悍的保镖形象。长相有几分秀气的武好告诉我们："我们虽然长得不如他们高大，但军事和技术素质丝毫不比他们差。"的确，在袭击事件不断发生的伊拉克，没有精湛的技艺和过硬的素质，只靠强壮的肌体当然无法保护被警卫人员的安全。

中国武警刚到伊拉克时，由于身穿橄榄绿服装，伊拉克的民众常常不解地问席栓柱："你们中国也派军队来伊拉克打我们了？"席栓柱解释说："我们国家是爱好和平的国家。我们不是来打你们的，而是保护我们驻伊拉克使馆人员的安全的。我们希望伊拉克早日结束战争，走向稳定，早日恢复昔日的繁荣。"

一天，一位同中国外交人员很熟悉的伊拉克人问孙必干："这些中国武警是不是都是武林高手，身怀绝技？"中国是武术的故乡，有这样的提问也不足为奇，孙必干笑着说："他们是不是武林高手我不清楚，但他们每个人都身怀绝技，这一点我是知道的。"这个伊拉克人一听就说："他们肯定是武功高强，如果不是这样，那么大的包，他们怎么会一手抓一个像什么也没拿一样？"

由于伊拉克连年战乱，加之各国军队在伊拉克战争后开赴伊拉克，伊拉克人民对各国的军队在伊拉克都没有什么好感，然而，中国武警的良好形象和所作所为很快就改变了一些伊拉克人对中国军队的片面认识。没事的时候，席栓柱常常会带着武警们帮助曼苏尔饭店打扫卫生、搬运物品，做一些力所能及的事情。饭店里有一个曾经给伊拉克前政府高官做饭的高级厨师，为中国武警的文明之师、威武之师的形象所感动，他找到孙必干，坚持要为中国武警和使馆人员做一顿他特别拿手的饭菜来款待他们，这在他是破例。

中国武警在伊拉克多次冒着生命危险舍身保卫使馆人员的壮举，赢得了在伊拉克的外国警卫的尊重，同时也赢得了伊拉克人的喜爱。后来，伊拉克人每次见到中国武警，都会跷起大拇指连声说："中国武警，OK！"

中国武警在巴格达出生入死，表现出对祖国、对人民的忠诚，孙必干和复馆的外交人员一直心存感激。"八一"节到来时，孙必干代表使馆人员向席栓柱他们表示了由衷的感激和热烈的祝贺。

孙必干从伊拉克归来后，中央电视台曾经访问他。在访问中，主持人问他：听说出使伊拉克的外交人员都留有遗嘱？孙必干说：真正的遗嘱没有，但类似那样的东西大家可能谁都有过，因为这毕竟是在战后的巴格达，处在这么一种亚战争的环境中，谁也不能保证自己今天活着而明天还能活。

这就是战争，这就是现实。在巴格达，危险无处不在，生与死就是瞬间的事情。在战后的巴格达，已经有多名外交人员被炸死，外交人员有这种思想准备不足为奇。作为外交人员的警卫人员，武警们所面临的危险比使馆人员要大得多。在伊拉克的 400 多个日夜，他们几乎每天都处在生与死的边缘，李亚光初步算了一下，他们到伊拉克经历的生死危机多达 16 次。在这 16 次的任务中，生和死就是一瞬间的事情。在伊拉克的高温中，警卫时头戴头盔，身穿防弹背心，全副武装负重 40 多斤，随时都有可能遭到恐怖活动的袭击，他们的生理和心理都远远超出了常人难以承受的极限。

当五星红旗重展巴格达令全世界为之震动时，世界上所有的目光在关注中国大使馆的同时，也领略了中国武警的风采。

（选自 2007 年第 3 期《中国作家》，有删节，作者：孙国）

亲历中国人质营救

2004年4月11日，阿拉伯电视台滚动的字幕掠过一行令所有在伊拉克的中国人失眠的消息：7名中国人在费卢杰被绑架了！巴格达的夜总是交织着枪声和爆炸声，但在那一刻，这消息对所有中国人来说，无异于一枚重磅炸弹，而绑架事件在伊拉克也逐渐上升为“人质战”……

2004年4月12日晚10点，时断时续的电刚刚来，新华社巴格达分社刚从自备发电机的轰鸣声中安静下来，我的手机忽然急促地响起来。“他们被放了。”从中国驻伊拉克大使馆复馆小组传来的消息只有简单的5个字，但字字千斤。

这个时候，半岛电视台恰好正在播放复馆小组负责人孙必干大使有关呼吁释放被关押中国人的镜头。听到我们的欢呼，分社的保镖哈桑急忙拿着枪跑进来察看究竟。看到我们的表情，一句中文也不会说的他神情释然地问：“他们被放了？”

就在24小时之前，阿拉伯电视台的滚动字幕报道说：

7名中国人在费卢杰被绑架了。

那一刻，这一消息对所有中国人来说，无异于一枚重磅炸弹。

中国驻伊拉克大使馆复馆小组、中国驻约旦使馆、中国驻叙利亚使馆、新华社巴格达分社、有关中资机构和商人……大家立即行动起来。

在24个小时里，复馆小组组长孙必干大使和所有工作人员马不停蹄地约见有关方面人士；同事黄敬文“进驻”复馆小组，随时了解事态进展；李骥志从英国使馆到联军总部，四处寻访曾见过这些被劫持中国人的4名英国医疗救助人员——根据我了解的情况，这些目前我们所知道的唯一见过7名被扣押者的证人仍在伊拉克，他们隶属于一个总部设在伦敦的医疗救助机构，如果联系伊拉克卫生部并查找这一机构，找到4名目击者，就可以知道人质大体的被关押地点和当地所属的部族，这对安全解救被扣押者十分关键。

当地友好人士还通过记者向有关方面建议说，如果有必要，中国政府应该鼓励在当地收视率较高的阿拉伯电视台、半岛电视台等媒体采访被扣押者家属，通过家属呼吁释放亲人，阐明中国政府对伊拉克人民的友好立场，促使人质安全获释。

随后，我得知在巴格达还有8名被扣押人员的福建老乡，但是他们漂泊不定，住的地方也很难找。为了查访到更多信息，我立即向我们的老朋友、在伊拉克经商多年的“伊拉克通”陈宪忠先生求助。他说：“你立即到我餐馆来会合，我陪你一起找，也许他们能提供什么新的线索。”

终于，我们见到了一个福建老乡，得到了一个被劫人员的手机号码，但是这个手机根本打不通。后来我们知道，就连这个手机，也在被扣为人质的过程中丢了。下午时分，伊拉克临管会传来消息：绑架者又释放了12名外国人质。但是后来的查证表明，7名中国人并不在其中。

12日晚上7点，陈宪忠告诉我们，有当地朋友“估计”人质被关押在费卢杰至巴格达之间的阿布·格莱卜地区。新华社巴格达分社即刻决定联络熟悉这一地带的邻居去探访。陈宪忠和我都表示，如果需要，愿意去和武装分子交涉谈判。

“无论他们在国内做什么，在这里，他们是安全受到严重威胁的中国公民，作为中国人，尽一切力量营救他们是我们的职责。”陈宪忠说。

“飞虎队”

在有关方面的努力下，12日晚9点，身份至今不明的武装分子终于在伊拉克穆斯林长老会的呼吁和斡旋下，同意将7名中国人通过长老会转交中国方面。长老会给复馆小组打电话，让他们尽快开车到乌姆古拉清真寺参加人质交接。得到消息，我们立即飞车赶往乌姆古拉清真寺。路上，原本拥挤的街道因为局势动荡而变得格外空荡，枪声依旧传来，但大家心里除了被关押的同胞，没有别的念头。

一群民兵守卫在清真寺的门口。我们得知，消息灵通的半岛电视台已经守候在大院里。但是，由于中国外交官还没有到，在门口值勤的民兵拒绝我们进入这个戒备森严的长老会总部驻地。由于出发十分匆忙，我还穿着在分社房间里才穿的短裤。值勤民兵严肃地告诉我，穿短裤绝对不能进入。情急之下，我要求分社司机阿德南把裤子先“让”给我，而他就只能待在车里了。

中国外交官很快来了。但是，在见到获释同胞前还有一个会见仪式，双方要讲话。尽管时间不长，但商务部派出的中国复馆小组工作人员王双信却一直偷偷看表，他急切地想见到被扣押了一整天的中国人，在最后一刻仍然为他们的命运担忧。

终于，24个小时以来一直在期盼的时刻来到了：随着一扇木门的轻轻开启，7名黄皮肤、黑头发的同胞出现在我们面前。一丝残存的紧张和疑惑，掩盖不了激动的表情和兴奋的眼神，有人悄悄地流下眼泪。

库贝西长老代表穆斯林长老会说，他对抵抗武装响应释放平民的号召释放被扣押中国人的举动表示满意：“自从费卢杰开始打仗以来，我从没有笑过，但是现在我笑了。”

中国复馆小组代表卞志强说：“根据中国国家领导人的指示，我们动用一切力量，采取一切必要措施，在最短的时间里成功实现了被扣押者的安全获释。此时此刻，作为在巴格达的每一位中国人——从大使到普通外交官，都感到非常欣慰和高兴。”

当时，获释人质还有些惊魂未定，通过采访，我们了解到他们遭到劫持的大概经过：一行人10日夜里从约旦首都安曼出发，在约旦伊拉克边境过夜，11日凌晨5时过关进入伊拉克。早晨9点半左右，在经过费卢杰外围地区时发现公路被美军军车封锁，遂绕行小路，在一个下坡转弯的地方翻车，两人受伤，其余人安然无恙。随后，在路边孤立无援的他们被当地武装分子发现并带走。

刚刚获释的薛由贵说，由于只能用手势做简单的沟通，他们根本不知道带走他们的是谁，就根据自己的想象，为这些“拿着枪的人”起了个名字，叫“飞虎队”。在对我介绍情况时，他们经常说“飞虎队”如何如何，可见在被扣押的一天半时间里，他们之间没有少谈论这个“飞虎队”。

一行人被带到一个秘密的民居。在那里，武装分子还劫持着4名为英国一家医疗救助机构工作的阿拉伯人。通过这些懂得英文的医疗救助人员的帮助，他们中国人的身份才被确认。随后，这4名阿拉伯人因为是“来帮助伊拉克人的”而被释放，但中国人仍然受到扣押。后来，就是这4名国际救援机构的工作人员最早向阿拉伯电视台记者报告了中国人遭到劫持的消息。

薛由贵说，“飞虎队”在带走他们时并没有给他们戴手铐，也没有虐待他们，但是在整个过程中，由于武装分子拒绝为他们提供电话，加上语言不通，7名被扣押者对另外还有外国人遭到劫持以及国内的关注等情况毫不知情。

在巴格达乌姆古拉清真寺举行的人质交接仪式上，我问参与斡旋并从武装分子手里暂时接管人质的库贝西长老：究竟是什么组织扣押了这几名中国人？他们为什么要扣押中国人？这位在伊拉克逊尼派穆斯林（人质被劫事件发生地费卢杰属于抵抗武装最活跃的“逊尼三角地带”）中享有崇高威望的宗教领袖回答说：“我只能告诉你，这个地区是战区，现在由爱国的伊拉克武装人员控制，他们看到可疑的人就会扣押起来进行审问。”

福建打工仔：无畏还是无知？

在7名中国人获释后，我和同事黄敬文一直全程陪同他们前往临时驻地，并询问了他们今后的打算。他们明确表示，将继续留在巴格达，凑钱开办一家装饰材料店，经营室内外装修建材并承揽装修工程。但是，在语言不通、对当地政治和安全局势毫无了解的情况下，他们继续留在巴格达将是一个很大的安全隐患。

他们说，在确认他们是中国人后，武装分子对他们“很好”，给他们食品和水，还对他们进行了简单的医疗救助。目前，虽然他们的护照和大部分行李还被扣押，但他们相信以后会归还。在已经有上万名伊拉克平民死于各种暴力的情况下，他们还天真地相信“伊拉克人对中国人好，不会把中国人怎么样”，对被扣押事件的残酷性和严峻程度缺乏足够、全面和清醒的认识。

他们对最近发生在伊拉克的流血冲突和人质绑架狂潮一无所知，并不知道约旦到巴格达的公路已经被美军封锁，更不知道一个星期以来，在美军执行代号“警惕决心”的军事行动以及其他地方的流血冲突中，已经有70名联军士兵阵亡，有600多名伊拉克人被打死。他们更不知道最近几天以来已经有超过70名外国人在伊拉克境内遭到绑架，不知道就在他们获释的同时，有11名俄罗斯人却遭到劫持。

据我们初步了解，这7人中，有2人先到伊拉克打工，其余5人都是第一次出国。先来的2人在交付了巨额出国费用后，发现这里并没有什么工作，但是回去又不甘心所付出的出国费用，于是决定自己当老板，联络了其他5名老乡，准备集资开办装饰材料店。他们已经租用了简单的铺面和宿舍。

据了解，目前在伊拉克的福建劳工有15名，他们最初都是盲目而来，在部分人回国后，留下的人大部分十分困难，有的生活也难以为继。

12日下午，我和同事及朋友找到这些福建工人的住处，远远地就看到一个福建人怀抱铺盖卷坐在马路边。他叫施友强，42岁。他说，到伊拉克后，原来所听说的每个月500美元的工作根本没有，连勉强糊口的工作也很难找。为了出国，他花了2.5万元人民币，如果就这么回国太没有面子，于是只有靠打零工度日。

他说，12日本来说好要来一个老乡这里住，但是没有想到这个老乡在去约旦接另外5人的路上遭到劫持，他正不知道该怎么办。他说，此次2个老乡找另外5个老乡来这里开店，他们也都是花了大价钱的，如果赚不到钱，肯定要闹内部纠纷，“本来我弟弟也想来，但是我已经这样了，就坚决没让我弟弟来。”

在我接济他20美元后，他就抱着铺盖卷去找旅店了。我们发现，他普通话基本不会说，和人沟通存在严重障碍，眼睛还似乎有残疾，在国内就业都比较困难，何况在经济、政治和安全局势均十分恶劣的伊拉克！这些福建人住处附近的当地伊拉克人也对我们说，这些“什么外语也不会”的中国人经常在附近治安很差的街区转悠找活干，非常不安全。

中国人在伊有没有安全?

7名中国人被扣押事件对在伊拉克的中国人产生了严重影响。在突然恶化的安全局势下，战后重返伊拉克的多家中国公司均采取措施确保安全。

中国石油天然气勘探开发公司驻伊拉克代表、绿洲石油公司代总经理秦安江说，总公司领导对在伊人员的安全十分关心，已经根据局势发展，要求他们向总部上报了安全及撤离预案，但是最近几天他们仍将留守巴格达，密切关注局势发展。他说，目前最重要的是保持冷静，既不能有任何麻痹大意，也不能惊慌失措。

他说，中国石油在伊拉克有十分重大的战略利益。绿洲公司2004年2月随同中国驻伊拉克大使馆复馆小组重返伊拉克以来，工作已经取得了十分可喜的进展。目前，中国石油界代为培训的首批伊拉克石油技术管理骨干已经抵达中国，第二批和第三批在华培训人员的行程也正在紧张筹划之中。这是战后中伊两国石油界首次实质性的合作，具有十分深远的意义。他说，在继续留守期间，他们将加强安全措施，尽量减少出行。目前，他们重新雇用了专业保安人员，有两名全副武装的专职保镖每天24小时护卫公司驻地。同时，他们还在公司驻地加装了防盗门，储备必要的生活用品。

总部设在成都的中国东方电气集团公司战前与伊方签订了巴格达东、安巴和西玛尔三个大型电站项目的总承包合同，总金额超过10亿美元。目前，该公司首批和第二批管理及技术人员已经陆续重返巴格达，他们承建的巴格达东电站工程已经复工。该公司巴格达先遣小组负责人陈为民对新华社说，他们已经于10日上午与国内取得了联系，并初步决定先留守观察，然后再根据局势变化决定是否撤离。

他说，他们对目前伊拉克的局势十分焦虑，因为战乱再起和不安全因素的随时存在，当地工人的出勤率无法保证，工程进展已经明显变慢。他还表示，该公司第三批赴伊人员本来计划11日从北京出发，但是现在已经推迟到18日，最后能否成行还要看伊拉克局势的发展变化。

他还介绍说，为了确保安全，该公司全体在伊人员目前正严格按照报总公司批准的安全细则行事，包括外出办事出发时间和行进路线要经常改变、不得中途随意下车、不得聚众看热闹以及要求每位员工必须学会用阿拉伯语说“我是中国人”等。

在恶化的安全局势下，中国唯一在伊拉克的常驻新闻机构新华社的记者也连遭暴力威胁。连日来，我们分社的记者在外出采访时发现，原本十分拥挤的巴格达街头忽然十分沉寂，路上车辆行人很少，90%的店铺都已关张。由于担心安全，分社邻居都已要求孩子不要去学校。分社当地雇员贾迈勒说，目前巴格达街头的景象和战争期间十分相似。同时，在巴格达街头也流传着有关跟踪、入室绑架外国人的传言。最近连续发生的多起绑架事件被当地媒体大肆曝光后，一些极端组织也蠢蠢欲动，准备以新的暴力形式来实现赶走外国军队的目的。

鉴于此，中国驻伊拉克大使馆复馆小组于4月9日晚连夜通知所有中资机构，要求与总部联系，制定安全及万不得已时撤离的预案，并采取切实措施加强安全。

新华社总社领导向来对驻巴格达记者的安全十分关心，总社各部门在平时的业务联系中都时常提醒要注意安全。巴格达分社也制定了安全细则，要求分社全体人员认真参照执行。

4 月 6 日，分社摄影记者黄敬文到巴格达东部联军与什叶派民兵激战的萨德尔城采访，在被美军导弹袭击的民居附近，一群当地青年忽然将他团团围住，声言要将他“抓获”。经过随行的司机兼翻译反复解释，表明中国记者身份并阐明中国反对占领的立场后，其中一名青年才表示：“这是一个玩笑。”

9 日，黄敬文在巴格达西部乌姆古拉清真寺采访示威游行后，正准备离去，忽然一名一身黑袍、头戴绿色扎巾的中年男子上前挡住去路，表示要将他“带走”。后经翻译反复解释，他才得以脱身。值得说明的是，黄敬文在到巴格达工作以来的四个多月里，从来没有碰到过类似情况。

8 日，分社记者李骥志在巴格达沙瓦夫清真寺大院采访声援费卢杰人群时，旁边忽然有人对他大喊大叫，并粗暴地挥舞拳头。经随行当地雇员了解，这名男子对外国人出现在这里非常愤怒。他吼叫道：“所有外国人都一样，他们都是我们的敌人。”当地雇员说，这个清真寺位于有钱人社区，如果在受教育较低的其他社区，情况就相当危险。雇员建议，目前情况下最好不要出门，“伊拉克人的特点是很容易激动，在愤怒情绪下什么事情都有可能发生”。

我自己也明显感到危险的临近。一天，我刚刚和夏南来到分社院子的草坪，忽然墙外传来密集的枪声，随即我就闻到呛人的火药味。夏南准备爬上墙头察看，被我阻止了。我们迅速关了院门返回屋内，心已经突突猛跳起来。

在绑架的阴影下，作为巴格达分社的负责人，我对安全局势进行了分析，以帮助总社下决心使我们能够继续留守这战乱之乡，继续履行一个中国记者的神圣职责。

在给总社的报告中，我认为：一方面，伊拉克境内抵抗武装大为增强，与驻伊占领军的直接冲突大有一触即发之势，同时，伊武装分子改变战略，劫持平民目标，大打心理战、政治战，利用人质问题在有关国家内部所引起的压力，配合军事抵抗，为其结束占领的目的服务。但是在另一方面，伊拉克人民已经十分厌倦战乱，和平与稳定乃人心所向。在此情况下，伊拉克境内近一个多月来针对平民目标的恐怖袭击已经大为减少，政治斗争而非军事斗争乃是大势所趋。而且，伊拉克抵抗武装和恐怖分子的根本区别，在于他们袭击的针对性很强，主要是针对驻伊联军，我驻伊记者并非其敌，基本上不存在遭到故意伤害的危险。

在客观分析局势的同时，为了确保安全，不留隐患，以人为本，落实总社及有关领导“安全问题须臾不可松懈”的指示，我们也在总结前一阶段经验的基础上，在日常报道、分社管理等诸多方面采取了一些措施，切实负起对所有人员的责任。

三进伊拉克

重返巴格达，从技术层面讲并不复杂，只要有一本公务护照，就可以不用办理任何签证手续，直接购买机票经土耳其的伊斯坦布尔飞约旦，然后由约旦首都安曼乘车经过卡拉玛边境口岸或者乘坐约旦皇家航空公司最近开通的小飞机进入巴格达。由于在很大程度上还处于事实上的无政府状态，伊拉克现在是世界上最容易进入的国家之一。

购买机票不仅仅需要美元

是的，购买前往巴格达的飞机票需要的不仅仅是美元。在北京的时候，我曾询问几位大学毕业不久的同行是否愿意去巴格达，他们立即倒吸冷气连连摇头。在这个商品经济、物欲横流的时代，对很多年轻人来说，冒险已经不再是一种诱惑，而青春也变得似乎不再那么富有理想主义光芒了。

距离伊拉克政权交接还有7天的时候，我踏上了2004年以来第三次进入巴格达的旅程。在伊斯坦布尔机场转机的途中，我看到韩国人质金善日在伊拉克惨遭砍头的报道。机场的旅客大都行色匆匆，这一消息对他们来说也许只是众多暴力事件中的一个。但是这一报道却和我有太大的关系，因为我口袋里正揣着一张前往巴格达的机票。

这张机票令我在看到报道后心情格外黯然。我默立良久，为这个东方面孔的不幸者遥寄哀思。在巴格达市中心2003年年底开设的唯一一家中餐馆里，我多次碰到

（林汉志/编制，图片来源：新华社）

一些韩国的年轻人，我不知道这个不幸的亡魂在客居伊拉克的半年里是否被我碰到过，但是我知道，他在被处决前渴望生命的眼神已经深深地留在我心里。就要被砍头的他对着镜头说："卢武铉总统，你犯了一个错误，你不该派兵。"

距离伊拉克政权交接还有7天的伊斯坦布尔雨雾蒙蒙。在10个小时飞行旅程之远的祖国，如果此刻也落着小雨，无数的原野和院落该是多么平和安详。在雨中，年轻的同胞们在演绎着多少财富和爱情的故事。可是，在旅程的另外一端，巴格达现在是一个无雨的季节。那里有的只是40多摄氏度的高温和无尽的爆炸、流血。

前两次到约旦都住在中国大使馆商务处的客房，这次住在北方公司的招待所。香港凤凰卫视的顾正龙和吴建明已经先我几个小时住在这里了。顾正龙是老资格的中东问题专家，曾任新华社驻巴格达分社首席记者近7年。

安曼的夜是平和宁静的，这也是我们进入巴格达前最后的和平宁静，但是我们不能不谈伊拉克。中国驻约旦大使馆马武官战前曾是驻伊拉克的武官，他偕夫人来客房看望老顾，我们聚在一起，话题自然是伊拉克，而且一谈就是两个多小时。

我们谈到最近的韩国人质遇害及发生在阿富汗的中国人遇袭事件，谈到中国人在伊拉克和海外的安全问题，当然也谈到政权交接后伊拉克的安全局势走向。大家都觉得，尽管伊拉克人即将自己走上前台管理国家了，伊拉克也将因建立了自治政府而获得广泛的国际承认，从而不再是国际社会的“政治孤儿”，但是伊拉克暴力的根源并不会因为政权象征性的交接而消除——伊拉克人普遍反感的多国占领军依然以新的名义存在，新的美国人指定的政府依然缺乏必要的民意基础。此外，恐怖、犯罪和重建的步履迟缓，都预示着伊拉克的未来依然被笼罩在暴力的浓重阴影中。

我问2004年还不到30岁的吴建明为什么决定去伊拉克，知不知道在伊拉克做摄像记者是最危险的工作。他调皮地笑笑，然后一脸平静地回答说，很多摄像师是不愿意去伊拉克工作，但是他是自己愿意来的，因为感觉在香港“镜头总是对着董建华”的工作太平淡，希望为自己寻找到新的工作和生活的意义。

但是他也告诉我说，到了约旦，离伊拉克越近，知道的事情越多，就越觉得原来自己对伊拉克局势的凶险还是有些估计不足。他问我在伊拉克穿不穿防弹背心，我告诉他说只是穿有“中国记者”字样的摄影背心或T恤衫，从来没有用过防弹背心，主要是因为防弹背心在目前的枪械下功用其实十分有限，此外也担心被当做武装人员反而招致袭击。

吴建明说，他自己还是穿上防弹背心觉得安全些。他说，为了避免被认做武装人员，他可以在防弹背心外再套上一件大号的T恤。我告诉他巴格达现在气温在45摄氏度以上，像火炉一样，穿了防弹背心还怎么出门？他想了想说，那也要穿，命更要紧啊。

在安曼机场已经能感觉到一丝紧张的气氛了。

几个月前，我从同样的机场前往伊朗首都德黑兰，并没有遭遇特别严格的安全检查。但是这次，所有进入机场的旅客都被要求打开所有的箱包接受搜身般的检查。前些时候曾爆出消息，说是根据安全部门破获的阴谋，基地组织要在约旦发动死伤可达10万人的恐怖袭击，所以约旦方面加强了戒备。这个夹在以巴冲突和伊拉克乱局中间的中东小国，素来以相对的和平稳定著称，唯其如此，她也就格外珍惜来之不易的和平和稳定。

2004年6月24日中午12点45分，从约旦飞往巴格达的小飞机该起飞了，可是我依然在候机厅等待。这时候，在安曼国际机场6号候机厅里，有42名旅客在等待搭乘约旦皇家航空公司运营的进入巴格达的小飞机，其中有7名是女性，包括2名我曾在巴格达见过的女电视记者。

从摆放在人们脚下的行李中，我见到至少3台摄像机。政权交接显然吸引了各国记者，在一些公司人员纷纷撤出伊拉克之际，作为记者的他们却“偏向虎山行”。

坐在我身边的恰好是伊拉克一家保险公司的高级代表，我们自然地谈起保险的话题。他说，现在他们的业务主要在国外，在伊拉克的业务也主要集中在财产和汽车保险上。至于人寿保险，他们基本不做，即使做了，也一定要把恐怖袭击和战争（反美、抵抗或镇压中误伤）与地震等不可抗拒的自然灾害等同起来，不包含在理赔的范围之内。

他很严肃地告诉我，恐怕没有多少保险公司敢于为像我这样的人提供保险，“那不是在做生意，简直是在赌博”。

我们的飞机在晚点一个小时后终于离开了安曼，孤独地飞往巴格达。加上后来陆续进入候机大厅的人，这架小飞机的65个座位基本上坐满了，我粗略看了一下，机舱里只有3个空位。经过交谈，我发现乘客中相当部分是做生意的伊拉克人，其余的，除了各国生意人就是记者了。

伊拉克人现在使用的还是萨达姆时代的旧护照，上面的激光防伪戳记上还能看到萨达姆的头像。当然，这样的护照已经距离进入博物馆没有多少日子了。坐在我身边的是两位为NBC工作的记者，一男一女。他们一登机就开始整理物品，我看到一些在伊拉克使用的手机充值卡。巴格达的手机是几个月前才开通的，显然，他们也曾多次往返伊拉克。我问他们在伊拉克工作的安全秘诀是什么，其中一个女记者笑了笑说：别让人以为你是美国人。

空中旅程不到一个半小时就宣告结束了。以前我两次进出巴格达，都是坐出租车，加上过关要走14个小时，汽车还经常在千里大漠公路上因故障抛锚。现在尽管每天只有一个航班进出伊拉克，但是毕竟有了一个空中捷径。

俯瞰巴格达

在空中看巴格达，我眼前是一片在中东地区难得看到的点缀着河流、湖泊和成片绿色的平原。我很难想象2003年战争期间，美军战斗机在掠过这片土地时，飞行员面对如此的河山按下轰炸按钮时会是怎样的心情。难道真的如同有人宣称的那样，摧毁也是一种光荣吗？我想，战争也许有无数的理由，但是在人类的生命面前，所有的理由都成了借口。

巴格达国际机场在刚刚过去一年多的那场战争中实际上是巴格达沦陷的序幕。当时机场已经被美军控制了，在巴格达的前政权发言人萨哈夫还信誓旦旦地在新闻发布会上表示，巴格达机场正在进行顽强的抵抗。当真相大白后，人们在感叹萨达姆如此不堪一击和巴格达不战而败的同时，萨哈夫也因此得到“大嘴”的称号。现在，偌大的巴格达国际机场上，除了我们的小飞机外，只有明晃晃的阳光和两架更小的飞机，从地面上看各自只有6个舷窗。这也许是世界上最空荡荡的机场了。

前两次我从陆路进伊拉克，边境上只在护照上盖一个日期戳就放行了，边防人员甚至连护照都不会看上一眼。但是这次有了登记，几个边防人员坐在柜台后的电脑前，并不熟练地输入资料，速度很慢，几个排在后面的人都不耐烦起来。机场大厅里，有人端着冲锋枪走来走去，让人在暂时的平和中感到了一股强烈的不安。

巴格达机场与其说是机场，其实简陋得像火车站，走不了几步就出来了。一走出大门，脸上立刻火烧火燎起来——外面像蒸笼一样。有人告诉我天气预报说当天最高温度是43摄氏度，不过旁边的一个搬运工立即对我说：“你不要信，现在的气温最少有50摄氏度。”

经过打听，我得知整个机场8公里内是不允许任何车辆私自进入的，我们只能等候机场的大巴把我们运送到8公里外的美军检查站，我的同事在那里等候着接我。在如此的高温下等待是对耐心的考验，可是在巴格达，高温和等待都不算什么，我们都知道还有很多比这倒霉得多的事情。

在这里，除了克服和忍受，我们别无选择。

大巴过了十多分钟后终于来了，人们都争着往上挤。车厢里几乎一半是行李，一半是人，车里也没有空调。我的箱子在一堆箱子的挤压下发出似乎是难以承受的咯吱声，我自己也在烈日的暴晒和拥挤中期待早日结束这在巴格达的第一段车程。

路上除了我们的客车，就是几辆机场工作人员的汽车。他们在离开机场时往往会顺路捎几个不愿意等待大车的乘客，赚一点额外的钱补贴家用。所谓的机场高速路，和机场本身一样萧条，但是对面反方向的路上时常会出现成串的美军车队。在短短 8 公里的路上，我见到了超过 50 辆的土黄色的美军装甲车或运输车，每辆装甲车上都有全副武装的士兵警惕地扣着机枪的扳机。

检查站附近停放着 4 辆美军坦克，炮口分别指向不同的方向。用铁丝围起来的一片空地，就是指定的接送乘客的汽车临时停车处了。后来接我的伊拉克同事告诉我，在整个检查站附近不允许使用手机，一次，他在那里接了一个电话，很快就来了一个美军士兵，差点就把他的手机给查收了。

我的伊拉克同事夏南在简短的问候后表情严峻地告诉我："今天是黑色的一天。"我的心一惊，我知道肯定又发生了惨烈的爆炸。

我从北京给我的伊拉克同事带来了很多好消息，但是伊拉克却用 300 多人在一系列汽车炸弹爆炸中伤亡的坏消息迎接我。

第一件事：增加保镖

我在抵达伊拉克的当天所做的第一件事，就是讨论给分社增加保镖。在一个多月前我返回北京休假前夕，尽管增加了守夜和采取了一些安全措施，但是还是发生了分社雇员车辆在分社门口遭到盗窃的事情。当时我们都在监视器里看到了盗匪，但是等我们追出大门，汽车已经绝尘而去。我们怀疑盗匪早就盯上了我们的驻地，所以决定增加保镖，以便 24 小时都随时有至少一双睁大的眼睛和持枪的手来看护分社。

在我休假期间，负责分社事务的同事李骥志已经考察了不少专业的保安公司。

对方说是至少要6名全职保安才能保证基本没有安全漏洞，但是我们的经费远远不够。保安公司又提出修建单独休息室和卫生间的要求，我们却一时难以征得远在约旦的房东的同意。此外，给保安公司的钱，只有三分之一能到保安的手里，且公司在招录程序上的轻率也令我们心生狐疑。

分社的几名当地骨干雇员对雇用专业保安也是顾虑重重。他们认为，几个陌生人忽然“重兵守卫”我们的院落反而会引起别人的怀疑，从而有可能使一些本来并不会把我们当做袭击目标的人注意上我们。这样，商量来商量去，我们决定还是雇用邻居中三名当过兵又比较可靠的人，让他们全职轮流为我们看守门户。白天，他们携带手枪在分社院外看守，夜晚，在分社的草坪上为我们值勤。

做完有关保镖的重要决定，我又到附近的一家中国公司拜见朋友。这家公司战前在伊拉克的生意很大，但是现在只有一名厨师暂时留守，于是就利用闲置的房屋接待一些临时来伊拉克的中国人。在发生7名中国福建人在伊拉克被扣留的事件后，中国外交机构采取了限制中国人进入伊拉克的措施，进入伊拉克的所有人都需要中国驻伊拉克大使馆复馆小组的同意，由中国驻约旦大使馆开具路条，否则约旦边境很有可能根据中方的要求，拒绝为其进入伊拉克放行。

这家公司门口附近的路上设置了水泥路障，门口的发电机也被“关”在一个铁笼子里。出于安全考虑，他们的大门即使在大白天也是重门紧闭，久叫不开。无奈之下，我只好翻门而入。好不容易叫开了里屋的门，朋友出门来的一句话却吓了我一跳。他说：“幸亏最后我们看到是你，不然迎接你的就是冲锋枪。”

他们说：“我们都已经买了枪，连晚上出门关发电机都拎着枪。”

回分社的路上，我才发现，原来我所坐的分社雇员贾迈勒新买的二手汽车正好是目前伊拉克战乱的一个缩影。他的汽车在购买后的第三天就被流弹打了一个洞，这次前面挡风玻璃又出现了放射状的纹痕。贾迈勒说，这是美军士兵用枪托砸出来的。当时天已经黑了，美军巡逻人员喝令他停车，然后不问青红皂白就在他的车上砸了一下。

贾迈勒说，幸亏他警惕性高，及时停了车，否则受到伤害的就不是汽车而是他和车里的家人了。挡风玻璃被凶神恶煞般的美军士兵砸了一枪托后，当时坐在副驾驶位置的贾迈勒的女儿被吓得好几天说不出话来。

贾迈勒问我：“在北京休假的日子里，你是不是很‘怀念’巴格达的爆炸声、枪击声和发电机的轰鸣声?”尽管只是一句玩笑，但却令我心情沉重起来。从北京到巴格达，我仿佛进入了另外一个世界。两个世界的区别只有简单但沉重的两个字：和平。

6月24日，夏南带给我的坏消息实际上比我预想的还要坏。在离伊拉克政权移交还有6天之际，反美武装和恐怖组织在这一天对伊境内5座城市的十余处目标同时发起袭击。大规模袭击和流血冲突共造成约100人死亡，320人受伤，死伤者中有15名美军士兵。此外，巴格达南郊一处检查站当天也遭到汽车炸弹袭击，造成4名伊拉克国民卫队士兵死亡。

当日最猛烈的袭击发生在巴格达东北60公里的巴古拜镇和伊北部重镇摩苏尔。在巴古拜，配备重武器的武装分子凌晨突然对当地政府办公楼和警察局发动猛攻，打死19名警察和2名美军士兵。经过激烈的交火，武装分子占领了巴古拜要害部门，美军和警察被迫撤出该镇，并出动战斗机对地面目标进行轰炸。

在摩苏尔，5处警察局和国民卫队基地当天上午在85分钟内相继遭到多次汽车炸弹袭击，近300人死伤。来自美军方面的消息说，在前三起爆炸中，有1名美军士兵死亡，3名士兵受伤。同时，城西一家私人保安公司也遭袭，1名保安死亡，另有1人受伤。

一个自称由被怀疑是基地核心人物之一的扎卡维所领导的组织在其网站上声称对伊境内当天的暴力事件负责。声明说：“‘统一圣战组织’在多个省份对叛教的伊拉克警察、军人和美军发动了全面进攻。”根据该声明，该组织当天在摩苏尔发动5起爆炸袭击，在巴古拜发动2起袭击，在拉马迪发动1起袭击。

系列袭击发生后，25日的巴格达街头变得车辆稀少，透着一种令人压抑的紧张气氛。新华社巴格达分社的两个同事刚出分社门准备外出采访，还没有坐进汽车，从街角就开过来一辆帕杰罗警车，从车上下来两个年轻的警察，要求记者出示证件。在分社办公室监视器上看到这一幕，有雇员最初还以为是碰到了化装成警察、早就盯上我们分社的劫匪，因为伊拉克警察平时根本不会到这里巡逻。

两个同事赶紧从裤兜里掏出联军新闻中心颁发的采访证递过去。给记者开车的伊拉克司机和闻讯赶来的分社雇员连忙向警察解释说，他们是中国记者，专门来采访报道伊拉克新闻的。随后，两个警察很有礼貌地把采访证还给记者，转身上车，继续巡逻去了。

人质战忧虑何时休？

2004年7月至8月间，伊拉克境内的外国人质绑架事件在延续三个多月后又掀起新的狂潮。7月初的一个星期，就相继有来自多个国家的卡车司机、外籍劳工甚至外交官遭到绑架。从目前伊拉克境内外国人遭到绑架的趋势来看，有关武装组织已经把“人质战”作为阻挠美国伊拉克计划首选的斗争方式之一：在“爆炸袭击”正面打击美军及临时政府势力使之保持一定的伤亡之外，这些武装组织也开始有计划地通过绑架外国人质来大打政治战和心理战。

绑架——武装分子的撒手锏

人质战已经被证明是简单易行、卓有成效的。

2004年4月以来，已经有近百名外国人在伊拉克境内遭到绑架，其中20多人仍被关押或已经被撕票。事实证明，绑架人质比直接袭击联军目标更能引起国际关注，更能激发有关国家民众的反战反占领情绪，更能表明反美抵抗势力的存在，更能制造伊拉克动乱不安的恐怖气氛，也能更有效地孤立美国。菲律宾政府做出的撤军换人质的决定，更是将这种人质战的威力展现无遗。

分析人士认为，如果绑架外国人的风潮不能在近期内得到有效遏止，那么这种战术将成为美国在伊拉克的最大威胁。

伊拉克人质绑架风潮自从2004年4月初开始出现以来一波未平，一波又起。进入7月，在菲律宾政府以提前一个月撤军换取人质获释事件后，伊拉克境内几乎每天都有绑架外国人的事件发生，绑架的对象也扩大到驻伊外交官。分析人士认为，伊拉克绑架事件层出不穷，涉及国家越来越多，说明目前伊境内的反美势力已经有计划、有目的、有组织地将“人质战”作为反美和破坏伊拉克政治进程的主要手段。

在伊拉克影响日大的穆斯林长老会官员贾巴尔说，在伊拉克绑架外国人“很容易”，武装分子在这方面“并不用花太大力气”。伊拉克临时政府总理阿拉维的发言人也承认，武装分子绑架的每名外国人质都变成了有效的宣传工具，使伊拉克在世人心中成为恐怖的地方。同时，持续的绑架风潮也使美军和临时政府十分难堪。

作为零散的抵抗团伙，伊武装人员要直接对抗装备精良的美军和人数日益增加的伊拉克军警显然是以卵击石。他们只能采取低成本、低技术的游击战术。这种游击战术目前表现为两种形式：一是在全国各地制造爆炸，通过攻破美军和伊拉克警察的薄弱环节直接制造伤亡，瓦解对方军心；二是绑架防卫能力十分有限的在伊外国人，通过有关政府向美军施加压力，并通过强大的国际关注和国内民众情绪，促使有关国家远离伊拉克，孤立美军和伊临时政府，通过打击美国的伊拉克重建计划来间接打击美国在伊利益。

7 月 23 日，埃及总理纳齐夫刚刚对访问埃及的伊拉克临时政府总理阿拉维许诺说埃及将为新伊拉克提供安全经验，一个自称“真主雄师旅”的组织就立即绑架了埃及驻伊拉克使馆的一名高级外交官。绑架事件发生后，埃及政府立即发表声明请求绑架者给予仁慈，并保证说埃及绝对不会向伊拉克派兵。目前，伊拉克政府和联合国都希望阿拉伯国家能够派兵保护驻伊的联合国机构，但这些国家反应都很冷淡，这显然与目前的伊拉克乱局有关。

同时，在先后有 3 名埃及卡车司机在伊拉克境内遭到绑架后，埃及要求其国民不要前往伊拉克。7 月 21 日，7 名为科威特一家运输公司工作的卡车司机遭到一个自称为“黑旗旗手”组织的绑架，该组织要求科威特公司离开伊拉克，停止包括与临时政府和联军签署的合同。为了营救人质，该公司只好答应撤离伊拉克。由于被绑架者中有 3 名肯尼亚人，肯尼亚政府也立即要求所有国民离开伊拉克，并表示要“不惜一切代价”营救人质。

“成长”中的绑架者

从 2004 年 4 月至今发生的一系列绑架事件来看，绑架者的组织程度更加规范严密，绑架目的也从一开始的要求撤军扩大到释放囚犯和不与美军及临时政府合作。这说明，有关组织已经有意识地拿起“人质战”的武器，并且在使用这一武器上也显得越来越娴熟。

最初的一些绑架事件往往连绑架者是谁都不知道。绑架者没有名字，也没有明确的政治要求，绑架也大多带有偶然性质。比如，4 月 9 日，两名美国士兵和两名美国商人在车队遭遇袭击后失踪，后来一名士兵在半岛台露面，证实他们被绑架。在这起事件中，绑架者的最初目的是袭击，后来在生擒人质后才变为绑架。2004年4月，8名韩国传教士、7名中国工人和多名俄罗斯商人都曾遭到短暂扣押，后来立即获释，多少都带有一定的偶然性或盲目性，绑架者并没有明确的目标、策划和政治诉求。

但是，近来发生的一系列绑架事件却完全不同，越来越多地带有策划的成分。实施绑架的组织大都有明确的名称，而且这些名称几乎全部与“圣战”和伊斯兰教历史有关。比如“黑旗旗手”（伊斯兰战场用黑旗）、“团结与圣战”、“圣战战士旅”、“伊斯兰战士旅”、“哈里德旅”（哈里德是伊斯兰初期著名的将军）、“真主雄师旅”、“1920革命旅”（1920年伊拉克爆发反抗英国统治的革命）、“伊斯兰秘密旅”等等。

这些绑架活动都有比较明确的绑架对象，有一定的实施和宣传的程序。7月以来，在伊拉克境内遭到绑架的大部分是从邻国为伊拉克尤其是驻伊美军基地运送物资的卡车司机。这些卡车司机目标明显，加之在千里大漠公路巡逻的警力又严重不足，绑架他们既容易得手，又会产生较大的震慑作用，切断从伊拉克邻国运进物资的运输线，破坏美军的物资供应，给临时政府通过重建来争取民心的做法制造麻烦，同时也渲染伊拉克危险局面以阻止联合国有关机构的进入，孤立美国。

在这些人质被绑架后，人们几乎必定能够从半岛台或阿拉伯台看到画面基本相同的录像带。这表明，绑架者已经深刻地认识到国际社会和媒体对人质事件的关注，并有意识地利用媒体扩大影响。

在选择释放人质的时间和地点方面，有关组织也表现出惊人的技巧。菲律宾政府按照要求全部撤出其驻伊人马后，被绑架的菲律宾卡车司机克鲁斯并没有像人们期待的那样立即获释。就在国际社会对这名人质命运的关注抵达顶点的时候，绑架者开车将他带到阿联酋驻伊拉克大使馆附近，并要求他自己走入阿联酋使馆，从而制造了更大的影响。这表明，绑架组织在伊拉克境内已经形成了一整套运作的程序，有了相当严密的组织性和高超的策划能力。

绑架者的政治目标也不像以前那样笼统和无法实现，他们的要求已经越来越具体。比如，一开始绑架者提出的要求都是直接针对美国的，要求美国撤军，但是这一要求显然是无法实现的。根据美国国防部的保守数字，美国在伊拉克截至2004年

7月25日已经损失了最少907名士兵，布什政府把自己的政治前途都押在伊拉克问题上，显然不会为了几个人质而撤军。后来，绑架者改变了策略。他们将绑架对象更多地确定在与美军有合作关系的其他国家公民身上，同时将释放人质的条件“放宽”到人质所在公司离开伊拉克，不再与美军和临时政府合作。从最近的几起绑架事件看，有关组织已经成功地将一些外国公司赶出了伊拉克。

绑架者“放宽”释放人质的条件并不说明他们的让步，相反，这是一个极其危险的信号。这说明有关组织已经开始把绑架人质作为斗争的一个长期策略。他们将终极目标分解为若干阶段，企图通过人质要挟手段大打持久战，然后分阶段、逐步地实现最终目标。

美军虽然拥有精良的装备，同时也扶持临时政府建立日益强大的国家机器，但是对于防不胜防的绑架事件目前依然束手无策。对于绑架组织，美国不但缺乏必要的情报，往往在媒体曝光后才得到消息，而且在营救人质方面可以动用的资源也很有限。导弹和军队对付绑架者是没有用的。在多数情况下，已经自顾不暇的美军根本不知道绑架者的藏身之处，而大规模军事行动则会造成大量平民伤亡并面临巨大的来自人质所在国家的压力。

有专家指出，美国希望通过国际社会的广泛参与使其在伊拉克的行动合法化。其他国家如果纷纷撤出伊拉克的话，会造成美国在伊拉克的合法性危机，同时也没有盟友为美国分担伊拉克战争所带来的压力和负担，这对美国现政府来说是致命的危险。因为美国和临时政府无力应对以绑架为重要特色的伊拉克乱局，已经有越来越多的原本支持美国的国家在伊拉克问题上出现动摇。

在32个国家派兵的驻伊多国部队中，已经有4个国家先后撤出，而其余的国家也在纷纷考虑于2005年伊拉克大选后陆续撤离。7月，除了菲律宾外，挪威也已经悄悄撤出了155名军事工程师，只留下了15人。新西兰也在准备撤走60名工程技术人员，而泰国也撤出了数百名士兵。同时，荷兰已经表示有可能在2005年春天过后撤出驻伊军队，而波兰军方官员已经通知五角大楼，波兰部队可能在2005年年中撤离。

有专家指出，目前伊拉克境内的绑架对象已经出现明显的多元化和多国化，任何国家滞留在伊拉克境内的人都有可能遭到绑架，这足以使得人人自危。另外，美国政府至今没有在一起人质事件中发挥明显作用，这足以令美国在劝说别国继续留在伊拉克方面底气不足。同时，在利用人质事件已经取得明显效果的情况下，有关武装组织在目前不但没有理由停止对外国人的绑架，而且还将更加有效地使用这一手段。

起初，大部分人质在一到数天内就获得释放。现在，人们注意到，随着“人质战”正式成为有关武装组织的核心战术之一，随着有关组织策划和协调能力的增加，人质被扣押的时间越来越长，人质遭到残忍撕票的可能性也大为增加。作为一种隐蔽性很强的斗争方式，“人质战”很有可能成为伊拉克境内一种长期存在的现象。

（选自中信出版社《为历史流泪——亲历战后伊拉克》，
2005 年 1 月出版，作者：聂晓阳）

维和，科索沃的记忆

2004年4月27日，科索沃迎来了首批执行联合国维和任务的中国警察。亲历了硝烟弥漫的战场，深入了灾难深重的民族，目睹了流离失所的难民，当“雷区、贫铀弹、血腥、尸体、部队、武装”这些词占领了他们的头脑，占领了他们的视线，甚至占领了他们的生活，他们只想告诉读者：战争其实很近，和平需要珍惜！

不是苦恼太多
而是我们的胸怀不够开阔
不是幸福太少
而是我们还不懂如何生活

《战争与和平》曾经深深地打动过我的心，但一年多科索沃的维和生涯带给我的震撼却远非这本名著能及。面对“雷区、贫铀弹、血腥、尸体、部队、武装”这些词，我甚至已想不起自己是一个在和平国度里出生、长大的女孩儿。从我走近战争、走进战争到走尽战争，回头再看这一段艰辛的日子，我对战争与和平的意义有了更深层次的理解，这是没有经历过战争的人难以体会的。而描写维和，如果说我是想带你们走入战争，不如说我是想和你们一起走入生活，走入和平的生活。我想告诉你们：战争其实很近，和平需要珍惜！

嗨！科索沃

“我们站在各自国旗下，即为各自国家的最佳代表。”在联合国总部大楼里，写着这样一句话。

2004 年 4 月 27 日，科索沃迎来了首批执行联合国维和任务的中国警察。这里面有一个来自哈尔滨的年轻女孩儿，就是我。

飞机滑出跑道，在它抬头起飞的瞬间，我透过眼里的雾气，用力看了一眼窗外。我哭了。踏上飞机的时候我还在祖国，下了飞机已在他乡。随着飞行时间的流逝，距离目的地越来越近，对未知的期待、兴奋，还有些许的紧张……层层云雾为巴尔干半岛这个欧洲“火药桶”遮上了一层神秘的纱，感觉是那样近，又是那样远……

伴着一阵轻微的震动，飞机安全着陆在科索沃首府普里士蒂纳国际机场。这也许是全世界最冷清的国际机场。

一下飞机，我连打了几个喷嚏。一股说不出来的怪味儿扑鼻而来，颓废、创伤的情绪混合了硫磺、腐烂的气味，构成一种任务区独有的氛围，迅速地笼罩了我们。普里士蒂纳国际机场！听起来洋气十足，而出现在面前的，却是实实在在的荒凉、冷清。机场很小，没有几个人，两架小型客机停在机场中央，几个戴着大檐帽的警察在候机室里执勤。一对老夫妇，带着个孩子，残弱的生命支撑着幼小的生命：老头儿叼着一个长长的烟斗，一口一口地往里吸，浓浓的烟雾盖住了那张骨瘦如柴、皱巴巴的脸；老太太头上裹着一条花纹长围巾，低着头，弓着腰，拄着拐杖；突然，孩子发出一声撕心裂肺的哭喊，听起来让人心里发寒。

我们的目光随着一个破旧但还能滚动的行李拖运机不停地转动，生怕带的行李和干粮还没等落脚就找不到了踪迹。正在这时，一位金发蓝眼的警察朝我们走过来。他叫当・埃文，美国人，是维和总部特意派过来接我们的。他看见我们明显有些兴奋，和我们一一握手，嘴里不停地念叨着这是他第一次看到中国警察。他很激动地说，任务区的警察早就盼着中国警察来了。在我们没到任务区之前，南斯拉夫媒体和当地阿尔巴尼亚媒体就在电视、报纸上刊登了中国警队的照片，对中国首次参与科索沃维和行动做了详细报道。当・埃文上下仔细地打量着我们，看得让人都觉得有点儿不自然了。他情不自禁地冒出一句：“Chinese uniform is so cool！（中国警察的制服太酷了！）”当・埃文一口纯正地道的美语，再加上他诚心诚意的赞美之词，听起来真是太舒服了。他的友好和热情缓解了我们刚下飞机时心中划过的那道阴影。

2004 年 4 月 26 日，维和警察从北京首都机场出发，奔赴科索沃任务区执行任务。
（何俊昌 / 摄，图片来源：新华社）

提着大大小小的行囊，我们跟随当·埃文上了一辆联合国大巴车。大巴的收音机里传出哼哼呀呀、听不懂的当地小调儿，颠簸在坑坑洼洼的小路上，我们的身体左摇一下，右晃一下，直想打瞌睡。驾驶座位上的司机师傅却显得心情很好，道路的坑洼和音乐的节奏配合得严丝合缝，伴着他饶有兴趣地直驶向市中心的科索沃维和警察总部。我的眼睛不觉移向窗外，幽蓝的天空，青绿的草地，夹杂着一大片黑鸦鸦的乌鸦发出的凄惨绝唱，不知道这该会是哪位作家笔下的水墨画。一群脏兮兮的孩子挥舞着鞭子跟在同样脏兮兮的羊群后面；上了年纪、留着络腮胡子的老人开着拖拉机，旁若无人地在街上颠簸着，几米之外卷起重重的尘土，带来浓浓的土腥味儿。再往前，是几座稀稀落落的没门少窗的破砖房，锈迹斑斑的铁丝网围着一个破烂不堪的旧汽车回收场。再近些，一大片土地被铁丝网圈了起来，上面挂着一个个“骷髅”的牌子，写着“WARNING：MINE（警告：雷区）”。白木板、黑骷髅、红字迹，强烈的色彩对比冲击着我的视线，我不禁打了一个冷颤。车子缓缓驶向城区，突然间，几辆标有“UN”字样的吉普车呼啸着飞驰而过。眼前呈现的一切，只告诉我一件事：战争是残酷的，而我们将身在其中。我拽拽衣襟，整整自己的制服，深吸一口气：科索沃，我来了。

大巴在一栋铁皮搭的小二楼前停了下来，A、B、C、D、E五座构架相同的白色铁皮房，这就是联合国民事人员工作的地方。我很惊诧地仔细往里看，这难道就是我心目中的联合国吗？这与想象的简直差太远了！当·埃文领我们来到D座铁皮房。气还没来得及喘上一口，我们就被要求每人先在计算机上填写一张个人情况信息表。我们按照要求，将大小不一的空白方格敲满英文。填到最后一项，我心头猛地一颤：因公死亡抚恤金受益人。我看看身边的战友，大家的表情都是那么严肃，不知道这几个字敲上去，真到那一天，拿着钱的人是什么心情。我不敢想象我妈妈那时的心情，但还是写下了母亲的名字，刹那间，脑子里闪现出妈妈为我送行的那一幕。

自打接到维和通知的那一天，我一直藏着，不敢告诉妈妈。虽然在维和培训期间，妈妈一直很支持我，但通知书真的下来了，却意味着我马上要全副武装，奔赴战场，到一个战乱、落后的地区去工作、去生活。我知道那份通知书的意义，所以生怕妈妈一时改变主意，不让我去。直到单位的一切事情都处理好，只剩下最后一周的准备时间了，我才把真相告诉妈妈。她先是为我高兴，知道我考上不容易，但只两秒钟，妈妈的笑就凝固了，沉默了两分钟，眼泪顺着她的面颊滑落，我的眼睛红了……

那一周，妈妈精心地为我准备在科索沃一年的生活用品。她把要买的东西足足列了三大张纸，从针线到脸盆，从夏服到冬装，从蜡烛到花露水，样样齐全。听说科索沃吃的东西匮乏，妈妈就给我准备了许多压缩木耳、黄花菜、海带、午餐肉罐头、快餐面、火腿肠、油盐酱醋，还有电饭锅、剪刀、菜刀。再加上那些数不清的药盒——防感冒的、消炎的、解毒的、管闹肚子的、风油精、多种维生素等等，我看用个十年八年都不成问题，她恨不得把超市都打包带上。妈妈把行李打好后又拆开，检查看看还有没有东西落了没有装上；拆开后又打好，怕平时不会打理家务的我无法将这么满满的东西全部打进包内。妈妈就在旁边这样翻来覆去地折腾着，我心如刀绞。我知道她舍不得把女儿送到那样的地方去。

2004年4月18日，我踏上当晚首次由哈尔滨至北京的试行提速列车，去廊坊与维和战友们会合。站台内挤满了专程赶来为我送行的单位领导、同事和家人。省、市电视台和其他一些媒体的记者也赶来采访。大家千叮咛万嘱咐："注意安全，保重身体，到了就来信儿。"

火车马上就要开了，我的嗓子开始哽咽，声音变得异常颤抖。突然发现送行的人群中少了爸爸。等我到了科索沃才知道，爸爸是噙着眼泪隔着候车室看着我上的火车，却一直没敢出来和我道一声别。看见妈妈躲在后面默默地落泪，我走过去紧紧地抱住她说："妈妈，放心吧！"想说的话太多太多，可喉咙紧紧地卡死了。背上行囊，上了火车，我朝着送行的同志和亲人们使劲地挥手，强忍着没让眼泪流下来。在火车上，我写下了我的第一篇维和日记：既然选择了维和，就不要哭泣，要好好证明自己。

表格填好了，我发现肩上的担子更重了。很快，我领到了联合国身份证，"CP13215"，这是我的新身份代码。那一刻起，我成了科索沃任务区的第13 215名维和警察！

到科索沃警察总局上班

科索沃警察总局的办公大楼里，分来了三个中国警察：序迎，汪泉，还有我。序迎是学医的，属于"紧俏商品"，再加上他在东帝汶维和期间有一个"救死扶伤"的美誉，来到科索沃一下就被盯住了，他被分到新成立的医疗卫生中心，专门搞当地警察的医疗保健和医学研究；汪泉是计算机高手，这样的IT技术型专家，各个局都抢着要，总局当然沾了近水楼台先得月的光儿，"霸占"了汪泉；至于我，因为口语好有利于交流沟通，在国内有过人事管理方面的经验，被分在人力资源管理部。

第一批中国警察来报到，在当地警察局可是头号新闻。我们三人按照通知书上的提示，拨通了人力资源部联络处处长的电话。不到五分钟，一位头上缠着厚厚的蓝布条的印度长官从楼上走下来。我好奇地打量着这个打扮得很像本·拉登的印度人。他的年龄根本没办法估计出来，除了眼睛、鼻子能看得清楚以外，脸上的其他部位全都被又黑又密的胡须紧紧地包围着，连嘴都裹在胡子里，不过修理得倒是很有型。他一见到我们，就像多年没见的老朋友，又是拥抱，又是握手，口中还兴奋地重复几个单词："China，India，Baibai.（中国，印度，是兄弟。）"他说，中国和印度一直是友好邻邦，这句话在印度相当流行，在印度居住的中国人都会说。只见他说话时黑胡子上下动，看不到嘴动，偶尔一笑，露出和黝黑的皮肤形成巨大反差的洁白的牙齿，让人感觉很滑稽。他带我们向他的办公室走去。

这个办公楼设计得很特别，楼梯是焊在一起的很结实的铁架子，外观漆成了红色；楼道里设许多"玄关"，出口很多，设计得全都一样，还没有编号，人在里面走，像是在绕迷魂阵，陌生人进来绕一圈，百分之百找不到出口的方向；楼内有一个共用的穿堂，连接当地警察总局和维和警察总部，通讯员传送文件的时候就从这里来回穿梭；每一处转接口都会看到"紧急撤离出口"的标示牌。我边走边琢磨：一定要尽早熟悉地形地势，以便真遇到紧急情况时能及时脱离危险。终于绕到了他的办公室。印度长官的办公室不大，办公桌上并列摆了四部电话、一部传真机，桌子上堆得满是文件和纸张。他给我们每个人泡了一杯茶（这就是外国人的习俗，坐下来第一句话就会问你要喝点儿什么），然后开始有条不紊地向我们介绍当地警察局的机构设置和当地警察的基本情况。在第一周PTC培训的时候我们专门练习了一阵不同国家的英语发音，看来这正经是个技术活儿，几天没练，我们听起这流利的"印度英语"来，又开始心里没底了。他倒是一副严肃认真的表情，我们直听得云里雾里，偶尔听懂了几个单词，赶快做出很赞同的表情，虚心地歪着头，俨然一副"您说得真对"的样子，他都不知道他精心准备的"讲演"被我们听得"支离破碎"。还是序迎反应快，他向印度长官把他讲过的背景资料都要下来。我们抱着厚厚的一摞资料，离开了印度长官的办公室，准备回去快点补上。

一出门，好几个穿着白衬衫的阿Sir级的高级长官等候在门口，特地来迎接我们。这真让我们没有想到。警察局的高级长官比较起来应该相当于国内市警察局局长级别，他们的热情、尊重和谦逊让我们感触很多，也很受感动。当地警察局对我们这么重视，甚至说是满怀期望，从某种意义上说，我们是代表联合国专家到此，也代表中国警队的水平和形象，那么我们的工作就不能比别人逊色，要对得起人家的信任和尊重才行。

角色的转换，层面的提升，虽然在科索沃才10天，让我感觉好像经历了许多，而这仅仅是个开始。就要走向具体工作岗位，从事维和工作了，我的心情变得兴奋起来。我很想看看欧洲人“统治”的世界究竟是个什么样，看看我到底能不能在自己的小舞台上做大文章，在联合国的大舞台上有所作为。

说到这儿，我想先和大家一起回顾一下科索沃的历史背景和科索沃战争，了解联合国为什么派维和警察到这个地方来，来了之后要做些什么。

科索沃，这个词来源于土耳其语，原意是乌鸦集聚的地方。这里的乌鸦也确实很多，据当地老百姓讲，是长年的战争、大量的死尸引来了无数的乌鸦。但这对于人类来说，可就是巨大的灾难。科索沃目前是塞尔维亚与黑山共和国的一个自治省，位于巴尔干的中南部，被称为欧洲的后花园，南部与阿尔巴尼亚和马其顿毗邻，面积10 887平方公里，总人口约200万，其中90%为阿尔巴尼亚族人，塞族和黑山族人不到10%，首府普里士蒂纳。地势呈脸盆状，多山。

由于科索沃地理位置的重要性，在近代历史上一直是兵家的必争之地。它曾是中世纪塞尔维亚王国的政治中心，是塞族历史和文化的摇篮，在今天科索沃的城区里仍有几座很典型的塞族人的教堂和修道院。公元1389年，塞尔维亚帝国在同奥斯曼帝国的战争中失利，被迫放弃科索沃，被奥斯曼帝国占领近500余年。其间，大批塞族人被迫外迁，阿族人乘机迁入，使原来多数的塞族人变成了少数民族，而阿族由原来的少数民族变成了主要民族。1918年一战结束后，奥匈帝国垮台，科索沃成为塞尔维亚—克罗地亚—斯洛文尼亚王国的一部分。1929年，塞尔维亚—克罗地亚—斯洛文尼亚王国更名为南斯拉夫，科索沃成为第一南斯拉夫公国的一部分。二战结束后，科索沃进入南斯拉夫社会主义联邦共和国，60年代成为南斯拉夫享有较多自治权利的两个自治省之一，其自治地位被写进了1974年的宪法。1981年，科索沃阿族学生举行大规模示威并导致流血冲突，许多塞族人和黑山族人被迫撤离科索沃。

后来，科索沃省阿族人闹独立，试图建立“大阿尔巴尼亚”的暴力活动始终没有停止过。整个80年代和90年代初，科索沃的局势一直动荡不安。1989年，塞尔维亚当局通过修改宪法，取消了科索沃自治省地位，使科索沃的阿族人大为不满，民族矛盾进一步激化。1992年，在前南斯拉夫解体过程中，阿族人宣布成立“科索沃共和国”，但除阿尔巴尼亚外，“新国家”至今未得到国际社会的承认。一

2004年4月26日，12名维和警察在北京首都机场合影。当日，应联合国请求，我国首批12名维和警察奔赴联合国科索沃任务区执行维和任务。这是我国第一次向这一任务区派遣维和警察，也是继波黑任务区之后，再次向欧洲地区派遣维和警察。（何俊昌/摄，图片来源：新华社）

些阿族分裂分子还组建了“科索沃解放军”，试图通过暴力活动达到独立的目的。1992 年，科索沃阿族投票决定从南斯拉夫独立，并要求同阿尔巴尼亚合并。1997 年，科索沃解放军开始袭击塞族警察，并建立阿族控制区。1998 年 2 月，米洛舍维奇派兵进入阿族控制区。科索沃冲突升级。1999 年，南联盟与科索沃和谈破裂，3 月 25 日，北约开始大规模空袭南联盟地区。北约对南联盟狂轰滥炸整整 78 天，据报道称，北约当时投下的炸弹爆炸当量相当于二战末投在广岛的原子弹的五倍。最后，米洛舍维奇妥协了，接受和平协议。联合国安理会通过 1244 号决议，全面接管科索沃。

目前，联合国维和警察在科索沃工作已经有六年了，主要职责是帮助当地政府重新组建警察机构，招募并培训当地警察，参与并监督当地警察的执法工作，帮助难民重返家园，帮助当地人民维护、遵守法律，维护社会治安秩序。

在人力资源部，我和一名挪威警察负责组织、监督当地招录新警察。这份工作主要是与当地警察和不同年龄的考生打交道（科索沃招警年龄限制在 21 岁~50 岁之间）。越是基层的工作越能充分了解情况，这对我刚到任务区全面掌握当地人口资源、失业就业、民族矛盾以及各类犯罪等主要信息提供了一个非常好的环境。

科索沃警察总局招生处的条件不太宽裕，五六个人合用一间办公室，好在一人一张办公桌，一台电脑。联合国实行无纸化办公，在这里工作的每名警察都配有电脑，还有一个以个人名字为网址的 UN 电子邮箱，因此大多数工作都在网上进行。

我上班的第一天还闹了一个笑话。

按照西方人的传统，正式上岗之前有一个与新同事的见面会，而时间、地点、部门人员的组织召集都由自己定，不像在国内遇到类似情况，新单位的组织都会让人事部门提前安排好，只要自己准备好演讲稿就 OK 了。

上班的那天早上，我兴奋地跑到印度长官莫阿尔利那儿报到。他问我和同事们做没做自我介绍呢，我说还没有。他又问我打算几点开始，我说 9 点可以。一看表，还有 45 分钟，于是就躲到走廊拐弯处的一个角落里，复习昨晚已经背得滚瓜烂熟的演讲稿。都说良好的开端是成功的一半，因此第一次在欧洲警察面前亮相我不敢怠慢，并且培训中心的教官告诉过我们，在外国人面前不能忽略每一个细节，不要放过每一次机会。9 点差 5 分，我提前来到莫阿尔利办公室。咦，办公室怎么还是坐着莫阿尔利一个人？其余的同事呢？不是9点开见面会吗？难道西方人守时非要掐着点儿来不成？莫阿尔利看见我进来一愣，问我："你不是就要做自我介绍了吗？时间差不多了，怎么还在这儿？"我傻眼了，心想一个人都没有，你让我给谁介绍？不知道印度阿Sir在搞什么花样。经验丰富的莫阿尔利比我先看出了问题所在，毕竟都是亚洲人，有些相同的文化背景。他让我坐下来，给我上了联合国工作的第一课。莫阿尔利长官说："你今天第一次到我办公室来的时候，我问你有没有向同事们做介绍，你说还没有。你的回答在我看来就是见面会已经组织好了，而且你的语气很肯定，我感觉你一切准备就绪，就没有过问太多。可现在我要告诉你，不是讲话准备好了就万事大吉了，联系见面会的地点，邀请部门同事，这些都需要你自己做。即使你是新人，你也应该知道这些，这是联合国的规矩。其他同事只是参与，你才是会议的主角。如果最初你对组织见面会的程序不清楚，就应该说'Sorry，I don't know, please tell me（对不起，我不知道该怎么做，请告诉我）'。不要含糊其辞，以致让我做出错误的判断。"啊，我恍然大悟，原来学问全在这"Yes"和"No"上。我想起西点军校要求官兵回答问题只有三种答案：是，不是，或者我不知道。像大概、可能、或者之类的回答是绝对不允许的。我和莫阿尔利的这场笑话，不是笑话，是中西方文化差异产生的误会，让我读懂了联合国文化的潜规则，并且学会了最简单的五个字：一切靠自己。

莫阿尔利问见面会是不是继续，我干脆地回答：是。那么，怎样把我一个都不认识的同事组织到一起呢？我虚心地请教莫阿尔利。他示意我到他的电脑旁，只见他手里摇晃了一下鼠标，点击"科索沃警察总局人力资源管理部"，刷的一下，所有本部门同事的邮箱地址全部扫出来了，并自动粘贴在"发送人地址"一栏上。莫阿尔利让开座位对我说："下面就看你的了。"我在留言空白处写了一封见面会邀请信。邮件一发出，没到10分钟，外国同事们就全到齐了。

在联合国的任务区工作较国内有所不同，即使你刚到任务区是新手，在别的国家的同行眼里你也是经验丰富的，不会有人主动告诉你干什么、该怎么干。这里有很多欧美国家的警察已经到过两三个任务区，有的甚至已经待了四年。从维和经验上说，我们明显不是人家的对手，所以要想在任务区站稳脚跟，我们必须付出几倍于他们的努力才行。

科索沃警局旗帜交接

就在我们为大选紧锣密鼓地筹备过程中，科索沃迎来了它最值得纪念的一天：2004 年 8 月 27 日，在首府普里士蒂纳，联合国国际警察与科索沃当地警察举行了权力交接仪式。也就是说，联合国维和警察的角色由执法者变为监督者，从“advisor（顾问）”变成“monitor（督导）”，科索沃当地警察将成为保护人民、打击犯罪的主要力量。普里士蒂纳分局作为试点单位首批进行权力移交，其他地区的警局在条件成熟后也将逐渐过渡。尽管这是一个漫长而艰巨的过程，但这迈出的第一步预示着一个好的开端。这是联合国托管权力移交给当地临时政府的一项重要举措，也是每一位联合国工作人员所期待的结果和归宿——终于可以看到和平的曙光了。

分局的大楼、维和警察总部和科索沃警察总局是三座平行的建筑，大楼前面的一条街是著名的“警察大街”。当天，千米长的警察大街全部封锁，交接仪式在离总部 200 米远的普里士蒂纳分局大门外的一块四方空地上举行。举行仪式的当天，天气非常好。当地警察严整有序地在马路两边列队，当地居民在警戒线外聚集得水泄不通。仪式的主席台是五个办公桌拼的，桌上摆着联合国旗帜和科索沃警察局警旗，庄严而肃穆。主席台的左面是在中心分局工作的维和警察，成跨立姿势列成一队。这支由不同国家警察混编的国际执法队伍，除了制服不同以外，看起来是那样整齐划一，训练有素。主席台右面站着中心分局的当地警察，个个精神抖擞，意气风发。可想而知，自己当家做了主人会是一种什么样的心情！

仪式由科索沃警察总局局长主持。联合国秘书长安南的特使杰森·彼得森先生、维和警察总部总警监汉姆·金波曼先生、普里士蒂纳市市长以及地区分局局长分别致词。致词都十分简短，肯定了国际维和警察的工作，对当地警察履行职责充满信心，同时对这一具有历史性重大意义的事件表示祝贺。交接仪式开始了。两名当地警察戴上洁白的手套将分局门前旗杆上的联合国旗帜缓缓降下来，科索沃当地警察局的警旗冉冉升起。两面旗帜，一降一升，仅仅三分钟，却是联合国和科索沃当地人民用了整整五年的时间换来的。旗帜的交接，标志着科索沃警察迈出了独立承担职责的第一步。

世界各国以及当地电台、电视台新闻媒体的 50 多名记者早早就来抢占有利地形。几十台摄像机架起，按动快门的声音噼里啪啦地不绝于耳，灯光不停地闪，老记们都在为第二天刊登的头版头条新闻抓拍最抢眼的镜头，留住科索沃极具历史意义的这一天。人群中一片欢腾。我也站在二楼办公室的走廊里选了一个最好的角度，把交接仪式的全过程记录了下来。

目睹交接仪式的全过程，看着当地人民激动地欢呼、流泪，我一下想起了香港回归祖国的场面。回想我们伟大祖国的复兴史，我知道科索沃人民还有很长的强国之路要走。

随着维和警察权力的逐步移交，维和警察总部开始了一系列大刀阔斧的新动作。总部人事部做出决定，从总部到各地区的维和警察要按照3∶1的比例裁员，加速联合国托管权力移交的进程。也就是说，由52个国家、3 000多名国际警察组成的维和队伍，到2004年底要裁掉1 000人，新维和警队的人数将被缩减到最低限度，维和工作将面临更加复杂和艰巨的局面。

大选后期，形势严峻

随着大选日期的日益临近，科索沃的安全情况越发复杂，各党派之间的明争暗斗达到了白热化的阶段。那天凌晨3∶20，靠近塞尔维亚边界又发生枪击事件，2死3伤。这起枪击事件被怀疑是由约20名来自车臣的伊斯兰极端恐怖主义分子所为。接着，恐怖分子开始到处散布消息，说下一步袭击的主要目标锁定任务区的维和警察和维和士兵。

这样的消息对于我们来说不是第一次听到了，早在刚到任务区的时候，国际联邦调查局就已经获得消息称，恐怖分子要在科索沃制造恐怖事件，汽车炸弹随时随地都有可能发生爆炸。这个消息我已经听过好几个版本了，但愿它只是恐怖分子虚张声势的心理战术。而接二连三的恐怖事件无不在提示我们，山雨欲来风满楼，恐怖分子要利用大选的时机寻衅滋事。

毋庸置疑，行动总指挥部的责任重大，不但要对各类突发性、紧急性事件提前做计划、写预案，还要对那些接踵而来、防不胜防的事件果断地采取措施，解决处理。一旦情况发生，行动指挥官们首先要和发案地现场的工作人员取得联系，获得第一手信息和材料；然后下达指令，指派案发地区的某位指挥官具体负责此案，指挥官要根据案情迅速写出“闪电报告”和案情分析报告；总指挥部的信息部门再把接收到的信息报告传递给策划部，策划部再形成综合信息通过当地警察电子专线、国际警察电子专线、欧洲安全合作组织电子专线发送到每一位警察的电子邮箱里。刚才提到的“闪电报告”，是在国际警察工作中体现高时效、快节奏信息传送的一种叫法，英文叫 flash report。信息随发随报，不需要等到最后的调查结果出来再公之于众。大多数情况下，信息的最后一句话是“此案在进一步调查中”。

为了科索沃议会大选的成功，每一位维和警察都倾注了全部的精力，严阵以待。特别是大选筹委会的同事们，早晨到单位连口水都喝不上，查完邮件，车加满油，一跑就是一整天，一日三餐并成一顿吃。一天去济兰开会，欧洲安全合作组织的西班牙专家维克特说了一句话让我深有同感。他对各地区的大选负责人说：“请大家一定要认真地组织好每一项工作。要知道，哪怕是制作一张成型的信息表格，我们工作人员都会熬多少个通宵！这上面的每一个数据都是我们的心血啊！”看着他布满血丝的眼睛和干裂的嘴唇，我心里有一种说不出的滋味。是啊，从制定各项表格的那一天起，我们就马不停蹄地开会，总结经验，征求建议，把搜集来的大量信息挨个过筛子，分出重要信息、必要信息、次要信息，即使关联度不高的信息，我们也要录入备案。一张图纸往往是加了又改，改了又删，反反复复需要十几次甚至几十次的讨论、商榷，才能定稿。每到提出一个议题的时候，大家都会各抒己见，据理力争。我特别喜欢各国警察在一起开会时的样子，会议绝不是墨守成规的一言堂，相反，每次都是在不同文化背景下的头脑风暴中，迸发出意想不到的绚烂火花。

9 月 22 日至 10 月 22 日，大选后期按阶段划分叫“选举战役”。之所以称其为“战役”，是因为在特殊地区、特殊形势下举行的特殊意义的选举，不同于普通的大选活动，它的潜台词是竞争、斗争加战争。120 个候选人将在 30 天内在公共场合举行演讲集会，其实就是拉选票。谁能最终坐上临时政府总理的宝座，拉票会的效果十分重要。在这样特定的背景下，赋予候选人的自由是有一定限度的。他们要经过严格的审批程序才能组织集会和公众演讲。在此之前，候选人必须到所属地的就近选举站点填写申请表，进行相关身份证明，写明宣讲时间、具体地点、是否有保镖（如果没有，选举中心要派专业保镖保护候选人的人身安全）、参加集会人数、对宣讲内容是否需要做详细的文字说明和录音记载等等。信息经地区大选筹委会中心处分析处理，上报总部批准后，各个党派的候选人才有资格举行宣讲。说着挺复杂，其实这些在大选筹备工作初期就已经安排好了，从下到上的选举工作链实行了对讲电台呼叫、计算机网上联络、办公电话汇报三位一体的互联方式。每一个从地区上报来的信息都要同时得到这三个互联方式的确认，如果是办公电话没有接到，或者邮箱里没有收到及时信息，选举中心总部就会确认信息失控、通讯失灵，工作人员立即反查，找出原因并做第一时间现场指示。具体深入大选工作让我由衷地感叹，与其说是候选人在前台竞选，不如说是后方现代信息技术的较量！

宣讲活动极为敏感，事端和冲突随时可能发生。一天，50多个阿族人头上裹着白布条，手里拿着白底黑字的大条幅，上面分别用阿尔巴尼亚语和英语写着“讨回公正”“还我人权”的字样，在警察大街上游行。手举条幅的两三个中年人用阿语高声大喊着什么，后边的人随声应和，声音一浪高过一浪。所有过往车辆都被游行队伍拦截，造成交通堵塞，看热闹、助威的人群是越聚越多。游行群众在警察大街游行这种情况并不多见，这里是维和警察和当地警察的办公区，也是各方警力的集结地，他们选择在这个地点，表明是在向警察机关示威。不到三分钟，武装警察和维和士兵已经全部到位，他们站在游行队伍的两侧，目光犀利，却不敢轻举妄动。在西方人的观念里，游行是自由，是行使人权，在没有发生武装冲突的情况下，维和部队只能消极应对。对于维护当地治安秩序、保护当地人民人身安全的警察来说，在科索沃这个敏感地带，最怕的就是集会、游行。如果只是人民群众申请自己的权利倒也不必兴师动众地出动维和部队，可一些激进分子专门会利用这个机会，利用示威人群的激动情绪，蛊惑人心，造成混乱，场面无法控制。

信息情报反馈，此次游行是因为DBK派别的一名候选人切里诺夫卡尔不知何故在规定的时间没有到场演讲，让集会群众和支持他的选民大失所望。后来性质有了变化，切里诺夫卡尔的智囊团想出了个馊主意，有一个人站出来向选民们说，他们今天没能看到心中的领袖，是因为地区大选筹委会没有通过切里诺夫卡尔审定稿的讲话录音，不同意让他发表所谓“正义与真理”的演说。

此事纯属虚构！他们扯下这个弥天大谎，目的就是推卸责任、转嫁危机。此举激起了地区大选筹委会与选民之间的矛盾。选民把矛头指向了大选筹委会，气氛空前紧张。大选筹委会的工作人员听了之后是又气又恨。我们这么拼命地工作，就是想给各个政党营造一个相对安全、和平的竞选环境，没想到竟遭到别有用心的人陷害。切里诺夫卡尔居住在米特罗为查地区，这些选民是特意乘车三个多小时从那里赶到首府总部来游行示威的，就为了讨一个说法。看来委屈也好，冤枉也罢，只有给他们一个满意的说法，游行的队伍才有可能解散。

筹委会的埃文既会阿语又会英语，和阿族人沟通起来不费力，他主动请缨，要和游行的"头"进行谈判。谈判可是一门学问，既要摆事实，又要讲方法。虽然我们有理有据，但对方已经先入为主地相信了领袖的谎言，要是哪句话让对方听不顺耳了，谈判就会崩掉。埃文是一名足智多谋的老警察，他是这里的"土著"，塞阿之间的民族矛盾他最清楚，他也最了解阿族人的心态，再加上他不愠不火的谈判语气，足够让对方"投降"。他已经出色地完成了几次高级谈判任务，这次用他的话说："It's a piece of cake.（没问题，小意思。）"然而，情况并不如想象的那么顺利。

谈判在一个监控室里进行。起初还好，游行的几个"头"认真地听当·埃文解释。10 分钟后，他们竟然拍桌子站起来。他们提出要求，要切里诺夫卡尔的演讲审核稿的那盘磁带，听听里面到底有什么内容没被通过。这是捏造的事实，切里诺夫卡尔正是因为没有及时提供宣讲的审核稿录音，才没敢在公开场合露面。游行的"头"又说，如果大选筹委会提供不了磁带也就算了，但是请求能让切里诺夫卡尔出来见面，他们迫切地要知道心中的领袖人物在选举前有什么话要说。按照大选安全计划书的规定，候选人演讲的内容未经审核就公之于众，是严重违规的，如果在演讲中私自篡改内容，或明显带有煽动情节，轻则给予 2 000 美元～ 5 000 美元昂贵的罚金，重则要强行带离现场。谈判一度出现僵局。埃文非常镇静，慢条斯理地掏出一包万宝路香烟，拿出两支，递给对面的两个人，他自己也点上一支，边吸边深沉地看着对方。我想，他的脑子里一定在思考着接下来该怎么办。也许是香烟起了镇定的作用，那两个人情绪稳定多了。埃文回避了"磁带问题"，答应在结束谈判后，亲自驱车到米特罗为查联络，和切里诺夫卡尔约定好宣讲的时间和地点，保证让选民在三天之内见到切里诺夫卡尔。也许人都是有感情的，两个人听到埃文帮助他们见到心中的领袖，决定"立即收兵"。游行的领军者"投降"了，其他人也就跟着他们，赶在天黑之前返回米特罗为查的老家了。

谈判的全过程，我们在指挥中心的大屏幕上看得一清二楚，也让外国同行们领教了当地警察的厉害。事实上，按照社会分工，维和警察和当地警察是当地治安和社会安全稳定的保护者，至于和当地各党派的联络、谈判和更深层次的接触，要靠当地政府去解决。

游行队伍带着期望，满意地回去了。而接下来的高级谈判任务还在考验着埃文和大选筹委会的工作人员。

楼前爆炸和枪击惨案

都晚上8点多钟了，我好不容易盼到来电，准备做点儿饭吃。菜还没下锅，突然“砰”的一声巨响，窗前闪过大片火光，我脑子里第一反应就是:“不好，爆炸了!”我透过窗户一看，视野正对着的居民楼后面火光冲天，火焰夹着黑烟一直向上蹿。从着火的位置判断，应该是总部门前发生了爆炸！我赶紧把电火关上，回到屋里抓起电台，调到最大音量，听听出什么事了。爆炸的巨响和大片的火光填满了我的大脑，电台里急促呼叫的声音我一个字也听不清。爆炸就发生在身边，我大脑一片空白，接下来还会发生什么？如果火势继续蔓延，那最危险的就是前面那栋居民楼，再往前就是我住的房子，怎么办？居民楼里可有几十家住户啊，火要是再这样着下去，那几十户的老老少少就很难逃得出火海了。我越想越紧张，必须得马上给队长打电话!

我和室友边拨电话，边抓起应急背囊往楼下跑。前一阵儿，总部已经演练了两次紧急撤离，我背囊里的东西都是急需用的，还没来得及打开包拿出来，没想到这次真用上了。回想起当时的情节有点像演电影，我俩的动作非常麻利，想不起来是从四楼跑下来的还是滚下来的。队长住的地方离我们家就七八分钟，我们刚跑出大院，他和兴涛就赶来了。等出了大院，看见消防车和消防队员正在灭火，火势已经得到控制，一颗悬着的心总算平静下来。真是一方有难，八方支援，当我们来到总部门口的时候，有许多国际警察已经全副武装，准备待命。要知道，这些国际战友不是被谁叫过来执行任务的，而是从电台听到有这样的紧急事件从四面八方赶过来的。这就是职业的素质，这就是警察的天职，我佩服这些可敬可爱的战友们，他们在我心中是勇者无畏的英雄。

一切平息了，国际警察也都纷纷散去回家休息。队长还是放心不下我们两个女队员，怕我们害怕，睡不好觉。警队的战友健勇、序迎、郭辉也闻讯赶来，怕我们没吃饭，还给我们买了汉堡包，说给我俩压压惊。我这才意识到饿了。虽然我已经吃够了汉堡这一类的垃圾食品，可那天晚上吃得却是格外香。战友们再三嘱咐我俩，又到我俩的房屋周围转了几圈，直到确认我们的住地周围安全后才顶着午夜的星星各回各家。

第二天我们才知道，原来是战争失踪人口调查部门前一颗汽车炸弹爆炸，炸毁了一辆车，但没有人员伤亡。这个单位离我家不过 200 米远！

事隔不到一周，就是我刚刚结束夜巡第三天的晚上，刚睡着，电台就开始呼叫，普里士蒂纳中心又发生枪击案件。我听得出电台里是考伦的声音，他在发布紧急命令，命令 C 区、D 区和 F 区的巡警拦截所有路口，禁止车辆和行人通过克林顿大街，那里发生了一起严重的枪击案件。当晚，行动总部轮到我“on-call”。“on-call”翻译成汉语是“随时待命”的意思，是一种 12 小时轮换、24 小时待命的工作机制。它和我们讲的值班还不同。也就是说，在这 12 小时内不是你的正班，你可以回家休息，但必须保证手机、电台 24 小时开机，随时有情况，随时到位。我立刻从床上爬起来，穿上制服，带好手枪，开车往克林顿大街赶。赶到现场，眼前的一幕让我惊呆了！！人行道上横七竖八地躺着五具尸体，烟摊，栅栏，汽车，马路，到处都溅满了鲜血，一个血淋淋的人头还在不断地往外溢脑浆，一条被炸飞的大腿露出惨白的骨头，空气中掺杂着火药和血腥的味道，整个现场惨不忍睹。这是我经历的最真实、最直接的血腥画面，让我亲历了战争的残酷。我想我是在经历一场从未有过的心理承受能力的考验，这一幕让我忘不掉，永远也忘不掉。

当时，虽然我心里很紧张，但是我大脑的第一反应是：我在执行任务。于是，我迅速拨通电话，第一时间将现场情况反馈给指挥部，请求指挥部增援现场警力，组织现场勘察。几乎同时，现场勘察和刑侦部门的警察已经到位，而我的眼睛却不想再在这里停留一秒钟。来进行现场勘察工作的志勇拍拍我，问我没事吧，好一阵儿，我才缓过神儿来。这起枪击案件的起因是两个党派的黑社会武装分子为了争夺地盘而发生火拼，竟以一台奔驰车和一个烟摊作掩护在马路两边展开对射，当场 5 人死亡，3 名无辜过往行人受重伤。

战后，大量的弹药和枪支流散在民间，许多居民的家里都有枪，在两个月前的一次非法枪支缴获行动中，共缴获各类枪支 240 多枝，很多型号别说没见过，听都没听说过。由于没有健全的法律，私藏枪支在科索沃被默许，这给科索沃频发恐怖恶性事件埋上了一个巨大的隐患。我们越走近这里，越真实地感受到肩负的维和使命任重而道远。

科索沃议会大选

2004年10月23日，是科索沃议会大选的日子。22个政党，6个政党联盟，6个公民联盟的1 300名候选人，将角逐出120个议会席位，并将选举产生临时政府总理。自战后，尽管联合国为科索沃争取和平和早日解决国际政治地位问题做着不懈的努力，但是塞阿民族之间的流血冲突一直没有间断过。早些时期，塞尔维亚人因害怕阿尔巴尼亚人采取报复行动，陆续离开科索沃地区。一段时期内，这里在表面上恢复了平静，而阿尔巴尼亚的两个派别——温和派和激进派对联合国代表制定的"科索沃新宪法"中限制科索沃独立的条款不满。温和派主张暂时接受这些条款的内容，再一步一步实现独立，而激进派却明确要求独立。派别争权，民族争斗，使其政治前途陷入一个僵局。目前尽管临时政府已经宣布成立，但科索沃自治共和国在巴尔干地区的最终政治地位仍不明朗。这次临时政府选举产生的总理和议会将会对科索沃未来局势的发展起到重要的作用。

选举这天一大早，科索沃的大街小巷挤满了人，虽然当地政府没有锣鼓喧天，彩旗招展，但城市里也显得格外热闹。一家几口老少三代齐上阵，像进京赶考一样，奔向离自己家最近的选举投票站点，还没等投票站开门，外面就已排起了长队。西方人的参政意识很强，他们不会放弃每一个能行使"民主"和"人权"的机会。而相应地，他们的上层建筑机构也为其提供了完备的维权保障和人性化措施。就拿这次大选来说，欧洲选举中心委员会秘书处从国际组织中委派了七位大选专家进驻科索沃，并设置专门办公地点。选民可以直接到选举中心查找各个党派候选人的背景资料，包括候选人的照片和个人简历，专家定期"坐诊"，解答选民提出的问题。

外面的情况井然有序，而维和警察总部、北约多国武装部队、驻科索沃欧洲安全合作组织、科索沃当地警察、中心选举委员会秘书处、30个市政选举委员会，所有的工作人员都在紧张地忙碌着，各就各位。各主要街道全部封锁，过往车辆戒严，生意再好的店铺也不得不关门停业。

选举从早上 7：00 开始，到晚上 19：00，共 12 个小时。维和警察当天的任务就是配合当地警察和北约多国部队确保 662 个投票站点和 1 300 名候选人的人身安全，避免平民及合法党派遭到胁迫、恐吓以及无辜伤亡。五个地区的大选筹委会和行动指挥部的维和警察全员出兵，随时待命。别看大家平时在工作中由于文化冲突或经验方法不同产生过这样那样的分歧或磨擦，但在关键的时候，各国警察拧成一股绳，因为我们的最终目标是一致的，都是为了让当地人民过上和平的生活。此刻，大家心里都有一杆秤，万一选举失败，联合国这么多年的心血将付诸东流，大选筹委会的工作也将功亏一篑，终点又回到起点。

我和汤姆斯兵分两路，他留在维和警察总部负责接收和处理投票各警点出现的不可预见的紧急事件，我到欧洲安全合作组织大选中心，负责接收各投票站点的选票是否安全送达的信息，接收各投票站点动态报告，随时掌握投票人数以及风险预测等级上升或下调，并与北约多国部队和维和警察总部随时保持联络，调离、增援安全保卫力量。大选中心办公室的场面相当“气派”，由 10 个方形办公桌拼起来的超长电脑台上摆放着 10 台电脑，每个电脑旁边是一部对讲机、一部固定电话和只供组委会内部联络使用的移动电话。办公桌旁不停地有人穿梭，一溜小跑儿，通报最新的选举信息。紧张，危险，还有每一个小小情报带来的欣喜，都会在工作人员的脸上找到答案。同事们那在键盘上飞舞盘旋的手指，每隔一秒接起的电话，对讲机不时发出的噗噗响声，再加上各国警察南腔北调的英语对话，会让人联想起载人飞船升空前的控制室：紧张、忙碌，但又很有秩序、很有章法地各司其职。

时间在一分一秒地流逝，大选在有条不紊地进行当中。晚上 20：47，当对讲机里传出最后一个选票箱已经被安全押运到市政选举委员会的消息时，办公室里响起了雷鸣般的掌声，大家拥抱在一起，欢呼声，口哨声，有几个老外甚至站在桌子上，大声地喊“yeah”，还有的边喊边哭。这时，只听身后“砰”的一声响，欢乐的屋子里瞬间鸦雀无声，大家本能地双手抱头趴在就近的地板上。片刻，一股喷泉似的水柱没头没脸地向我们浇来，原来维克特开了一瓶大香槟！同事们一看是香槟搞的鬼，冲着维克特就追过去，连打带喊，最后每个人都浇成了落汤鸡，办公室成了欢乐的天堂。连我们都这么高兴，可想而知，当地人民会是何等地激动。选举进行 12 小时，除了有两个已经加入瑞典籍的原阿族居民不具备选民资格以及普瑞兹伦地区选民超出了预计的人数以外，没有任何恐怖或暴力事件。科索沃 2004 年议会大选宣告胜利结束！新的科索沃临时政府总理产生了！

大选胜利结束了，我找到了一种如释重负的轻松感觉，一路走来，我终于体验到付出艰辛、收获成功的喜悦与充实。然而，随着大选的结束，大选中心委员会秘书处、欧洲安全合作组织和我们的大选筹委会都要解散了。四个月的共事，大家结下了深厚的友谊。当晚，参加大选工作的全体成员在欧洲安全合作组织大楼的九层餐厅里举行了大型庆功晚宴，同时也是一场告别晚会。联合国秘书长特使吉帝力卡特先生、普里士蒂纳市市长、欧洲安全合作组织驻科索沃总干事、维和警察任务区总警监和北约多国部队司令部大选主要负责人乔治也来参加晚宴。大家都换上了便装，尽情地放松自己。红色的香槟酒香飘满了整个大厅，大家忘了彼此的身份、背景和国籍，只是在遥远的异国他乡庆祝我们共同取得的胜利，为和平而干杯。

第二天，在联合国民事人员总部的二层会议室，由联合国秘书长特使主持召开了庆功表彰大会。维和警察总警监和欧洲安全合作组织总干事亲自为大选筹委会的每一位国际警察颁发了奖状。接过奖状的那一刻，我的眼睛湿润了，那是开心的泪，是为自己骄傲的泪。

让我很难过的是，西班牙大选专家维克特完成使命将要回国了。维克特是我在任务区非常敬佩的朋友之一。他今年只有 32 岁，却被聘请参与过七个国家的大选组织工作。他说话快言快语，是一个喜欢和时间赛跑的急性子，他的手表永远比标准时间快 15 分钟，所以每天来到办公室，第一个见到的人保准是他。他问别人问题的时候总是喜欢刨根问底，给别人解答疑惑时，也是不厌其烦，他的口头语是：“Any questions？（还有别的问题吗？）”只可惜，这是任务区，是我们的临时大本营，再好的朋友，也要面对分别。维克特买了第三天的机票就要回西班牙了，我们都想让他留下来休息一段时间再走。可是他冲我们做了个鬼脸，诙谐一笑说：“我的任务完成了，我再待下去就成了没用的人了。”这就是维克特，永远要做对社会、对国家有价值的人。我和汤姆斯，还有大选筹委会的同事们一直把他送到机场。我到当地商店选了一条围巾送给他，这可花了我一个星期的伙食费，冬天快到了，我希望他能感受这份温暖，珍存这份跨越国界的友谊。后来，维克特打电话向我表达了感谢，并善意地告诉我他把围巾转送给他妻子了，因为忙乱中我搞错了包装，里面竟然装着一条女式围巾！

年轻的中国维和警官们

在科索沃，我们改编了许多歌："我们都有一个家，名字叫中国，来到科索沃人不多，共有19个。"……到任务区的中国警队先后有两批，一共19个兄弟姐妹，大家来自祖国的五湖四海，警种不同，专业不同，生活习惯不同，但在科索沃，大家亲如手足，快乐一起分享，困难一起扛，19个人无论走到哪里，发出的是一个声音。无论是在首府工作，还是在地区工作，无论是做管理，还是干一线，19个人在各自的岗位个个都是出类拔萃的。而且，在任务区，我们都有一个响当当的名字——中国UN。

中国维和警队的平均年龄不到35岁，但很多队友都有过两次维和经验，有去过东帝汶的，也有去过波黑的。跟他们这些经历过风雨、见过世面的老同志比起来，我们就是初出茅庐的小辈。我们送他们两个雅号："百事通"和"及时雨"。无论何时何地遇到什么问题，我们第一反应就是给"百事通"们打电话，他们就会像"及时雨"一样第一时间给予我们帮助，解决我们的难题。

青岛的老迟大哥，他是50年代生人，也是这里资格最老的同事，而且还是个老兵，参加过对越自卫反击战，在老山前线打了八年的仗，他的英语就是当年在自卫反击战中躲在猫耳洞里找空学出来的。在赶上个年啊、节啊、战友聚会的时候，我是他的最佳搭档，他拉得一手好二胡，我就在旁边唱歌，我们合作的《好日子》和《歌唱祖国》成了历次聚会的保留曲目。迟大哥的儿子今年考上了北京广播学院，真让我们从心底里替他高兴。维和警察棒，维和警察的儿子更棒。迟大哥平时工作很忙，对儿子亏欠很多，如今儿子金榜题名，他高兴得不得了，亲手做几个拿手好菜，请兄弟们到他家小酌一杯，庆贺一番。最让人佩服的是，他去年竟以五十几岁的"高龄"考取了北大英语系在职研究生。他走到哪儿都少不了带上一本厚厚的书，老惦记着抓紧完成作业，那股如饥似渴的学习劲头儿，让我们这些晚辈都自愧不如。

来自山东的消防官东卫，34岁已经是副团职干部了。从一名普通的士兵成长为一名维和警察，讲起他吃过的苦、受过的累，七尺大汉也会眼泪汪汪。他的英语完全是自学。想想部队铁的纪律、严格的作息时间和工作流程，到哪儿去找像样的学习环境和完整的学习时间？他是怎样从干涸的海绵中挤出点滴学习时间？又是用什么样的毅力让他把英语坚持学下来？想想个中苦涩滋味，我们情不自禁地竖起大拇指。

李序迎是我的大师兄，刚到任务区时，他和我都分到了当地警察总局，我一遇到问题着急上火时，他就会用二次维和的老同志的口吻慢条斯理地劝我："别急，慢慢来，一切都会好的。"俗话讲，打铁还要自身硬，序迎凭借自己丰富的教学经验和流畅的英语表达，竞聘当了PTC（国际维和警察培训中心）的教官。他作为联合国的优秀教官被派往法国甄选维和警察，他说一看到那么多欧洲警察见到他就毕恭毕敬地"Sir、Sir"地叫个不停，心底里就会溢出一种"我是中国人"的民族自豪感。想起我们参加甄选考试时对考官又敬又畏、言听计从的情形，我们就会毫不犹豫地对他说：你是警队的骄傲。

我们的队伍中有几个水平很高的IT能手——老熊、序迎和志勇，他们个个都是业务精英，在任务区被称为"计算机专家"，备受各国警察的尊敬，也很抢手。他们的工作几乎都是在外面跑，没有一个固定的办公桌，一天到晚就像个救火队员，哪出问题往哪跑。联合国的警察们都离不开他们，不管谁的电脑或网络出了问题，他们都是随叫随到，风雨不误，手到病除。

安徽的汪泉和四川的永刚，他们两个人个头差不多，体重差不多，发型也差不多，就连选择到什么部门去工作都不谋而合。他们一起报名参加了维和警察的特警考试，那是优中选优，是体能与智慧的较量，是绝对的强者游戏。很多国家的警察都不敢去尝试，而他们通过了层层选拔测试，一跃而进入了欧洲人主宰的VIP要人保卫小组。每天超强度的体能训练，高精度的野外射击训练，他们眉头都没皱一下，一次次出色地完成联合国要人保卫任务，过硬的业务素质和那份稳当劲儿，让欧美人都不得不敬佩地说："You are men.（你们是真正的男子汉。）"

巾帼不让须眉，我们这四朵警花个个都是好样的。来自珠海边防的凯辉，她在失踪人口调查部门工作，整天要处理案卷调查，走访被害人家属，经常要到太平间去参与尸检、到无名墓地去挖坟，有时守着一堆尸体吃着她的工作午餐。凯辉的女儿才刚满3岁，每当夜深人静的时候，她就会想女儿，她说已经习惯了抱着胖胖的宝贝睡觉的那种幸福。现在女儿不在身边，心里总是空落落的。怕影响我们睡觉，她经常半夜偷偷地跑到办公室给女儿打电话，也许只有听到女儿乖乖地叫一声妈妈，她才能安心入睡。在她女儿生日的那天，她买了一个毛茸茸的玩具熊准备寄回去，她边打包装边流泪，我们几个姐妹陪着她一起哭，直到深夜。

来自四川的春晖是我们三个的好姐姐，她特别会关心、体贴人。如果姐妹当中有谁有了烦心事，她总是耐心地倾听，然后不厌其烦地给你讲道理，她常挂在嘴边的四个字是"无欲则刚"。最让我们羡慕的是春晖有一手好厨艺。每次警队聚会的时候，她都奉献一包从四川老家带来的麻辣火锅料，然后就大显身手，做几道让我们大饱口福的川菜美味。两三个人的饭好做，可要做 19 个人的饭谈何容易！锅少，瓢少，炉灶少，她炒了一锅又一锅，累得是满头大汗，胳膊和脖子都不听使唤了。有的时候，她这个主厨还没上桌，饭菜就被这帮虎狼之师抢个精光。可她一点都不在意，反而很开心。上海市公安局的杨炯，她在家里是独生女，是爸爸妈妈眼中长不大的孩子，可在任务区，她不娇气，不畏困难，有脏活重活都抢着干。我们四姐妹情同手足，同甘苦，共患难。

这就是我们，一群充满理想、充满自信、充满无限力量和爱的中国维和警官。为着共同的理想和追求，为着同一个目标，我们聚到一起，踏出国门，走向世界，相互支撑，共同品尝辛酸，收获喜悦。

（选自 2007 年第 3 期《报告文学》，有删节，作者：王伟）

“公投”：陈水扁的“台独”冒险

2004年3月20日，陈水扁不顾海内外强烈反对，执意推动所谓“3·20公投”，因投票人数未达总投票权人数的一半，“公投”无效。当天，中共中央台湾工作办公室、国务院台湾事务办公室就台湾当局举办“公民投票”发表声明。全文如下：3月20日，台湾当局执意举办所谓“和平公投”，试图挑衅两岸关系、分裂国家，“公投”结果无效。事实证明，这一非法行径不得人心，任何把台湾从中国分割出去的企图都是注定要失败的。

这次台湾“总统”选举，陈水扁在选情不利的困境下，竟悍然挑动“公投”议题，意在左右选情。然而，“公投”给陈水扁带来的却是内外交困的加剧，他利用“公投”进行“台独”冒险的行径已经大白于天下。

挑动“公投”意在“台独”

事实已经很明显，陈水扁推动“公投”，直接目的是为了赢得选举，背后的目标则是推进“台独”，是藉选举以售“台独”，用“台独”来搏选举。因此，看待陈水扁的“公投”，必须跳出当前的这场选举，才能看清它对两岸关系所将造成的极端危害性和破坏性。考察陈水扁的“台独”生涯，“公投”始终被他视为谋求“独立建国”的重要手段与步骤，也是与陈水扁鼓吹的2006年“催生新宪法”、2008年“实施新宪法”紧密相连的重要一环。所有这些都反映出陈水扁“台独”步伐加快，大有在“公开台独”上孤注一掷之势。

根本的原因是中国大陆经济蓬勃发展，综合国力迅速增强，国际地位不断提升，使“台独”分子有“时不我待”的危机感。另外，前一阵子美国对台政策模糊暧昧，传达了错误的信息，也使陈水扁误判形势，以为只要用“民主”、“人权”包装“公投”，或许美国会予以容忍，甚或暗地里支持。

在台湾重大选举中，刻意地升高“台独”诉求，挑动省籍、族群矛盾，历来是民进党凝聚基本票、制造情绪票的竞选策略。在此次选举中，陈水扁因为四年任期内政绩乏善可陈，成为有可能败选的致命软肋，更需要以煽情的“公投”议题来转移选民关注的焦点。从2003年年初开始，泛蓝的国亲两党合作渐入佳境，率先确立“连宋配”参选，使泛蓝士气大振，民意支持率始终领先陈水扁8～12个百分点，陈水扁也期待以“公投”议题，加深蓝绿区隔，抹红、打击在野党。

坚持“公投”进退两难

对于陈水扁来说，“公投”已成为他谋取胜选连任的重要工具。他一路高喊要进行“公投”，结果却虎头蛇尾，对民进党的选情无疑是一个打击。失去了“公投”议题之后，泛蓝设定的经济、民生议题必然突显，甚至成为议题的主导内容，而这正是陈水扁最为忧心的。

因此，陈水扁执意要推动“公投”。去年11月“公投法”大战之后，陈水扁立即利用“防御性公投”条款的通过，表示要在2004年3月20日，与“总统”选举同时举行“防御性公投”。后来，由于引发岛内外强烈反对，12月4日又将名称改为“防卫性公投”，随后又改为“和平公投”。单就“公投”名称一改再改，以及“公投”内容“要大陆撤除对台导弹”及“要大陆宣布放弃对台动武”而言，都已经与法律意义上的“防御性公投”条款大相径庭。民进党实际上是一意孤行而又玩弄法律，暴露出民进党无法无天的本质。陈水扁之所以顽固地要搞“和平公投”，主要是因为把“公投”投票和选举投票捆绑在一起，可以产生“移情效应”，藉以增加自己的选票。

迫于内外形势，陈水扁虽然不敢进行“统独公投”以自找死路，却顽固地坚持要进行涉及两岸关系的“公投”，摆明了挑战两岸关系格局的企图，其推动“台独”的目的可谓司马昭之心路人皆知了。

由于陈水扁所搞的"公投"为"台独"打开了一个危险的缺口，将使两岸关系面临紧张和危机，存在由于民进党冒险而失控的可能，从而从根本上危及亚太地区和世界的和平与发展，因此，陈水扁执意要进行的"和平公投"，引发了国际社会，包括周边国家和地区极大的担忧和不安。他们都通过种种途径，劝阻陈水扁进行"公投"。

首先是最担心被陈水扁拖下水的美国。美国也终于看穿了陈水扁执意要搞"和平公投"，除了进行选举豪赌之外，更隐含着破坏两岸关系稳定的险恶用心，因此，陈水扁的"公投"也是对美国对台政策的挑战，要拿美国的国家利益来为"台独"背书。这种形势迫使美国明确了反对"台独"的立场，并从最先的不支持台湾进行"公投"，到后来传达给台湾一个明确的信息：美国反对台湾"公投"玩火。在美国看来，陈水扁搞这些"公投"都是"没有必要"的。既然没有必要，而陈水扁却执意要搞，当然是醉翁之意不在酒了。

悍然玩火后果难测

在国际社会和美国愈来愈严密的关切和愈来愈强烈的反对声浪之下，陈水扁"3·20和平公投"已真正成为冒天下之大不韪之举了。陈水扁在要不要搞"公投"上，可说已面临进退两难的困境。由于陈水扁搞"公投"已触犯了众怒，民进党执行总干事长邱义仁最近说，民进党主打的"公投"议题已由"大赢变成小赢"，实际上这还是欺骗性的要面子说法，实际情况是，"公投"对于陈水扁的加分效应，正在从正面向负面转化之中。固然，"公投"依然有助于民进党凝聚"台独"基本教义派的票源，并在一定程度上欺骗不明真相的基层民众，但在都市中产阶级和中间选民中，对"公投"的不安与担忧正在加深。

为了减轻来自美国的压力，陈水扁频繁派人向美国进行解释，请求美国帮他的忙，声称"和平公投无关统独"，要美国让他搞这个"公投"，并奴颜婢膝地表示以后会听美国的话。但是，美国布什总统自身正面临选举的多事之秋，极不愿民进党给他添麻烦。不久前，布什曾派特使带给陈水扁一封信，使用了"do me a favor（帮我一个忙）"这样的字眼，要求陈水扁不要办"公投"，可见美国对台湾"公投"问题的重视。

陈水扁为实现“公投”，现又策划派出“防卫性公投”宣达团，准备到美国、日本和欧洲国家去进行解释，企求取得这些国家的支持和同情，一切将视游说的成效而决定“3·20和平公投”的声势、力度，甚至迫不得已找个台阶放弃进行。但不论陈水扁最终“公投”是否举行、如何举行，其严重的影响已极明显。

首先，它将恶化两岸关系，使得两岸关系紧张与危机加剧，从而也将影响台湾政治经济各项发展。其次，民进党的“台独”挑衅将破坏亚太地区和世界的和平与稳定，必将引发亚太地区周边国家和国际社会的关切和警惕，台湾当局在国际社会将会更加孤立。它也进一步促使世界各国更加明确地恪守一个中国原则的立场。第三，陈水扁挑动“公投”议题的目的是为了推动“台独”，而“台独”冒险将会破坏两岸关系，使两岸关系出现失控的危机；陈水扁为了选举的需要，与美国拗着干，也促使美国意识到对民进党的政策有失控的危机。这些都促使美国意识到，在对台政策上模糊，传达错误的信息，将危及美国的国家利益。美国已不得不明确反对“台独”的立场。今后美国为了维护两岸关系现状，将会更增加对“台独”势力施加压力。美国与陈水扁当局的关系正经受挑战，美国对陈水扁的信任正趋于消失。台湾《中国时报》1月5日社论接着邱义仁的话说，“公投”让绿营小赢，却让“未来的台湾大输”。

陈水扁玩弄“公投”是搬起石头砸自己的脚，现在已是未办先输，越是不顾一切执意要搞，就越是会输得更惨。

（选自2004年第2期《两岸关系》，作者：吴能远）

当代“土行孙”

——中国石油第一盾纪实

中国石油天然气管道第四工程公司经过600多个日日夜夜的艰苦奋斗，采用当今世界最先进的隧道盾构施工技术，于2004年3月22日在宜昌完成了忠武输气管道盾构穿越长江的壮举，开创了由中国石油自己的队伍采用盾构技术穿越长江的新纪元。中国石油天然气管道局命名忠武线长江红花套盾构工程为“中国石油第一盾”。

当年，伟人毛泽东一句“打过长江去，解放全中国”，迎来了朝霞满天的新天地。还是这位伟人，他曾亲笔圈阅石油管道过江南的计划，却由于当时穿越长江困难重重而未能亲睹石油管道过江南。这一心愿，终于由英雄的中国石油管道人在新世纪之初，靠科技实力和敢于拼搏的精神实现了。当代“土行孙”高建国和他率领的穿越将士们以长江底部盾构穿越的奇迹实现了伟人的梦想。

一

2002年10月20日，工程正式开工；

2003年4月29日，竖井施工完毕；

2003年5月8日，完成盾构机吊装下井；

2003年6月5日，盾构机掘进开始；

2003年6月28日，盾构工程开工典礼；

2003 年 8 月 6 日，完成工程所需环片生产 1 410 环；

2004 年 3 月 22 日，隧道贯通；

2004 年 4 月 1 日，盾构贯通典礼。

每当看到“中国石油第一盾”大事记，高建国总是很激动，他的思绪常常回到 2004 年 3 月 22 日。

那天，随着轰隆隆的声音由远而近，盾构机马上将掘进到长江北岸的到达井。在到达井里迎接盾构机出洞的项目经理宋华奇等人，心“悬”到了嗓子眼。方向会不会超差？漏水量大不大？虽然经过许多次的研究和复核，理论上已经是万无一失，但到了真正检阅结果的时候，在场的每个人又担心起来。有人提议先把盾构机停下来，给正在忠武输气管线“卡脖子”工程之一的襄樊汉江穿越施工现场指挥穿越的高建国经理打个电话，让他也看看这昼思、夜想、梦盼的胜利时刻。电话通了，高建国当即告诉宋华奇：“不要等我，不要担心，一切后果我来负责，命令弟兄们开足马力，让盾构机冲出来！”

“啊，看见双轮滚刀了！”

“呵呵，露出一大半刀盘了！”

“啊，刀盘全出来了！方向很正啊！”

在大家兴奋的欢呼声中，盾构机像一位敦实、稳健的汉子，满载着高建国和职工们的希望，满载着他和职工们的辛勤汗水，缓缓地破土而出。

时针指向 16 时 48 分，“啪”的一声，高压舱门打开了，操作人员兴奋地钻了出来，宋华奇和在井底迎候的干部职工们紧紧地和操作人员拥抱在一起。此时，现场静极了，没有一句话，大家的眼中流淌着泪水，这其中有激动，有兴奋，也有释然。许久，宋华奇大喊：“我们成功了！快打电话向高经理报告。”顿时，盾构工地成了一片欢乐的海洋，香槟喷洒，鞭炮齐鸣！大家都激动得说不出话来，最好的表达方式就是紧紧地握手、紧紧地拥抱。所有的付出在这一刻都找到了答案！

消息顷刻传到出发井长江南岸。刚才还安静地躺在床上的夜班同志们，纷纷从床上跳了下来，狂呼着跑出来欢庆。原来，大家根本就没有睡着，都在焦急而兴奋地等待着。是啊，为这一刻，他们已经等了两年多了。等待的日子虽然漫长，但等待的结果却是这样地让人激动！在这两年中，他们每天工作 12 个小时，一个月只有两天假期；他们中绝大多数人两年的春节都是在工作中度过的，他们中绝大多数人远离家乡已长达600多个日日夜夜！

高建国一接到消息，马上激动地向正在进行汉江穿越的职工们宣布长江盾构胜利穿越的喜讯。汉江穿越工地立刻沸腾了，群情激昂。当天18时26分，他们一举用带水挖泥船大开挖成沟、小平车轨道曲线发送和控制、管道负浮力底拖法过江的施工方法，成功地使1 382米长、1 004吨重的管道顺利地穿过了汉江。当天的《石油管道报》头版头条报道的题目是这样的：引题是“忠武工程‘日下两城’，盾构出土‘气龙’过江”，主题是“长江红花套穿越、襄樊汉江穿越，同日告捷”。

消息通过电波传向大江南北。中国石油天然气集团公司发来了贺电。业主中国石油天然气集团公司管道分公司发来了贺电。德国海瑞克公司在贺电中说：“众所周知，此次贵公司所承担的红花套项目，其地质条件之复杂，水压之大，几乎为中国目前运用微型盾构技术进行隧道施工最为艰难及最具挑战的项目。然而，凭借贵公司的胆识、智慧及辛勤的工作，在该项目的实践中，成功地证明了贵公司在现场管理及设备使用方面的综合驾驭能力，建成了世界地质条件最复杂的隧道。”

在4月1日贯通庆典上，中国石油天然气管道局局长苏士峰亲手郑重地把他题写的“中国石油第一盾”的牌匾颁发给任中国石油天然气管道第四工程公司经理的高建国和公司党委书记任延年。

当天晚上，在庆功宴上，高建国没喝多少酒，却醉了。“中国石油第一盾”终于在他手中变成了现实，梦想终于成真，他没有辜负各级领导的重托，他干了前人没有干过的事业！后来他说，当时看什么都在旋转，实在是太激动、太兴奋了……

《石油管道报》在评论员文章《创新才能超越》中这样写道：“第一次干，就遇到了中国最难。这是一次挑战，但更是一次机遇，一次向世人证实管道局作为中国唯一的专业化管道施工大型企业的实力的机遇。现在管道局成功了，中国管道人成功了。因为管道四公司完成了红花套长江盾构穿越全面贯通，当之无愧地成为‘中国石油第一盾’。”

中国石油天然气集团公司总经理陈耕到贯通的隧道中视察，对如此工程奇迹，兴趣非常浓厚，他指出，管道局主力军地位不含糊，指示今后要综合利用好这条隧道。

二

被誉为“中国石油第一盾”的长江红花套穿越，是忠武输气管道工程的“卡脖子”工程之一，它的成功，实在来之不易……

建设忠武输气管线、开发四川盆地天然气资源、改变两湖地区的能源结构是石油人的一个梦想。这项工程自20世纪70年代就开始规划。1975年，毛泽东主席对鲁宁和忠武两条管线的计划做了圈阅，同意这两条管道投入建设，但由于勘探技术及资源等原因中途下马，现在的一些国道就是在当年的管道伴行路上修建的，当地百姓还记忆犹新地称之为“管道路”。随着西部大开发、国家对能源结构调整以及保护环境、改善大气环境质量等有关政策法规的出台，1998年，中国石油天然气总公司决定重新启动这个项目，并开始前期运作。

忠武输气管道工程“一干三支”，全长1 347.3公里，四穿长江，七大跨越，大中型河流穿越42次，水情、地质和气候状况复杂，施工难度大，堪称中国长距离输气管道建设之最。四次长江穿越中，有着“中国石油第一盾”美称的、总长度1 397米的红花套长江穿越，位于宜昌宜都市红花套镇—云池江段内，穿越地点距长江三峡工程70公里，距长江葛洲坝工程45公里，距宜都市13公里，距红花套镇4公里。忠武输气管道在红花套穿越长江后进入江汉平原，直达武汉。

长江红花套段是忠武输气管线的必经之路，被称为“卡脖子”工程之一。这里江面宽阔，地层含水丰富，水压较大，河床地层岩石结构极其复杂，专家们经多年数次论证，跨越、定向钻穿越、顶管穿越等传统的管道穿跨越施工工艺和方案都因地质条件复杂、风险因素较高等原因被否定。那么，如何牵气龙过江成了工程的焦点问题。专家们通过对该地区地质特点的进一步考察，参照国外经典工程论证研究，最后的结论是：只有用世界最先进的泥水加压式盾构机，从40多米深的江下岩层穿过去。通过大量的可行性研究和市场调研，盾构法隧道施工工艺成了最佳的选择。

世界各国城市建筑历史表明，继19世纪的城市桥梁和20世纪的摩天大楼之后，21世纪将是地下空间开发利用的新纪元。隧道和地下铁道以及市政管网是地下空间开发利用的重要组成部分。盾构是自动化程度高、一次性成洞的世界先进隧道开挖机械，在国内外穿越施工市场上，采用盾构技术几乎是必然的选择。

“金刚钻”已经选定，瓷器活谁来揽？谁敢担此重任？

2002年，高建国带领中国石油天然气管道第四工程公司的管道建设主力军，满怀豪情地来到湖北大地，参与忠武输气管道工程建设，和四川、华北、新疆、大庆、辽河、管道局、吉林、大港等国内石油系统20多支管道专业化施工队伍一道来实现老一辈昔日的梦想。

高建国，身高1.82米，是典型的东北大汉，时年38岁，中共党员，高级工程师，硕士研究生毕业，获经济学硕士学位，1981年参加工作。他1999年2月任中国石油天然气管道第四工程公司总经理，因带领公司广大职工参与了涩宁兰、兰成渝、西气东输、忠武线及利比亚、哈萨克斯坦等国内外重点工程建设，使公司快速实现了由小到大、由弱到强的变化，取得了长输管道施工主力军的地位，并且成功地打造了“中国石油第一盾”，创造了9项全国企业新记录。高建国也因此荣获了“全国优秀企业家”、“国家西气东输工程建设先进个人”、“集团公司工程建设优秀项目经理”、“集团公司直属机关十大杰出青年和优秀共产党员”、“河北省企业家创业奖”、“西气东输工程建设优秀管理者和突出贡献奖”、“管道局劳动模范”、“管道局‘十五’期间科技突出贡献奖”等荣誉。

三

时代选择了高建国，选择了中国石油天然气管道第四工程公司。机遇总是垂青那些有准备的人。1998年，中国石油天然气总公司决定重新启动忠武输气管道项目。开始前期运作的时候，高建国就下决心干红花套长江盾构穿越工程。他组织技术人员抓紧一切时间，搜集、学习盾构穿越施工技术，编制“忠武输气管道红花套长江盾构穿越工程施工方案”。同时，他积极奔走各方进行游说。对于盾构施工来说，不成功，就是失败，而且损失是巨大的。国外和台湾的一些盾构施工专家说，管道局不能搞，四公司不能搞，中国人根本搞不成。高建国不听也不理会，这些话反而更坚定了他搞盾构施工的决心。有的领导说：那个地段地质情况复杂，没有可借鉴的经验，你们能行吗？有的领导说：风险太大，弄不好会把你毁了，还是算了吧。朋友也劝他不要冒险，稳稳当当干点事算了。可高建国是那种只要认准的事就一定要干到底的人。他的努力、他的决心、他的信心打动了所有管这项工程的领导。最终，他为中国石油天然气管道第四工程公司拿到了忠武输气管道红花套长江盾构穿越工程。

红花套长江盾构穿越工程按设计要求主要包括竖井、人工廊道、环片生产、盾构施工四部分。隧道长度1 397米，坡度2.5% ~ 4%，隧道断面为圆形，穿越直径3.2米，内径2.4米，南岸竖井深48.4米，北岸竖井深24.3米。工程地质条件复杂，黏土质粉砂岩、粉砂岩、沙砾石、卵石层、黏土层等不同地质条件交错出现；地下水含量大，大部分地段与江水直接连通，最高水压可达4公斤；近500米卵石段掘进，在国内尚无先例，施工风险极大。

盾构施工期间，要经历长江洪水期和枯水期，必须保证穿越施工安全。尤其是在穿越南、北岸防洪大堤时须严格控制超欠挖量，及时壁后注浆，严格控制注浆压力，防止压力过大造成劈裂或压力过小造成充填不饱满，导致地表沉陷，威胁长江大堤的安全。

盾构穿越要在地表下40米深处经过岩石层、卵石层、土层三种不同的地质，抵抗0.4 MPa的水压，必须确保作业面稳定，防止作业面涌水、涌砂，避免出现坍塌，严格控制隧道漏水渗水，保证施工质量。另外，掘进过程中，人员须多次进入气压舱并在0.3 MPa气压下进行换刀作业，需要完整的控制体系，确保施工作业安全。

1999年，高建国带领中国石油天然气管道第四工程公司开始红花套长江盾构穿越工程的前期准备工作。高建国带领公司技术人员，经过多方调研、慎重研究，确定引进德国海瑞克公司生产的、目前世界上最为先进的泥水平衡式盾构机——AVN2440DS泥水平衡式盾构机。AVN2440DS泥水平衡式盾构机设备内径2 440毫米，自重190吨，由主机4节、拖车7节组成，组装后全长48米。盾构机采用混合背装式刀具，掘削硬度达150 MPa，全液压驱动，工作水压0.5 MPa，最大扭距780 KN，转速0 RPM ~ 8.88 RPM，最大掘进速度1.5 m/h，最大破碎石块350 mm ~ 400 mm，输送粒径80 mm。

为了尽快掌握当今世界最先进的隧道施工设备和技术，高建国带领中国石油天然气管道第四工程公司的员工进行了长达三年的艰苦准备。他搜集、整理了大量国外、国内有关隧道盾构技术的资料，并对国内配套设备进行调研和可行性分析，力求对施工设备和技术做到全面、细致、深入的了解。他选派技术骨干人员赴德国海瑞克公司接受盾构技术培训，掌握设备构造及操作技能，获得海瑞克公司颁发的培训合格证书；派主要技术人员和现场操作人员到石家庄铁道学院接受隧道工程专业的培训，学习隧道施工的基本知识，获得隧道工程专业的结业证书；派部分操作人员赴大连参加潜水培训，获得潜水证书，为进入高压舱工作做好准备；组织技术人员参观考察北京地铁隧道施工和南京三江口隧道施工，熟悉了解隧道盾构施工的实际过程。

高建国抽调公司技术人员组建了中国石油天然气管道第四工程公司忠武输气管道红花套长江盾构项目部，任命公司副经理宋华奇为项目经理，项目副经理由公司副经理王平国和隧道工程分公司经理李胜新担任。张平、陈绍友、刘斌、刘广仁、刘昆、蔡建辉、高颖涛等技术力量都汇集到项目部，靳红星、解立功、刘文乐等作为机动技术力量，随时待命。俗话说得好：“一个好汉三个帮。”“众人撑桨划大船。”正是由于高建国身边有这些技术和管理精英，中国石油天然气管道第四工程公司在盾构施工困难面前才能众志成城、勇克难关，最终按期完工、高歌凯旋。

2002年10月20日，高建国带领公司盾构工程项目部进驻红花套镇光明村，按照周密的筹备计划，正式启动盾构穿越长江工程，打响了“红花套长江盾构穿越战役”。为了确保盾构穿越按期贯通，他给项目部制定了“依靠先进技术，攻克长江咽喉，打造世纪精品，确保全线贯通”的工作目标。

施工过程中，每一天都有新的问题和困难，而且许多问题和困难是他们想象不到的。这个工程难，在一定程度上，就难在白手起家，难在没有相关实例可以借鉴。他们碰到一个问题解决一个问题，解决一个问题少一个问题，就这样一点一点向前推进。

竖井是整个盾构工程施工的第一部分，也是工程的关键环节之一。竖井施工采用沉井法，就是在井口绑扎钢筋，支护模板，进行砼浇注，当砼达到一定强度时，挖土下沉，形成竖井。工程刚启动时，由于对施工工艺陌生等原因，进展较为缓慢，进度滞后。主管竖井施工的项目副经理王平国是个技术型干部，他经过查阅大量相关资料，带领技术人员多次反复试验，采取有效措施缩短砼养护周期和竖井下沉施工周期，以最快的速度调整生产工艺、施工程序，以解决施工进展缓慢、生产滞后等问题。北岸到达井施工中，由于地质问题，地基承载力太低，发生下沉现象。面对突如其来的问题，他没有慌乱，立即组织开展专题研究，经过多方面探讨，提出加大套井口盘尺寸、锁口盘下换添沙砾的方法，于 2003 年 4 月 20 日顺利完成出发井、到达井主体工程。

2002 年 11 月 23 日，开始生产盾构隧道的衬砌——环片。环片是盾构穿越工程的主要配套材料，生产技术要求很高，如果工艺制造不符合要求，就有可能产生隧道渗水、塌方和环片破裂等事故。中国石油天然气管道第四工程公司是第一次生产环片，王平国虽然曾是土木工程专业的教授，在土木工程方面有较深的造诣，但也是第一次接触生产工艺如此复杂的混凝土制造项目。为了尽快解决试生产中存在的模具、工艺等问题，他组织廖良斌、常喜平等技术和管理人员查找资料、咨询专家，夜以继日地进行技术攻关。随着技术问题一个个解决，环片生产正常有序地进行了，最终以环片合格率 100%、工期比计划提前两个月的成绩完成了全部生产任务。

盾构机下井和下井后设备拼接是工程的难点之一。盾构机单件最大重量 52 吨，单件最大长度 12.6 米，用 200 吨吊车起吊，一次入井钢丝绳容绳长度不够，采用接力方式，吊装风险较大。高建国赶到现场和宋华奇、李胜新等一起与技术人员反复研究，查阅大量的技术资料，设计吊装方案。最后，他们采用井口加装钢梁、用 200 吨吊车起吊、50 吨吊车配合起吊钢梁、200 吨吊车两次调整伸臂长度和角度的“三吊一拖”方法，于 2003 年 5 月 6 日顺利完成盾构机吊装下井。

下井后的盾构设备拼接技术要求高，没有一定的技术基础是干不了的。项目副经理李胜新挑选了一个有经验的技工做帮手，两个人在井下一干就是两天，每天至少 12 个小时。井下 40 多摄氏度的高温伴随着高强度的工作量，他们从井下上来时，几乎虚脱了。5 月 8 日，盾构主机四大部件吊装安装完成。

2003 年 6 月 4 日，他们调试完盾构设备主机和国内相关的配套设备，同时全部完成盾构施工地面设施的建设。

2003 年 6 月 5 日，伴随着巨大的轰鸣声，盾构机预开始盾构掘进施工。

在盾构试掘进期间，中国石油天然气集团公司、中国石油天然气集团公司管道分公司、中国石油天然气集团公司管道分公司忠武项目部、监理公司、中国石油天然气管道局及宜昌和宜都等地方政府的领导对工程质量及进度非常关注，多次亲临工地检查、指导工作。

中国石油天然气管道局副局长马骅在工地检查时说：“你们责任重大，必须做到只能成功不能失败。从目前看，掘进准备工作做得很好，但不能掉以轻心，要把困难想得多一些，多搞几个预案，遇到突发的问题时，必须有应对措施。”

中国石油天然气管道局局长苏士峰多次在电话中强调:“盾构施工是管道局拓展施工领域的大胆尝试，也是管道局产业结构调整的重大举措，因此，红花套长江穿越隧道施工对集团公司和管道局下一步市场拓展意义重大，必须确保工程万无一失。”

中国石油天然气集团公司管道公司总经理刘磊在检查时强调:“忠武线任务艰巨，施工难度大，各参战单位责任重大，尤其是红花套长江隧道穿越，这样的工程交给四公司，这是信任也是光荣。我这次来工地，看到管道局的队伍就是不一样，特别是四公司，这支年轻的队伍，精神面貌特别好，各项管理也很规范。你们在红花套长江穿越工程中，一定要多想些困难，消化和吸收别人的先进经验。四公司在红花套长江穿越工程中只能成功不能失败。”

中国石油天然气股份公司副总裁史兴全在施工现场指示:“你们做到了四个充分：一是思想准备充分，各级领导都高度重视；二是物资准备充分，设备材料都已到现场；三是组织准备充分，机构健全，人员比较稳定；四是技术准备充分，方案较细，培训面较宽，做得非常好。长江穿越采用泥水平衡式盾构是首次，要把困难想得多一些，边想边干，想好了再干。三江口是台湾人施工的，聘请了日本、美国的顾问，出了很多问题，曾经两个多月没有进展。我们自己的队伍一定要吸取三江口的教训，绝不能掉以轻心。正式掘进前，一定要做好试验段，进入稳定地层后，再一鼓作气干，要不断总结经验，战略上要藐视敌人，战术上要重视敌人。我们对管道局寄予了极大的希望，也寄予了极大的信任。不要以为管道已经干完了，干完这五条，还有下五条，还要走出国门，你们四公司要用盾构法代表中国人去干国外的工程。”

中国石油天然气集团公司副总经理吴耀文，党组成员、纪检组长李克成在盾构穿越施工现场检查指导工作时指出:“盾构穿越施工体现了管道施工的进步，管道局在这方面做了充分的准备。中国石油天然气管道第四工程公司经过近几年的长足发展，成为具有‘高、新、特’特点的管道施工专业队伍，这条路子是对的。长江盾构穿越工程是一件了不起的事业，你们一定要圆满完成施工任务。”他还用“异军突起”四个字鼓励中国石油天然气管道第四工程公司。

2003年6月28日，在红花套长江盾构穿越工程开工典礼上，高建国作为建设单位的代表，慷慨激昂、斩钉截铁地表了态，他说："忠武输气管道工程，是造福两湖人民的宏伟事业，也是国家重点建设工程。几代石油人'川气出川'的夙愿，将在我们手中变成现实，这是历史赋予我们的责任，作为中国石油管道建设者，我们感到由衷的自豪和无比的光荣！我坚信，有中国石油集团公司、股份公司和管道局领导的正确指挥，有老一辈石油人的热切关怀，有沿线亿万人民的强烈期盼和地方政府的大力支持，我们管道四公司参战人员将大力弘扬'爱国、创业、求实、奉献'的中国石油企业精神和中国石油特别能吃苦特别能战斗的作风，弘扬'创新思维、实现超越、争雄国内、走向世界'的新时期管道精神，一定以高度的责任感和使命感，科学组织，精心施工，安全、优质、快速、高效地完成红花套长江盾构穿越施工任务！"

四

孟子曰：天将降大任于斯人也，必先劳其筋骨，苦其心志……

开始，盾构机操作人员对这熟悉而且庞大的"家伙"有些胆怯。在高建国的鼓励下，操作人员增强了自信心，克服了新设备、新人员、新工艺等不利因素，从容面对全英文的操作界面、复杂的操作流程、众多的监控参数和高难度的操作技术。

开始掘进的时候，正值盛夏，南方天气闷热，隧道内温度更高，平均都在摄氏三十七八度以上，盾构操作区达到了40度以上，别说是干活，就是在里面停留一会儿都会大汗淋漓。2.4米直径的空间，除去设备，两个人对走都要侧身，有的操作空间，人胖点都进不去。这种情况很容易造成呼吸困难，严重的会导致突然休克。主管技术的项目副经理陈绍友和同事们凭着坚强的意志坚持工作。每隔两个小时，他们轮流到井口呼吸一次新鲜空气，然后又转身回去继续工作。12个小时工作下来，一脸的汗水，一身的泥浆。为了保证第二天能正常工作，他们就靠喝大量的水来保持身体内的水分，防止因缺水而导致虚脱。

在掘进施工期间，职工们12个小时的正常工作时间早被突破，一般都工作十三四个小时，有时甚至十五六个小时。很快，100米的"试掘进"通过了，新技术也逐渐被他们掌握了。隧道日进尺从每班一米两米到七八米；环片拼装时间从每拼一环两个多小时到一个多小时，再到半小时；管道接续从三个小时到两个小时，再到一个小时。

经过六个月的鏖战，到11月份，隧道掘进800米了。

2003年11月10日，对于盾构工地的人们来说，是一个难忘的日子。那天，盾构进到838米时，遇到了掘进面卵石层，刀盘被卵石卡住，作业面坍塌了。当时，盾构机位于河心，江水位较高，作业面水深超过30米，这时又遇到了堪孔和涵水贯通，压缩空气泄漏严重，作业面无法建立足够的气压平衡条件，滚滚的江水以巨大的压力涌入作业面，高峰时期涌水量一度超过每秒350立方米，人员无法进入气压舱作业，盾构无法继续推进。

高建国立即组织技术人员会同国外专家研究方案。他们首先采取向导盘前方压注黏稠泥浆的方法，尝试填充地层孔隙，封堵气体泄漏，以建起足够的气压环境确保人员安全进入。但随后大量注浆的结果表明，普通泥浆不能完全地封闭地层孔隙。他们又尝试在泥浆中加入大量的锯末、棉粒壳等堵漏材料重新进行注浆，但改善不明显，依然无法有效封堵江水涌入。由于钻探定位偏移且探孔未封孔，造成江水倒灌，在掘进至探孔处时，探孔坍塌，卵石卡住了掘进的刀盘，隆隆的机器声戛然而止。

谁都没有想到，盾构机这一停就是38天。

五

不堪回首的38天，对工程施工人员和高建国来说是个巨大的考验。

在处理这个难题时，遇到的第一个棘手的问题就是带压作业。所谓带压作业，就是操作人员要进入盾构机高压舱内三个大气压中工作，身体极易疲劳，稍有不慎就会对人身体造成较大伤害。如果高气压作业时气压忽然变化，压缩空气和泥浆的封堵失败，地下水就会涌入刀盘内，地层也会再次坍塌，不仅对高压作业人员的生命造成威胁，而且江水还有可能淹没整条隧道，后果不堪设想。高压进舱，不亚于去鬼门关走一趟。面对这前所未有的技术难题和不可预知的种种风险，大家有着不同的意见。高频率带压作业，能行吗？有人提出了疑问。可又没有别的办法，不进舱，弄不清楚刀盘里边的情况，刀盘就转不起来，盾构机成了一堆废铁，4 000多万的设备也只能埋在地下了；更为严重的是，隧道打不通，“卡脖子”工程就真的卡了脖子。怎么办？进不进？高建国给大家打气：“进！无论如何，大家都要坚持做下去，坚持就是胜利！出了问题我负全责！”为了使这项工作万无一失，高建国带领项目部制定了详细周密的作业方案、风险预防应急方案、急救方案。

11月15日，也就是盾构机停下来的第五天早晨，刘斌、刘广仁和一名助手进舱检查，发现原来是探孔打到隧道轴线上，使刀盘和江水相通，卵石层坍塌，刀盘被死死地卡住了。

“不管采取什么措施，都得先把卵石清理完。”这一点，刘斌、刘广仁不谋而合。这真是一项让人头疼的活儿，通过直径仅为半米的入孔钻进空间十分狭窄的刀盘，直不起腰来，必须哈着腰，站在泥水中，用双手一点一点地抠出卡住刀盘的大小卵石并清除泥浆。干了半个小时，刘斌就感到特别累，刘广仁和助手也蔫了。几个小时下来，泥水加汗水把小伙子们变成了疲倦的“泥人”。医生说人在高压下的工作能力只有常压的四分之一，这下他们信了。刀盘里的空间更小，人进去根本直不起腰。他们一个清理，一个往外运，还有一个人一直盯着地层和压力的变化，以备出现意外时协助其他两个人逃生。潮湿闷热的环境，再加上气体补偿时所产生的噪声，压得他们喘不过气来。但他们顾不上这些了，大大小小几立方的卵石，只能用手一块块往出抠，一点点往出送。刘斌的手指划破了，刘广仁的胳膊和腿碰伤了，泥浆把他们的手腐蚀得又红又肿，他们全然没有理会，只是一门心思抓紧清理。

三个小时高强度的作业后，为排出因为高压而溶解在体内的氮气，还得进行四个多小时的减压。几个人挤在不到1.5平方米的空间内，忍受着“漫长”的减压过程。减压时要经常活动身体，让各个部位的氮气都排出去，千万不能睡觉，不然就会得减压病。可是精神一放松下来，人就困得不得了，上下眼皮直打架。舱外值班人员通过巴掌大小的观察孔盯着他们，一次次打电话进来，看谁迷糊就叫谁。

11月19日晚上，第一次清理工作完成了。按照施工方案，他们使用泥水加压平衡模式。可是起动刀盘掘进了不到20公分，刀盘再一次卡住了。

11月20日到25日，刘斌、刘广仁又进行了第二次清舱。

25日早晨，就在刘斌盯着舱内时，忽然“啪”的一声，他感到腿部剧烈地疼了一下，接下来就是刺耳的气流声，顷刻，泥浆喷得到处都是。他赶紧抬头看高压舱的观察孔，里边全是水蒸气，什么都看不清。糟糕，一定是哪里发生了泄漏，里边还有两个人呢！小伙子当时第一反应就是使劲用肩去推高压舱的门，可是由于有气压，门根本推不开。别无他法，他立即启动应急方案。

在那80秒的时间内，刘斌的心紧张到了极点，当压力降到常压后，他以最快的速度冲进舱内检查。庆幸的是，舱内的刘广仁和助手都是严格按应急方案来做的，通往刀盘的舱门已关闭，他们已进入紧急加压舱。他俩呆呆地坐着，脸上煞白，没有一点表情……

第二天早晨，刘斌、刘广仁第三次进舱清理……

12月8日，他们第四次起动刀盘，20分钟，15公分，又失败了！

到这个时候，时间已经过去29天了，盾构机总共走了还不到1米。高建国每天都到监控室坐镇指挥，通过显示屏看井下的情况。一大群人把小小的监控室挤得满满的，他坐在最前面，身后有管理人员、操作人员、司机，就连食堂的大师傅都伸长了脖子，一齐盯着监控器，生怕漏掉一个细节。一发现问题，他马上召集技术人员研究、制定解决措施。

参建的职工后来回忆，那些日子里，他们感觉天总是阴的，心总是沉的……而他们的高建国经理却跟没事似的，谈笑风生，镇定自若，真是一位处变不惊的大丈夫。

在那段日子里，高频率的进舱出舱使大家的身体和心理承受能力都到了极限。长江设计院的一位权威人士摇头说：“这样复杂的地质条件，你们要是能打通隧道，那可真是个奇迹。”

12月9日，技术人员询问公司从德国海瑞克公司请来的盾构专家Keith怎么办，一向温和的Keith无可奈何地直摇头，语气也变了：“我主要是技术指导，方案还得你们拿。”在场的人当时都愣住了：连老外都没招了。

高建国大声说：“老外不管了，我们该怎么办？”“三峡工程离我们很近吧，这是中国人干的吧？三峡工程没有困难吗？停下来了吗？”“老外没办法，不等于我们没有办法，不等于中国没有专家！”他“噌”一下站起来，目光如炬，声如洪钟：“同志们，还要靠我们自己！”

12月11日，高建国、宋华奇、王平国、李胜新、张平、陈绍友、靳红星、刘文乐、解立功等等，大家你一言，我一语，工地会议室的灯整整亮了一夜。经过反复研究，方案越来越细。他们在工地实验室研配特殊胶体材料，经过近50种配比方案比较，最终采用特殊的泥浆水泥水玻璃胶体材料通过刀盘注浆，改良作业面地质，封堵探孔，抑制作业面坍塌。他们通过改良泥浆配比，增加泥浆流量，提高泥浆黏度切力，溯源控制作业面泥水压力，精确建立泥水平衡操作模式。

在紧张的工作中，工地上一名年轻职工在日记中写下了这样的诗句：

我们将高举凯旋的圣火
照亮这历经几代人的沧桑
我们用顽强的搏击
奏响忠武管线上最强的乐章
我们相信
胜利的捷报
将从这里飞扬
激昂的凯歌
将在这里唱响
艰难险阻何所惧
英雄长啸豪气壮
敢在江底舞油龙
万里长江第一盾
明朝出土筑辉煌
震江撼河建奇功
永彪青史在宜昌

12月14日，是第35天了。他们第五次起动了刀盘，刀盘还是卡住了，但清舱人员的话却让所有在场的职工兴奋不已——这次坍塌的卵石量，只有以前的一半。这说明方案是有效果的。

虽然前方还在坍塌，但是他们越来越有信心走出这片“卵石坍塌区”！

12月17日，盾构机停下来的第38天，他们第六次起动了刀盘，5毫米，10毫米，100 毫米……终于，一环掘完了，没有坍塌！又一环，没有坍塌！参数逐渐恢复正常，坍塌地段成功地穿过去了！消息传来，工地上爆发出阵阵欢呼声。是啊，这是多么值得欢呼的事情！他们激动，因为 38 天的沉默，让他们已经压抑得太久；他们骄傲，因为他们有能力、有实力解决技术难题！

六

在必胜的信念和坚强的意志支撑下，高建国带领他的队伍熬过 38 天，从绝境中走出来，并为后期施工积累了宝贵的经验，使后来又出现的三次探孔坍塌事件以及国内尚没有大江大河高水压条件下卵石穿越先例、无经验可借鉴的卵石层的掘进，均得以顺利通过。他们先后组织 315 人次进入高压舱进行刀具检查和换刀作业，人员的健康与安全没有出现任何问题。

最后一个难题就是如何才能保证盾构机精确出洞。为了减少测量误差，高建国和宋华奇带领高颖涛等技术人员从测量方法、仪器到控制网布设做了大量的工作。除按照自己的测量方案实施精确测量外，还在施工中聘请有经验的三峡地质测量大队、中铁隧道局隧道测量院进行复核测量，进行测量成果比较。通过测量成果比较分析，他们的测量方法与测量成果精度高、数据处理准确，掘进正负误差始终控制在允许范围内。通过对各个施工环节的控制和各项技术方案、措施的实施，工程的各项指标均控制在标准规定的范围内，保证了隧道的整体质量，2004 年 3 月 22 日破土点贯通时误差仅为 21 毫米（设计允许误差为 ±100 毫米）。

“中国石油第一盾”最终以解决施工难题 126 项、技术改造 8 项、填补国内管道施工领域空白 5 项、创造全国企业新纪录 2 项的优异成绩宣告全面贯通，标志着管道建设通过大江大河又增加了一种新的施工技术和方法，填补了我国石油系统穿越工程史上环片制造、竖井施工、盾构施工等三个重要领域的空白，是中国石油天然气管道局“创造新优势、创造新商机、创造新活力”经营理念的具体实现。同时，红花套长江隧道的胜利贯通为忠武输气管线的全线贯通和按时供气奠定了坚实基础！

笑回首，成绩斐然。望未来，壮志豪情。困难险阻只是前进道路上小小的点缀和插曲。对高建国来说，实施盾构穿越其意义不仅是首次成功后的喜悦和自豪，更重要的是为管道施工探索出了一条新路子，开拓出了一个新市场。

江河穿越，非常人所能为。“中国石油第一盾”已经证明了这一点。正因为如此，我们才把这些“手牵巨龙过江河”的将士们比喻成古代的神仙“土行孙”。让我们共同期待，高建国和他率领的中国管道“特种兵”有更多的好消息传来。

（选自2005年第12期《报告文学》，有删节，
作者：黄海民、杨德勇、解文超）

跨越梦想

——中国石油长庆西峰油田勘探开发大纪实

2004年5月20日，中国石油长庆油田公司对外公布：经过两年多的系统勘探，已在中国北方的鄂尔多斯盆地西南部发现了储量规模超过4亿吨级的大油田——西峰油田。世界石油界因之震动。西峰油田，成为中国石油近十年来找到的第一个如此规模的大油田，堪称中国石油勘探开发史上的大手笔，更为中国石油勘探史上近十年之最。

引子

中国经济正处在一个调整增长期，对能源的需求自然是水涨船高。在所有的能源当中，石油尤其能为中国正在快速前进的经济车轮加足马力。当世界石油供应日趋紧张，当中国为石油进口支出大笔外汇，石油安全、石油储备这样的话题自然被许多政界和经济界人士长时间热烈地谈论。

一句话——世界需要石油，中国更需要石油。

2004年5月27日，位居世界四大通讯社之一的新华社以通稿形式向全世界报道了位于中国西部陇东高原上新诞生的西峰油田。世界石油界因之震动。这个超4亿吨级储量油田的发现，成为中国石油近十年来找到的第一个如此规模的大油田，堪称中国石油勘探开发史上之大手笔，更为中国石油勘探史上近十年之最。紧接着，中新社、路透社等也都对西峰油田的勘探开发进行了连续的跟踪报道。国内外数以百计的报纸和网站更是在显眼的位置报道了西峰油田的最新勘探和开发成果。

一时间，位于鄂尔多斯盆地西南部、陇东黄土高原腹地、由中国石油长庆油田公司第二采油厂开发管理的西峰油田，在国内外家喻户晓。特别是在国内外石油、石化等能源行业，更是引起了轰动。

西峰油田像一位长在深闺人未识的处子，突然有一天，当她撩开面上的轻纱，走出深闺，出现在人们面前的时候，每个人的眼睛都禁不住豁然一亮。

哦——

西峰油田，注定要让中国和世界为之惊叹。

西峰——日渐清晰的身影

在采油二厂地质研究所的大厅里，一张椭圆形的大案周围，主管地质开发的副厂长宋广寿和十多个技术人员在彻夜地忙碌着。一张又一张西峰地区地质构造图，在他们手里被一次又一次精细地描述出来。

在另一座四层大楼里，几乎同样的一间技术研究大厅，几乎同样的大案子四周，采油二厂副总地质师杜寻社和另一批技术人员正在精心地描绘着西峰塬上的油藏区块。

陇东油区的未来，从这里开始了。

……

随着侏罗系勘探程度的日益提高，三叠系作为陇东油区发展的重要战略资源基础，在21世纪初，再次受到长庆油田公司高层决策者的关注。2000年，长庆油田公司按照宏观找油理论和“三个重新认识”的指导思想，按照“三步走”战略目标，对西峰油田所在的董志塬进行了第三次勘探。

随着勘探的逐步深入，对于陇东地区的沉积体系、类型的认识，也渐渐清晰起来，对于西峰油藏区块的认识和评价，也更加明朗化、具体化了。一个新油田的轮廓已经在长庆石油人的脑海里初步形成了。2001年完钻的“西十七井”，在对西峰地区油藏的认识上，又有了新的提高，实现了30年来陇东油田勘探的又一次质的飞跃。该井试采三个月后，日产原油量牢牢稳定在了5吨以上，成为西峰油田勘探成功的重要标志。地质认识的进步，科技水平的提高，催生了西峰油田这朵硕大的石

2004年6月18日，在甘肃省庆阳市西峰油田，几台抽油机在运转抽油。
（梁强/摄，图片来源：新华社）

油花。

石油的勘探开发，其理论及工艺极其复杂，简单而通俗地说，就是：根据地质理论——海相成油说及陆相湖泊成油说等，判断某地区可能有油，然后进行勘探。这些地区往往面积很大，有的数百平方公里，有的数千平方公里，有的数万平方公里，有的甚至数十万平方公里。比如长庆油田公司负责的鄂尔多斯盆地，就有37万平方公里。那么如何确定勘探区块并进而确定井位呢？首先是物探——用地震成像原理，对地下数千米的地层进行描述，筛选出勘探区块。

国际上关于物探的理论，岩石有之，沙漠戈壁有之，平原亦有之，唯独黄土塬没有。长庆人恰恰在黄土塬地震理论及实践上取得了突破，获得了领先世界的先进技术。区块井位确定之后，就开始钻探；钻探达到设计的地层，发现含油构造（一般人以为石油呈液体状，在地下是可以流动的，其实不然，石油实际上是渗透在地下岩层里面的）；接下来，便是修井、固井；然后，通过先进的设备，将数千米以下的含油岩层压裂，将胶水状的含沙化学物质通过高压挤进岩层；再然后，在强大的压力下，石油才能流出来。

这口井经过测试、试采，如果获得了工业油流——除去投入的成本，尚有利润，当然利润越大越好——这就是企业常说的利益最大化——这口井便成了这一区块甚至是这一油田的发现井。正因为如此，发现井的意义才显得特别重大，它往往决定一个区块、一个油田的兴衰命运。比如“庆一井”，它不仅为陇东油田、采油二厂奠定了基础，同时也为长庆、为整个鄂尔多斯的油气勘探与开发翻开了崭新的一页。

有鉴于此，我们就更加理解长庆油田公司的老总胡文瑞为什么寝食不安，夜不成寐，搜肠刮肚，字斟句酌地为“庆一井”写“铭”并立碑纪念了。

同理，我们也就理解了“西十七井”对西峰油田的重大意义，也就理解了长庆人为什么一谈“西十七井”就两眼放光、兴奋之情溢于言表了。

我们在采访采油二厂副厂长裴润有时，他说：“‘西十七井’勘探获得重大突破之后，便是大规模的勘探。经过一段时间，比如一年的大规模勘探，将勘探的面积加以科学的计算，就获得了探明储量。与此同时，还要长距离、大面积地甩开勘探。如果同样获得了含油构造，加以推算，得到的便是控制储量；根据已掌握的地质资料及地震资料，筛选出同等的尚未勘探的预测含油区块，加以推算，便是预测储量。”

至此，4亿多吨储量的西峰油田的由来，就清清楚楚，一目了然了。

西峰油田的发现，是思想认识突破和找油理论成熟的结晶，更是科技攻关与生产实践成功结合的结果。

虽然陇东是勘探大型油田的有利地区之一，但大油田不会自己亮相，要经过艰苦求索，才能撩开其神秘的面纱。

据采油二厂常务副厂长陈述治介绍，西峰探区主要为黄土塬地貌，地震勘探难度大，勘探程度低，地下地质条件复杂，面临着诸多技术难题，必须针对实际开展综合地质研究及工艺技术攻关试验，评价有利钻探目标，选准勘探突破口。

西峰油田的发现到底有哪些亮点和创新点呢？

石油地质研究、工艺技术攻关及勘探生产相结合的综合技术工程，无疑是取胜的法宝。以陆相生油理论为指导，应用盆地模拟技术，得出盆地高强度生烃、大面积运聚的结论，进而预测出陇东的石油资源量。通过开展沉积物源、沉积体系和沉积演化等方面的综合研究，明确了西峰地区具备形成大型岩性圈闭条件的层系是勘探最有利目标。利用高分辨率层序地层学原理，首次系统地开展了盆地陆相层序地层学研究，建立了陇东主力油层的砂体等地层框架。系统分析了陇东主力油层在低渗背景下相对高渗区形成的原因，并对其发育机理进行了系统分析，对于寻找西峰油田相对高产的富集区带起到了关键作用。在分析陇东探区油源、储存、圈闭及石油运聚条件的基础上，借助先进的计算机技术完成油藏综合描述。开展了黄土塬高分辨率地震勘探技术攻关，提供井位近百口，砂体预测符合率在八成以上。形成了适应西峰探区地质特点的测井精细解释与油层综合判别技术，使油层解释符合率达到88%以上。探索出一套适应于特低渗油层的有效压裂工艺技术，使渗透率在0.5毫达西左右的含油储层均能获得工业油流，从而具备了工业开采价值。

科学技术是第一生产力。西峰油田的发现得益于科技进步，从而高速度、高效率地将其发现和探明，并取得勘探效益全国领先、勘探成功率名列全国前茅的斐然佳绩。

我一直想知道，“西十七井”获得试油日产34.68吨高产工业油流的那天晚上，长庆油田公司的老总胡文瑞是怎么度过的？负责西峰油田勘探开发的采油二厂领导层一班人是怎样的心情？而那些三上董志塬的石油勘探者们，又是怎样一番心境？

他们是不是不约而同地举起了胜利的酒杯，在一片欢呼声中憧憬着长庆油田更加美好的未来？西峰油田，数亿吨级，多大的一个金娃娃哟。它像一个梦一样，那样远，又那样近。长庆石油人想了多少年，盼了多少年，这一天，它终于诞生了，让你伸手可触，甚至能够闻到它的气息。

这是一个注定要悲喜交加的夜晚，这是一个注定要对酒当歌的夜晚！

只是我无法想象，那些庆祝胜利的酒杯中，有多少是庆功的酒液，有多少是幸福的眼泪！

其实那时候，西峰油田数亿吨级大油田的蓝图已经在长庆石油人的脑海里清晰地描绘出来了。但长庆人想把它描绘得更加清晰一些，更加准确一些。

高投入的石油工业，容不得一星半点的马虎。

科学更来不得一星半点的马虎。

直到 2002 年 9 月，长庆油田公司才十分谨慎又成竹在胸地宣布了甘肃陇东发现亿吨级西峰油田的消息。而那时候，长庆人在西峰油田更大规模的石油勘探和建产工作早就开始了。

与“西十七井”同时完钻的另外 7 口探井中，当年就有 6 口试油获得了高产工业油流，平均试油产量达到 15 吨以上。

2002 年，长庆油田公司进一步加大了对西峰油田的勘探力度，在北自庆城南、南到宁县、西起驿马、东抵合水固城川数千平方公里范围内展开勘探。随着勘探的逐步深入，勘探成果也在不断扩大。两年中，共完钻探井 32 口，试油 27 口，其中获得工业油流的 23 口，圈定了 4 500 平方公里的含油面积。

勘探连连获得突破的同时，从 2002 年开始，采油二厂对西峰油田的 19 口探井进行了前期试采和超前注水，取得了准确的开发数据。同年，又安排了 6 口开发评价井，54 口开发井，建设原油生产能力 11 万吨。评价井经过试油，平均获得了 42.9 吨的日产纯油。开发井 35 口中，有 9 口井试油平均日产纯油量达到 35.07 吨。到那年 11 月初，西峰油田共投产了 54 口油井，每口井平均日产原油 6.5 吨。这些工作措施的应用，使西峰油田的勘探和开发从一开始就处于认识和技术的高起点——勘探大胆甩开，评价一步到位，勘探开发一体化，获得了大量客观而又符合油藏实际的数据资料。

至此，西峰油田已经被长庆石油人描绘得更清楚了。

早在 2002 年，胡文瑞就曾满怀信心地表示：通过 5 年到 10 年的努力，长庆所在的鄂尔多斯盆地将成为许多地质权威专家提出的继松辽盆地、渤海湾盆地之后的我国第三大油气富集区，形成中国陆上又一个能源中心。那时的长庆油田会是个什么样子？胡文瑞用诗一般的语言描绘道：“数千油井，朵朵争艳吐蕊；百里油田，滴滴润泽九州。如昆仑之玉，隋和之宝，明月之珠，太阿之剑，镶嵌于黄土高原、延河之滨。鄂尔多斯，油气前景，如同日月，江河长流。”

如今，西峰油田的横空出世就是强有力的证明。而这一切，仅仅用了不到四年时间。

2003年的那个雨季，比以往来得更猛一些

对于当时刚刚担任长庆油田公司采油二厂厂长还不到两个月的高静乐来说，2003年秋天那个比以往时候来得更早、更猛、更大的雨季，对他是一个名副其实的“严峻的考验”。

那时候，西峰油田150万吨的建产任务正在热火朝天地进行，30多部钻机、30多家施工单位、5 000人马、数百台各型车辆在董志塬上掀起一浪高似一浪的石油会战大潮。这样热烈的建设场面，仅仅用如火如荼来形容显然是不够的。然而，令人始料不及的是：陇东高原上的雨季，悄悄地提前来临了。

在采访中，所有被采访者，无论是员工还是中层领导干部，无一不对2003年的雨季抗涝记忆犹新。

进入8月下旬，一向少雨的陇东地区阴雨连绵，小雨、中雨、大雨，一场接着一场。据日后当地气象部门的统计，2003年，陇东地区自8月25日至10月11日，共降雨45天。由此形成了陇东地区近30年来最为严重的雨涝灾害。对于农村和农业而言，当时的夏粮已经全部入库，秋粮等待的正是丰沛的雨水，对于一向干旱少雨的陇东黄土高原来说，雨水多一些，似乎对农业生产没有什么太大的影响。而对于陇东油区，尤其是正处在建产高峰中的西峰油田来说，雨涝天气带来的损失，却是无法估量的。

现代石油工业的发展史上几乎只写着这样一句话：时间就是效益，产量就是生命。刚刚在陇东油区跑了一圈的高静乐，面对滂沱大雨，迅速做出决断，在紧急召开的生产大会上，他郑重地宣布：“抗涝工作是目前的‘一把手工作’，各单位的一把手必须亲自安排，亲自组织，亲自落实。所有采油作业区主要领导，必须全天候坚守在抗涝第一线，亲自组织油区道路、输油管线、电力线路的恢复，及时抢扶‘躺井’。”

时至今日，二厂的干部职工仍清晰地记得那铿锵有力掷地有声的话：“雨把地球

下透，完成任务不打折扣！”

是啊，不这样做怎么行啊？整个油区，到处是被雨水冲毁或者泡软的道路，一些地方甚至出现塌方，一些井场由于雨水长时间浸泡，造成许多“躺井”。西峰油田面临的情况更加严峻：物资无法运进施工现场，投产油井生产的原油无法正常运出，而大批的地面工程建设更是处处受阻。

这场雨仿佛真的是想考验陇东石油人一把：你们不是特别能吃苦吗？你们不是特别能战斗吗？你们不是正在信心百倍地要建设中国西部的大油田吗？那么，你们就踩着泥泞上吧。否则你们就等着，等待云开雾散的那一天……

上个世纪70年代，山大沟深的陇东黄土高原，交通不便，当地老百姓生活本就贫困，一下子涌来五万多人的石油勘探大军，吃的住的自然都成了问题。会战职工没有退缩，他们发扬大庆精神，自力更生，就地取材，因陋就简挖土窑洞，盖起了干打垒，解决人员住宿、办公和库房、厂房问题。为了抢时间，钻井队职工人抬肩扛把钻机往井位上搬。筑路队伍更是逢山开路，遇水架桥，日夜不停地抢修井场的简易公路。一些职工为了早日赶到会战一线，硬是用架子车拉着器材，排着长队步行三四百公里……

第一代陇东石油人是这样走过来的。他们在那样的环境中没有后退一步。新一代的陇东石油人呢？新一代的采二人呢？你们将如何选择？

2003年秋天的这条陇东石油之路，注定是没有第二种选择的。不光是刚刚上任的采油二厂厂长高静乐没有选择，所有陇东油田的开发建设者们，都没有选择。

一场雨涝想让陇东石油人退缩——没有可能。

“当时，为了垫路，陇东地方上砖厂的砖全都让我们石油上拉完了，还不够呀，水泥预制厂的预制板也被我们石油上拉完了。为了产能建设，为了原油上产，为了早日拿下西峰大油田，我们不得不这么做呀。”

在采访中，当时任西峰油田产能建设项目组经理的采油二厂副厂长裴润有如是说。

“当时一些路面上汇集的淤泥把大卡车都差不多埋掉了，垫上砖铺上预制板根本不顶个啥事。咋办？没有机器排水排泥浆，我们就用盆子舀，水桶提。人手不够，后勤上的、职工家属、离退休职工，还有学生娃娃，能干动活儿的全都上来了。大家一个个都糊得跟个泥猴儿似的。连当地的老乡都惊奇地说我们这些人真是疯子。

有的老乡看不过眼了，还抱来自家的玉米秆为我们陷下去的车辆垫路……”

2004 年 6 月 18 日，在甘肃省庆阳市西峰油田，长庆钻井总公司钻井队正在作业。（梁强／摄，图片来源：新华社）

“新投产的油井产出的原油，因为管线还没有架通，油罐车进不去，油运不出来。我们就临时发明了‘装载机运油车’，就是在装载机的前抓斗上装一个临时焊上的大铁罐，装上油后再由装载机从井场上慢慢端出来，然后转到油罐车上运走。嗨，那都是没办法的办法。”西峰油田采油二区经理朱君虎说起那段难忘的抗涝经历时仍然记忆犹新。

“我们地面建设那会儿面临的问题最大，作业场地的黄泥水一尺多深呀，当时连庆阳的雨靴都被我们买脱销了。一双新雨靴，穿不了一个星期就掉底了。也不是说人家的东西质量不行，实在是那泥浆太稠了，太黏了，一脚下去，没力气你就拔不出来呀，什么样的鞋能经得住这样的折腾呀。一些材料运不进来，啥机器都用不上。我们就去租附近老乡家的毛驴驮。建设这个大油田，庆阳的毛驴也有一寸功哩。”

在我们采访过程中，谈起那场少见的雨涝，很多人都会绘声绘色地给我们讲出许多故事来。但我能从他们讲述那一个个细节时的表情中体会到：经过那场雨涝的洗礼，他们更加自信了。

采油二厂党委书记朱国君谈到 2003 年秋季西峰油田抗涝时感慨万千。他说：“整整53天，我们的干部员工在那样艰难的环境中没有睡过一个好觉，没有回过一次家。为了确保钻机、试油机组搬迁，为了抢时间投产新井，为了及时把生产的原油拉运出来，连续奋战在生产一线，最终战胜困难，加快了油田建设进度，保证了当年全厂业绩目标的实现。在西峰油田的建设过程中，集中体现了采二人开发大油田的责任心和使命感，这种精神就是爱国、创业、求实、奉献精神的具体实践。”

一场雨涝，对于一般的人来说，或许是一次灾难；对于从那场雨涝中一步一步走过的采油二厂人来说，已经成了一笔精神财富，这笔财富，很可能是可以享用终身的，对于具有攻坚啃硬精神和光荣传统的采油二厂来说，意义更是非同一般。面对严重的自然灾害，采油二厂超常规组织生产，超强度抗洪战涝，把雨涝对产能建设造成的损失降到了最低。

采二人在抗击洪涝最关键的时刻，长庆油田公司副总经理周宗强代表公司王道富总经理，深入到西峰产能建设主战场慰问，被采油二厂干部员工战天斗地抗涝上产的精神感动了。他说:“二厂的员工能在这样的恶劣环境里连续作战，夺得了抗涝上产的胜利，还有什么困难不能克服呢！”

漫长的53天过去了，漫长的雨季过去了，当雨霁云开之时，在陇东高原上奋战了近两个月的采二人终于长长地舒了一口气：原油产量稳中有升，地面建设按计划全面推进，产能建设任务圆满完成。

这里面还有许许多多感人的场面和故事，我们不妨略加剪辑，列出一二，以飨读者。毕竟，这样的场面和镜头，在今天，除了在一些影视作品中，真的已经不多见了。

镜头一　背油的“石油人”

2003年9月中旬，西峰油田由于油区道路积水严重，路面淤泥深度达到1.5米，短时间内无法恢复畅通。厂部及时组织白马作业区、维修抢险大队等单位的装载机拖着油罐车拉油。但由于临时借用的乡村便道经长时间雨浸车轧，淤泥坑愈挤愈深，路上往往出现这样的情形：一辆油罐车陷进淤泥里，两台大马力的装载机都无法将其拖出来。而井场上的生产仍然在继续，储油罐眼看着就要溢出原油了，情急之下，工人们把原油装进袋子里，一袋一袋往出背。

满是淤泥的乡村便道上，出现了一队冒雨背油的真正的“石油人”。

镜头二 “车链”

西峰塬上地势平坦，积水无法外排，一些路段经过大型车辆数次碾轧，再次经过，装载车身都深陷在淤泥里。一些紧张的钻井和地面建设场地上，用料送不到井场，钻井、压裂队伍无法搬家。这时候，大型装载机上来支援了，一辆辆装载机加大油门，呼呼呼地拖着施工车辆慢慢向前行驶。一时间，油区道路上出现了一个又一个“车链”，有时候长达数百米，场面十分壮观。

镜头三 工地上的“彩虹”

在西峰到马岭全长 56 公里的输油管线建设工地上，由于管线防腐这道工序只能在无雨的条件下进行，否则防腐效果将受到影响，然而，工期在即，雨一时半刻又没有停下来的意思。在这种十分紧迫的情况下，施工队伍想出办法：用遮雨布在工地上搭起了长长的防雨棚，干完一段，前挪一段……远远看去，长长的雨棚竟然与那落地的彩虹十分相似。工人们都叫它工地上的“彩虹”。

镜头四 抢投新井

大雨滂沱的 10 月 15 日上午，岭南作业区接到厂部生产指挥中心的“镇 52 井”和“镇 36 井”的投产命令。作业区生产副经理立即带领生产组及“南 206”井区工作人员迅速奔赴井场，整理场地，疏通道路。下午 3 点，大吊车和拉动抽油机、油管杆的大卡车顺利到达“镇 52 井”。安装抽油机、制作油罐架、连接流程等各项工作进行得有条不紊。

天色在人们的劳动中不知不觉地暗了下来，不知什么时候，井场上的照明灯已经悄悄代替了天光。劳动者的黑夜和白天是没有什么区别的，因为专注和认真已经使他们忘却了一切。整整 24 小时的劳作过去了，当东方的天空挤出一丝淡淡的银白色的时候，“镇 52 井”也在一阵机器轰鸣声中顺利地投产了。黑色的原油带着欢声笑语，注入油罐。

镜头五　险情就是命令

8月29日上午11时许，环县曲子镇家寨村“木一曲”输油管线环江河跨越处，发生管线支架塌陷拉弯输油管线险情。

险情就是命令。岭北作业区迅速组织队伍赶赴事发现场抢险。数百斤重的氧焊设备和抢险材料，硬是靠人背人扛，从近五公里之外运了上来。很快，一位身手敏捷的小伙子身绑索带，带着气焊爬上油管支架，用最快的速度割断了输油管上的支架横杆，使整个管线脱离危险。担负日输油660立方米任务的“木一曲”管线恢复输油。

整个抢险过程中，雨一直没有停止过。

……

这些镜头，不是留在照片上的，而是深深地印在采二人记忆里的。毫无疑问，它们作为新时代采二人爱岗敬业精神的一部分，将永远地流传下去。

同样地，在抗洪上产、在油田开发的困难时期，也塑造了一批可歌可泣的新时期石油工人形象。在采访中，我们听到了无数个这样舍小家顾大家、为油田发展默默奉献的小故事——

明月遥寄思乡情

高峰是采油二厂驻西峰油田产建协调组的成员，老家在庆阳市彭原乡芦子渠村。当时油田产能建设任务重，他进驻驿马镇后，就再也没有顾上回家。家中是已经年迈的父母，虽然只隔不远的距离，高峰却连回家帮父母干一点农活、做两顿热乎饭、听老人唠叨两句这样的孝心也没有尽到。

连绵大雨中，农历八月十五中秋月圆的时刻临近了。熟悉他的同事们提醒他，离家那么近，应该抽时间回去看一看，再不济也应该在家过上个团圆节。高峰心里也开始这样想了。9月11日——也就是中秋节这一天，阴雨绵绵的老天终于放晴了，高峰高兴地拎着早已准备好的月饼，搭上了前往老家方向的装载机。

长时间经过雨水浸泡的路面经过装载机一轧，大半个轮子都没有了。尽管装载机加大油门怒吼着左冲右突，可泥泞的路面却像磁铁一样牢牢地将装载机的轮子吸在了泥浆里。折腾了两个多小时后，看上去高大威武的装载机不得不掉头返回。

回到驻地的高峰，只能望着一轮明月寄托自己的思乡之情了。

老石油的心愿

采访中，53岁的老石油张富臣对我们说："能赶上陇东油区建设百万吨产能的大油田，是我从事大半辈子石油工作的光荣和梦想。"2003年秋天的漫长雨季中，为了监督单井管线的施工质量，给井区留下齐全的管线走向资料，老张不顾自己身患高血压等疾病，随身带着药品，坚持天天守在现场。

刚开始，老张搭运输管线的车辆前往施工现场。由于路途过于坎坷，他曾几次在颠簸中昏迷过去。后来司机就不拉他了，他也不敢再坐了。老张只好每天早早上路，步行去施工现场。泥泞中，老张上坡下坡，每次到了工地，人都被泥水糊得不成个样子，连施工人员见了，都觉得他太认真了："都快退休的人了，工作嘛，差不多就行啦，这么卖命干啥。"

老张听了，却振振有词地说："正因为我是快退休的人了，所以我才要抓紧时间多干上些工作，为我的这辈子、我的石油人生，画上一个圆满的句号。"

押车人房岩

房岩是白马作业区"西二井"的押油员，在油区持续降雨给原油拉运带来重重困难的那段日子里，人们常常看到这个皮肤黝黑、个头不高的小伙子挥着铁锨在修整泥泞的运油道路。

一次，他押着从一单井拉油点装满原油的运油车返回时，因为车重、坡陡、路滑，拉油车不慎翻倒在沟边，房岩身上多处受伤。为了防止有人哄抢原油，他毅然坚守在运油车旁，一守就是七个昼夜。饿了，他啃几口从附近农户家买来的馍馍；渴了，喝几口凉水；困了，就靠着车轮打上个小盹；下雨了，就在旁边的树下躲一躲……

就这样，他一直坚持到吊车和救援人员赶过来。

大学生说“值”

有一名刚刚分配来油田工作的大学生，叫宁忠红。在“董8150井”井组修井监督过程中，他一人连续在井场上坚守了五个昼夜。因为疲劳过度，他病倒了。“西2615井”投产时，他又坚持赶到现场，与其他同志连续工作两昼夜，直到新井投产。在回去的路上，他突然一阵眩晕，接着呕吐不止，被紧急送往医院，一个星期后，病情才有了好转。

有人不解地问他：“油田上的工作，是不是和你原来想象中的差得太远？”

他摇摇头一字一句地说：“不，只有在这样的环境里才能锻炼人。在这里工作，对于一个刚刚走上社会的年轻人来说，我觉得——值。”

……

在这次石油人与雨涝的搏斗中，采油二厂上下整合一切力量，形成一股合力，迅速组织，以最快的速度恢复建产上产。油区重点道路和输油管网，在损毁当天就得到了及时恢复；对产量上3吨的油井，做到了20小时内恢复生产，产量3吨以下的油井恢复生产没有超过26个小时。到雨季结束时，西峰油田建产井完钻174口、试油126口、投产105口；完成地面工程建设5项，新增日产油能力488吨……这些数字听起来可能有些枯燥，有些乏味，但这些数字背后，却用鲜红的颜色书写着采二人艰辛的付出。

没有汗水和泪水，哪来欢笑呵！

如果有人问：什么样的笑最动人？

我的回答肯定是：劳动者带泪的微笑。

那个秋雨连绵的季节过去之后，当阳光在一个黎明从东方的山梁上升起的时候，高静乐和他的采油二厂一班人一起笑了，所有那个雨季里在陇东油区的泥泞中摸爬滚打了53天的采二人，也都一个个会心地笑了。

这不是人对自然的一次胜利，而是今天的采二人战胜了昨天的自己，超越了昨天的自己。

因此，这样的笑，是会心的，自信的，也是最美的。

这场雨涝过后，有关部门对这次灾情进行了统计：

8 月 24 日至 26 日，庆阳市普降大雨，特别是 25 日至 26 日，出现暴雨天气过程，庆阳市中北部的庆城、合水、镇原、西峰普降大到暴雨，局部地方出现大暴雨；25 日 8 时至 26 日 8 时，环县降雨量 63.5 毫米，华池 73.1 毫米，庆城 184.8 毫米，合水 133.5 毫米，西峰 77.4 毫米，庆城三十里镇达 214 毫米，正宁、镇原、宁县过程雨量也在 70 毫米以上。暴雨致使境内沟道河流暴发洪水，蒲河最大洪峰流量达每秒 1 390 立方米，马莲河庆城段最大洪峰流量达每秒 5 710 立方米，巴家嘴水库水位超过警戒水位 0.8 米，庆城县解放沟水库水位超过校核洪水位 0.29 米，距坝顶 0.8 米。据统计，这次暴雨洪水造成全市 8 个县、114 个乡镇、26.9 万人受灾，因灾死亡 22 人，倒塌房屋 6 523 间（孔），死亡家畜 1 277 头（只），13 万亩农作物成灾，2.1 万亩绝收，巴家嘴、解放沟、王家湾等 5 座水库不同程度受到损坏，损坏水文站 2 座，水毁护岸 16 处、堤防 18.3 公里、人饮水窖 2.4 万眼、塘坝 34 座、水闸 39 座、灌溉设施 165 处、机电井 27 眼、机电泵站 48 座，造成直接经济损失 8 503 万元，其中防洪、灌溉等水利设施损失 2 991 万元。

这里面没有石油方面的损失统计，并不是说陇东地区的原油生产没有受到雨涝灾害的影响，而是石油人用自己的努力，将灾害带来的不利因素减少到了最低点。

这就是陇东石油人，这就是采二人。

高静乐如是说

采访高静乐可谓一波三折。

第一次到油田，待了七天，无论白天还是晚上，他硬是挤不出时间接受我们的采访。

据他的部下介绍，十多年了，高厂长没有一个春节是在家里过的，都是在基层与工人一起过的年吃的饺子。“五一”、“十一”长假也多是如此。2004 年 6 月，他的宝贝独生女儿考大学，按理说，应该在家照顾两天了吧？可他仍然顾不上。女儿看到其他考生不仅有爸爸妈妈陪伴，而且还有爷爷奶奶助阵，心里很不是滋味。爱人就这样对女儿说：“谁叫你爸爸是采油二厂的厂长呢！”这句不知是褒义还是贬义的话，包含了太多的内容。

高静乐的信条是：让基层做到的，机关必须做到；要班子成员做到的，自己首先做到。

第二次到油田，采访安排在周六的上午进行。我首先让高静乐谈一谈创造“西峰模式”的经验及体会。过程我已经采访了许多人，现场我已跑了许多地方，缺的就是高静乐这一块了。我必须抓紧时间，说不定有什么紧急情况，一个电话，我的采访又泡汤了……

高静乐说，西峰油田之所以有今天，首要的是领导的重视。这有两个层面的意思：

一是中油总公司及股份公司的老总们对于西峰油田非常重视，陈耕总经理、蒋洁敏总裁都来过。他们每次来都听汇报，看现场，关于油田的建设提出了很多很好的意见，作过很多指导。没有他们的决策，没有他们干大事业的气魄，没有他们的眼界及胸怀，不可能有西峰油田，更不可能有“西峰模式”。

二是长庆油田公司的领导层面。西峰油田的前期勘探发现，胡文瑞总经理功不可没。而后期的开发建设，特别是“西峰模式”的创建，王道富总经理更是居功至伟。2003年年初，王总陪同陈耕同志在视察西峰油田时指出“把西峰油田建设、管理成一流水平的示范油田”。同年底，王总调研时又提出“创建具有新世纪国内同类先进水平的示范油田”。2004年以来，随着西峰油田勘探开发的深入，产建规模的迅速扩大，低渗透油田开发技术得到广泛应用和实质性突破，王总在2004年4月份提出：把西峰油田定位在“树立中国陆上低渗透油田现代化管理开发的一面旗帜”上。

西峰模式的内涵不断得到丰富，定位也越来越清晰，实际上是采油二厂领导班子贯彻、执行长庆油田公司思路和决策的必然结果。

其次，西峰模式是集体智慧的结晶。

高静乐见我笑了笑，马上解释说，我这不是客套，不是客气，也不是谦虚，而是事实，事实如此嘛！长庆人30多年来创造了许多好的、有价值的宝贵经验——像“马岭模式”、“安塞模式”、“靖安模式”。没有这些先进经验的积累，就不会有今天的“西峰模式”。人类创造的任何成绩，都是踩在前人肩膀上进一步攀登的结果。

集体智慧还包括油田公司的一些科研院所、职能处室，他们在王总的直接领导、协调、指挥下，制定方案，联合攻关，为西峰模式的创建提供了思想的、技术的、资金的、物质的保证。

高静乐最后提到的“集体智慧”是采油二厂的班子，而且提到的是采油二厂的历届班子。

他说：“采油二厂的历届班子有一个非常好的传统——爱岗敬业，都有化解不开的石油情结。任何一项工作都是全身心地去投入，希望做好，希望做得更好。2004年我们在西峰油田建设中提出了‘只要用心，就能做好’的理念，有些人说是我的发明创造，实际上我最清楚，这只是我对采二历届班子优良传统和几代采油二厂员工创新精神、创造精神、创业精神的一种概括和总结。”

高静乐的话出乎我的意料，更让我感到惊讶！“西峰模式”的具体创建者、实施者，竟是如此客观、冷静而低调。作为我采访的主要对象，谈了半天，他硬是不肯谈自己。

于是我提出，让他用一句话给我一个概括：什么是“西峰模式”？

也许我提的问题太难，太突然，一时竟让这位年轻的厂长陷入了沉思。

过了一会儿，高静乐从沉思中抬起头来，语气平和地给了我一个公式，并笑着对我解释说，这个公式未必准确——经验的积累＋集体智慧＋超前意识＋高新科技＋以人为本＝西峰模式。

我不能不由衷地佩服了——一个善于思考的高静乐，一个善于总结的高静乐。

我的最后一个问题是：盛名之下，其实难副。西峰油田王总的定位是“树立中国陆上低渗透油田现代化开发管理的一面旗帜”，如今中国石油天然气集团公司又将西峰油田指定为中国石油对外展示企业形象的窗口，你有压力吗？大家都来参观学习，超过了西峰油田，你怎么办？

对这个问题，高静乐似乎胸有成竹。他说：“被中国石油天然气集团公司麾下的中油股份公司当作典型、当作旗帜来推广，来学习，当然有压力，但这也很光荣。这光荣属于采油二厂，属于长庆油田公司，其中也有我的一份。至于压力嘛，我们干石油的，每一份工作都有压力，我和我们一班人已习惯了，已习惯于把压力变成动力，促使我们把工作干得更好。”

高静乐接着说：“上级领导树先进，树典型，为的就是推广，目的就是为了让大家学习。如果全国的油田都能赶上并超过西峰油田，那它的意义可就大了。西峰油田的贡献及意义就远远超出了采油二厂，远远超出了长庆油田公司啦！这正是我们所希望的。”

“但是，”——请记住，高静乐在这儿用了一个“但是”——“我们对‘西峰模式’这一称呼既不满意，又不得不用。‘模式’一般指成型定格的东西。在信息时代，一个人、一个企业、一个领导，创新意识非常重要。只要具有创新精神，就永远不会满足于‘模式’、‘定格’、‘成型’。‘西峰模式’也一样，要有‘模式’，又要不断突破模式，不断发展它的形式，丰富它的内涵……”

高静乐笑着对我说：“你是5月份去的西峰油田吧？过了国庆节你再去看看，肯定又有许多变化，又有许多新亮点、新内容、新发展。”

高静乐的话，一半展现着豁达，一半暗含着自信！

写到这里，我突然有了一种冲动：想带大家去认识一下高静乐这个人——虽然他的名字还没有铁人王进喜等等那一代石油前辈那么响亮。

石油劳模——高静乐

在赴陇东油区采访前夕，在报纸上看到过高静乐的照片：胸前佩戴着全国劳动模范奖章的高静乐，虽然戴着眼镜，却给人以魁梧奇伟的感觉。当时，我一激灵，心里突然轻轻感叹：

“高静乐——陇东石油战线上的又一员虎将。”

2003年7月，肩负着长庆油田公司领导的信任和采油二厂5 000多名员工的重托，高静乐——这位在石油战线走过了整整22个春秋的石油企业管理者，翻开了他人生历程中全新的一页：担任了长庆油田公司第二采油厂厂长。

采油二厂开发的陇东油区，地处祖国西北的黄土高原，管理的油田点多、线长、面广，全厂6 000多名员工，分布在甘肃省庆阳市境内的六县一区，开发管理着2 000多口油水井和近200座原油集输及中转站库，是长庆油田多年的产油大户，也是甘肃境内最大的原油生产基地。当时，它的原油年产量相当于三个玉门油田的总量。

经过30多年的高效开发，陇东油区不可避免地进入了高含水期，原油产量递减的各种矛盾非常复杂，也非常突出。让采油二厂人欣喜的是，新世纪之初，在董志塬上又发现了三级石油储量超4亿吨级的西峰大油田，作为中国陆上石油近十年最大的勘探成果，这一重大发现为采油二厂带来了千载难逢的发展机遇。按照长庆油田公司对陇东油区的发展规划，这一地区原油产量在2004年突破200万吨之后，未来三年内通过每年组织百万吨以上规模的产能建设，到2007年，使陇东油区的原油生产能力上到400万吨。机遇和挑战又一次将采油二厂推到了发展的潮头。

上任之初的高静乐，面临着两大挑战：一方面，要加快建设开发好备受中国石油关注的西峰油田；另一方面，老油田产量大面积递减的形势又十分逼人。作为管理开发陇东油区采油二厂的当家人，如果不在控制油田产量递减上获得突破性进展，并卓有建树，西峰油田建设的成果将会被老区产量递减所产生的亏空十分轻易地消耗掉。这是一个国内外油田开发中的常识，也是一个十分棘手的难题。

多年从事油田开发管理的高静乐自然深知这一点，陇东老油田庞大的产量基数决定了其稳产才是采油二厂发展的根本，更是长期不可动摇的战略性选择。上任伊始的高静乐，天天到采油现场进行调研，晚上回到办公室，往往已经是深夜十一二点了，他还要召集技术人员讨论研究油田稳产方案。一个多月的调研和思考，在他心里逐渐形成了清晰的思路，在他首次主持召开的生产办公会上，他明确提出了以注水为中心减缓老油田自然递减的稳产思路。

老油田稳产是一个系统工程，从地质方案制定、工艺技术攻关、措施方案实施、施工监督，到每一口油井的日常生产管理和运作过程，人是决定性因素。为此，高静乐提出要像服侍婴儿一样管理好每一口油井。他首次将项目管理机制引入老油田治理，按照责、权、利对等，项目化管理的方式，全面启动了老油田稳产工程。高静乐经常对员工说:“油井是我们生存的根本，基础管理牵系着油田的寿命，直接关系着企业的发展。”为把岗位责任落实到班站和每一个岗位，把技术措施落实到每一口油井，他倡导员工树立为油井负责并一负到底的思想。经过一年多的治理，依靠注水平衡油层压力，采用侧钻和隔采技术恢复套管破裂油井产能；通过关、停、并、转，提高低产低效井整体开发效益……一系列制约油田稳产的管理难题和技术“瓶颈”，在高静乐亲自组织实施的攻关中都取得了突破性进展。2003年，采油二厂老油田自然递减比2002年下降了1.5个百分点，相当于净增近3万吨原油。

2004年，高静乐力主在厂里专门成立老油田稳产项目组，集中全厂技术力量，展开大规模的油层复查、油藏地质描述和油井压裂大型增油措施，主攻老油田稳产，使华池、城壕、南梁等老油田重新焕发青春，元城油田再次被授予“全国高效开发油田”称号。负责老油田稳产项目的采油二厂副厂长兼总地质师宋广寿说：“实施老油田稳产项目化运作，通过整合技术、资金资源，使全厂集中力量打好老油田稳产攻坚战，实现老油田生产的良性循环。全厂老油田自然递减比上年再下降2.6%，增产原油15万吨，为企业创造了2亿余元的经济效益。”

老油田实现平稳生产的同时，新区开发建设也连年刷新历史记录。2003年，采油二厂建设原油生产能力52万吨。2004年2月初，高静乐将陇东产建项目组移师西峰油田，拉开了陇东油区历史上规模最大的产能建设会战。全年建成原油生产能力63万吨，当年新井产油23.5万吨，建设规模和新井产油量，分别较2003年增长11万吨和5万吨。新、老油田协调发展，促使全厂原油生产在2004年实现跨越式增长，原油产量历史性地突破200万吨，达到208.7万吨，比2003年净增22.7万吨，年原油净增长量较过去十多年的平均水平提高了三倍，创造了陇东油区低渗透油田开发的奇迹，实现了全厂几代采油人梦寐以求的夙愿。

熟悉高静乐的人都能明显地感受到他与生俱来的个性：敢于挑战困难，对工作永远充满激情。而他自己经常用一句非常实在的话来诠释他多年为之奋斗和追求的理念：“只要用心，就能做好。”这句朴实的话，在西峰油田的开发建设中，得到了充分的印证。

西峰油田的发现得到了中国石油、长庆油田公司的高度重视，2003年，时任中油股份公司总裁、现任中油集团总经理的陈耕来采油二厂调研，要求把西峰油田建设、管理成国内一流水平的示范油田。长庆油田公司提出在西峰油田“树立中国陆上低渗透油田现代化开发管理的一面旗帜”。这对担任厂长才半年的高静乐来说，又是一个巨大的挑战。2004年2月，他带队冒着纷飞的大雪深入安塞、靖安油田和苏里格气田，考察学习近几年长庆新崛起油气田的建设开发和管理经验。而后，结合长庆油田公司对西峰油田开发建设的定位，他确定了“以创新主导开发、主导建设”的思想，按照总体规划、优化系统、简化流程的原则，调动各个层面的有效资源，全身心地投入到西峰油田开发管理模式创建中去。

在西峰油田开发建设中，他带领员工实践着“只要用心，就能做好”的理念和精神，引进、开发、运用了国内最先进的工艺技术、信息技术及新材料、新设备，适应新的管理体制，创造性地探索实施了新的管理机制和管理方式。经过一年的努力，采油二厂创建了独具特色的“西峰模式”，使油田的开发效益从建设投资、人工成本和单井产量上得到充分体现。劳动组织形式、生产运行机制、油区治安管护模式的创新，使西峰油田百万吨规模产量所需的员工缩减到600人左右，用工总量相当于陇东老油田的五分之一。已建成投运的百万吨联合站，员工由初期的45人减少到24人。目前，西峰油田的平均单井原油产量达到5吨以上，吨油操作成本控制在200元之内。

2004年4月，在西安召开的中国石油新油气田地面优化建设会议上，反映西峰油田开发建设的18项新工艺、新技术和管理模式、文化理念、团队精神，受到与会专家的一致推崇和肯定，并向全国推广。时隔一月，中央电视台"新闻联播"等国内外著名媒体及栏目，分别对蓬勃发展的西峰油田作了报道。一个百万吨规模的大油田在陇东地区迅速崛起。

20多年从事管理工作的经历，使高静乐熟悉石油企业管理，因而，当他站在一个拥有5 000多名员工的企业的当家人位置上来重新审视和思考基础工作时，他深刻地认识到其对油田发展的重要性。他担任厂长之初，也正是采油二厂由平稳发展转入快速发展的关键时期，尽管建设和发展的任务异常繁重，他仍把相当的精力投入到确保企业可持续发展的基础工作上。

当初，随着陇东油田生产规模的扩大和员工结构的变化，基层技术职能相对弱化等诸多矛盾逐步显现。2003年下半年，采油二厂以规范井区管理与改革为切入点，全面启动了以"基础工作，基层建设，员工基本功训练"为主要内容的"三基"建设，深入细致地规范了基层井区管理。2004年3月6日，高静乐亲自主持召开基础管理工作推进会，拉开了依靠机制引导、拉动、推进基础管理工作的战役，把技术基础管理作为主攻方向，以注水工作为突破口，将制度化建设从井区延伸到班站，通过完善技术管理流程，建立纵向到底的责任落实机制、检查考核机制和横向到边的激励竞争机制，在全厂逐步形成从单井管理到油田区块有效开发的技术基础支撑，从而带动了以落实岗位责任为核心的基础管理工作，使其在制度化、规范化、程序化的轨道上运行。全厂开展的以油水井、岗位、设备、站为单位的创优评比活动，为发挥员工群体智慧和创新能力，提供了施展才华的舞台。哪里有创新经验和成果，就在哪里开现场会，及时总结推广。激励机制的形成，已在全厂基础管理工作中形成了"百家争鸣"的局面。

高静乐经常说:"采油二厂的员工不缺吃苦精神，缺的是现代思想意识和市场观

西峰油田的一台抽油机在运转抽油。（梁强/摄，图片来源：新华社）

念。石油企业重组后，原油的生产经营已与国际接轨，而长年身居大山深处的采油员工，由于信息闭塞、环境艰苦和传统思想的影响，思维方式还停留在过现有的安稳日子上，思想远远跟不上新时期推进油田跨越式发展的主旋律。”

他决心用现代企业的管理思想和理念，打破传统的思维习惯，拉动员工观念转变，来建设一个全新的现代化的采油二厂。

2004年年初，高静乐首次在全厂实施了年轻干部交流制度，让一部分基层技术、管理人员，进入厂属两个研究所和机关工作；同时，把部分厂机关和科研单位的青年干部，派到生产一线去锻炼。他说：“对于年轻干部，既要注重培养，更要放手使用。”

高静乐认为，实践科学发展观，关键在于以人为本，核心是用最有效的机制实现每个员工的全面发展。具体到企业，就是为各类人才的脱颖而出搭建一个公平竞争的平台，营造一个人尽其才、各尽所能的良好环境。

2004年，尽管原油生产、油田建设的任务非常繁重，厂里却让196名基层井区长轮流到西安接受高层次的管理培训；选派30多名技术人员脱产到著名大专院校和其他油田考察学习；聘请清华、北大著名教授到厂里专门给中层管理人员讲课；启动了学术、技术带头人评选活动。当年全厂开展各个层次的培训活动超过了50场次，累计培训员工7 000多人次；举办了规模空前的员工技术比武运动会，选拔和重奖了一大批技术状元、岗位能手。这一系列举措，使全厂员工学技术、钻业务的积极性空前高涨。2004年，厂里对中层干部采取公开竞聘，选拔副总师3名，中层管理人员33名，机关工作人员12名，基层技术管理人员153名。一大批有志青年脱颖而出，使采油二厂的发展战略在认识和机制上从“科技兴油”方略深化延伸到了“人才强企”的新领域。

更让员工意想不到的是，厂里还分批派260多名管理人员、生产骨干、先进工作者到南方发达地区考察、旅游、疗养、度假。高静乐说，厂里掏钱培训员工是一种长远投资，作为一种奖励形式，让员工外出考察、旅游和度假，既增长了见识，又开阔了视野，有利于思想观念的转变，最终受益的还是企业。这两年，厂里通过推行井区化管理改革，依靠创新管理机制和转变生产方式，发挥了员工的潜能，有效地解放了生产力，逐步把野外生产一线的员工，从长年驻井的机制中解脱出来，使一线员工定期有适当的时间和家人团聚。

高静乐是一个善于学习和创新的人，更是一个把职业当事业来做的人，这为他在不同的管理岗位上创造性地开展工作积累了丰富的管理经验。

采油二厂低产低效井改革管理的经验在全国石油系统推广后，如何进一步完善深化创新，作为当时主管全厂经营管理工作的高静乐，有自己独特的思考方式。在横向上，由改变低效井的生产、管理方式，延伸到低效高耗井站；在纵向上，从地面管理延伸到地下，实施井筒的优化治理，再深层次地转移到对油藏的管理和高效经营。企业重组改制后，他组织对全厂开发的每个油藏分类建立储量账户，根据不同油价，按开发所付出的成本，确定经济开发临界点。油藏账户的建立，成了指导油田开发、规避经营风险的有效参照，对拉动陇东油田的开发起到了革命性的作用。

从改变低产低效井生产方式到油藏的高效经营，其间经过了递进式的思维方式变化，总结其运作层面的管理经验，最重要的还是创新思维促成了其思路的延伸和转变。这方面例子很多，“抓经营从生产角度出发，抓经营立足于生产实际”“实施老区工艺流程，管理流程再造”等等，都体现了高静乐在企业管理理念上的变化和创新。担任厂长后，高静乐在抓管理中注重从实践出发，还特别注重寻求规律。他说："管理没有固定的模式，但有规律可循。"因而他创造性地开展了"降本增效"、"人力资源优化"、"单井核算管理"、"全员业绩合同管理"、"新油田劳动组织方式管理"、"西峰油田管护新型模式"、"西峰油田新体制下的扁平化管理"等事关全厂管理上档升级的主要活动，优化了资源配置。其中，由他主要参与组织实施的"油气田单井核算管理"、"低产油田增效管理"两项重点工作，分别荣获了国家现代化管理创新成果二等奖。特别是在老油田深化改革与管理中，探索和尝试的工艺、管理"两个流程再造"，统筹实施关、停、并、转措施，配套深化劳动组织、用工管理、生产方式的改革，不仅消化了每年 3 000 多万元的成本缺口，还充分挖掘了人力资源，支援了新区建设，在油田规模迅速扩大的情况下，实现了员工总量的零增长，由此引发和拉动员工观念发生转变带来的正面效应，对进一步推进企业改革、深化企业管理，都产生了不可低估的作用。

用油田发展的事业激励人心，用尊重关爱员工的政策来凝聚人心。高静乐始终把员工关注的问题当作关系企业发展的大事去研究解决，用实际行动践行对企业、对员工负责的神圣职责。他经常组织召开各个层面的座谈会、恳谈会、联谊会，和员工面对面地交流谈心，倾听员工的呼声和愿望。同时，他还赋予员工代表对单位领导行为、决策和落实工作的监督权力，把每月给员工代表发放津贴作为一项制度确定下来，让全厂 214 名员工代表每月脱产一天时间调研和反馈信息。这一举措在广大员工中产生强烈反响，这也是采油二厂的首创。厂里启动厂情发布会，定期向员工通报生产经营信息和员工关注的热点问题。

为解决员工子女上学难题，高静乐和班子成员协商后，将边远地区上学困难的 168 名员工子女统一转到采油二厂所在的庆城石油总校上学，聘用管理和服务人员专门负责员工子女的衣食住行和安全。厂里协调厂机关组成 14 个助学小组，结成帮困助学对子，与困难员工签订助学协议，帮助这些困难员工家庭。厂里还根据生活困难员工的家庭经济状况，每学年发放 500 元至 4 500 元六个不同标准的助学金，以保证他们的孩子能从小学上到大学毕业。

在原油产量持续快速攀升的同时，高静乐想方设法让员工分享到企业发展的实惠。每逢节假日，他总要到生产一线看望和慰问员工。2003 年，厂里对全厂 4 000 余名一线员工，按每人每月 300 元标准，全部实行免费就餐；给 565 户员工在西安购买了相对优惠的住房；投资 176 万元聘请第四军医大学的教授专家为一线员工做体检，建立了员工健康档案；投入 200 多万元给员工营建了和谐的工作、生活环境。

作为厂长的高静乐，在加快推进油田发展的同时，始终本着“相互支持、双赢互利、共同发展”的原则，不遗余力地支持庆阳老区经济建设。1999 年重组改制以来，除给庆阳市北三县每年 1 800 万元的石油让利外，厂里先后给当地提供各种有偿及无偿支援超亿元，2004 年就达到 2 485.4 万元；纳税 15.9 亿元，仅 2004 年就达 5.7 亿元。

储量超 4 亿吨级的西峰油田投入开发，给当地经济和周边二三产业市场带来了巨大的发展机遇。面对西峰油田每年数十亿规模的开发建设投资，高静乐提出了和谐发展的理念，积极推进油田开发与地方经济、社会环境的和谐发展，把与庆阳经济同步发展作为西峰油田开发追求的重要目标来实施。近两年，除覆盖油区的电力设施外，采油二厂已经投资 4 000 万元，新建 64.5 公里油区道路，投资上百万元绿化生产现场，美化油区的环境。

油田开发建设开辟了新的就业市场，井站保洁、油区绿化、生活后勤、井场平整、道路维护、油区治安，基本上依赖于社会化服务。西峰油田建设时先后引进庆阳市施工队伍 29 个，为当地 5 000 多人提供了就业机会。同时，西峰油田建设也拉动了相关产业的快速发展，给当地施工单位带来了上亿元的市场收入。

经过两年多的努力，长庆油田采油二厂开发管理的陇东油区发生了巨大变化：原油年产水平历史性地突破 200 万吨，跨入全国特大型采油厂之列；建成了百万吨规模的西峰油田；创建了国内低渗透油田一流开发管理水平的“西峰模式”；2004 年实现年产值 44.97 亿元，实现内部利润 12.6 亿元，比 2003 年分别增长 13.24 亿元和 6.8 亿元。这些成绩的取得，离不开长庆油田公司的大力支持和全厂员工的共同努力，更凝结着高静乐的艰辛、汗水和智慧。

如今，高静乐和全厂员工已经锁定 400 万吨发展目标，忘我地投入到了把陇东油区做大做强的艰苦战役中。采油二厂必将为中国石油和长庆油田公司的发展作出新贡献，必将在国家西部大开发战略推进中大有作为，必将在甘肃工业强省的战略实施中再建新功。

伟大的事业，孕育出伟大的精神。

伟大的精神，激励着热爱事业的采二人！

在今天的西峰油田，每一位员工都在这样忘我地工作着。

新的事业给了他们新的舞台！

新的舞台上，采二人激情澎湃！

广阔的前景

董志塬上，石油人用那轰轰烈烈的建设场面一次又一次地告诉我们：

这——是一项刚刚开始的事业！

西峰油田给中国石油乃至世界石油指出了一条道路，那就是低渗透油田的高效开发之路。从某种意义上说，“西峰模式”点燃了当今“世界低渗透油田高效开发”的希望之光。

200 万吨，这个曾经的梦想，一经跨越，就成了过去的历史。陇东石油开发史上新的一页，已经在那一刻翻开了，而且正在被采二人书写。

西峰油田持续稳产 30 年 ~ 50 年。这是长庆人今天的梦想，也是采二人今天的梦想。

永不满足的长庆人，永不满足的采二人，正自我加压，在多个领域向着世界石油开采难题挺进。

这是一条永无止境的征途。

它的路标上，永远只写着两个字：

前进！

（选自 2006 年第 1 期《飞天》，有删节，作者：陈德宏、王新军）

中国翔

北京时间2004年8月28日。雅典。“风之子”刘翔以令世人震惊的“中国速度”，在电光石火间写就了一个奥运史上的中国传奇！计时牌上“CHINA，LIUXIANG，12秒91”几个大字熠熠生辉，向世界展示了中国人锐不可当的矫健身姿，记录了又一个惊世骇俗的“中国速度”！

以绝对速度征服了世界的刘翔，将我们带到一个继往开来的制高点上。回首中国田径一路走来的方向，1983年朱建华一年内三破世界纪录后，中国田径开始式微；1992年的竞走后也没有出现很好的成绩；马家军的出现使中国中长跑进入了一个新的历史时期，原来由非洲所统治的中长跑被中国取而代之，但经不住风雨飘摇，这支田径场上的劲旅最后还是溃散了；而在男子个人短跑类项目上，中国田径队从来没有进入过奥运会的八强。20年来，我国国内的田径事业日益受到重视，引进先进的训练方式，从训练到饮食到睡觉，都有科技含量，可是一直收效甚微。

历史的长河奔涌向前，到今天，刘翔的出现，终于给中国田径带来了巨大的转折！整个世界都将看到，“东亚病夫”的污蔑当属无稽之谈！中国人同样拥有强健的身体素质，我们不需要“黑色素”，却能跑得更快！更重要的是，我们的精神，已经无人能够战胜！无人能够超越！于是在今天，我们泪流满面！我们高唱国歌！我们相互拥抱！我们笑着，高喊着！13亿中国人的心灵以刘翔的速度，向前奔跑！

12秒91，是点亮一簇火苗的速度，是升起一颗太阳的速度！刘翔的12秒91，瞬间筑就了中国田径史上的一座丰碑！而事实上，他矫健的双腿跨越的又何止是十道高栏？！中国，在经济腾飞的奇迹外捧出的体育奇迹同样掷地有声！

12秒91，甚至刘翔自己也被这个极限数字惊倒！这是自有人类以来，历史上最快的 110 米跨栏成绩。今晚，红色的刘翔，红色的闪电，在雅典奥运会田径场七万名观众和数十亿电视观众眼前，一路怒吼，一路狂飙，以雷霆万钧之势，将欧美世界雄踞百年的“黑色碉堡”炸得灰飞烟灭！

让我们再次回顾那一场红色的飓风！

决赛现场 龙盘虎踞千钧一发

时间一分一秒沿着刀锋向后退去，距离决赛开始还有十分钟。刘翔安静地坐在起跑线前，目光炯炯，投射在眼前十道高高的栏架上。寂寞高手，谁也不知道他正在想些什么。

110 米外，是那道醒目的终点线！致命的终点线！多少人用尽一生追求的终点线！身旁，是七个同样志在必得的强悍对手！

今天的决赛必将十分惨烈。美国老将阿兰·约翰逊意外出局，法国人杜库里却像豹子一样猛追上来。瞬间突变，这场高栏上的巅峰对决，意外不停，悬念迭出！整个世界屏住呼吸，睁大眼睛！

瘦高的杜库里，就雄踞在刘翔身旁。昨晚，他跑出 13 秒 06 的今年世界第二好成绩；今晚，13 秒 06 怕也挡不住这匹“黑马”的狂奔！

第六道上是杀气腾腾的美国奥运亚军特拉梅尔，最好成绩 13 秒 08。在去年世界锦标赛上，他战胜刘翔，夺得银牌。半决赛中，他从蛰伏状态突显峥嵘，扬言要染指金牌。

第七道上是古巴的奥运冠军加西亚，他袒胸露臂，光芒内敛。一直“阴”到决赛的这位沙场老将，今天会不会出剑封喉？

第二道上是拉脱维亚名将奥拉贾斯。奥运会前，他和刘翔六次对决，五胜一负，占据着心理优势。此人身手矫健，过栏如快镰割麦，疾驰如离弦之箭！

决赛前，有的赌博公司开出赔率，押刘翔夺魁，有的则猛赌杜库里获胜，加西亚和奥拉贾斯也是不少人看好的争金人选。至于前三轮中谁把实力保留了多少，各人心知肚明。四大高手即刻将围堵刘翔！初涉奥运沙场的少年高手能否在今夜杀出重围？

2004年8月27日，刘翔在雅典奥运会男子110米栏中夺得金牌。
（李岳/摄，图片来源：新华社）

观众席上，数万颗心悬而未落。光明顶上，巅峰对决，是“中国闪电”摧毁欧美堡垒，还是欧美豪强封阻“黄色疾风”？金戈铁马，千钧一发！

5、4、3、2、1——激战即将开始。

发令！起跑！

一次无效，再一次抢跑后，刘翔第三次走回起跑线。他使劲地拍打着两肋和胸口，似乎在作体内能量的全力动员。

“各就各位——”刘翔蹲下后，又抬头望着眼前的十道栏架，眼中陡然精光暴长，射出浓浓的“杀气”。

一声枪响，震天霹雳。刘翔疾如炸雷，快如电光，起跑！向前！第一栏，一瞥之间，刘翔已然领先！

前三栏历来是刘翔的“软肋”，但今晚不同！第四道上，一支红色箭头急掷向前，势不可当。

奥拉贾斯毫不示弱，舍命追赶。第四栏时，他和刘翔的差距似乎有所缩小。杜库里也在狂奔，第五栏时，他和刘翔仅差半米。

但是，刘翔不给他们任何机会。是的，不能给他们任何机会！慢镜头中，刘翔一脸王者的霸气。他一栏一吼，虎虎生威！

红色的刘翔，在红色的跑道上狂飙突进，80米之后，大势已定！最后一跨，中国已经遥遥领先。红色的刘翔，红色的怒吼！蛟龙一样撞向胜利之线！

12秒91！全场惊呆了！世界沸腾了！在中国的速度面前，任是泪水和欢呼，激情和拥抱，都不能表达我们心中的百感交集！最后一枪尘埃落定，前无古人，后不见来者，振臂高喊的刘翔，那一刻是何等壮烈决绝呵！

久经沙场的刘翔，赛后很快恢复了平静和往日的谦虚："我今天的起跑非常好，我没有想到自己能跑出这么好的成绩。我把这块金牌归功于祖国和人民。"

亚洲风乍起！亚洲雄风震天吼！

决胜之巅 光明之顶

刘翔此前的个人最好比赛成绩是13秒06，他一直表示自己并没有期望可以达到13秒以内或者是赢取奥运金牌。"我的目标是进入决赛赢取一枚奖牌，无论是金牌、银牌或者是铜牌。"结果，他跑出了令自己惊讶的时间，这是令人难以置信的时间，这是一个奇迹！但这个踌躇满志的小伙子，还是认为在教练的帮助下以及自己的辛勤努力下，可以在未来的时间里创造更多的奇迹。确实，在来雅典之前他想的并不多，只想发挥出自己的水平，把竞技状态调整到最好。比赛前更是什么都没有想，没想到能拿金牌，也没想到能跑进13秒！"我认为黄种人能跑进13秒是不小的成绩，是一个奇迹，我想在今后的运动生涯中，有更多的奇迹等着我去创造，相信我吧。"

奥运烽烟百年连绵，体育王朝总是代有才人，各领风骚。曾几何时，翻开奥运高栏成绩表，找不到一个中国人的名字；细数历史上世界前十名，八个是美国选手创造的，两个是英国选手创造的。中国人在奥运直道赛场上，始终无缘倾听到最后的一声枪响！

漫长的一个世纪，中国人还从来没有在田径场上如此扬眉吐气过。“只要有中国人能站在短跨决赛的跑道上，就是一件非常了不起的事情。”进入前八，遑论夺牌。袁伟民的一句期待，是令人感慨万分的悲凉。百年奥运，也是中国田径的百年孤独。男子110米栏，中国人，乃至所有的黄种人，都曾在那高高的十道栏架前，高山仰止，望而却步。

现在，刘翔一路追风！中国人来了！黄色的闪电，红色的光芒，以令人炫目的速度在一片黑色中炸出令人惊艳的光华！

刘翔壮志凌云地宣布：“我到2008年才只是26岁，我相信我将在那时候达到自己的职业最高峰，我可以在北京奥运中做得更好！”刘翔表示，北京奥运将是奥运历史上最成功的，“中国人民拥有第一流的管理能力，北京奥运也将是最成功的一届奥运。那时候对我来说是一次绝好的机会，我将把握这次机会！”

短跑一直是欧美运动员垄断的项目，现在，亚洲选手终于证明可以跟欧美选手在短跑或者跨栏项目中一争天下了！“我希望这样的结果可以改变全世界的看法，我们也可以比美洲或者非洲选手更加出色。我将更加努力去接受训练，证明我们可以通过完善自己的战术来弥补我们与对手在体质上的差异！证明我在亚洲、在中国能够称雄110米栏！”

2004年，体育王朝的历史一朝改写，田径的历史从此颠覆。“中国刘”撞线、再撞线，将诸多欧美名将击溃在家门口。刘翔的胜利，是一种信念的胜利！世上无难事，只要肯登攀！刘翔的速度，表明了中国人不但可以在经济领域中创造传奇，也可以在任何其他领域内，以“中国速度”实现惊人的突破！

天降大任 王者风范

刘翔一举夺魁，眼中蓄满英雄泪，他面对世界，给自己竖起大拇指！是的，“就是要让他们知道，黄种人照样行，而且要拿个冠军来证明！”是的，“就是要告诉他们，亚洲有中国，中国有刘翔！”“很多奇迹在等着我去创造，相信我，没错的！”特别让我们扬眉吐气的是刘翔领奖时双手抓住国旗矫健地跳上领奖台的英姿，那是做梦时就练过无数次的领奖方式啊，刘翔以一个中国冠军独一无二的张扬之态，显

刘翔跃上领奖台。（刘宇/摄，图片来源：新华社）

示了中国和中国人在世界竞争中的王者风范！

刘翔后来说："我很早就想上去表现一下自己。虽然获得了冠军，但我还小，所以我想在领奖台上展现出自己的青春活力。记得上一次做这个动作的时候，大概是在北京备战奥运会的时候，是在梦中哦！"好一个少年中国的中国少年！

也许，创造历史的人就应当在一切辉煌时刻留下历史性的画面。何振梁作为颁奖嘉宾，用颤抖的手为刘翔挂上金牌。两个人的手握在一起的那一瞬间，何振梁只说了一句"太感谢你了"，就泪水纵横了。英雄台上，两个人心潮澎湃，英雄台下，热泪更是汇聚成河流。何老的一句话，也是此时千千万万激动的中国人的心声啊！一切仿佛天意。这一老一小，竟紧紧地和"7·13"这个数字连在一起！在2001年的7月13日这一天，经过何振梁和其他人的努力，中国获得了2008奥运举办权；而这一天，恰恰是刘翔的18岁生日。历史就是这么巧合，刘翔出生在这一天，似乎就注定了为创造历史而来。天将降大任于斯人也，而他终于不辱使命，为"7·13"这个金色的日子又镀上了英雄传奇的色彩！

百米江山，一朝在握，只要是中国人，谁不激动！

画外音

——倾听刘翔

（比赛开始前我）不紧张，昨天我把我的各方面的状态、精神力量都调到很好的状态，很适合于比赛，进场前我跟我教练说了一句话，就是相信我，临走之前，完全已经集中到比赛的氛围当中了。

一进场我就感觉特别兴奋，每个毛孔都收紧了，力量都集中在大腿和腰部。

我的起跑可以说在亚洲选手当中算好的，但是比起他们欧美选手，或者说黑人选手，算差一点的。因为我们天生的神经类型各方面都比他们稍微差一点，可以说昨天的起跑我已经发挥得很不错了，只用了0.139秒。第一枪美国的亚军选手，他是成心抢跑的，让大家心里慌一下，这也是一种战术。

第二枪之后，听枪跑，集中精力，第二枪一定要跑好，没想到正好起跑很顺，第一个栏也过得很顺，越来越顺，旁边两个也急了。我后来看一眼大屏幕，不敢相信自己的成绩。

我觉得跑道不错，还有观众气氛、天气、自我状态，还有风向也可以。关键是我自己那个时候很有劲，感觉已经到了那种所有的力量都集中到自己身上，感觉小宇宙、小能量爆发的一种感觉。前面我根本就没看他们，我就看着栏架，每过一个栏我就感觉很兴奋，就要去接着投入到第二个栏当中，一个一个栏越跑越快，越跑越快，就感觉到最后撞线的时候飞起来了！

最后冠军已经拿到手了，那么紧张的情况下，我一边跑，左看一下，右看一下，我自己不能相信自己是不是奥运会冠军，再确认一下，感觉太美妙了！

到2008年奥运会再破世界纪录吧。我喜欢踏踏实实地做好每一件事，因为这块金牌已经是过去的了，我就放眼2008年，争取在我们家门口，有一番作为。我相信自己有这个实力。

（奥运会）所有的记忆，都写满了残酷，就像那么有名气的老将阿兰·约翰逊，有那么丰富的作战经验，但还发生了中途摔倒这样的事，真的太难以想象了。

就想好好休整一下。为备战奥运，自己已辛苦了很长时间。而事实上，全家人，包括我的一些朋友，都为这枚金牌付出了很多。很长时间来，一直没有时间机会与家人和朋友在一起。这次回去之后，我一定要好好地与朋友以及家里人聚一聚，因为欠爸爸妈妈的，实在太多了。

回来以后我把奥运会金牌藏枕头底下，我一定要保住这枚金牌，我把窗、门都锁上，特别有意思。第二天早晨起来，我大概睡了两三个小时，我觉得脑

刘翔难抑激动之情。（李岳/摄，图片来源：新华社）

子一直平静不下来，早上起来，我翻开枕头一看，还在，闻了一下，再亲了一下，再咬了一下，原来是真的。

如果说我的这枚金牌，能对中国田径有所带动，今后让更多的中国人开始关注和喜爱田径比赛，那我就太高兴了。

——倾听孙海平

刘翔能取胜的重要一点是改进了技术，他以往前半程不太好的弱点得到改进，后半程能力强的优点得到强化。这也是决赛中刘翔跑得越来越好的重要原因。决赛中，刘翔的对手太紧张了。赛前一直被看好的法国选手杜库里完全发挥失常。但是在巨大的压力面前，我们的刘翔顶住了压力。

在雅典和上海，前台后场，历史见证这一刻

上海——赢了，翔翔赢了，阿拉赢了！

早在奥运决赛两周前，刘翔家所在的普陀区海棠苑，就开始策划如何组织居民观看决赛，为刘翔加油了。决赛那天晚上，小区门口放着一块黑板："今天有重要活动，希望居民配合，闲人免进。"在小区内的大部分地方，早已灯火通明。居委会的活动室里，摆放着一台大彩电，屏幕前围坐着老老少少的观众。而刘翔家的天井里，也早已准备好了桌子和电视机。

刘翔去了雅典，从小组赛到半决赛，刘翔妈妈一场不落，"从第一次出场开始，我们就很紧张，而且我这段时间都没怎么休息。来采访的、来询问的每天都有，我们同时还要和翔翔交流，今天我只睡了几小时。"但是再累，儿子的比赛是一定要看的。

终于等到决赛了，刘翔妈妈难抑心头的兴奋和激动："不论结果好坏，他都是我们的骄傲，自从三个月前他从上海去北京备战奥运会后，我一直在期待着这一刻的到来！"

凌晨1点左右，小区内人声鼎沸，一片欢腾。比赛还没开始，近200名刘翔家的老邻居就自发搞起了准备活动。他们嫌居委会的电视机不过瘾，又各自从家里搬出硕大的背投电视机摆放在楼下空地上，电视机旁的桌上堆满了鲜花和焰火，小区主道半空中悬挂着为刘翔加油的巨幅标语。刘翔的爷爷坐在当中，正对着电视屏幕。刘翔的爸妈坐在两旁。从各地赶来的媒体记者、刘翔亲友和邻居500多人聚集在小区中央，共同等待奥运历史上具有重大意义的时刻到来！

比赛还未开始，香槟酒就举起来了，五星红旗也在夜色中展开，全场屏住呼吸，等待着像一生那样漫长又像闪电一样短暂的十几秒的角逐。刘翔的爸爸双手紧紧绞

在一起，妈妈的眼泪更是一刻没停过，还不时地捂住心脏。

北京时间28日凌晨2点30分，比赛正式开始了。一开始就出现了抢跑，看多了儿子比赛的刘翔爸爸似乎很从容："没什么问题，这是一些选手的战术，翔翔肯定能顶得住。"而一旁的妈妈却无法掩饰紧张的情绪，紧咬着双唇，任凭谁在她耳边说什么，她都没有一点反应，手心已经冒汗，目光像粘在电视屏幕上一样。向来对刘翔充满信心的刘翔爸爸面对这样的高手交锋，渐渐也有些沉不住气了，一次次地询问身边的记者："你看过网上那么多的新闻，你觉得刘翔这次有戏吗？"完全与平日里判若两人。

刘翔父母的担忧并非毫无来由。法国人杜库里在半决赛时跑出的13秒06，也是刘翔今年的最好成绩，而对手却跑得非常轻松，甚至在最后阶段都没怎么冲刺。于是，半路里杀出的"黑马"成了刘翔爸爸的心病，总觉得这个法国人有13秒整的实力。虽然杜库里因踏栏最后仅获得了最后一名，但刘翔爸爸依然认定，杜库里以后将成为刘翔最强有力的竞争对手。

第三次重新起跑，刘翔最后一个走向起跑线。现场所有人都屏住了呼吸。第三声枪声过后，八名选手终于冲向了栏架，在接连跨过三个栏后，刘翔决定性的优势已经不容置疑。刘翔父母十分激动，虽然在比赛前已经有了心理准备，但妈妈仍然难以控制自己的情绪，捂着嘴，站了起来，然后再次坐下，刘翔冲过终点后，她又猛地跳了起来，用力地鼓掌："翔翔，你是妈妈的好儿子，你没有辜负妈妈的希望！"眼泪像决堤的洪水般涌出。周围的居民怕刘翔妈妈兴奋过度，把她送到旁边的椅子上坐下，并不停地帮忙按揉着她的心脏部位。而刘翔爸爸则显示出了高于刘妈妈的心理素质，喜滋滋地接受大家的祝贺。

当刘翔高举双手，以一个震惊世界的成绩冲过终点线的那一刹那，不知道该用什么词语来形容观看比赛的每一个人的心情。那一瞬间，刘翔爸爸情不自禁地抱住了刘翔的爷爷，所有人也紧跟着拥了上去。可没想到刘爷爷竟然非常有力地一把推开自己的儿子："做啥，不要挡牢我看电视！"刘翔爸爸不好意思地让开了，事后他解释："小时候我经常会挨父亲的打，但刘翔爷爷却从来没有打过刘翔。因为他总说，翔翔是个乖孩子！"

一刹那间，刘翔遥远的家乡沸腾成了欢乐的海洋。后来网上传说，那一夜，男人们都醉了，女人们都哭了。喜庆的香槟酒浸透了每一个人的心。人们站在台上摇

刘翔在夺冠后庆贺。（廖宇杰 / 摄，图片来源：新华社）

旗呐喊，轰隆隆的爆竹声、绚烂夺目的礼花在夜空中美丽地绽放。鲜花、掌声潮水般地涌向刘翔父母，刘翔父母和亲朋好友忘情地相拥在一起，嗓子喊哑了，热泪流干了。刘翔爸爸被邻居们抱起来抛向空中。刘翔妈妈是眼泪流得最多的一个人："我没有想到他能跑这么快！我现在还像在做梦一样，我的心一直在抖。我的儿子，你是好样的！"

白发苍苍的刘翔爷爷一直喜笑颜开，激动得连话也说不出，也不想说。老人回想当年骑着自行车送小孙子去训练的日子，工夫真没有白费啊。

好长一段时间，刘学根、吉粉花，这对幸福的父母面对众多伸到面前的话筒都激动得难以自抑。等情绪平静下来，刘翔父亲的第一句有条理的话是："刘翔太不容易了，他以前所有的苦没有白吃，他今天终于为中国人争了口气！"而众多亲戚都为约翰逊没能出场感到遗憾："太可惜了，约翰逊如果能出场，将会有力地带动刘翔的冲刺，虽说他不能对刘翔夺冠形成威胁，但他能带动他破掉这个世界纪录是可以想见的，如果能破世界记录就更完美了！"

刘翔在雅典备战的日子，几乎每天都要打一个电话回家。就在110米栏决赛前一天，为了给家人减轻心理负担，刘翔还宽慰家人说："前面预赛我有所保守，好戏还在后头呢！我一定要将这块金牌带回来给家人看看！爸爸妈妈别太担心，注意身体！"好小子！他果然实践了自己的诺言。

就在大家七嘴八舌地猜测第一次征战奥运会的刘翔此次夺冠是否超水平发挥时，刘翔爸爸却给了大家出人意料的回答："其实刘翔还可以跑得更快。刘翔训练时的最好成绩是12秒51，超过了世界纪录。"刘翔爸爸对儿子刘翔平日训练情况了如指掌，几乎成了刘翔的"第二教练"。

在小区内和刘翔家人一道看比赛的刘翔的启蒙教练仲锁贵说："刘翔有一个习惯，比赛前从不向外人透露自己的比赛目标！因为在他心中，成绩不用说，是用行动来证明的！"

由于承受不住儿子夺冠的巨大喜讯，刘翔的妈妈被亲戚们扶上了楼。瘫坐在沙发上的光荣母亲连接电话的力气也没有了，只能让刘翔的阿姨代劳。"翔翔的电话可没有这么早来，他要药检，之后还有颁奖仪式，至少要一个半小时以后吧。"刘翔妈妈喃喃自语道。

休息了一会儿之后，她渐渐缓过神来，为了迎接前来道贺的市政府领导，又下楼去了。可是就在几分钟后，刘翔的电话来了。“翔翔，是翔翔啊！”刘翔的阿姨成了刘翔夺冠后第一个和他通话的亲人。听到阿姨的呼唤，家人们也都激动起来，刘翔的一个叔叔又拿起了客厅里的分机话筒，抢着和“飞人”说话。那时家人的热情显然使刘翔无法一一应答，只是在电话里说“我全知道了”——他知道了自己创下的伟大纪录，也知道了在上海的家中有多少双眼睛关注着他。只可惜，还未等妈妈上楼，他就不得不把电话挂了，因为颁奖仪式马上就要开始了。

既不能亲临现场，与儿子一起分享胜利的喜悦，现在又错失了和儿子通话的机会，刘翔的父母自然是叹息不已。所幸，借助发达的现代通讯，早上 7 点，两代人终于通过卫星电视接上了头。“爸爸妈妈，我拿到奥运会冠军了，你们看是金牌，金牌啊！实现了你们的愿望，我做梦都没想到过！等 2008 年奥运会我在北京再拿给你们看！”屏幕上，21 岁的刘翔满脸灿烂，容光焕发，和赛场上一身霸气、奋力拼杀的样子判若两人。刘翔使劲摇晃着脖子上金光闪闪的奥运金牌，时而用嘴咬一咬，时而放在眼前睁大眼睛看一看，活脱脱一个调皮的小儿子。看到自己的宝贝挥舞着双拳，亲吻着金牌，听到他像一个小孩子那样用上海话高呼，母亲再次热泪奔流：“翔翔，你已经三个月没回家了，妈妈真是太想你了，早点回来哦，早点回来……等你回来，妈妈一定好好犒劳犒劳你。”

通话中，刘翔不仅询问了爸爸妈妈近来的身体情况，还提起了他高龄的爷爷。“对了妈妈，爷爷家电话昨天怎么打不通呢？”刘翔在电话那头问。“哦，昨天他来我们家一起看的比赛，他也是非常开心的。比赛看好后，你叔叔就打车送他回家了。”妈妈开心地说。但是刘翔却心疼地说：“他都那么大年纪了，心脏又不好，就不应该让他过来看比赛的。”

刘翔妈妈作过统计，为了备战雅典，就在上海家门口训练的刘翔，去年也只回家了 27 次。北京集训阶段，刘翔回家的次数就更少了。夺冠后的刘翔也许想趁机弥补一下对爸爸妈妈的“亏欠”，索性在屏幕那头撒起“娇”来：“我可能还要等几天才能回家，但我早已归心似箭。真的特别想念爸爸妈妈，我有好多好多的话想回来慢慢说给你们听啊。”

虽然就简简单单的几句话，却可以看出刘翔是个多么孝顺的孩子。刘翔说回上海后，他做的第一件事就是先在家陪陪家人，然后再考虑其他的事情。

掌声如雷，烟花如雨！东方蛟龙冲向终点的一刹那，成为中国体育的庆典！

刘翔，父母为你骄傲！上海为你骄傲！中国为你骄傲！

刘翔，好样的！

田径队——一片苦心万般期待

中国田径队这次出征雅典奥运会的目标是冲击两块奖牌，但开赛九天来，田径队一直都无缘一亲奖牌的芳泽，包括冯树勇在内的田径队领导都被压得透不过气来，他甚至连记者的电话都不再接。刘翔夺冠使局势大为改观。一时间，中国田径队群情激奋，一片欢腾。

是的，只有他们最知道，这一枚金牌背后凝聚着多少人的努力和心血，他们为确保刘翔夺冠，可谓不遗余力，煞费苦心。

进驻雅典奥运村，田径队经过慎重考虑，有意将刘翔安排住到领导一个单元，其目的是保证刘翔有一个绝对安静的环境，不受外界打扰。因此，田径队领导开会都转移到其他房间，就连上洗手间都轻手轻脚，能够在外面解决的问题，全部在外面解决。在刘翔比赛这几天，由于事务繁忙，田径队领导回来都很晚，而他们怕打扰刘翔休息，连澡都不敢洗。中心主任罗超毅更是带头，在刘翔出去吃饭和训练时，他才匆匆冲个澡。这真真是国宝级的待遇啊！

对于刘翔来说，在场上拼的就是实力。然而中国田径实在太期待这枚金牌了，几乎到了“不择手段”的地步。冯树勇在赛后笑着透露了一个小秘密：他凡是收到预祝刘翔成功的短信，全部留着一个都不删。直到祝福成真，刘翔夺冠后，冯树勇才打开了陪伴他几个月的短信，一边开心地重温着一句句祥瑞吉语，一边依依不舍地将它们删除，因为它们终于圆满地完成了自己的使命。

期待幸运，但更要科学。刘翔每轮比赛后，国内的相关科研人员都会详细分析出他主要对手的数据，包括每个栏与栏之间的用时，包括过栏时间，以及在整个比赛过程中的速度高峰出现在哪个阶段等等。而在每轮比赛结束后，这些数据都会通过邮件发送到冯树勇的邮箱里。他抄写下发来的数据，回到住处就与同一房间的孙海平进行分析决策。决赛之前，根据国内科研人员传来的技术分析，法国选手杜库里已经过了状态巅峰期，卫冕冠军加西亚数据也不占优，整体状况并不好。通过科研精确分析对手状态，他们对刘翔夺冠的把握已经接近百分之百。但冯树勇仍旧不敢声张，就怕出现万一情况，刘翔大意失荆州。

一切努力都没有白费，一切付出都是值得的。刘翔用非凡的成功回报了他的教练、同事和领导，回报了培养他的田径队。

紧接着，邢慧娜在女子一万米长跑中夺魁，8 月 27 日，在雅典被盛传为“中国田径日”。从此，中国田径队可说是“虎踞龙盘今胜昔，天翻地覆慨而慷”！

（选自上海文艺出版社《中国翔》，2004 年 10 月出版，作者：王春鸣）

我爱女排

北京时间2004年8月29日，雅典奥运会女子排球决赛在和平友谊体育场举行。经过2小时30分钟的激烈争夺，最终，中国女排在先失两局的不利情况下连扳三局，以总比分3∶2击败俄罗斯女排获得冠军，为中国代表团赢得第31枚金牌。这也是中国女排继1984年洛杉矶奥运会夺冠以来第二次在奥运会女排比赛中夺得冠军。

1

2004年8月14日，雅典奥运会首战，中国女排与实力强劲的美国女排狭路相逢。

中国女排志在冲击金牌，首战必须闯过美国关。而美国队士气正旺，正对中国女排虎视眈眈。

2003年世界杯，中国女排11战全胜夺冠，唯一一场3比2险胜对手的比赛，就是战胜美国队的比赛，那场比赛也被公认为是中国女排在夺冠道路上打得最艰苦的一场。2004年，缺少了赵蕊蕊的中国女排在和美国队的三场较量中一胜两负，主要输在了网上高度。特别是在奥运会前半个月，在世界女排大奖赛总决赛上，美国队以3比0完胜中国队，两队表现之强烈反差给中国女排的奥运夺金之路蒙上一层阴影。

奥运会开幕前一天的训练结束后，平时总是笑眯眯的主攻手杨昊因为迟迟出不来状态着急得哭了。当天晚上在队员们自己组织的沟通交流会上，好几个队员也是说着说着就眼泪汪汪的了。陈忠和看懂了这些信号，大赛临近，队员们正在和巨大的心理压力较量，此时她们需要的是一种带动力，激发她们冲出来。

中国女排夺金战打响。（戚恒/摄，图片来源：新华社）

中国女排在奥运年遭受的最大打击，无疑是绝对主力赵蕊蕊在距离奥运会还有141天时骨折受伤。然而，她为了参加奥运会，争分夺秒努力跨越从病床到球场的距离，最终搭上了奥运会的“末班车”，那种执著所创造的奇迹是对每个队员最大的鼓舞。

中美之战，让赵蕊蕊首发！

本想到奥运会第二阶段比赛再派上赵蕊蕊的陈忠和，在首战前夜毅然决定派出上升势头强劲的赵蕊蕊首发上场，以达到震慑对手并有力带动全队士气的效果。

不过他无论如何也没有想到，这个他权衡再三、谨慎又谨慎才做出的决定，在奥运会的比赛仅仅开始三分钟时，就成了让他深深痛悔的选择。

赵蕊蕊的再次受伤，无疑更加重了3月26日以来陈忠和的心痛。

半年前赵蕊蕊右腿顷刻间失去支撑的那一幕，在这个雅典的夜晚，再次异常清晰地重现在陈忠和的脑海里。

他还清清楚楚地记得，那天去训练的路上，他还对自己说，距离奥运会开幕只有140天了。而且就在赵蕊蕊骨折受伤前的几秒钟，他还正在考虑这班姑娘距离奥运会冠军还有哪些差距，未来的一百多天该如何带领她们尽最大努力去弥补。

然而突然降临的悲剧彻底把他打回原点。

看到赵蕊蕊疼得浑身哆嗦的样子，他的心也在剧烈地颤抖。

处理完排球馆中的混乱局面，安抚受惊的队员回房休息，陈忠和快步走回房间向排管中心主任徐利打电话汇报情况。听到听筒里传来徐利那一声熟悉的"喂"，陈忠和再也说不出话来，在队员面前强忍着才没有掉下来的眼泪，顿时失去控制……

他是个坚强的男人，只有在与至亲生离死别时掉过眼泪。

下午3点，红肿着双眼的陈忠和准时出现在了排球馆。

他像平时一样习惯性地"检阅"了一遍队伍。

看到赵蕊蕊消失在队伍的最前排，想到此时她正在医院里承受痛苦，陈忠和非常自责。他总感觉如果自己的工作能够再细心一点，各方面的工作做得更到位一点，也许赵蕊蕊就不会受伤。

队员们的情绪都很低落，他还没说话，好几个队员的眼圈就已经红了。

看到姑娘们的眼泪，陈忠和的鼻子也酸酸的。

在来训练馆的路上，他已经准备好了要对姑娘们说的话："赵蕊蕊受伤了，但是中国女排不能垮掉！你们真正关心赵蕊蕊，同情她，就一定要坚强起来，抓紧未来的一百多天，练得比过去更出色，帮助她去实现梦想，只有这样，我们才对得起她。"

面对一起奋斗了四年的姑娘们，陈忠和深吸了几口气，一再努力稳定情绪，但仍然没有把这段话讲完。他是坚持不在队员们面前掉眼泪的，后来实在控制不住自己了，就跑到训练馆外让眼泪痛痛快快地流了几分钟……

训练之余，他一有时间，就到赵蕊蕊的病床前看望，每次他都是想去安慰赵蕊蕊的，可是每次去他都会触景生情，一说到动情处，先掉眼泪的往往是他自己。

从2001年这支中国女排组队，三年来，他一直把到雅典奥运会上"冲前三争第一”看作努力的方向。这个方向，在 2003 年中国女排时隔 17 年重圆世界冠军梦后都不曾更改，全队的最高目标一直是到奥运会上摘金夺银。

随着备战雅典奥运会的集训开始，从郴州到漳州，队伍一直在陈忠和精心设计的奥运金牌之路上努力前行。那时想到 8 月的雅典奥运会，他总会激情澎湃地对姑娘们说：“我们现在承受痛苦，是为了有朝一日实现梦想。我们成功的喜悦，一定要在达到奥运冠军的巅峰时刻才能尽情释放。”

但是随着赵蕊蕊突然遭遇重伤，球队跟着一起伤筋动骨，梦想一度成了断线的风筝。

再问中国女排还能到达巅峰吗，陈忠和心里也一时没了答案。

那段时间，他的情绪时常波动，中国女排也需要时间调整。为了免受外界干扰，球队选择了对外封锁赵蕊蕊重伤的消息。

然而纸包不住火，传言很快弥散开来。偏偏陈忠和又不是个会撒谎的人，从 3 月 26 日赵蕊蕊受伤到 4 月中旬他对外说出实情，其间他不断面对各路记者有关赵蕊蕊伤势的提问，从他那略显迟疑的语气中，很多人都察觉出了异样。

半个月后，在媒体一轮接一轮的追问中，陈忠和被迫对外坦承赵蕊蕊受伤的实情。但是因为将赵蕊蕊重伤的事实隐瞒了半个月之久才公之于众，陈忠和还是成了众矢之的。

媒体和球迷的轮番责问，让他想起了 2002 年。

那次中国女排世锦赛夺冠不成，前三未进，“让球事件”搞得满城风雨，全队灰头土脸地回国，他也一度面临“千夫所指”的境地。

“回国后我真是消沉了，每天就是拼命地抽烟，一根接一根，手机关掉，电话线拔掉，谁也不想见，一夜之间满脸胡须……我从来没有那样过，整个人处在垮掉的边缘。”

他的一些朋友为他的状况焦急不已，而他的另一些朋友，则相信他一定能够挺过去。

“听到外面吵着要换我的声音越来越凶，开始我很烦，后来他们吵到一定程度，我就有抵抗力了，不那么脆弱了。我是不甘堕落的，到后来，虽然我还是把自己关在屋里抽闷烟，不过我的想法已经变了：只要你们能给我留一口气，我就要再证明给你们看看。”

这最后一口气的力量强大到令人惊叹，后来还凝成了他和12位姑娘的合力。

最艰难的时候，他迎来了自己的45岁生日。

姑娘们借为他庆祝生日宣泄了压抑很深的情感。她们让赵蕊蕊画一幅画当生日卡，大家在上面写一句最想说的话。赵蕊蕊没有重新画，而是找出一幅得意旧作，画上是一株茁壮成长的向日葵，她还特意为向日葵描了一道闪光的金边……

在向日葵周围，12个姑娘每人写了一句心里话，她们大多用了“爱”字。

“看到那句‘有这么多人爱你，你是世界上最幸福的人’，我鼻子猛地发酸，再多留一分钟，她们就会看到我的眼泪了，我赶紧快步走出房间。”

2002年世锦赛后的亚运会，算是留给陈忠和的最后机会。

12个姑娘拧成一股劲捍卫主教练，背水一战成了浴火重生的契机。

……

如今，他感觉自己带领中国女排又走到了一座高山面前，不过时间已经帮他走出了赵蕊蕊受伤之初的痛苦和脆弱，他已经做好准备重新振作精神，面对这场空前的考验。

在他公开承认赵蕊蕊重伤的同时，他也掷地有声地宣布中国女排征战奥运会的目标不变，还是要到雅典“冲三争一”！

“我不是没想过绝对主力伤了，实现既定目标很困难了，给大家吹吹风，降低一下对女排的期望值，我自己的压力会小很多。但是一有这样的杂念，我就会想起2001年球队组建时我对队员们立下的誓言。队里出了一些问题，四年的誓言就都不算数了，我自己都不能答应，还能说服谁？”

在距离雅典奥运会不足140天时，在绝对主力重伤离队的情况下，陈忠和用这样的方式给自己断了后路。

2

坚强的陈忠和也有脆弱的时候。

那是他带领中国女排进驻雅典奥运村前一周，全队刚刚打完大奖赛，飞抵波兰小城格西尼亚。我打电话采访他。他说大奖赛总决赛的惨败对他打击很大，令他信心大减，他开始怀疑自己，甚至想到了下课。

半年前，赵蕊蕊突然重伤打了他一个措手不及，在那么困难的情况下他都能迎难而上，现在奥运会马上就要开始了，应该说最艰难的日子已经挺过来了，他却想到了下课。我简直不敢相信自己的耳朵，一时间，我甚至有些怀疑在电话那头和我说话的是不是那个什么困难都打不倒的陈忠和。

可他说自己已经想好了，如果中国女排在奥运会上连小组都不能出线，他就提出辞职，因为他感觉对不起队员："她们跟我辛苦奋斗了四年，吃了那么多苦，特别是这半年，我几乎天天跟她们发火着急，如果她们这么努力付出，最后却得不到好成绩回报，那我无论如何也不能原谅自己。"

这让我想起在中国女排出征奥运会前，张萍对陈忠和的一段"抱怨"——

赵蕊蕊受伤以后，年轻的副攻手张萍被陈忠和从替补队员一边叫了出来。自从在毫无准备的情况下接过赵蕊蕊的枪，开朗的张萍"再无宁日"。

"这半年，陈导盯我盯得太紧了，单独训练就不知道有多少次。说心里话，我是尽了最大努力了，但是总也达不到他的要求。好多次在我快要失去信心的时候，我都鼓励自己说：'陈导说你做得不好，就是还有提高的空间，加油吧！再说，陈导也不是就说你一个人不好，他现在对谁的要求不是高得要命？'"

让张萍用140天的时间追上受伤之前如日中天的赵蕊蕊，根本就是"不可能完成的任务"，这一点，陈忠和心里非常清楚，但是喜欢搏命的他却下定决心要带着张萍搏一把。

在重塑球队的压力之下，陈忠和的确变得越发"苛刻"。

队长冯坤一度感觉特别压抑，她跑去向陈忠和的爱人李东红哭诉："我们都很尽力了，但是我们再努力也达不到陈导的要求，他永远都不会说满意！"

陈忠和也知道队员们很委屈，他为此常常检讨自己为什么总是发火，他也多次向姑娘们道歉，但是一回到球场上，他就根本控制不住自己，继续当他的"魔鬼教练"。

原本他相信闯过这道难关，情况就会越来越好了。因为对于备战过程中的困难考验，他早有思想准备——

今年春节刚过，在中国女排为奥运备战的第一天晚上，我就找所有队员谈了话。我告诉她们，我备战的指导思想就是要她们在最困难、最疲劳的状态下去适应比赛。因为一支能够在奥运赛场上经得起考验的球队，一定是具备顽强拼搏的精神和钢铁般的意志、即使是在逆境中也能战胜自我的集体。

很多人问过我奥运会的冠军会是哪支球队，我说谁的求胜欲望最强烈、意志最坚强，谁就是最终的胜利者。拿到世界冠军后中国女排的路更加艰难了，我们的对手虎视眈眈，我们却个个身心疲惫，但是如果我们能做好每一天，付出自己的全部，那一定是逆境中很好的锻炼和考验。如果我们能够正确面对困难，咬紧牙关坚持到底，我们就有可能实现梦想。

后来赵蕊蕊突然重伤，他不改初衷，带着其余的姑娘苦练，搭上了全部的时间和精力。眼看着球队又一点点缓过劲来了，没想到在奥运会前最重要的也是最后的热身赛——世界女排大奖赛总决赛上，面对阵容整齐的主要对手，中国女排竟然不会打球了……

总决赛小组赛，中国女排和意大利队、美国队同分一组。在以3比1战胜意大利队之后，中国女排第二天却以0比3惨败给美国队，通过小分计算小组排名，中国女排沦落到只能跟被公认为参赛队中实力最差的德国队争夺第五名的地步。更糟糕的是，面对德国队的挑战，中国女排仍然找不到感觉，若不是作战经验略胜一筹，排名就要垫底。

“险胜德国队的那天晚上，我对自己的这种怀疑达到了顶峰。我们练了那么多，练得那么好，怎么打得这么差？莫非是我带错路了？”他像是在问我，更像是自言自语。

还好他不钻牛角尖，第二天睡醒觉就想通了，不再杞人忧天，浪费精力和时间。

“该我下课的时候，我不想下也得下，不该我下课，我想下也下不了！我们福建人有一句话叫‘爱拼才会赢’嘛，都到了这个份儿上，还想什么后路，闭着眼睛也要往前冲！”

听到陈导这话，我放心了。

而且我发现在战胜了一次脆弱之后，他的内心更加坚强了。

雅典奥运会刚开始，陈忠和又遇打击。

看着赵蕊蕊只在奥运会赛场上惊艳了一瞬间就旧伤复发被担架抬走，他知道中国女排已经彻底没有退路了。

所幸，姑娘们并没有受到这场突发事件的影响，斗志被彻底激发出来，她们打出了几个月来最漂亮的一场球，面对来势汹汹的美国队，中国女排以 3 比 1 取得首场比赛的胜利。

付出巨大代价赢得了开门红，赛后，陈忠和的心情很复杂。

回到奥运村，他打开手机，两条短信息挤了进来，一条是赵蕊蕊的爸爸妈妈发来的，另一条来自一个陌生的号码。

赵蕊蕊父母给陈忠和的短信这样说："祝贺中国女排取得开门红！赵蕊蕊冒着风险上场拼搏，不幸旧伤复发，她为了自己的奥运梦想和球队荣誉，伤也值得。愿蕊蕊的队友们保重自己，打出士气，压倒对手，为祖国争光！"

作为老一代排球工作者，赵蕊蕊的父母有这样的胸怀，能这样理解主教练，是对正承受赵蕊蕊再伤和奥运大赛双重压力的陈忠和最大的安慰。

不过另一条短信息就很不客气了："陈忠和，你把我的害怕变成了现实！我要质问你：你懂科学吗？赵蕊蕊她不是神，她是人，是个有血有肉有思想的人……"

其实在权衡奥运会参赛队员名单的那些天，在看着赵蕊蕊为伤愈复出做最后准备的那些天，陈忠和不是没有想到过，一旦赵蕊蕊再出问题，不仅是她要遭受双倍的痛苦，自己更难逃无数的埋怨和指责，征战奥运也会又多一层压力。但是在反复权衡之后，他还是决定带赵蕊蕊去雅典，不仅如此，他还盼望着赵蕊蕊能上场比赛，最终还能和其他 11 名队员一起站到奥运会的最高领奖台上去。

这个特殊的情结，局外人是很难理解的。

就像赵蕊蕊为了参加奥运会不顾一切地跟时间赛跑，最后跟上了全队的脚步，却付出了再次受伤的巨大代价，很多人也不理解她，可是她却很知足，没有一点后悔——

"2000 年我就是倒在奥运会的大门前，2001 年陈导组建起我们这支队，一直强调的就是 2004 年奥运会的目标。这四年，我们在一起吃了多少苦，流了多少汗，只有我们自己知道。不只是我，换成我们之中的任何一个人，面对奥运会梦想的召唤，都会义无返顾的。"

赵蕊蕊在奥运会的第一个比赛日就旧伤复发，医生明确告诉陈忠和这个运动员可以回家养伤了，国际排联的官员见中国女排刚一开战就损兵折将，也特意跑来询问陈忠和需不需要征调援兵，更改 12 人名单。

其时，陈忠和已经下定决心，他要留下赵蕊蕊，更要带领球队打好奥运会后面的比赛，他想尽最大的努力让受伤的赵蕊蕊跟队友一起走上领奖台。

这是一个沉甸甸的诺言。

在奥运大战刚刚打响时，陈忠和又给自己加了码。

3

雅典奥运会的金牌决战终于打响了。

赵蕊蕊身穿领奖服出现在看台上的运动员观摩区，十分醒目。看着她为中国女排虔诚祈祷，坐在看台另一边的我则在心里默默为她祝福。

15 天过得也快也慢，她在奥运会第一场比赛中再次受伤那令人伤心的一幕，似乎就发生在昨天，可是中国女排经过七场鏖战，已经站到了离奥运冠军最近的地方。

然而，中国女排却遭遇开赛以来最差的开局。

俄罗斯队与小组赛时判若两队，她们上来就直落两局，把中国女排逼到了悬崖边上。

我有点儿坐不住了，走到赛场外深吸了两口气，一再安慰自己："拿到银牌已经不错了！可以交代了！"

我想找人聊聊，周围没有熟人，就给赵蕊蕊发信息说了我的银牌预感，没想到她给我回信说："你太沉不住气了，这才哪儿到哪儿啊！放心吧！她们肯定能行！"

到了那种时候还能对胜利抱有足够的信心？我当时以为她只是说说而已。

不过进入第三局，中国女排的场上队员的确像赵蕊蕊所说，扔掉包袱触底反弹了，而站在场边指挥战斗的陈忠和也恢复了他招牌式的微笑，中国队得分了，他点头笑笑，中国队丢分了，他摇头笑笑。

陈忠和的笑容很有感染力。

看到他的笑，我心里没那么紧张了。那个时候，我忽然想起了奥运会前采访冯坤时她曾经说过的一句话："在我们这支球队里，陈导的笑容是大家的一颗定心丸。陈导还能笑得出来的时候，我们就知道眼前的困难不是特别可怕。"

第四局比赛进入尾声，俄罗斯队以 23 比 21 领先，在对手再拿两分就要拿下奥运冠军时，全世界的中国人中，恐怕只有陈忠和和场上的女排队员还能笑得出来。

我紧张得快要窒息了，根本不敢看场上的争夺。我抬头看球馆的屋顶，低头看自己的双脚，然后用手捂着脸，只露一条小缝定睛注视着场边陈导的一举一动。

他为什么还能笑得出来呢？

在我的心快要跳出来的时候，我还这样问过自己。

不过最重要的是他笑到了最后，中国女排终于后来居上，从对手手中抢回第四局，把决赛拖入决胜局。

夺金希望再起，我兴奋地从座位上弹起来，忘情欢呼。

就在此时，一个俄罗斯人跑过来跟我比比划划，意思是想要跟我换位子。他想用我前一排的二号位子换我所坐的一号位子，理由是想跟坐在我身边的他的同伴一起给他们的女排加油。

换个位子本来不是什么大问题，但是从“一”换到“二”，这样的改变触碰到了我敏感的神经，我冲他使劲摇头，说我不换。

见我不同意，那个俄罗斯人不死心，一个劲儿追问为什么。场上比赛都开始了，他还没完没了，我索性不理他，气得他只好嘟嘟囔囔回到自己的座位。

那局比赛，俄罗斯队每得一分，他必然回过头朝我做鬼脸示威一次，坐在我旁边的他的同伙也肯定要靠近我尖叫两声。还好最后是我们中国女排力挽狂澜拿下了比赛，拿到了冠军，让我痛痛快快出了口恶气，要不我非得被他们俩气死不可。

回想起来，我对中国女排夺冠之夜的记忆差不多就停留在张越红把决定冠军归属的一球狠狠扣在对方场地上那一刻。此后的事情，因为大脑皮层过于兴奋，我感觉更像是在做梦。

在体育馆里等待颁奖仪式，全场已经汇成了中国人欢乐的海洋，我在拥挤的人潮中好不容易找到了熟人——同样想找熟人分享胜利喜悦的《中国体育报》摄影记者刘亚茹。我和亚茹姐认识五年了，那是唯一的一次，我俩流着眼泪紧紧拥抱在一起。

终于等到中国女排出场了。她们从离我们很近的通道走出来，我们激动地喊她们的名字，朝她们挥手。冯坤、赵蕊蕊、张萍、张越红……很多队员都看到了我们，也冲我们挥手。这下可好，更多的观众被吸引过来，大家挤在一起，笑着跳着，感觉特别开心。

女排队员夺冠后激动万分，有的大哭，有的大笑。（陈晓伟/摄，图片来源：新华社）

女排队员庆祝赢球。（戚恒／摄，图片来源：新华社）

那个时刻，她们终于苦尽甘来，体会到了幸福的滋味。

颁奖仪式刚刚结束，我就赶快跑到体育馆外的通道口，在那里等队员们走出来。当时我最想做的事就是和她们见上一面，和她们分享梦想成真的感受。

张娜头戴花环、手捧鲜花第一个跑了出来。

看到我站在门口，她激动地跑过来，搂着我就问："你听过一首歌叫《相信自己》吗？"

我知道那是零点乐队演唱的中超主题歌，但是我不知道张娜为什么问我这个问题。她嘿嘿笑着说："你知道吗，在我们0比2落后的时候，我忽然想起这首歌，我哼着就上场了……"

接着是助理教练赖亚文，大家都亲切地管她叫姐。

她的头上没有花环，手里没有鲜花，胸前也没有金牌，我问她颁奖仪式后有没有挂上奥运金牌照张相，亚文姐说:“看到她们挂金牌，我的心里就已经非常非常满足了。”

又过了一会儿，赵蕊蕊从通道的那一端走过来了。她的腿刚刚开始恢复，走路还不是很利索，但是远远看到我，她就加快了脚步，边走还边朝我挥动着手中的鲜花。

这是我俩在雅典的第二次面对面。上一次还是在奥运会首战那天，在她出场三分钟就受伤下场后，我不顾一切跑向她，蹲在担架旁边，伤心地哭着和她告别。

时隔15天，我们又见面了。

当她半蹲着给了我一个结结实实的拥抱时，我们俩都哭了，不过这一次是幸福的眼泪。她能最终站到奥运会的最高领奖台上，我俩所有的伤心和痛苦，就都可以化作心愿终偿的幸福了。

赵蕊蕊走上大客车之前，把那束奖给奥运会冠军的鲜花送给了我，而我还提出了一个过分的要求：咬一咬她的奥运金牌，像她刚才在领奖台上那样。

她痛快地从脖子上摘下她的金牌，让我仔细端详，尽情“品尝”。

当晚，她给我发了一条短信，看来是发泄对我决赛中两局过后就沉不住气的“不满”——

> 其实很可惜咱们认识得晚了一些，过去三年你没有看过我们真正是怎么练的，我们早就磨练出在困境中战胜绝望的本领，所以不论再碰到什么困难都不会感到绝望！

4

拿到冠军的当天晚上，陈导主动和我约好，第二天下午3点，他在奥运村大门口等我。

那天，陈导一身白色休闲装，和我平时在排球馆见到的装束很是不同，他的神情略显疲惫，看样子还没有从紧张的奥运会比赛中完全解脱出来。

中国女排队员在颁奖仪式后高举五星红旗，绕场向观众致意。（杨宗友/摄，图片来源：新华社）

我们坐在白色太阳伞下聊天，身边不时有人经过，都是准备去参加晚上奥运会闭幕式的。我以为接受完我的采访，陈导也会去闭幕式上转一圈，留张影，好好回味一下他的雅典奥运会，可是他说为了奥运会，他这一年来就没睡过几个踏实觉，感觉实在是太累了，拿到奥运会冠军，兴奋过后，他只想在房间里睡觉，甚至来接受我的采访，都是被闹钟叫醒的。

这让我深怀歉意。

不过陈导也认为，我采访他的这些问题，他都应该在雅典给出答案——

这是您第三次参加奥运会了，从亚特兰大到悉尼再到雅典，从助理教练到主教练，您的感受也一定非常不同吧？

陈忠和：感觉当然不同，而且这次最好。能作为主教练带领艰苦磨练四年的球队在奥运会上实现夺金梦想，那真是再多的金钱也买不来的幸福。1996年亚特兰大奥运会我作为主教练郎平的助理随队出征，球队在没有绝对实力的情况下拿到了亚军，在冠亚军决战中打古巴也发挥出了很高的水平，我感觉很不错。但是回想起来，毕竟当时我不是主教练，赛前的压力和赛后的兴奋体会得都远不如现在这么深刻。

昨天比赛的后三局，形势那么严峻，我看您一直保持微笑，就特别想知道在那种情况下您为什么还能笑得出来。

陈忠和：昨天的决赛很像是我们这半年艰难备战过程的一个缩影，一波三折，起死回生。当对方几乎胜券在握的时候，我和队员们不是没想到过会输球，但是经历过这半年的痛苦挣扎，没有谁会感到绝望。有人说我们昨天是绝处逢生，这个说法也对，也不对，我们是到了绝处，但是我们没有绝望过。好像在某个时刻，我的脑子里有过一闪念：拿银牌，算不算是遗憾？不过紧张的比赛很快就让我忘了这些顾虑。我们达到了忘我的境界，我们想赢，但是我们不怕输，所以我可以笑，笑着面对任何结果。

如果没有拿到冠军，您最遗憾的事是什么？

陈忠和：那肯定是对不起队员。我们在四年的国家队集训中没有休息过一个整天。我总跟队员们讲，一定要相信有付出就会有回报。但是奥运会的冠军只有一个，我如何保证我的运动员在跟着我艰苦付出四年之后能得到回报，这是对我最严峻的考验。拿不到冠军，我肯定觉得很对不起她们。

那多给队员们放放假，不行吗？一定要让她们这么辛苦，这么枯燥吗？

陈忠和：那肯定不行。我们这支球队没有绝对实力战胜对手，别人用一个月可以做到的，我们就需要付出更多的时间和精力，我对她们的要求就得更细更严。我爱人也总说我对她们要求太严，把人家练成那个样子，但是我总想，如果我们努力付出了四年，最终却不能取得好成绩，那她们会更恨我的。

不管怎么样，最困难的日子已经走过来了，您的球队也得到了最好的回报。

陈忠和：走过的路真是不敢回过头去看啊，太苦太难也太险。不过人生有了这么一段经历，肯定是更有色彩了。我当中国女排主教练这四年，第一年是十大教练员的候选，第二年是十大悲情教练，第三年是感动中国十大人物，今年我实现了梦想，我就想大声说一句，奥运冠军梦成真，我是最有福气的人！

带队拿到了奥运会冠军后，您有没有考虑急流勇退？

陈忠和：朋友都劝我急流勇退，我也清楚竞技场上胜负最无情，但是我觉得我还年轻，如果领导还愿意把中国女排交给我，我还希望能再奋斗四年，再搏一把！其实我在奥运会之前就跟队员们说过，巅峰之后，我不会急流勇退！

再干下去，您的目标是什么？

陈忠和：过去四年我们走了太多的弯路，搞得在雅典每一天都这么惊心动魄。有了前四年的经验，从明年组队开始，我一定要带她们少走弯路。2008年，我们争取在北京到达真正的巅峰！

（选自云南人民出版社《我爱女排》，2008年7月出版，作者：马寅）

新联想

2004年12月8日，中国最大的电脑制造商联想集团在北京与美国IBM公司正式签约，联想将以总计12.5亿美元收购IBM全球的台式、笔记本电脑及其研发、采购业务，IBM公司将拥有18.5%左右的股份。

联想与IBM之间的讨价还价在2004年的整个夏秋持续不断，直到严冬开始时才达成协议：联想将以6.5亿美元现金、6亿美元的公司股票收购IBM在全球的个人计算机业务，此外还将把IBM个人计算机的5亿美元债务转到自己名下。

两个公司签署的文件厚达一米，它将联想20年的历史演绎到最后一页。计划中的“20周年庆典”被一再推迟，因为大家都在等待这个激动人心的时刻。尽管事情一直在严加保密的状态中进行，但是到了12月的第一个星期五，美国那一边还是走漏了风声。《华尔街日报》和《纽约时报》闻讯发表消息，立即在太平洋两岸掀起波澜。“这是一个奇特的时刻，”国际数据公司(IDC)的马塞拉克说，“一个西方资本主义标志性的公司将和一个部分为中国政府拥有的公司联姻。这实在是太奇特了。”《北京晨报》饶有趣味地说：“有的人一年只做一件事情，就足以成为年度人物，柳传志就是如此。”还猜测，这将是一场“惊天并购”。

一年前开始采访这家公司的时候，我对它在2003年更换自己使用多年的英文名称、在2004年投巨资成为奥运会顶级赞助商的行为感到迷惑不解。当我知道它的持续了20年的故事之后，已经没有什么事情可以让我惊奇了。除了有关能不能做得更好、怎样才能更好的争论之外，联想已经是一股让中国人扬眉吐气的力量。公司被人们叫做“新联想”。它的收购包括了所有与IBM笔记本电脑和台式电脑有关的研发、制造、销售渠道、客户、品牌和专利，还包括位于美国和日本的两个研究发展中心，以及分布在160个国家的9 600名雇员。联想将在一夜之间成为世界第三大个

2004 年 12 月 8 日，联想集团董事局主席柳传志（左）与美国 IBM 公司代表在北京举行的签约仪式上握手致意。（图片来源：新华社）

人计算机厂商，拥有至少 130 亿美元的年销售收入和 7.6％的全球个人计算机市场占有率，并且紧紧盯着跑在它前面的戴尔和惠普。

从法律上说，这无疑是一次资产交易，但从实际的运营来说，这一行动更像是两家公司的战略合作，其蓄谋已久、步步为营的性质极为突出。现在我们可以知道，过去两年联想的一系列行为，包括更改商标和英文名称、调整公司战略、收缩业务、裁员、专注个人计算机、成为奥运会的合作伙伴、卖掉信息服务业务、顽固地坚持在中低端领域的竞争方向，所有这些都是为了实现它的战略目标所做的铺垫。有意思的是，在联想煞费苦心、悄无声息地做着这一切的日子里，也正是国内“联想危机论”分外流行之时。有个名叫王育琨的批评者坚信：“联想缺一种远见和梦想，缺一种与生俱来的英雄主义精神和意志。”还说“在真正称量一个民族企业责任和良心的地方，却不见了英雄的踪影，一丝悲凉悄然掠过心头”，因之认定联想只不过是个“平庸的企业”。

2004年12月的第一个周末，联想再次成为舆论的焦点。“Lenovo”这个名称开始频繁地出现在西方媒体上。准确的消息中夹着种种猜测，把事情弄得轰轰烈烈而又含混不清。太平洋两岸的记者们同时寻找内线，希望能够证实传言不虚，可两家

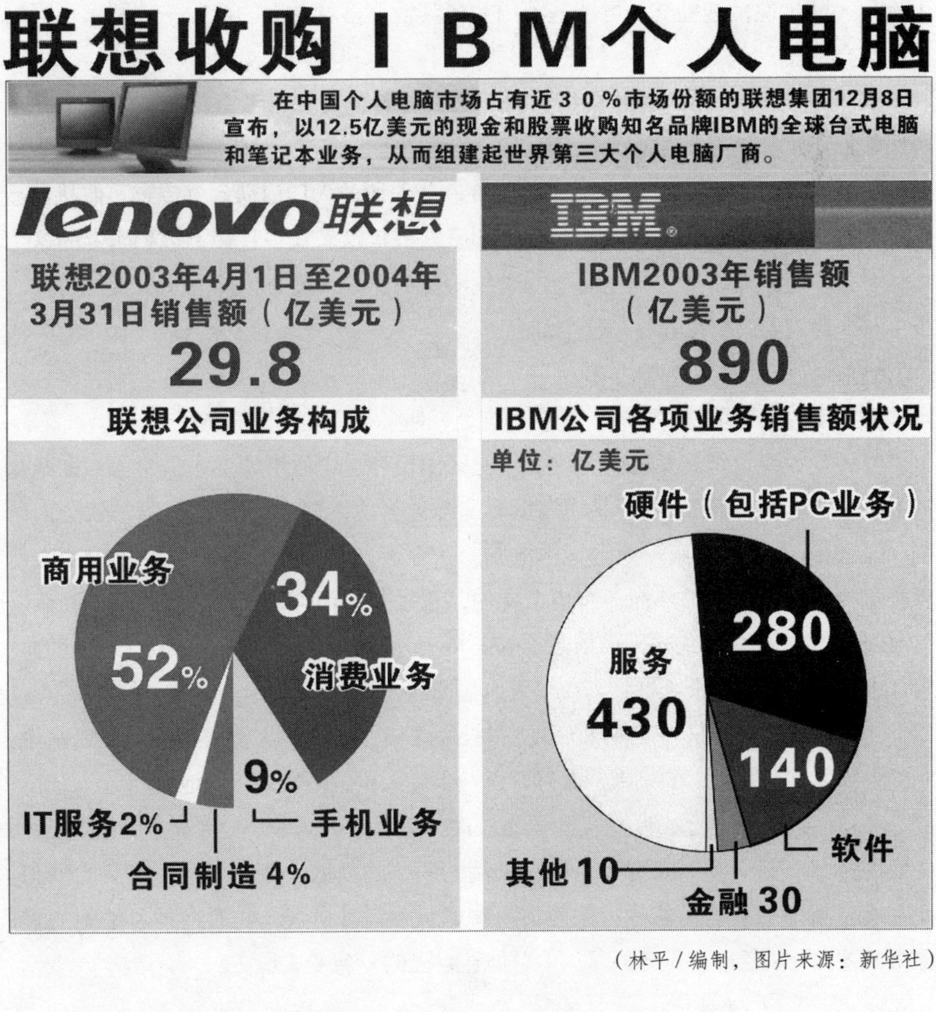

（林平/编制，图片来源：新华社）

公司全都守口如瓶。

一个年收入 30 亿美元的公司收购一个年收入 130 亿美元的公司，进而在销售规模上进入世界 500 强企业的序列，没有人否认这是一个“蛇吞象”的故事。有人说它是“好戏”，有人说联想将“被撑死”。个人计算机市场上那些最重要的人物，至少在表面上都表现得不以为然。东芝公司总裁冈村说：“看不出并购 IBM 电脑有什么好处。”惠普执行副总裁杜亚尼·季特纳说：“一家土生土长的中国企业突然为美国或法国市场制造产品，将面对高度复杂的物流和供应链问题。”联想的最重要的竞争者迈克尔·戴尔说，这桩交易可能逃不出业界其他许多合并案的命运——两家不同的公司整合失败。

到了星期一，《第一财经日报》的编辑们忙着编发一条消息：“IBM 嫁出了一个老姑娘，新郎是联想。准备闹洞房的人们，还是让我们等待联想的公告吧。”

12 月 8 日，星期三，凌晨 4:50，我在联想集团的大门口遇到柳传志。他从自己的黑色奔驰轿车中走出来，穿一身深色西服。一年以来我一直在了解和研究的这个人，看上去还是老样子，只是脸上的皱纹明显更深了，疲惫但却容光焕发。再过四个小时，他就要向全世界宣布这个消息。

“你现在一定很兴奋吧？”我问。

他笑了，简单地说：“是啊！是啊！这是一件多么令人吃惊的事！”

刹那间，我意识到某种巨大的变化已经出现在这个故事的主人公身上。谁都知道 IBM 是世界个人计算机产业的最重要的缔造者，它在 1981 年推出第一款个人电脑，又在 1986 年推出第一款笔记本电脑。在今天，全世界挂着 IBM 商标的个人计算机已经超过一亿台。然而还有更重要的，它是美国精神的象征。正因此，三年以前 IBM 的资深副总裁约翰·卓依西（John Joyce）第一次来到联想提出这个计划的时候，柳传志和杨元庆全都把它当成“天方夜谭”。

这个凌晨，柳传志把公司 80 多位高级经理集合在联想大厦三楼圆形会议室里，对他们描述“新联想”的未来：“做得好，一步登天；做不好，打入地狱。”

从这时起，他将退出联想集团董事长的位置。有些人说，这是他彻底离开公司一线的迹象。其实，他的身体里仍在流淌着联想的血液，他的心里还有新的梦想。我一直觉得他的梦想就像一种宗教，有些偏执，得寸进尺，它有一种可怕的力量，无坚不摧，令人着迷。重要的是，他总能让自己的梦想变成现实。

夜幕降临在大洋彼岸的美洲大陆。“蓝色巨人”的全体员工都收到公司董事会主席兼首席执行官萨姆·帕米萨诺 (Sam Palmisano) 的电子邮件：

“IBM 亲爱的员工们：我有重要的消息和你们分享……”

这消息打破了夜晚的宁静。“以前我是为 IBM 工作，”一个员工说，“而现在是为了一个从来没有听说过的公司工作。”另一个员工则在公司的内部论坛网上写道：“以后养老金要改发人民币了。”

太平洋这一边，曙光初照。柳传志和杨元庆一同走出联想大厦，来到北四环路上的五洲大酒店，在这里向全世界证实那个已被弄得沸沸扬扬的消息。1985 年年初，他作为代理商第一次参加 IBM 公司的会议，怀揣紧张而兴奋的心情，端坐最后一排。现在，在 500 多个中外记者面前，他代表联想在收购 IBM 全球个人计算机业务的文件上签字，感受到全世界的目光，就像 20 年前的那个时刻一样紧张而兴奋。“这是联想两代人梦想的实现，”他说，“同时又是一个新事业的开始。”

公司的 20 周年庆典 12 月 15 日在北京工人体育馆召开，规模盛大。持续 130 分钟的仪式，在贝多芬的《命运交响曲》中开始，在《歌唱祖国》的歌声中结束，其间穿插了一组诗、三封贺信、四段专题片和六个讲话。中国科协主席周光召的一段话，也许可以永远地留在这个公司的历史上：

> 联想今天的成就，不仅是 400 多亿元产值，也不仅是为国家提供的 60 多亿元税收，我想这个不是联想人的主要贡献。他们的主要贡献是为中国开创了一条新的道路，引起了中国科技界观念的彻底改变，这是具有历史意义的。

现在全世界都已知道，IBM 公司的资深副总裁史蒂芬·沃德 (Stephen M. Ward Jr.) 成为“新联想”的首席执行官，而杨元庆接替柳传志的位置，成为“新联想”的董事长。史蒂芬·沃德对一位记者这样描述他对“新联想”的第一印象：“让我惊异的是他们那种包容精神和对外来事物的吸收能力。”而杨元庆则对属下的高级经理们宣布：“我们将把英语作为‘新联想’的官方语言。”

（选自中信出版社《联想风云》，2005 年 1 月出版，作者：凌志军）

民以何食为天

——中国食品安全现状调查

2004 年 4 月，媒体披露安徽阜阳劣质奶粉事件，100 多名儿童受害，10 多名儿童死亡，由此，再一次激起全社会对食品安全问题的担忧。面对老百姓的“天”—— 食品安全，中央政府启动了 21 世纪的“补天计划”并付诸行动。

吃与民族命运

近年来，全球有数亿人因为摄入被污染的食物和饮用水而生病。许多食源性疾病孤立地出现，甚至使相当数量的人受罹。比如，食源性腹泻是儿童最常见的疾病之一，近年成为发展中国家婴幼儿的主要死因之一。据估计，5 岁以下的儿童每年有 15 亿人发生腹泻，直接导致的死亡人数超过了 300 万。人类为此付出的代价是巨大的，不但增加了额外的经济负担，还消耗了有限的卫生资源，这在发展中国家尤为严重。

“民以食为天。”这是自古以来中国人对自己民族重视“吃”和“吃”在日常生活与历史传统中的重要地位的一种妥帖而形象的表达。然而，在我国，猪肉中“瘦肉精”引起的多起群体性食物中毒与蔬菜中农药残留超标的“曝光”，再加上媒体所报道的谷类食品和腐竹中的“吊白块”、水产品中的甲醛等新闻，引起了空前广泛的关注。“我们还能吃什么?”“是谁把我们的‘天’捅了个大窟窿?”百姓们责问。

2003 年上半年，卫生部收到重大食物中毒报告 116 起，中毒人数 3 643 人。在养殖过程中滥用“瘦肉精”等药物是引起中毒的重要原因之一。对此，政府职能部门做了相应的防范与努力：

早在1997年3月，我国农业部便严令禁止β-兴奋剂在畜牧业中的应用。

1998年上半年，国家出入境检验检疫局发出国检办［1998］2号文件《关于加强供港活猪检疫工作的通知》，规定对所有供港生猪进行严格的β-兴奋剂尿样送检制度。一旦发现，销毁所有生猪，禁止其猪肉在香港上市。

1999年，农业部在全国范围内开展对盐酸克伦特罗（“瘦肉精”）等违禁兽药饲料的专项查处，并出台农牧发［1999］1号文件，明确规定禁止生产和使用含“瘦肉精”的饲料。

1999年5月29日，国务院颁布的《饲料和饲料添加剂管理条例》中明文规定:“生产饲料和饲料添加剂不得添加激素类药品。”

2000年4月3日，农业部联合原国家药品监督管理局首次单独就“瘦肉精”问题发出紧急通知（农牧发［2000］4号），要求各地、各部门联合起来，在全国范围内开展对盐酸克伦特罗的查处。

2001年年初，农业部颁布了强制性行业标准《饲料中盐酸克伦特罗的测定》，确定了两种测定方法。

2001年6月，农业部、工商总局等五部委又再次专门发文（农牧发［2001］14号），通知的措辞已升级为“严厉打击”，并再一次强调，盐酸克伦特罗既非兽药，也非饲料添加剂，而是“严重危害畜牧业健康发展和畜产品安全的毒品”。

到了2002年，鉴于“有些地区仍存在违规使用”的情况，农业部又先后以193号公告的形式，禁止将盐酸克伦特罗等数十种药物用于任何食品动物，对

“食”面埋伏　　图/牛力 新华社发

“瘦肉精”从原料到制剂一律封杀。

农业部部长曾在全国人大会议上就“瘦肉精”的问题做了专题回答，并强调：农业部对四个试点城市共进行了四次定点跟踪监测，其中有些城市的生猪样品中仍有少量被检出“瘦肉精”，今后将会继续加大对“瘦肉精”的定点监测力度。

随后，深圳、福州、厦门、上海、北京等地方政府也加大了对“瘦肉精”的打击力度，纷纷制定相关的法律法规，为全面禁用“瘦肉精”创造了较适宜的法制环境。

特别值得一提的是，2004 年 3 月 17 日，国家食品药品监督管理局、公安部、农业部、商务部、卫生部、工商行政管理总局、国家质量监督检验检疫局、海关总署等八个部、局联合颁发了国食药监察［2004］66 号文件，把“瘦肉精”的防堵提到了前所未有的高度，并作了专项规定：整治畜产品违禁药物滥用和兽药残留超标行为，加强饲料和兽药市场准入管理，逐步建立生产和经营的可追溯制度，阻止违禁药品从人用药品领域流向养殖环节，以检查“瘦肉精”生产使用窝点为突破口，对“瘦肉精”检出率过高的地区实施重点整治。

这里，先讲一件笔者在采访中遇到的真事：

那是一个地处我国南方的城市。为了了解“瘦肉精”检测方面的技术问题，我专程去该城市一家大学的食品系请教。因为有朋友的事先关照，我得以在不短的时间内和那里的科研人员朝夕相处，并参与到他们的检测过程中去，这样，获得了一些珍贵而又让人感到恐惧的第一手资料。

这是一个专门从事猪肉中“瘦肉精”残留检测的科研单位。我多次随这些研究人员去该市的几大屠宰场提取生猪尿样。每次取检样回来做过实验后，科研人员都是垂头丧气的样子。起先，我以为是他们的检测技术不过关而导致检验结果不稳定，细问后，我愕然而不知所措。

相处的时间久了些，我与这个科研小组的成员们建立起了相互的信赖，因而在我再三追问下，年轻的负责人激愤地告诉我：“我知道你是要写这方面的东西的，实在也是气愤得不行，你要知道，在我们这个城市里，根本就取不到阴性尿样！但要没有与阴性尿样相关的数据，我们的科研就无法进行，实在是太耽误时间了。现在，我们每次为了获得相关数据，就得开车去数百里外的农家，找那些放养的猪去提取尿样。而做猪肉检测就更难了。我们无论是直接从屠宰厂里取样，还是去肉菜市场买猪肉检测，其数据结果都是高得吓人！而我们又不能为取二两都不到的肉样把农家放养的猪杀了吧？先不说时间上的耽搁，就是这钱我们也出不起呀。”

我不禁追问：“那么为什么不去那些大超市呢？他们的进货渠道会好一些吧，我们平时买东西还是相信大超市的。”

“你恰恰讲反了。据我们监测，大超市的猪肉更可怕，因为大超市一般情况下都有自己的定点养猪场，而‘瘦肉精’只有成规模使用才能获得暴利。再加上目前检测人员少，检测成本高，而趁机谋利的不法之徒又多，就我们市现有的人员，检测农贸市场还忙得脚打后脑勺呢，哪还能顾上超市？再说大商场和超市都是些财大气粗的主儿，归属又很混乱，你就是想去检还未必检得成。”

我又问：“当地的官员知道这么严重的情况吗？”

“当然知道。在这个问题上，他们也是各事其主，各自的需求不一样，其态度也就截然相反。”

这正是“龙多不下雨”的典型范本，难怪网上会出现“八个部门难管一头猪”的问责文字。如果像这样一个关乎国计民生的大问题还总陷在多头管理、职责不清的“三个和尚没水吃”的尴尬状态的话，作为纳税人，我们，是不是也应该说道说道？

当我问及除上述原因外，对“瘦肉精”的控制不力还有哪些原因时，我的这位朋友情绪都显得有些低落：“检测手段也绊住了我们的腿。目前，我们使用的检测仪器和试剂盒都是从国外进口的，每盒检测试剂成本在2 000元以上，一台仪器也要100万元~150万元，一个尿样的检测费用约100元左右，费用十分昂贵，而且还要等四五个小时，如果检测猪肉猪肝的话，至少需要一天时间。这也是‘瘦肉精’难以控制的一个原因。一边是检测手段繁琐、费用相对高，另一边，‘瘦肉精’却是一种普通药厂都能生产且轻易就能买到的东西。因为价格低廉，配制方便，政府部门在饲料源头查得紧了，部分养殖场就会在利益的驱使下自行配制并添加‘瘦肉精’。

针对这一条，研发出更廉价、灵敏、简便、快捷的检测方法是个关键。”

“目前，在这方面有什么苗头吗？”我问。

“国内也有几家在搞，据说江西的一家中德生物工程公司搞得有些眉目了。”

对中国食品安全在国际上面临的尴尬状态了解得越多，我的心情就越灰暗，特别是为我们那些以养猪为主要收入的同胞而担忧。须知，生猪产品是我国第二大出口畜产品，出口额占出口总额的20%以上。因为受药物污染的影响，我国对欧洲国家、日本、美国等地出口的猪肉，被拒收、扣留、退货、销毁和中止合同的事件时有发生。欧洲是我国畜产品第二大出口市场，受欧盟禁止进口中国动物源性食品的影响，2002年1月～9月，我国畜产品对欧洲出口3.3亿美元，同比下降15.6%。生猪出口养殖企业和养猪专业户因此而蒙受了巨大的损失。据统计，目前我国农村有1亿户左右的养猪户，这可是真正关乎亿万人家的大事了。

就是因为连续发生几次特大中毒事故，猪肉出口接连受阻，这一问题的严重性才突显出来，使国家下决心彻底驱逐“瘦肉精”。

可面对欧美发达国家超强的技术壁垒，面对国内生猪检测成本过高而大批生猪因此漏检的现实，我们又能如何应对呢？古语云：巧妇难为无米之炊呀。

而随后在江西中德大地生物工程公司的一个多月的采访，却让我心境好转，大有“解放区的天是明朗的天”之感。

南昌高新技术开发区海外归国留学生创业园内，花木交映，廊曲水碧，一派江南景致，江西中德大地生物工程公司就位于这个充满朝气的地方。来到这家高科技股份企业，我的第一感觉就是，这是一个真正干事且能把事干成功的团队。随后，我便在附近的一家宾馆里住了下来。短短几天的接触，我初步弄清了他们公司的一些情况。下面的介绍就是从他们公司的宣传材料上摘抄下来的：

中德大地生物工程公司是一家股份制生物高科技企业，以食品安全检测为产业发展方向，“中德致用，格物厚生”是公司一直坚持的宗旨，以人为本，以高科技成果回报社会，是公司的终极目标。

该公司由多名海外归国的博士、硕士组成科研团队，并以中国协和医科大学、中国军事医学科学院和江西中德联合研究院为技术依托，建立了国内一流的免疫快速检测技术平台。中德大地现已拥有多项达到或接近国际水准的自主知识产权和科研成果。

老实讲，我对这类企业自我介绍的文字一直都没什么感觉，且多少有些反感和警惕，之所以摘录在此，仅是为了不再因介绍自己并不熟悉的东西而浪费笔墨。而后来的日子里，这里的人和由这些人研发出来的东西却让我不由钦佩——

公司的技术总监陈高明，一位来自中国军事科学院的四川汉子，在实验室里为我演示了“瘦肉精”检测的详细过程：检测工具是一块三分之一火柴盒大小的乳白色试卡，吸取三滴猪尿样或者从猪肉中取得三滴水，再垂直滴入加样孔中，15分钟后，在这块小小试卡的另一端的显示区，就能从是否出现一条清晰的红线来区别尿样是阳性还是阴性了。

陈先生告诉我，这种检测卡比起进口试剂盒来便宜得多，检测时间也缩短了几十倍，同时，在检测的准确性和方便程度上都远远地超过了对方。当我问及最关键的检测成本时，这位曾经的军人却不好意思地一笑：“这是秘密。不过我可以告诉你一个底价，我们每个检测卡的销售价保持在几十元。”

以后的几天里，公司的熊勇华和赖卫华两位博士在帮助我扫除食品安全领域的“科盲”的同时，还向我分别演示了“瘦肉精”在饲料、泔水和猪肉、内脏等多方面的检测过程。平心而论，其过程真的很“傻瓜”，同时也很简单，就我这样动手能力较差的人，看过一遍后也能依葫芦画瓢了。

这里要提一提自称“三大”(脾气大、声音大、饭量大)的公司董事长钱伟。这位当家人曾参与修建江西几个大型电厂并主持修建南昌市最高的电力大厦。当我问他一个工科出身且在高利润的电力业已功成名就的人为什么要投资食品安全领域时，他的一番话颇让人以为然：“投资当然要求高回报，可真正能获得高回报则要求你切实地服务于市场。中国这么多的人口，高层又是如此高的调子强调食品安全，再加上2008年奥运会前对食品安全的进一步要求，你说这该有多大的市场？另外，挣钱是一个方面，切切实实地为社会解决一些问题，于人于己都是积功德的事儿。你说这食品安全关乎着每一个家庭、每一个人，不管你是贫贱富贵，谁都要吃饭，谁都有妻儿老小！”

他说：“还有一个不容回避的原因，那就是我个人的价值取向。我是一个较为典型的民族主义者，多年来，我在家里和单位都不用日本生产的东西。这倒不是因为狭隘，而是一种自己个人面对历史的方式！我和我们的团队当初决定投资这一领域时，这种为我们的民族在高科技壁垒面前打开一道生路，哪怕是挤出一条缝隙的想法，也是起决定性作用的原因之一。”

当我问及公司在食品安全领域里的现状时，这个性情中人不无自豪：“我们已建立起快速检测‘瘦肉精’的检测卡生产线，今年7月，我们的‘瘦肉精’快速检测卡通过了江西省地方标准并取得农业部行业标准立项，目前，我们还在申报国家中小企业创新基金和国家发展改革委员会‘食品安全产业化示范工程基地立项’。由于检测方便、成本低廉，再加上检测结果准确，在销售方面，我们是捷报频传。眼下，不仅北京、上海、广州等大城市在使用我们的产品，就连山东、河北、四川、湖南等地的中小城市也都在使用我们的产品。最可喜的是，深圳进出口检验检疫局一次性地订购我们50 000个快速检测卡，用于供港猪的检疫！至于今后的打算嘛，当然还是在食品安全这一领域里发展。现在已经研发成功的就是食物中黄霉素含量的检测系统，而这个方面，也正是欧盟和一些发达国家在技术平台上卡我们脖子的瓶颈！我觉得，一个人要是真爱自己的国家，不是踢球输给另一国后砸东西，或是时不时在网上发个帖子发泄一下，在这个高科技决定国力的时代，拼技术几乎是我们这个民族提升国际地位的唯一选择！在生物等高科技领域，全世界的研究起步时间都不长，我们完全有可能达到国际前沿。可在这方面，不同单位的相互合作也非常重要，我非常明白：天下的任何一种饭都不可能让你一个人吃完。若如此，你不是累死就是撑死！”

他说：“虽然在研发上我是个外行，但在搭建技术平台、做到优势互补上，我和我们的管理团队还是做了一些工作的。目前，我们中德大地建立了符合GMP标准的中试产业基地，同时还与江西中德联合研究院联合建立了食品安全实验室。实验室和中试基地装备了目前国际最先进的研发和生产仪器设备。同时，我们一直与中国医学科学院、中国协和医科大学以及德国食品科学、分子生物学领域的著名专家有着广泛和深度的合作。”“另外，在‘瘦肉精’快速检测方面，国内的河南百澳生物工程公司做得也相当好。回去路过时，你若有时间，一定去采访一下他们，适当的时机也为我们之间牵牵线。我这个人做事的一贯宗旨就是众人拾柴火焰高！”

这不能不说是一种境界，既没有唯我独尊的倨傲，也没有“卖石灰的见不得卖面粉”式的无端妒忌和提防。我看到了攻破欧盟等发达国家所设置的技术壁垒的希望和中国高科技产业从业人员的境界。诚挚地希望这些高科技企业在日后的时日里一路走好，因为你们的发展既关乎你们企业和个人的发展，同时也关乎我们整个民族在国际舞台的生存空间的伸缩！诚可谓家国一脉呀！

“天”被撕破了

前几日，一位友人从海外回来，谈及一件尴尬事儿：一日，他从所住国前往加拿大的魁北克公干，偶遇一位对东方知之甚少的老外。友人主动介绍自己是1960年代从香港移民出来的中国人，对方立马大惊失色，口中连连用英语大声叫“大头婴儿，大头婴儿”，一时间，竟窘得友人不知如何是好。

安徽阜阳劣质奶粉事件，导致100多名婴幼儿受害，13名死亡，经媒体披露后，引起了社会各界的震惊和关注。据央视报道，其实早在2003年，劣质奶粉就已经充斥了阜阳农村市场。2003年4月至10月安徽阜阳劣质奶粉最为猖獗的时候，曾导致上百名婴儿受害，数十名死亡。2003年8月7日，一个叫荣荣的婴儿被送进医院。13日，出世仅130天的荣荣死去，死前，肝肾功能呈现重度衰竭，并伴发肠源性皮炎，出现了局部溃烂。2004年年初，阜阳市工商部门查封了33种低劣奶粉。但不法商人改头换面继续销售。

继安徽阜阳劣质奶粉事件后，媒体又披露，在山东曹县发现大量劣质奶粉，在广东汕头发现致癌奶粉，在兰州市场发现有毒奶粉，此外，广东、海南、湖北、浙江、四川、广西、河南、甘肃等省，皆在当地查获劣质奶粉，甚至在首都北京的超市也发现了这种劣质奶粉。可想而知，全国还不知有多少地方在销售这种劣质奶粉，也不知道还有多少婴儿的生命面临着威胁。这种人神共愤的丑行震惊了海内外，其前因后果，媒体报道得可谓充分，中央政府的干预力度也不能说不大，在这里，我除了要对一直坚持职业操守、追踪报道这件事的媒体从业人员和利用互联网增加社会透明度的网络作家们表示敬意外，似乎没有什么可说的了。可发生在此后的一些相关事件，却让我欲罢不能！

阜阳事发，中央电视台将那一颗颗稚嫩却畸形得吓人的大脑袋推到了公众的面前，电视观众为之愤怒和悲哀！一时间，人声鼎沸。国务院总理温家宝频频召开相关会议并指示职能部门在做好善后的同时严惩涉案人员。中央政府也不停地派人员赶赴当地督查。人们满以为这下涉案人员可要对这一震惊世界的毒婴儿奶粉案有一个彻底的交代了!

可是不然。

首先是阜阳太和工商局蒙骗国务院调查组的事件曝光，即阜阳劣质奶粉事件中的打假机关造假。4 月 23 日晚，在安徽省太和县工商局下设的公平交易局三楼会议室里，工商局的人员这一夜的任务只有一个：赶制 140 多起查处劣质奶粉案件的卷宗。每一份卷宗都包括一份“案情说明”、一份“询问笔录”、一份“处罚决定书”和一张罚款收据。按照“谁上报的案子谁处理”的原则，各个工商所的负责人分别“制作”出了几份到几十份卷宗。

更可笑的是，阜阳市工商局对此次虚假的调查还向媒体作了公布。媒体纷纷报道:“阜阳市工商局对 189 户销量较大的奶粉经销商予以立案。”而在这 189 起案件中，仅太和县工商局上报的就占了 148 件。阜阳市工商局下辖五个市县局和五个区分局，太和县上报的“148 件”远远超过了其他九个分局上报数字的总和。

关于这 148 起案件，还有一种说法：太和县工商局为了表现自己“工作做得好”才报了这么大的数字上去，别的区县则比较谨慎一些，报的数字也小得多。太和县工商局在将数字上报市局后也就算是完成了任务，大部分应该现场处罚的案件在下发了“扣留清单”和“扣留通知书”之后就不了了之，并没有下发过“处罚决定书”。

所谓立案查处的案件，指的是金额、货值较大，情况较复杂，情节较恶劣的案件；面对一些较小的案件，只需按照简易程序开出“处罚决定书”，现场罚款就可以结案了。

4 月中旬，安徽省工商局向阜阳市工商局提出调阅这 189 起“立案”案件的卷宗。阜阳市工商局进而向下属各局追讨卷宗，这才发现太和县工商局真正立案的案件只有 8 起，能够提供的卷宗也只有 8 份。4 月 23 日下午，国务院调查组抵达阜阳，开始对阜阳的劣质婴儿奶粉事件展开全面调查。也就是在国务院调查小组抵达阜阳的这天晚上，在太和县公平交易局的大楼里，几十名工作人员在副局长户晓霞的带领下，通宵达旦地“赶制”案件卷宗。

下面紧接着发生的事情更是令人发指。

2004年4月24日，国务院调查组在安徽阜阳市太和县现场查获一批劣质奶粉，又在太和县勿忘我糖果厂现场查获890袋“三代人”牌劣质奶粉。这种奶粉在工商部门已公告的不合格奶粉名单之列。

据太和县工商局局长徐学顺介绍，阜阳市委、市政府和太和县领导对此高度重视，当天深夜，县工商局召开紧急会议，决定撤销城东工商所所长纪登攀、副所长武海职务，对城东工商所管理员陈春生、宋影予以辞退。4月25日，这一处理决定被上报给国务院调查组。4月26日，中央电视台、《阜阳日报》等媒体对此进行了报道。

可是当6月4日记者到太和县工商部门采访时，注意到城东工商所门口墙上悬挂着一个牌匾，上有全所工作人员照片、职务和岗位，早在一个多月前就已被宣布撤职、开除的纪登攀、武海、陈春生、宋影四人仍在其列。在所长办公室门口，还贴着一份“城东工商所5月份值班表”，从这张表上可以看出，他们5月份一直在“带班”或“值班”，工资照领。

在中央政府最高行政长官高度重视、社会公众普遍关注劣质奶粉事件，第二次到阜阳的国务院调查组在现场查获劣质奶粉的时候，工商部门才做出处理决定，却仅上报、不执行，该开的没开，该撤的没撤，是典型的阳奉阴违、蒙骗国务院调查组、糊弄舆论的恶劣行径。

阜阳劣质奶粉案假辞退事件被媒体曝光后，市场管理员才被真正辞退。他们却认为自己被辞退是替县领导顶罪。面对两次被辞退，他们一直在申诉。假辞退事件被媒体曝光后，阜阳市太和县工商局局长徐学顺也被撤职。提到这次假辞退，他说这完全是被县领导逼的。当事人之一陈春生讲：“付小杨副局长说辞退我们是迫于无奈，如果不处理我们就要处理县长和县委书记，说我们是替他们顶罪的，并承诺说我们可以正常上班，工资照发。”假辞退事件的核心当事人——太和县工商局原局长徐学顺则反复强调：“对陈春生和宋影两人的假辞退决定完全是在太和县政府的压力下做出的，是县里领导直接给我打电话安排的，而且具体讲了处理哪些人。程序上讲，处理两人是不合适的，因为没有事实根据。但县领导要求处理，第二天早晨7点，县里的主要领导要把处理决定报到市政府去。当时迫于压力，我们没办法，不给时间，也不让做调查。纪检、监察局都要求先辞退，再补手续。”

接下来发生的事情，更是令人在作呕的同时几乎失语！事情是这样的：

免费治疗停了，劣质奶粉商溜了，“大头娃”事件善后乱象频生——调查组一走，免费治疗就停了。

2003 年 10 月出生的悦悦让年轻的父母伤透了脑筋。悦悦的父母都是安徽省阜阳市太和县桑营镇宋寨村的农民。悦悦出生后不久，因母亲奶水少，就吃了后来上了黑名单的“阳光贝贝”奶粉（经权威部门检测，蛋白质含量仅为 2.13%）。2004 年 4 月 25 日，悦悦的父亲在电视上看到国务院调查组到阜阳市调查劣质奶粉的消息。他看看自己的孩子，头面部浮肿，手和脚却还和出生时没有什么两样，在床上坐都坐不稳，预感到不妙，就带着孩子来到太和县医院。4 月 25 日当天，悦悦幸运地被医院收治进行免费治疗。但没想到，4 月 27 日，国务院调查组一离开太和县，“免费午餐”立即中断，太和县中医院宣布停止对悦悦的免费治疗，理由是她不符合免费治疗的条件。悦悦的父母没有多少经济来源，无奈之下，只好带着悦悦离开医院。到 2004 年 5 月 2 日，悦悦的父亲和爷爷在外辛苦大半年挣来的 4 700 元钱全部花完，悦悦被迫中断全部治疗。

据了解，在阜阳市太和县和阜南县等地农村，至今还有一些食用了被列入黑名单的劣质奶粉的患儿，因为无法得到鉴定的机会，依然在家中治疗，依然得不到政府的免费救治。

另一则消息则是：调查组走后两个月，劣质奶粉商贩仍未到案。

小奥强是阜阳劣质奶粉事件的“英雄”。2003 年 8 月 6 日，他出生时一切指标正常，但食用标注为“伊鹿”牌的婴儿奶粉一个月后，出现持续高烧、伴随腹泻等症状，被确诊为典型的食用劣质奶粉造成的重度营养不良综合征，最终揭开了“阜阳劣质奶粉事件”。

2004 年 6 月 23 日，小奥强在其父母的代理下，正式起诉阜阳劣质奶粉事件中的部分不法商贩。小奥强的父母韩某、高某也同时作为原告起诉了这些商贩。经查，太和县食品经营部是 2001 年 8 月开办的，登记经营者是被告刘洁。根据法律规定，被告高某作为刘洁的配偶应该共同承担赔偿责任。

被告销售不合格奶粉的行为给小奥强带来巨大的人身损害。小奥强治疗期间，只能在头部扎针，头上布满密密麻麻的针眼，惨不忍睹。医院几次发出病危通知书，弱小的生命曾经走在生死边缘。原告小奥强作为襁褓中的婴儿，尚没有愤慨的表情，也没有控诉的声音，只能默默忍受因食用不合格奶粉带来的一切后果：智力发育障

2004年4月20日，安徽省阜阳市工商局三里分局工作人员在查看封存在仓库里的400多箱、3 000多公斤奶粉。这些劣质奶粉包装精美但几乎没有什么营养。近年来，大量伪劣婴儿奶粉由外地流入安徽省阜阳农村市场，造成上百名婴儿患上重度营养不良综合征成为“大头娃娃”，至少8名婴孩夭折。

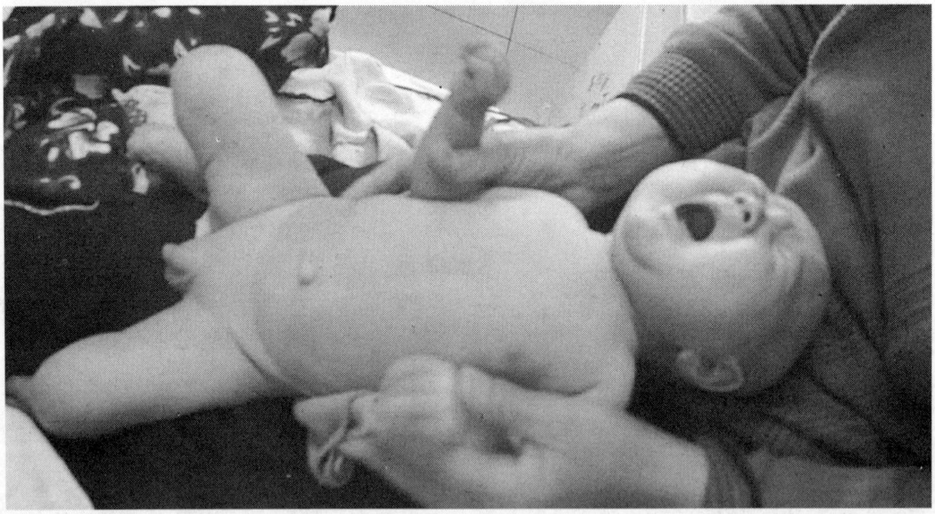

长期喂养伪劣奶粉的6个月大的李看头脸胖大，四肢细短，体重比出生时还轻。

（周立民/摄，图片来源：新华社）

碍、体弱多病、身材矮小等，对原告小奥强以后的健康、读书、就业、婚姻将带来巨大的生理和心理创伤，同时，也给其家庭带来巨大的经济损失及精神损害，使得原告韩某、高某不能正常生活。

为此，原告诉讼请求法院判决赔偿医疗损失、精神损失等近25万余元，其中，小奥强要求精神损害赔偿金15万元，其父母要求精神损害赔偿金5万元。

据知情人透露，实际上，被告一直躲在太和县的家中，但有关部门却称其已逃脱，一时无法追捕，致使国务院调查组走后两个月，追捕工作依然没有任何进展。

这便是这帮执掌着人民给予的权力、用人民的钱养着的、满口“人民的利益高于一切”的“父母官”的“政绩”。他们面对如此惨状，为什么还能忍心一而再再而三地欺骗中央政府，漠视弱小的受害者呢？我们千百年来在“因果报应”思想浸淫下筑就的朴素道德底线，我们在对未来的未知与恐惧中所产生的敬畏之心，被这种现实所洞穿，进而使得所有在公开场合出现的“宣誓”、“忏悔”本身的庄重肃穆之感荡然无存，同时不免让人联想起当年批判孔子时的“名言”：嘴里念的仁义礼智信，腰里挂着刀子棍棒！

被群众称为“夏青天”的法学家夏家骏在一篇题为“鸡西市反复造假欺瞒中央温总理三次追查真相”的文章中回答记者的一句话，为这种泯灭天良的撒谎综合征开了一剂良方：我们应该建立一个机制，让制度来保障每个官员不敢撒谎、不能撒谎，既对中央负责，也对百姓负责。

再让我们回顾一下因“吃”而引发的一桩桩重大恶性事件吧：

1996年6月，云南会泽工业酒精勾兑假酒案，157人致残，36人死亡。

1996年6月27日至7月21日，云南会泽发生食用散装白酒甲醇严重超标的特大食物中毒事件，192人中毒，35人死亡，6人致残。

1998年2月，山西省朔州、忻州、大同等地区连续发生多起重大的假酒中毒事件，有200多人中毒，夺去了7人生命。

1998年，江西省发生因食用装过有机锡油的桶中的猪油后，近200人中毒，3人死亡。

1999年1月，广东省46名学生食物中毒；同年6月，某省一医院接受了34人中毒事件。中毒原因都是食用了带有甲胺磷农药残留的蔬菜。

1999年，在全国城运会期间，发生51名运动员金黄色葡萄球菌毒素食物中毒事件。

1999年8月，广东省肇庆市近700人因食用掺有液体石蜡的食用油中毒。

2001年11月1日到11月7日，广东省河源市“瘦肉精”中毒事件，484人中毒。

2001年9月4日，吉林市学生豆奶中毒，中毒人数6 000多名。

2002年，长春3 000多名学生食用变质豆奶中毒。

2002年5月，湖南省陵水县文罗镇中心小学37名学生（8岁～14岁）因误食含有剧毒的有机磷农药甲基1605和灭无磷的香瓜集体中毒，经及时抢救转危为安。

2002年6月13日，广东省中山市78人因食用有机磷农药残留的空心菜而中毒。

2002年7月8日，海口市40多名游客副溶血性弧菌中毒。

2003年2月，辽宁沈阳一名女子吃红枣中毒死亡。

2003年3月19日，辽宁海城学生豆奶中毒，毒倒3 000多名，3人死亡。

2003年6月6日，广西玉林市师范学校、环西学校、育英高中、新民小学发生食物中毒，中毒人数87人，此事故由非法添加“吊白块”的粉丝所引起。

2003年7月3日，一些不法厂商用“毛发水”兑制的有毒酱油流入市场，76吨已被市民买走，剩余9吨当场查封。“毛发水”中含有砷、铅等有害物质，在配兑酱油时加入酱色中，含有可致人惊厥甚至可诱发癫痫症的4甲基咪唑。

2003年7月28日，广州发现大米中黄曲霉素B1超标，查处了3家劣质大米生产加工窝点，当场查封了劣质大米300吨。

2004年2月，卫生部共收到重大食物中毒事件报告21起，448人中毒，14人死亡。其中，家庭食物中毒9起，40人中毒，9人死亡；集体食堂食物中毒10起，403人中毒，3人死亡；其他场所发生食物中毒2起，5人中毒，2人死亡；学校发生的食物中毒9起，399人中毒，1人死亡。

2004年4月，安徽阜阳劣质奶粉事件，100多名儿童受害，10多名儿童死亡。

2004年5月，国家工商行政管理总局组织有关省级工商行政管理局对湖南岳阳、甘肃兰州、四川成都、江西南昌、吉林长春、河南郑州、河北廊坊、福建南平等的8个重点食品市场的24种食品进行了专项检查，抽样合格率仅为65.8%。从抽查情况看，当前我国食品安全问题表现在以下五个方面：

1. 用有毒有害物质加工食品，特别在干杂以及水产品中表现尤为突出。在湖南岳阳梅溪桥东大市场，在65组水产品、蔬菜制品、豆制品中检测出了国家明令禁止使用的甲醛次硫酸氢钠（吊白块），在21组水果制品、蔬菜制品中检测出了二氧化硫。

2. 超量使用食品添加剂，其中豆制品尤为突出。在成都华丰食品批发市场，工商部门抽查的29组肉制品、豆制品和酱腌菜中就有7组违规添加了苯甲酸或人工合成色素，4组山梨酸添加过量。

3. 一些食品卫生状况令人担忧。在福建南平胜利市场，工商部门抽查的10组食用菌中，发现3组重金属砷、汞超标。

4. 一些食品，特别是乳制品营养指标和成分含量达不到要求。在甘肃兰州金港城副食品批发市场，工商部门抽查的32组制品中，26组商品的脂肪、蛋白质含量低，强化营养元素没有达到标准要求。

5. 食品标签不规范。一些食品未标明添加的防腐剂、着色剂、甜味剂的具体名称，标注的执行标准错误；含乳饮料、植物蛋白饮料标签未标明蛋白质含量及添加至饮料中的防腐剂、甜味剂和着色剂的具体名称。

我突然想起去采访江西中德大地生物工程公司时的一件事。我在途经庐山静土宗祖庭东林寺时，机缘巧合地结缘大安法师。我就眼下食品安全的现状及解决方法向法师求教。大安法师悲悯开释，口诵《佛说无量寿经》："唯此间多恶，无有自然。勤苦求欲，转相欺殆。心劳形困，饮苦食毒。如是恶务，未以宁息。"最后法师说道："世间一切唯心法。"至此，我戚然灰淡之心方有些许安慰。

新女娲补天

往古之时，四极废，九州裂；天不兼覆，地不周载。火爁炎而不灭，水浩洋而不息；猛兽食颛民，鸷鸟攫老弱。于是女娲炼五色石以补苍天，断鳌足以立四极，杀黑龙以济冀州，积芦灰以止淫水。

——《淮南子》

唤起记忆即唤起责任。

——雅克·德里达

在自然界中的所谓天，也就是包围在地球外面的大气层。在这厚厚的大气层中，有一层薄薄的臭氧层，这便是我们赖以生存的地球的"保护伞"，它保护地球表面免受紫外线的辐射，并对控制地球气温起着重要作用。

然而现在，我们头上的这片“天”却出了问题。臭氧层急剧减少，南极上空的臭氧层出现了巨大空洞，该处的臭氧层减少了 40%，而且空洞正在进一步扩大。那么也就是说：我们人类头上的“天”被撕破了，有了个巨大的破洞。臭氧层被破坏后，原来被臭氧层挡住的那部分紫外线将长驱直入地辐射地球，它对人类健康以及海洋和陆地生态系统具有长期的有害影响。紫外线的增加会使呼吸道疾病患者和白内障患者增加，损害人的免疫系统，皮肤癌的发生率也会大大增加。1985 年，科学家向全世界发出了警报：他们实际观察到南极上空的臭氧层中出现了巨大的空洞(面积 2 000 万平方千米，比两个中国面积还大)。在那里，臭氧浓度已从大约 400 多布森(一种表示臭氧层浓度的单位)降到了 200 多多布森。这使人们对臭氧层耗竭问题倍感担心：设想一下，假如真到了那一天，地球上面目全非，饿殍遍地，到处是瞎子，成千上万的人死于皮肤癌，洪水泛滥，城市消失……

1987 年，在联合国环境规划署的主持下，24 个国家共同签署了《关于消耗臭氧层物质的蒙特利尔议定书》。它规定，工业国必须在 2000 年前禁止生产和使用氯氟烃产品，发展中国家延长 10 年。1990 年，大约有 60 个国家在伦敦签署了到 2000 年停止使用和生产氯氟烃及其他几种制品的协议。1992 年 11 月，在哥本哈根举行了有 86 个国家的部长和官员参加的联合国环境会议。会议结束时达成一项协议：发达国家停止生产氯氟烃的日期，从 2000 年提前到 1996 年。与会者还设立了一项永久性的蒙特利尔多边基金。研制氯氟烃的化学代用品，寻找“修补”臭氧空洞的方法已成为科学家的重要课题，许多工程师正在设计新的不用氯氟烃的制冷设备。

以上种种做法，便是人类正在启动的“新女娲补天”工程。而我们中国神话传说中的“女娲补天”又是什么样的呢？据传，天上水神共工与火神祝融打起仗来，共工战不胜祝融，怒触不周山，使天柱折，还砸了个窟窿，火烧不止，洪水不息，恶兽横行，给人类带来了一场灾难。女娲看到人间无端遭此浩劫，骑骊马带领人战胜灾难，炼五色石亲自将天补起来，又斩断巨鳌的四足做天柱，把天撑住，人们重新过上了安宁幸福的生活。

骊马驰骋，彩石炫目，烈焰熊熊，绚丽悲壮……好一派令人神往的浪漫壮景。

现在，面对我们全体老百姓的“天”——食品安全，新一届中央政府也已经启动了 21 世纪的“补天计划”并付诸行动——

温家宝，一个以亲切周到的平民形象为国际传媒所称道的共和国总理，在 2004 年 7 月 21 日主持国务院常务会议时，却一改平素满脸的微笑，忧郁中略带点激愤。他正在听取国家食品药品监督管理局关于食品安全工作情况的汇报。温总理指出：食品安全关系到广大人民群众的身体健康和生命安全，关系到经济健康发展和社会稳定，关系到政府和国家的形象。各地区各部门必须牢固树立以人为本、执政为民的思想，全面履行人民政府的职责，切实把食品安全工作放在突出位置抓紧抓好。

会议认为：中共中央、国务院历来高度重视食品安全问题，近几年一直把打击制售假冒伪劣食品等违法犯罪活动作为整顿和规范市场秩序的重点。各地区、各部门做了大量工作，取得一定成效。总的看，生产经营假冒伪劣食品案件多发的势头有所遏制，食品安全形势趋于好转。但是，食品安全问题仍然比较严重。

这便是一个务实政府应有的理性与清醒。

而以风度和学识赢得国内外人士特别是女性认同的副总理吴仪，也分别在不同场合强调“集中力量整治食品卫生”的重要性。仅 2004 年的前四个月中，这位副总理有关食品安全的讲话就有四次。

2004 年 4 月 29 日，在全国整顿和规范市场经济秩序领导小组全体会议上，吴仪指出：针对当前食品卫生存在的突出问题，将监管工作重心下移，加强对农村市场的监督检查，追根溯源，严厉打击制售假冒伪劣食品的违法行为；要整合执法力度，加强综合执法，建立长效监管机制；要运用信用惩戒机制，把制假者列入“黑名单”，并通过各种媒介向社会公开，将制售假冒伪劣食品的违法行为暴露在光天化日之下；要强化地方政府责任，建立责任追究制；要加强宣传培训和社会监督，切实抓好食品卫生整治工作。

2004 年 5 月 21 日，作为职能部门的最高行政长官，国家工商总局局长王众孚强调：新近开展的食品安全专项整治，要实行严格的责任制和责任追究制，对工作不力、失职渎职的，要依法依纪追究有关负责人的责任。在一手抓食品安全专项整治的同时，要一手抓队伍作风整顿，规范执法行为，促进依法行政。

他的这番话，揭开了我国食品安全专项整治将实行严格的责任追究制的序幕。

而早在 2003 年 11 月 19 日，农业部副部长范小建已在讲话中把食品安全提到了关系人民利益和社会稳定的高度。

当月 12 日，在中国国际农产品交易会上，范小建说：为适应农业发展新阶段的客观要求，尽快提高农产品的质量安全水平和市场竞争力，2001年，农业部启动了“无公害食品行动计划”。现在，“无公害食品行动计划”已成为一项提高农产品质量安全水平和保证消费安全的“民心工程”。“食品安全直接关系到消费者的身体健康和社会稳定，是全面建设小康社会的重要内容。”这是政府官员中较早关注食品安全并将其与国家安全联系起来的人。

王岐山，一个在抗击SARS的危难时期就任北京市代市长的行政官员，不但四处检查食品安全的隐患所在，还频频出席有关食品安全的各种宣传活动。他在2004年7月3日召开的北京市食品安全工作会议上说：食品安全工作关系到群众的生命安全，责任重于泰山，怎么强调都不过分，怎么抓都不为过。一定要实事求是地估计首都食品安全形势，对首都食品安全工作成绩不可高估，不要怕暴露矛盾，更不要粉饰太平。王岐山欢迎新闻舆论和人大、政协等社会各界监督首都食品安全隐患。他说：要抓住食品安全典型案件，必要时与新闻媒体配合，予以查处和进行曝光。

他那句“食品安全怎么强调都不过分”彰显了一个施政者的责任感和情怀。

而作为最高权力机构的全国人大和以参政议政为职责的政协，在这次“众人拾柴齐补天”的食品安全行动中也发挥了很大的作用：

2003年政协十届一次会议闭幕前一天，国家工商总局公布了2002年消费者投诉的十大焦点领域，食品安全问题高居投诉的首位。这引起了政协委员们的高度关注，他们强烈呼吁：民以食为天，“超标肉”、“农药菜”、“毒大米”，谁为我们撑起安全的“天”？应采取切实举措，确保食品安全。

同时，在2004年的“两会”期间，200余名全国人大代表联名提交了8份议案，相应的政协提案更是多达27份。在某些省份，食品安全问题更是上升到1号提案。

在2004年3月初的十届全国人民代表大会第二次会议和全国人民政治协商会议十届二次会议上，陈益群委员以个人的名义提交了一份“关于加大对食品安全监督、执行力度的建议案”的提案。提案是这样开头的：“俗话说‘民以食为天’，食品安全是关系到千家万户、亿万群众的大事。俗话又说‘病从口入’，好多疾病是从饮食不当而来的。现在市场上的许多食品确实使人不放心……”

食品安全成为“两会”代表、委员们关注的热点问题之一，30位人大代表在十届全国人大二次会议上专门就加快食品安全法立法问题提出议案。该议案指出，在目前没有一部完整的食品安全法的情况下，国家食品药品监督管理局得到授权对食品安全进行综合监督、组织协调和依法组织开展对重大事故的查处，但无法从根本上解决问题的原因在于：解决当前各有关部门在食品安全管理方面存在的“规定偏软、力度偏弱、职能分散、市场管理混乱”的问题上缺乏法律支持。鉴于我国食品发展的现实情况，他们提出了保证食品安全的八个具体途径：一是完善法制，加快食品安全立法；二是加强检测，建立完善的食品安全监测系统；三是保障食品安全，建立控制标准；四是建立信用档案，加强企业监测；五是解决安全根源，避免食品环境污染；六是加大打假力度，消灭伪劣食品；七是加强食品安全管理模式；八是完善食品市场监督体制。

随后，国务院立即召开实施食品药品放心工程电视电话会议，着重强调了充分认识实施食品药品放心工程的重要性和紧迫性，并将实施食品药品放心工程提到了关系人民群众的切身利益和社会安定的高度。

在 2004 年 3 月的全国“两会”上，人大代表和政协委员纷纷就食品安全献计献策：

邢克智等代表提交了关于制定“食品安全监督管理法”的议案。议案说：建议对现有法律法规进行认真清理、补充和完善，对一些涉及食品监管的旧法进行废止、修改和整合，制定完整统一的“食品安全监督管理法”，从而减少和避免立法和执法上的互相冲突。

全国政协委员、浙江大学环境与资源学院常务副院长陈英旭指出：我国早在 2002 年 8 月 1 日起就开始实施食品市场准入制度，然而目前，我国涉及食品安全监管职责的有工商、质监、卫生、农业、药监、商务等将近十个部门，从事食品安全监督的工作人员已经达到百万之众。“多头执法”使很大一部分力量在相互依赖、推诿中消耗掉，部门之间形不成合力，监管责任落不到实处。目前存在法律法规不够完善、执法主体不够明确、缺乏统一协调的管理机制、监管能力薄弱等问题。要重新树立公众对食品安全的信心，政府必须负首责。

全国人大代表、四川省泸州市市长肖天任表示：市场准入和标准统一是关键。首先在生产上，建立集中屠宰基地、无公害蔬菜基地，由以往分散经营模式改为集中生产，这样便于政府部门对进入市场的食品进行监控。其次，对进入市场的食品制定检测标准，如农药残留标准等。第三，对供应商提高准入门槛。供应商必须是具备一定资金实力、有固定经营场所的单位。同时加大打击力度，提高供应商违反法律法规的成本。

全国人大代表、北京市农林科学院蔬菜研究中心副研究员高丽朴建议：批发市场法应尽快出台，农贸市场对食品卫生要求执行的是《食品卫生法》，但该法并不涉及未加工的农产品，而批发市场内很大数量的产品，恰恰是没有加工的农产品。有的市场检测出蔬菜农药超标，只是禁止在本市场内卖，经营者却可以将蔬菜转移到其他地区交易。这样，消费者的健康将很难得到保证。国外对检测不合格的食品都有封存、销毁等相关法规，我国应尽快出台批发市场法。

全国政协委员、中华全国供销合作总社杭州茶叶研究院院长骆少君指出：2001年至2003年的专项调查发现，我国食品企业70%是10人以下的“家庭小作坊”，难以保证食品质量安全。由于我国相关法律法规和标准条款过于笼统，操作性不强，从而造成处罚力度太轻，违法者没有得到应有的惩罚。造假贩假的成本很低，使得唯利是图者屡罚不改。要像生产工业品一样生产农产品，尽早尽快实现农业标准化。百姓进市场买菜不再为农药超标挑挑拣拣了，农业的标准化才算做到位，食品安全的工作才算是到位了。

台盟中央委员、上海市政协副主席石四箴委员分析认为：食品安全无论生产环节还是销售环节都存在许多安全隐患。如《食品卫生法》仅对104种农药在粮食、水果、蔬菜、肉等45种食品中规定了允许的残留量，总含291个指标。而在国际食品法典中，则对176种农药在世界范围内75种食品中规定了2 439条农药残留标准。

另外，为确保食品安全，需要加快完善食品安全保障体制。第一，在健全《食品安全法》的同时，出台具有可操作性的《食品卫生法实施条例》。我国现有的《食品卫生法》不仅时间滞后，且标准体系不完善，尚存诸多法律“盲区”。第二，建立食品安全预警机制。应改变那种食品安全事故发生后或媒体曝光后才处理的情况，从源头抓起。第三，对于已经发生的食品安全事故，除对当事人严肃查处外，还要对其上级主管部门实行倒查追究制度。第四，加大对制假售假者的打击力度，令其无力再生，永远逐出本行业。同时，近期可对现有监管体系进行梳理，明确监管责任，理顺执法监管体系。此外，应统一食品安全标准，提高检测技术，建立完善的食品安全检测系统。

全国人大代表、北京鼎业律师事务所许智慧博士提出建议强调：应尽快成立专门机构。建议国务院或授权成立跨部委的全国统一的对食品安全进行管理的专门机构，来统一组织、协调、管理与食品安全有关的部门，包括农业部、卫生部、环保局、质检局、工商局等的全部工作，以统一协调立法、检测、监控、执法、科研等工作，对全国的食品从生产、加工、包装、贮运、销售和进出口各个环节严格监管。

河北代表李寿龄表示：目前不合理使用农药，在农药生产中添加有毒制剂等情况很普遍，而滥用植物生长调节剂的行为，则使食品安全受到很大的威胁。农业投入品的生产、销售、使用和服务等各个环节应尽快纳入法制轨道。《农产品管理条例》、《农药使用准则》等法律法规已出台，但是这些法律法规的可操作性和实用性都较差，在农药残留方面还没有相应的法则。所以，要尽快对现

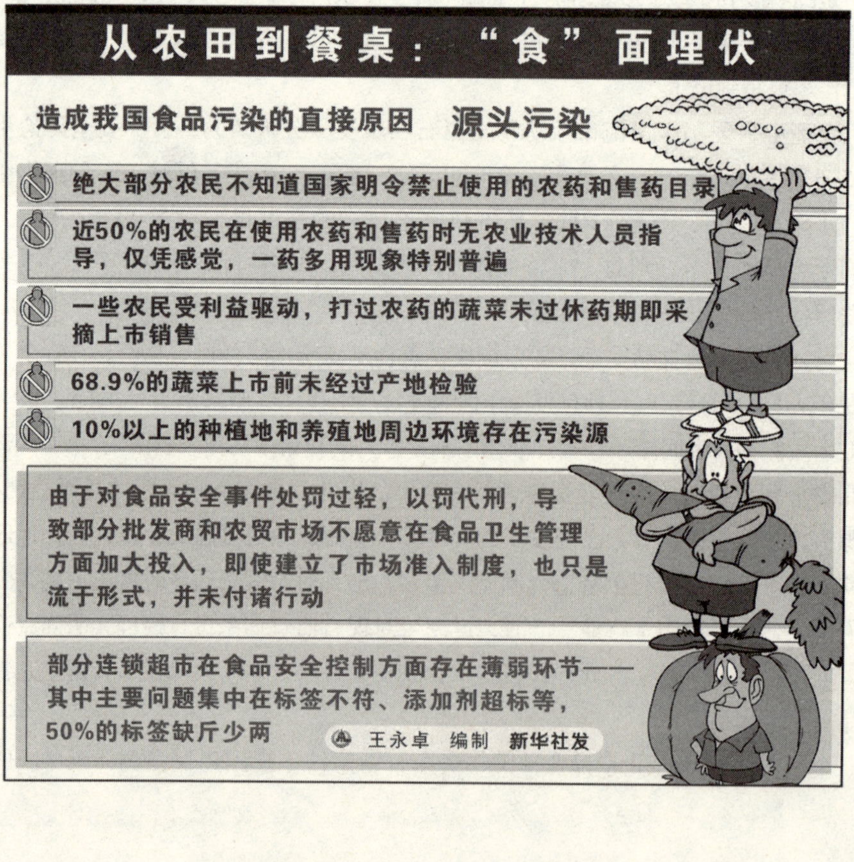

有农药管理的法律法规做出必要的修改。同时要重视农药、化肥对环境和农产品品质影响的研究，引导企业开发低毒低残留的农药品种，加强对农民科学用肥的培训。

……

我钦佩这些代表们的紧迫感和高度负责的精神，不过，作为一个选民，我最敬佩的还是姜德明。采访期间，我多方联络未能与他谋面，只好利用现有的资料试图让他的形象丰满起来：

姜德明，全国人大代表、江苏省射阳县农技推广中心副主任、高级农艺师。他引起媒体关注的原因是：连续四年提交《农产品质量安全法》议案。姜德明患有骨癌、肺癌，因骨癌截断左肢。自身的不幸引发姜德明“谨防毒从口入”、“严防入口关”的持久呼吁和行动。一双铁拐和满腔责任支撑着姜德明为食品安全韧性奔走。2004 年 3 月 11 日下午，姜德明就“农产品质量安全迫切呼唤法制”和“依法加强农技推广，促进农村经济发展”在人大会议上疾呼。温家宝听后感言：姜德明同志是残疾人自立的一面鲜明旗帜，“你说我工作难，我看你比我还难。目前存在的问题，我们政府有责任。你提的两点建议，我觉得非常好。”

姜德明代表对食品安全有着切肤之痛。1990 年，他患骨癌截断左腿。1994 年，癌细胞转移至肺部，切除一片肺叶，拿掉两根肋骨。经过 16 次痛苦化疗的他反思患病原因，明白了自己是“毒从口入”。随即，他搜集了几十万农产品检测资料，一一证实农药与癌症之关系，同时发现，10 万以上急性中毒事件源自超标农药。正是自已权利意识的觉醒和对人民代表名誉的珍视，姜德明无论在什么场合都在呼吁:“每天有多少人在吃毒啊！为什么我们现在吃的梨个儿很大，但是不甜，这是因为用膨大剂；黄鳝个个膘肥体壮，是因为‘吃’了避孕药，本来在自然状态下需要七年才能这么肥，现在只要七个月就可以上餐桌了，但孩子们却有可能因吃了这些‘服药’的黄鳝而性早熟；西瓜、香蕉都是不易运输和保存的产品，但现在这全都不成问题，因为采用了‘乙烯利’催熟技术，把未成熟的西瓜、香蕉摘下来，到销售时喷一下‘乙烯利’就行了，红瓤白子的西瓜多数是‘乙烯利’的结果……我们在吃水产品的时候，有时不是会感觉到水产品有煤油味吗？那就是金属汞等污染所致，而金属汞会引发‘水俣病’，以及痴呆、畸形、血液病等。湖北某地有个湖，当地的渔民从来不吃湖里的鲢鱼，就是因为鱼有煤油味。但是，2 000 亩水面每年生产的50万斤这种鲢鱼却产销两旺，因为当地人把它加工成鱼丸、炸鱼块、咸干鱼后拿到城市里销售！”

危害食品安全的黑幕不揭，对不起百姓。封杀毒源必须动真格的，要以法克毒。正是由于几年来姜德明代表近乎祥林嫂般的一遍又一遍唇焦舌燥的呼吁，政府高层和群众才对此有了详尽充分的认识。他的坚持和勇气，唤起了我们这个民族的良知，他用自己的真话，幻化出我们这个新“补天计划”中最绚丽的五彩石！

在遥远的从前，女娲是冀州补天，昆仑取石，那我们今天要补食品安全这个“天”该到哪里去采石呢？答案是：以欧美发达国家为师，建立能与国际接轨的检测和管理机制，吸收他们在上百年的工业化过程中积累的预防管理经验。仅以美国为例。在美国，食品药品管理机构是一个拥有颇大权力且相互制衡的强制机构，而且由其建立的食品安全系统有强大的法律及企业的大力支持，它将政府权力与各企业食品安全体系紧密结合，确保美国的食品安全维持在一个较高的水平。担任此职责的主要有人类与健康服务部、食品和药品管理局、美国农业部、食品安全与监测服务部、动植物健康监测服务部、环境保护机构这几个部门。海关定期检查，留样监测进口设备。此外，其他部门如疾病控制预防中心、国家健康研究所、农业研究服务部、国家研究教育及服务中心、农业市场服务部、经济研究服务部、监测包装及牲畜管理局、美国法典办公室、国家水产品服务中心等也负有研究、教育、预防、监测、制定标准、对突发事件作出应急对策等责任。食品安全与监测服务部主管肉、家禽、蛋制品的安全；食品和药品管理局则负责食品安全与监测服务部之外的食品掺假、存在不安全因素隐患、标签有夸大宣传等工作，在美国，若某种食物中的食品添加剂或药物残留未经食品和药品管理局审查通过，则该食品不准上市销售；环境保护机构主要维护公众及环境健康，以避免农药造成的危害；动植物健康监测服务部主要是保护动植物免受害虫和疾病的威胁。由此可见，食品和药品管理局、动植物健康监测服务部、食品安全与监测服务部、环境保护机构运用食品安全法律法规维护食品的安全从而保护了消费者的身体健康。

而这些“他山之石”是否能助我们“补天”，我认为关键取决于我们掌握着权力和资源的政府能否和民间社会在共同行动的过程中建立互信互动的良性态势，即分清各自的责、权、利，无论在什么情况下，都相互负责，革除互动过程中哪怕是细节上的虚浮行为。

“补天”是一个漫长的过程，不可能一蹴而就。因为今日种种症状，都是我们多年来疯狂透支的必然结果：当年一窝蜂地“越穷越光荣”，导致了我们整个民族十数年的贫穷与闭塞；而随后杀鸡取卵式的“人人争当万元户”，又使得人们成为变态掘取、疯狂透支的“馋猫”，透支社会、透支环境、透支亲情、透支信任……透支使我们失去了底线，无论是有形还是无形的，这也是导致食品安全日异恶化的一个重要因素。

为写这篇文章，我不经意间养成了一个现在回想起来都有点唐突且不好意思的习惯：每到一处，无论是熟人朋友的办公室，还是外出时的饭馆或者酒店，有时甚至是列车上碰上的陌生人，只要有报纸，我就借来看，而且每天还要在报摊上买好几种报纸回家，以至于帮我收拾报纸的儿子都开始抱怨：你又不上班，整天还弄这么大一堆报纸，把自己弄得像个干部似的！

尽管“儿怨”鼎沸，我仍积习难改，又从近日同一张报纸里摘出三则报道：

《九市场查出农药超标菜》——

北京市首次通报蔬菜农药检测情况，抽检农药超标蔬菜占10.6%：通过抽样检测，全市有9个超市和批发、零售市场被查出不合格蔬菜，而这些蔬菜的来源中竟包括北京3家有名的蔬菜生产、配送基地。

有关人士表示，抽检发现，北京的蔬菜产品目前存在的三大问题之一便是超市中的蔬菜质量安全隐患较大，主要原因可能是配送超市的企业自身缺乏严格管理措施，导致配送蔬菜质量的良莠不齐，同时超市自身也缺乏有效的检测手段制度。

《6种含乳饮料不能喝》——

2004年8月4日，国家质检总局共抽查了北京等10个城市40家企业的40种乳饮料产品，合格29种，产品抽样合格率为72.5%。一些标为“××酸牛奶”、“××牛奶”的产品，实际只是酸牛奶饮料或牛奶饮料，对消费者造成误导。

就此次曝光的6种不合格产品名单，王府井、天客隆等商场、超市均表示，没有销售这些含乳饮料，如果发现会立即下架。

《江西宁都发生疑似食物中毒》——

8月7日，江西省赣州市宁都县发生一起因参加宴会引起的疑似食物中毒事件。到8日晚上10时，先后有109人出现腹泻、呕吐、发烧等症状，进入医院治疗。经救治，昨日已有部分中毒者出院回家。

据卫生部门初步诊断，引起这次疑似食物中毒的原因极有可能是患者食用了受细菌污染的食物引起的。

对如此频繁反复发生的恶性事件，我们必须从制度上找到症结，在打击那些食品安全事件的直接肇事者的同时，也要让对这些事件负有责任的官员担起责任，使“民以食为天，食以安为先”成为整个社会的共识！不要使我们日常生活中为了维系生命所必需的吃喝问题成为一件高风险的事情！

（选自2004年第9期《报告文学》，有删节，作者：周勍）

后记

上世纪末，文汇出版社曾出版了18卷本的《20世纪中国纪实文学文库》，在读者中产生了广泛而深远的影响。现在推出的《21世纪中国纪实文学大系》正是上世纪“文库”的延续，是对21世纪中国客观、真实的记录。由于某些原因，我们在这套丛书的编辑思路及框架设计上作了如下调整：

一、为了使记录更加及时、更为精准，决定以“一年一部”的节奏，每年出版一部记录上一年重要事件及相关人物的“年编”，力求内容齐全，文字准确真实。

二、考虑到《20世纪中国纪实文学文库》收尾在1999年，本套丛书特将2000年一并收入，以弥补上世纪“文库”之不足，体现内容的完整性。

三、为了凸显文学价值，每一部年编都对当年中国纪实文学的新特征作了梳理和评析，并力图作出前瞻性的研究。这样，每一部年编在“一书一述”的基础上，又增加了“一书一评”的内容，其兼具“史料”和“文学”双重价值便成为可能。

在本套丛书的选编过程中，著名文学理论家钱谷融教授不顾九十多岁的高龄，欣然应允担当本丛书的顾问；著名文学评论家杨扬教授，则为本套丛书的编辑、出版提出了诸多建设性意见，并花费了大量时间阅读文本，带领他的团队撰写了一篇又一篇有关纪实文学的评论文章；上海市新闻出版局的阚宁辉副局长和许乃青处长对本套丛书的编辑、出版作了许多重要指导，并给予了很大的鼓励；新华社上海分社副社长叶国标、图片中心副主任金丽莉为本套丛书的图片提供给予了巨大的支持；文汇新民联合报业集团信息中心的姚高东主任和图片中心的高峰主任，则为本套丛书图片的选择提供了有益的建议……在此，对于每一位对本套丛书的编辑、出版予以帮助的前辈、领导和朋友，我们谨表示深深的谢意！

今后，我们每年都会编辑、出版一部《21世纪中国纪实文学大系》的年编，我们将加倍努力，及时推出能够让读者朋友喜爱的读本，为中国的出版事业贡献出我们的绵薄之力。

（编　者）

致作者

编选者在编选本书时，已经获得部分作者授权，谨在此表示衷心的感谢。

同时，因时间仓促，作品来源辗转，故仍有部分作者未能取得联系。在此，我们深表歉意。请未取得联系的作者及时与我社联系，我们将按照国家有关规定支付稿酬，并奉上样书。

文汇出版社

2012 年 8 月 18 日

联系地址：上海市威海路 755 号 18 楼

邮　　编：200041

联系电话：021-52921234 转总编办

图书在版编目（CIP）数据

21世纪中国纪实文学大系. 2004卷：中国动脉 / 桂国强主编. —上海：文汇出版社，2012.9

ISBN 978-7-5496-0606-1

Ⅰ. ①2… Ⅱ. ①桂… Ⅲ. ①纪实文学—作品集—中国—当代 Ⅳ. ①I25

中国版本图书馆CIP数据核字（2012）第178970号

21世纪中国纪实文学大系（2004卷：中国动脉）

丛书主编 / 桂国强
责任编辑 / 陈润华　曹　立
特约编辑 / 周春梅
装帧设计 / 周夏萍　王坚民

出版发行 / 文匯出版社
　　　　　上海市威海路755号（邮政编码200041）
经　　销 / 全国新华书店
照　　排 / 南京展望文化发展有限公司
印刷装订 / 上海宝山译文印刷厂
版　　次 / 2012年9月第1版
印　　次 / 2012年9月第1次印刷
开　　本 / 720×960　1/16
字　　数 / 250千
印　　张 / 17.5

ISBN 978-7-5496-0606-1
定　　价 / 32.00元